D1874314

Knaur

R

0

Von Val McDermid sind außerdem erschienen:

Das Lied der Sirenen
Schlussblende
Ein Ort für die Ewigkeit
Abgeblasen

Über die Autorin:

Die Schottin Val McDermid, eine der erfolgreichsten britischen Krimiautorinnen, hat mit Manchester-Detektivin Kate Brannigan ein temperamentvolles Juwel unter den Ermittlerinnen des Genres geschaffen.

VAL McDERMID

DAS GESETZ DER SERIE

Aus dem Englischen
von Sabine Messner

Knaur

Die englische Originalausgabe erschien unter dem Titel
»Star Struck«

Besuchen Sie uns im Internet:
www.droemer-weltbild.de

Vollständige Taschenbuchausgabe 2001
Droemersche Verlagsanstalt Th. Knaur Nachf., München

Umschlaggestaltung: ZERO Werbeagentur, München
Umschlagabbildung: Image Bank, München
Satz: Ventura Publisher im Verlag
Druck und Bindung: Clausen & Bosse, Leck
Printed in Germany
ISBN 3-426-61889-3

2 4 5 3 1

Für Tessa und Peps, die Scylebert-Zwillinge
(alias Margaret & Nicky)
Danke für all das Gelächter – über Isa
werden wir nie einer Meinung sein

Ich war viele Jahre Journalistin bei einer Zeitung, die sich mit wachsender Besessenheit der Welt der Seifenopern widmete. Mit dem Ergebnis, dass ich mehr vom Privatleben verschiedenster Berühmtheiten vergessen habe, als ein anständiger Mensch wissen will. Trotzdem sind die fiktive Seifenoper *Nordlichter* und ihre Mitwirkenden zur Gänze Produkte meiner Fantasie. Jede Ähnlichkeit mit realen oder fiktiven Charakteren einer laufenden Fernsehserie wäre völlig zufällig und unbeabsichtigt. Nebenbei bemerkt lohnt es sich nicht, mich zu verklagen.

In rechtlichen Dingen berieten mich Brigid Baillie, Jai Penna und Paula Tyler; etwaige Fehler sind entweder der Dramatik wegen absichtlich eingebaut oder beruhen schlichtweg auf Unwissenheit. Auch Jennifer Paul steuerte entscheidende Informationen bei, wofür ich im Gegenzug verspreche, niemals die Geschichte über den Golden Retriever weiterzuerzählen.

Ich danke meinen Agentinnen Jane Gregory und Lisanne Radice und meinen Lektorinnen Julia Wisdom und Karen Godfrey, die mich dank der Wunder von E-Mail über Länge und Breite dreier Kontinente hinweg mit Fragen überschütten konnten.

Prolog

Auszug aus der Computerdatenbank
von Dorothea Dawson, Sterndeuterin

Was in den Sternen steht
für Kate Brannigan, Privatdetektivin.

Geboren in Oxford, Großbritannien, 4. September 1966
Sonne in der Jungfrau im fünften Haus
Mond im Stier im zwölften Haus
Merkur in der Jungfrau im fünften Haus
Mars im Löwen im vierten Haus
Jupiter im Krebs im dritten Haus
Saturn rückläufig in den Fischen im elften Haus
Uranus in der Jungfrau im fünften Haus
Neptun im Skorpion im sechsten Haus
Pluto in der Jungfrau im fünften Haus
Chiron in den Fischen im elften Haus
Aszendent: Zwillinge

1

Sonne in der Jungfrau im fünften Haus

Positive Eigenschaften: erfinderisch, wortgewandt, diplomatisch, ordentlich, methodisch, urteilskräftig und pflichtbewusst. Negative Eigenschaften: pingelig, überkritisch, detailversessen und mangelndes Selbstbewusstsein, oft durch Arroganz kaschiert. Das fünfte Haus deutet auf eine Spielernatur hin.

Aus: *Was in den Sternen steht* von Dorothea Dawson

Meine Klientin war gerade im Begriff, eine schallende Ohrfeige zu kassieren. Hilflos sah ich von der anderen Straßenseite aus zu. Mein Adrenalinspiegel stieg, aber ich konnte es unter keinen Umständen rechtzeitig zu ihr rüber schaffen. Das ist das Problem mit der Leibwächterei. Du kannst eine Klientin mit einem Aufgebot an Rutger-Hauer-Klonen und Möchtegern-Jean-Claude-Van-Dammes in kugelsicheren Westen umgeben, es kommt immer der Moment, in dem sie ungeschützt ist. Und wer ist dann wohl schuld? Deshalb gilt für Leute, die jemand zum Aufpassen suchen, bei *Brannigan & Co. Ermittlungen und Sicherheitsberatung* die Regel: »Das machen wir nicht.«

Aber Weihnachten rückte näher, und die Gans war magersüchtig. Das Geschäft schleppte sich dahin wie eine Warteschlange am Postschalter, und selbst unkonventionelles Personal wie meines erwartet pünktlich sein Gehalt. Außerdem verdiente auch ich einen Festtagsbonus. Zum Beispiel was zu essen. Also schickte ich mein besseres Wissen vorzeitig in Weihnachtsferien und nahm eine Klientin an, die, wie sich herausstellte, mehr Unglück auf sich zog als Coco der Clown.

Diesmal war es nicht meine Schuld, dass die Klientin an vorderster Front stand. Ich hatte keinen Einfluss auf die Ereignisse da draußen auf der Straße. Selbst wenn ich es gewollt hätte, ich hätte sie nicht aufhalten können. Da ich diesmal von der Pflicht einzuschreiten entbunden war, stand ich mit den Händen in den Taschen da und beobachtete, wie Carla Hardcastles Arm in einem Furcht einflößenden Bogen zu einem krachenden Schlag ausholte, der das überhebliche Grinsen von Brenda Barrowcloughs selbstzufriedenem Gesicht wischte. Ich hielt den Atem an.

»Und Schnitt«, sagte die Regisseurin. »Sehr schön, Mädels, aber ich möchte das noch mal haben. Gloria, dein selbstgefälliges Grinsen war gut, aber könntest du es an der Stelle ablegen, wo du merkst, dass sie dich wirklich schlagen wird? Und ein wenig Empörung zeigen?«

Meine Klientin schenkte ihr ein geduldiges Lächeln, das so ehrlich war wie ein Bettler, der um Geld für Tee bittet. »Was immer du sagst, Helen, Schätzchen«, sagte sie mit der rasselnden Stimme, die das ganze Land dreimal pro Woche in Atem hielt, wenn wir während Manchesters Hauptbeitrag zur Welt der Seifenopern unsere Mikrowellenmahlzeiten in uns hineinschaufelten. Dann drehte sie sich übertrieben zwinkernd zu mir um und rief: »Schon gut, Schätzchen, ist alles nur Show.«

Alle drehten sich um und starrten mich an. Es gelang mir zu grinsen und dabei die Zähne zusammenzubeißen. Diese Begabung ist im Privatdetektivgeschäft sehr nützlich.

Mich mit skrupellosen Schwachköpfen abgeben zu müssen, macht mich manchmal echt fertig. Und ich rede nur von den Klientinnen und Klienten.

»Das ist mein Bodyguard«, verkündete Gloria Kendal alias Brenda Barrowclough der gesamten Besetzung und Crew von *Nordlichter.*

»Wir sind alle drauf gekommen, dass sie nicht dein Körperdouble ist«, sagte die Schauspielerin, die die Carla spielte und im richtigen Leben genauso säuerlich zu sein schien wie die Figur, die sie in der Serie verkörperte, welche das britische Publikum seit nahezu zwanzig Jahren fesselte.

»Na, hoffentlich wirst du nur von Zwergen angegriffen«, fügte Teddy Edwards hinzu. Er war einst als Komiker im Theater des Arbeiterclubs aufgetreten, hatte aber offensichtlich zu lange Glorias Serienehemann gespielt und dabei jedes komische Talent verloren, das er jemals besessen hatte. Ich bin auf Strumpfsock vielleicht nur einssechzig, aber ich müsste nur wenige meiner Thai-Box-Kenntnisse anwenden, um einen Fettkloß wie ihn in die Knie zu zwingen. Ich durchbohrte ihn mit Blicken und bin schamlos genug zuzugeben, dass ich es genoss, als er sich räusperte und wegsah.

»In Ordnung, beruhigt euch«, rief die Regisseurin. »Alle auf ihre Plätze, bitte, und die Szene noch mal von vorn.«

»Bitte etwas Ruhe da hinten«, fügte jemand anders hinzu. Ich fragte mich, wie seine Berufsbezeichnung lautete und wie lange ich mich in Fernsehstudios herumtreiben musste, um herauszufinden, wer was in einer Hierarchie macht, die »Schwenker«, »Licht Setzende« und mehr Mädchen für alles umfasste, als ich zählen konnte. Wie es aussah, würde ich lange genug Zeit dafür haben. Dieser Job ließ viel Raum für müßige Gedanken. Wenn Gloria drehte, war Ruhe angesagt. Ich konnte keine Fragen stellen, nicht lauschen oder einbrechen, um an die zum Abschluss des Falles nötigen Informationen zu kommen. Mir blieb nichts zu tun als gegen die Wand gelehnt zuzusehen. Es war nichts annähernd Glamouröses daran, dem siebten Take einer Szene beizuwohnen, die ohnehin weit entfernt von Shakespeare war. So ist das nun mal bei Jobs, das Bewachen der Königin der Seifenopern war ungefähr so exotisch wie zu beobachten, wie Regen an einer Scheibe hinunterrinnt.

Begonnen hatte es ganz anders. Als Gloria in unser Büro geschwebt war, wusste ich sofort, dass dies kein Routinefall sein würde. Bei Brannigan & Co., der Privatdetektei, die ich betreibe, bieten wir ein breites Spektrum von Dienstleistungen an. Anfangs, als Bill Mortensen noch mein Geschäftspartner war, befassten wir uns vor allem mit Wirtschaftskriminalität, Computersicherheit, Industriespionage und -sabotage und unterschiedlichsten Ermittlungen, die Freundinnen und Freunde uns gelegentlich bescherten. Jetzt war Bill nach Australien gegangen, und ich musste mein Netz weiter auswerfen, um zu überleben. Bei ein paar Anwaltskanzleien hatte ich mir das Zustellen von Vorladungen wiedererkämpft, dem Briefkopf »Überwachung« hinzugefügt und Versicherungen überredet, mich mit der Aufklärung von Versicherungsbetrug zu beauftragen.

Trotzdem kündigte Gloria Kendals Auftauchen in unserem Büro etwas völlig Außergewöhnliches an.

Nicht, dass ich sie sofort erkannt hätte. Auch Shelley nicht, die Büromanagerin, und sie hat den Röntgenblick aller Teenagermütter. Als Gloria auf einer Woge White Linen von Estée Lauder zur Tür hereinrauschte, dachte ich zuerst, sie wäre ein Opfer häuslicher Gewalt. Ich konnte mir keinen anderen Grund vorstellen, warum sie an einem nassen Dezembernachmittag in Manchester einen breitkrempigen Hut und eine Wraparound-Sonnenbrille trug.

Über Shelleys Schulter hinweg sah ich mir gerade Informationen an, die sie aus dem staatlichen Firmenverzeichnis heruntergeladen hatte, als eine Frau die Tür aufstieß, innehielt und dramatisch im Türrahmen stehen blieb. Sie wartete, bis wir beide aufsahen und die teure Eleganz ihres Regenmantels und die Güte des Kelly-grünen Seidenkostüms darunter registrierten, dann setzte sie auf niedrigen, farblich genau auf das Kostüm abgestimmten Pumps drei wohlbemessene Schritte in den Raum. Ich weiß nicht, wie es Shelley erging, aber mir, fürchte ich, war mein Erstaunen anzusehen.

Die Pose der Frau hatte etwas Erwartungsvolles. Shelleys »Kann ich etwas für Sie tun?« änderte nichts daran.

Die Frau lächelte, ihre in der Farbe schwarzer Kirschen perfekt geschminkten Lippen bewegten sich. »Das hoffe ich, Schätzchen«, sagte sie, und ihr Geheimnis war enthüllt.

»Gloria Kendal«, sagte ich.

»Brenda Barrowclough«, sagte Shelley im selben Augenblick.

Gloria schmunzelte. »Sie haben beide Recht. Aber das soll unser kleines Geheimnis bleiben, ja?« Ich nickte einfach. Die einzige Möglichkeit, ihre Identität je geheim zu halten, war, dass sie den Mund hielt. Nach drei kurzen Sätzen war klar, die Stimme, die Brenda Barrowclough zum Liebling der Imitatoren der gesamten Unterhaltungsbranche gemacht hatte, war etwas, das Gloria nicht aufsetzte und zusammen mit der wasserstoffblonden hochtoupierten Perücke, ihrem Markenzeichen, ablegte. Gloria sprach wirklich breitesten Nordmanchester-Dialekt, mit dem rauhen Grollen eines Bulldozers in niedrigem Gang.

»Was kann ich für Sie tun, Ms. Kendal?«, fragte ich, als mir meine guten Manieren wieder einfielen, und trat hinter der Rezeption hervor. Sie mochte zwar kein Generaldirektor im grauen Anzug sein, aber sie hatte eindeutig genug auf der Bank, um uns allen ein sehr schönes Weihnachtsfest zu sichern.

»Nennen Sie mich Gloria, Schätzchen. Das heißt, nennen Sie mich, wie Sie wollen – nur nicht Brenda.« Nach zwanzig Jahren fernsehen kannte ich ihr raues Lachen so gut wie das meiner besten Freundin. »Ich suche Brannigan«, sagte sie.

»Sie haben sie gefunden«, sagte ich und streckte ihr die Hand entgegen.

Gloria ließ eine schlaffe Hand in meine fallen und zog sie weg, bevor ich sie schütteln konnte – das typische Zeichen für eine, die übers Jahr zu viele Hände schütteln muss. »Ich dachte, Sie wären ein Kerl«, sagte sie. Zum ersten Mal war das keine Missbilligung, sondern eine reine Feststellung. »Das macht alles viel einfacher. Ich habe mich schon gefragt, was tun, wenn Brannigan & Co. keine Detektivinnen hat. Können wir irgendwo reden?«

»In meinem Büro?« Ich deutete zur offenen Tür.

»Bestens«, sagte Gloria, rauschte an mir vorbei und winkte Shelley zum Gruß.

Wir schauten uns an. »Du hast es gut«, murmelte Shelley.

Als ich die Tür hinter mir schloss, hatte Gloria bereits in einer Ecke des Sofas Platz genommen, das zwanglosen Besprechungen mit Klientinnen und Klienten dient. Sie hatte ihren Hut abgenommen und lässig vor sich auf den Tisch gelegt. Ihr eigenes Haar war zart aschblond und in jungenhaftem Audrey-Hepburn-Stil geschnitten. Irgendwie sah es nicht lächerlich aus, obwohl die Frau auf die sechzig zugehen musste. Sie hatte die klare Haut einer viel jüngeren Frau, aber ohne die Barbiepuppen-Straffheit, die bei übereifrigem Facelifting auftritt. Als ich mich ihr gegenüber setzte, nahm sie die Sonnenbrille ab, und um die vertrauten grauen Augen entstanden Fältchen, als sie lächelte. »Ich weiß, es ist albern, aber obwohl die Leute die Brille anstarren, erkennen sie nicht Brenda dahinter. Sie denken einfach, ich wäre eine blöde reiche Kuh mit Hang zum Größenwahn.«

»Es muss sehr schwierig sein, ein normales Leben zu führen«, sagte ich.

»Sie sagen es, Schätzchen. Sie sehen dich dreimal die Woche in ihrem Wohnzimmer und glauben, du gehörst zur Familie. Du gibst dich zu erkennen, und als Nächstes erzählen sie dir von ihrer Leistenbruchoperation und dem Zustand ihrer Venen. Es ist ein Alptraum.« Sie schüttelte sich aus ihrem Mantel, öffnete ihre Handtasche und nahm ein Päckchen dieser langen schlanken braunen Zigaretten heraus, die wie Zimtstangen aussehen, und ein goldenes Dunhill-Feuerzeug. Sie sah sich mit hochgezogenen Augenbrauen um.

Ein Seufzen unterdrückend stand ich auf und nahm die Untertasse unter dem Weihnachtskaktus weg. Ich hatte ihn erst vor zwei Tagen gekauft, aber die Knospen, die eine wunderschöne Blütenpracht versprochen hatten, begannen unweigerlich aufs Fensterbrett zu fallen. Ich und Pflanzen vertragen sich so gut wie Nord- und Südkorea. Ich goss das Wasser aus der Untertasse in den Abfalleimer und stellte sie Gloria auf den Tisch. »Tut mir Leid«, sagte ich. »Was Besseres hab ich nicht.«

Sie lächelte. »Ich habe in einer Katzenfutterfabrik gearbeitet. Ich hab meine Kippen in weit Üblerem ausgedrückt, glauben Sie mir.«

Ich wollte lieber nicht darüber nachdenken. »Nun, Gloria, wie kann ich Ihnen helfen?«

»Ich brauche eine Leibwächterin.«

Ich zog die Brauen hoch. »Das machen wir normalerweise –«

»Dies sind keine normalen Umstände«, sagte sie scharf. »Ich will keinen gehirnamputierten Bodybuilder um mich herumscharwenzeln haben. Ich will jemand mit Verstand, jemand, der rausfindet, was zum Henker vorgeht. Jemand, der keine Aufmerksamkeit erregt. Mein halbes Leben schnappt die verdammte Presse nach meinen Waden, und was ich am wenigsten brauche, sind Storys darüber, dass ich mein Geld für einen bezahlten Killer verschleudere. Deshalb wollte ich eine Frau.«

»Sie sagten ›jemand, der rausfindet, was zum Henker vorgeht‹«, sagte ich und konzentrierte mich auf den Teil, zu dem ich vielleicht etwas Nützliches beitragen konnte. »Was ist Ihrer Ansicht nach das Problem?«

»Ich habe Drohbriefe bekommen«, sagte sie. »Das ist an sich nichts Neues. Brenda Barrowclough ist eine Frau, die kein Blatt vor den Mund nimmt, und da draußen sind reichlich Leute unterwegs, die nicht zwischen *Nordlichter* und der Wirklichkeit unterscheiden können. Sie sind wahrscheinlich zu jung, um sich zu erinnern, aber als ich vor etwa fünfzehn Jahren in der Serie zum ersten Mal Witwe wurde, wurde ich mit Beileidsschreiben überschüttet. Leute haben tatsächlich Kränze für die Beerdigung geschickt, an die Adresse Sebastopol Grove 15. Die Post ist mittlerweile daran gewöhnt und liefert alles direkt ins Studio, aber damals wussten die armen Floristen nicht, was tun. Krebshilfeorganisationen schrieben uns, dass auf ihren Konten Spenden zum Gedenken an Harry eingegangen waren – das war der Name meines Serienehemanns. Jedes Mal, wenn Figuren ausziehen, bekommen wir Briefe von irgendwelchen Leuten, die nach dem Preis für das Haus fragen. Das heißt, jedes Mal, wenn Brenda irgendetwas Umstrittenes macht, bekomme ich Hassbriefe.«

Ich durchforstete mein Gedächtnis nach den letzten Schlagzeilen der Regenbogenpresse. »War da nicht eine Folge über Abtreibung? Tut mir Leid, ich komme nicht oft zum Fernsehen.«

»Ist schon in Ordnung, Schätzchen. Ich auch nicht. Kennen Sie Brendas Enkelin Debbie?«

»Die, die seit ihrem zehnten Lebensjahr bei Brenda lebt? Nachdem ihre Mutter bei dem Überfall auf das Postamt erschossen wurde?«

»Sie waren also mal Fan?«

»Ich schaue es noch immer, wenn ich kann. Was damals, als Debbie zehn war, viel öfter war als heute.«

»Nun, Brenda fand heraus, dass Debbie abgetrieben hatte. Brenda hatte Debbies Freund wirklich auf dem Kieker, weil er schwarz war. Daher erwartete das Publikum, dass sie eher Debbie unterstützen als einen gemischtrassigen Enkel akzeptieren würde. Aber Brenda ereiferte sich bloß für das Recht auf Leben und warf Debbie raus. Also waren ich und Sarah Anne Kelly, die Darstellerin der Debbie, auf eine ziemliche Schlammschlacht gefasst.«

»Und kam es dazu?«

Gloria schüttelte den Kopf und hinterließ in Mundhöhe Rauchschwaden. »So ähnlich«, sagte sie, was mich verwirrte. »Es ist so, dass das Studio die Post durchsieht und die richtig bösartigen Briefe aussortiert, damit wir uns nicht ängstigen. Aber natürlich fragt man nach. Ich meine, du willst doch wissen, ob da draußen irgendwelche komplett Verrückten auf dich warten.«

»Und das Studio hat Ihnen gesagt, da wäre jemand?«

»Nein, Schätzchen. Es war nicht das Studio. Die Briefe, die mir Sorgen machen, sind die, die nach Haus kommen.«

Jetzt war ich wirklich verwirrt. »Sie meinen, Ihr richtiges Haus? Wo Sie wirklich wohnen?«

»Genau. Nun, ich meine, es ist kein Staatsgeheimnis, wo ich wohne. Aber wenn du nicht gerade ein Nachbar bist oder ein Geier von der Presse, ist es ziemlich schwierig, es herauszufinden. Ich stehe natürlich nicht im Telefonbuch. Und der ganze offizielle Kram, wie Stromrechnungen und Wahlbenachrichtigungen, lautet nicht auf Gloria Kendal. Es läuft alles unter meinem richtigen Namen.«

»Und der wäre?«

»Doreen Satterthwaite.« Sie verengte die Augen. Ich glaube, nicht wegen des Rauches. Ich bemühte mich, ein ungerührtes Gesicht zu machen. Dann grinste Gloria. »Echt scheußlich, was? Wundern Sie sich, dass ich mich für Gloria Kendal entschied?«

»An Ihrer Stelle hätte ich genau dasselbe getan«, erklärte ich. Und es war keine Lüge. »Diese Drohbriefe kommen also direkt zu Ihnen nach Hause?«

»Nicht nur zu mir nach Hause. Auch meine Tochter hat einen gekriegt. Und sie sind anders als die üblichen.« Sie öffnete wieder ihre Handtasche. Ich staunte über ein Leben, in dem es von Bedeutung war, dass Kostüm, Schuhe und Handtasche den gleichen Farbton hatten. Unweigerlich drifteten meine Gedanken in Spekulationen über ihre Unterwäsche ab. Ob die Farbabstimmung so weit ging?

Gloria holte ein Blatt Papier hervor. Sie hielt inne, ehe sie es mir gab. Ich hätte es nehmen können, aber es war ein ungünstiger Winkel, also wartete ich. »Für gewöhnlich sind solche Briefe von halben Analphabeten. Von Ungebildeten. Ich habe zwar mit fünfzehn mit der Schule aufgehört, aber ich kenne den Unterschied zwischen Punkt und Komma. Die meisten Spinner, die mir Briefe schreiben, würden einen Absatz nicht mal erkennen, wenn er direkt vor ihrer Nase läge. Sie können nicht schreiben, und sie haben einen Hang zu grüner Tinte oder Filzstiften. Bei manchen von denen sind wahrscheinlich dort, wo sie leben, keine scharfen Gegenstände erlaubt«, fügte sie hinzu. Mir ist aufgefallen, dass SchauspielerInnen und ihr Publikum sich oft gegenseitig verachten. Es sah aus, als hätte Gloria nicht viel Respekt vor den Leuten, die ihr das Dach überm Kopf finanzierten.

Jetzt reichte sie den Brief herüber. Es war ein gewöhnliches A4-Blatt, der Text nichts sagend mit einem Laserdrucker ausgedruckt.

»*Doreen Satterthwaite, es ist an der Zeit, dass du für deine Taten bezahlst. Du verdienst das gleiche Leid, das du verursacht hast. Ich weiß, wo du wohnst. Ich weiß, wo deine Tochter Sandra und ihr Mann Keith wohnen. Ich weiß, dass deine Enkelin Joanna in die Gorse-Mill-Schule geht. Ich weiß, dass sie in die Saint Andrew's Church zur Messe gehen und einen Wohnwagen auf Anglesey haben. Ich weiß, dass du einen roten Saab Cabrio fährst. Ich kenne dich, du Miststück. Und bald bist du tot. Aber es wird kein schneller Abgang für dich. Zuerst wirst du leiden.*« Sie hatte Recht. Der Brief klang, als wäre sein Verfasser beunruhigend klar im Kopf.

»Irgendeine Vorstellung, worauf der Brief sich bezieht?«, fragte ich, ohne wirklich eine ehrliche Antwort zu erwarten.

Gloria zuckte mit den Schultern. »Wer zum Henker soll das wissen? Ich bin keine Heilige, aber mir fällt niemand ein, dem ich etwas wirklich Schlimmes angetan hätte. Abgesehen von meinem Exmann, aber ich bezweifle, dass er mir einen Brief ohne die Worte ›du Scheißschlampe‹ schreiben könnte. Jedenfalls schafft er kein Gespräch ohne. Und außerdem würde er nie unsere Sandra oder Joanna bedrohen. Auf keinen Fall.« Ich fand, ihre Antwort klang wirklich ratlos, dann rief ich mir in Erinnerung, womit sie ihr Geld verdiente.

»Waren es viele?«

»Dies ist der dritte. Plus der an Sandra. Da ging es um die Sünden ihrer Mutter. Ehrlich gesagt habe ich die ersten beiden einfach weggeschmissen. Ich dachte, jemand wollte mir einen Schreck einjagen.«

Plötzlich schaute Gloria weg. Sie nestelte eine neue Zigarette aus der Packung, und diesmal zitterte die Hand, mit der sie sie anzündete.

»Warum haben Sie Ihre Meinung geändert?«

»Meine Autoreifen wurden aufgeschlitzt. Alle vier. Auf dem NPTV-Studiogelände. Und es steckte eine Nachricht unter dem Scheibenwischer. ›Nächstes Mal deine Garderobe? Oder du?‹ Und ehe Sie fragen, ich habe den Zettel nicht mehr. Es regnete. Er zerfiel in meinen Händen.«

»Das ist eine ernste Sache«, sagte ich. »Sollten Sie nicht vielleicht mit der Polizei sprechen?« Ich hasste es, eine potenzielle Klientin zu verlieren, aber es hätte an kriminelle Fahrlässigkeit gegrenzt, nicht darauf hinzuweisen, dass dies ein Fall für die Kriminaler sein könnte.

Gloria spielte mit ihrer Zigarette. »Ich habe der Direktion davon erzählt. Und John Turpin, der Koordinator für Administration und Produktion, überzeugte mich davon, nicht zu den Bullen zu gehen.«

»Warum? Ich hätte gedacht, die Direktion würde alles daransetzen, dass den Stars nichts zustößt.«

Glorias Lippen kräuselten sich zu einem zynischen Grinsen. »Das hat nix mit meiner Sicherheit zu tun, sondern mit negativer Publicity. Und wer möchte noch bei NPTV arbeiten, wenn bekannt wird, dass die Sicherheit so unter aller Sau ist, dass jeder ungeschoren aufs Firmengelände spazieren kann? Turpin versprach mir eine interne Untersuchung, also beschloss ich, seinen Rat zu befolgen.«

»Aber jetzt sind Sie hier.« Es ist diese Beobachtungsgabe, die mich dahin gebracht hat, wo ich heute stehe.

Sie warf mir einen prüfenden Blick zu, der mehr als einen Hauch sorgfältig kontrollierter Angst enthielt. »Sie werden mich für töricht halten.«

Ich schüttelte den Kopf. »Sie wirken nicht töricht auf mich, Gloria.« Nun, es war nur eine Notlüge. Töricht genug, um das Wochengehalt der gesamten Belegschaft von Brannigan & Co. für ein aufeinander abgestimmtes Outfit auszugeben, aber wahrscheinlich nicht töricht, wenn es um die realistische Einschätzung ging, ob sie in Gefahr war. Aber immerhin, auch Ronald Reagan war es nicht, und wie ist es ihm ergangen …

»Kennen Sie Dorothea Dawson?«, fragte Gloria und sah mich aus dem Augenwinkel an.

»*Die Sterndeuterin?*«, fragte ich ungläubig. »Die, die in der Fernsehzeitschrift *TV im Blick* die Horoskope schreibt? Die, die dauernd im Fernsehen ist? ›Ein Pferd mit Sternzeichen Widder wird das Derby gewinnen‹?«, äffte ich Dorothea Dawsons Grabesstimme nach.

»Spotten Sie nicht«, warnte sie mit drohendem Finger. »Sie ist eine brillante Hellseherin, wissen Sie. Dorothea kommt einmal die Woche ins Studio. Sie ist die persönliche Astrologin der halben Besetzung. Sie hat wirklich eine Gabe.«

Dessen war ich sicher. Gaben von allen *Nordlichter*-Stars. »Und Dorothea sagte etwas über diese Briefe?«

»Ich habe diesen Brief zu meinem letzten Termin bei ihr

mitgenommen. Ich fragte sie, welche Schwingungen sie empfangen würde. Das macht sie nämlich auch neben normalem Hellsehen. Sie hat das schon öfters für mich gemacht, und sie hat sich bis jetzt nie geirrt.« Trotz ihrer schauspielerischen Fähigkeiten klang Glorias Stimme besorgt.

»Und was sagte sie?«

Gloria zog so stark an ihrer Zigarette, dass ich den verbrennenden Tabak knistern hörte. Als sie den Rauch ausstieß, sagte sie: »Sie hielt den Umschlag und zitterte. Sie sagte, dieser Brief bedeute Tod. Dorothea sagte, der Tod sei bei uns im Zimmer.«

2

Sonne im Trigon mit dem Mond

Schwierige Situationen werden durch kreatives Denken bewältigt; Schwierigkeiten begegnet sie mit kühnen Lösungen. Die fragliche Person fühlt sich überall zu Hause, ist aber oft blind für das wahre Ausmaß der Probleme. Sie wird nicht immer bemerken, wenn ihre Ehe zerbricht; sie erstickt Probleme nicht immer im Keim.

Aus: *Was in den Sternen steht* von Dorothea Dawson

Eine, die leichtgläubig genug war, auf Mystik und Mythos professioneller Betrügerinnen wie Astrologinnen reinzufallen, hatte sicher kein Problem mit meiner Spesenabrechnung. Leicht verdientes Geld, würde ich meinen. Nach Glorias eigener Aussage gehörten Hassbriefe so sehr zu ihrem Arbeitsalltag wie das ständige Mitführen ganzer Stapel von Fotos im Postkartenformat, die sie für die Fans signierte. Gut, die aufgeschlitzten Reifen waren da schon ernster, mussten aber nicht unbedingt mit den Briefen in Zusammenhang stehen, konnten ein davon unabhängiger Racheakt sein. Nur weil die Sternenseherin die Sache aufbauschte, hatte diese Entgleisung einer giftigen Feder lebensbedrohliche Ausmaße angenommen. »Sieht sie oft einen bevorstehenden Tod voraus, wenn sie für Leute wahrsagt?«, fragte ich und versuchte, nicht loszukichern.

Gloria schüttelte energisch den Kopf. »Ich habe noch nie

gehört, dass irgendjemandem etwas Derartiges prophezeit worden wäre.«

»Und haben Sie anderen Leuten am Set davon erzählt?«

»Keinem«, sagte sie. »So was erzählst du nicht herum.«

Nicht, wenn du vermeiden willst, ausgelacht zu werden, dachte ich. Andererseits konnte es bedeuten, dass die Todesprophezeiung die gängige Methode war, mit der Dorothea Dawson ihre Klientinnen und Klienten erschreckte, um sie abhängiger von sich zu machen. Besonders die älteren. Es ist doch so, dass viele Personen des öffentlichen Lebens in Glorias Alter alle paar Monate erleben, dass jemand, den sie kennen, im Sterben liegt oder gestorben ist. Gloria war vielleicht durch ihre Astrologin in Panik versetzt worden, aber ich konnte mir nicht vorstellen, dass dies mehr war als eine Inszenierung Dorothea Dawsons. Gloria zu bewachen klang nach einem Wahnsinnsverdienst ohne Risiko. Genau das, was der Bankbeamte verordnet hatte. Ich sprach ein kleines Dankgebet an Dorothea Dawson und sagte Gloria, ich würde mich freuen, für sie eine Ausnahme von der Firmenpolitik zu machen. Ich würde sogar persönlich für ihre Sicherheit sorgen.

Die Neuigkeit schien sie aufzuheitern. »Na gut, dann brechen wir am besten gleich auf«, sagte sie, drückte ihre Zigarette aus und legte sich den Mantel um die Schultern.

»Dann brechen wir am besten gleich auf?«, wiederholte ich.

Sie schaute auf ihre Uhr, ein massives Goldteil mit Diamantsplittern, die wie eine zerbrochene Windschutzscheibe im Schein einer Straßenlaterne glitzerten. »Ich würde sagen, das hängt davon ab, wo Sie wohnen. Nur, wenn ich um acht ein Lokal in Blackburn eröffnen soll und wir beide uns noch umziehen und einen Happen essen wollen, wird es ein bisschen knapp, wenn wir nicht voranmachen.«

»Ein Lokal in Blackburn«, sagte ich schwach.

»Richtig, Schätzchen. Ich habe einen Vertrag mit der Brauerei. Es ist wirklich nicht schwierig. Ich gehe hin, mache ein paar Witze, singe ein paar Lieder zum Playback, gebe ein paar Hundert Autogramme und fertig.« Während sie sprach, drapierte sie verwegen ihren Hut und setzte die Sonnenbrille wieder auf. Als sie zur Tür ging, stürzte ich hinter den Schreibtisch und packte meinen Palmtop-Computer und mein Handy in meine Umhängetasche. Nur weil sie für Shelley ein glänzendes Foto signierte, auf dem sie als Brenda Barrowclough verkleidet war, holte ich sie noch ein.

Etwas Schreckliches war mit der taffesten Büromanagerin von Manchester geschehen. Als würde sich Cruella De Vil in einen dieser knuddeligen Dalmatinerwelpen verwandeln, nur noch schlimmer. »Und könnten Sie eins ›für Ted‹ signieren?«, bettelte sie. Ich wünschte, ich hätte Videoüberwachung im Büro. So ein Video würde mir Shelley für Monate vom Hals halten.

»Kein Problem, hier, bitte sehr«, sagte Gloria und signierte schwungvoll die Karte. »Sind Sie so weit, Kate?«

Ich schnappte meinen Mantel und schlüpfte hinein, während ich Gloria in den Gang folgte. Bevor sie weiterging, schaute sie nach links und rechts und die Treppe hinunter. »Als Letztes brauche ich, dass mich jemand aus Ihrem Büro kommen sieht«, sagte sie und marschierte zügig die Stufen hinunter. An der Eingangstür bog ich automatisch nach rechts zu meinem Auto. Gloria folgte mir auf den Privatparkplatz.

»Auf dem Schild steht: ›Nur für Beschäftigte von DVS-Systems – Widerrechtlich abgestellte Fahrzeuge werden mit Wegfahrsperren versehen‹«, las sie vor.

»Hat schon seine Richtigkeit«, sagte ich in einem Ton, der das Thema beenden sollte. Ich hatte keine Lust, Gloria zu erklären, wie sehr ich die verheerende Parkplatzsituation in diesem Teil der Stadt satt hatte, so dass ich Büroparkplätze ausforschte, die selten komplett besetzt waren. Mit der Makrolinse hatte ich durch eine Windschutzscheibe eine Parkberechtigungskarte von DVS-Systems fotografiert und so eine passable Fälschung angefertigt. Ich parkte nun seit sechs Monaten unbehelligt auf deren Parkplatz, aber ich war nicht unbedingt stolz darauf. Außerdem bringt es nichts, wenn die Klientin deine kleinen Sünden kennt. Das macht sie nur nervös.

Gloria blieb erwartungsvoll vor einer sehr großen schwarzen Limousine mit getönten Scheiben stehen. Ich schüttelte den Kopf, und sie lächelte reuig. Ich richtete die Fernbedienung auf meinen dunkelblauen Rover, und er begrüßte mich mit dem üblichen Schnappgeräusch. »Leider ist es keine Limousine«, sagte ich zu Gloria, als wir einstiegen. »Meistens muss ich unsichtbar sein.« Ich hatte kein Bedürfnis zu erwähnen, dass der Motor unter der Haube sich stark von dem unterschied, den der Hersteller eingebaut hat. Die PS unter meiner Motorhaube reichten, um mein eigenes Rodeo zu veranstalten. Sollte sich jemand an Gloria heranmachen wollen, konnte ich ihn innerhalb weniger Kilometer abhängen.

Ich fuhr im dichten Verkehr in nicht mal fünf Minuten nach Hause. Ich lebe sehr gern so nahe am Stadtzentrum, aber die Gegend ist im letzten Jahr immer zwielichtiger geworden. Ich wäre schon umgezogen, müsste ich nicht jeden ersparten Penny ins Geschäft stecken. Ich war die Juniorpartnerin von Mortensen & Brannigan gewesen, und als Bill Mortensen beschloss, seinen Anteil zu verkaufen und nach Australien zu ziehen, dachte ich, meine Karriere ginge den Bach runter. Ich konnte ihn nicht auszahlen, aber ich wollte auch verdammt noch mal nicht, dass irgendein Fremder den Löwenanteil der Firma bekam, an deren Aufbau ich so hart mitgearbeitet hatte. Es hatte eine Menge Kreativität und eine Ladung Schulden gekostet, Brannigan & Co. zu realisieren. Nun hatte ich einen stillen Teilhaber auf den Cayman Islands und eine Abmachung, dessen Anteil am Geschäft Stück für Stück zurückzukaufen, wann immer ich es mir leisten konnte. Ich brauchte also noch lange nicht daran zu denken, in eine der südlichen Vorstädte zu ziehen, wie meine vernünftigen Freundinnen und Freunde es getan hatten.

Im Übrigen war das Wohnungsarrangement perfekt. Mein Liebster Richard, ein freiberuflicher Rockjournalist, wohnte im Haus nebenan, das durch einen langen Wintergarten mit meinem verbunden war. Wir genossen alle Vorteile des Zusammenlebens und hatten keinen der Nachteile. Ich musste mich nicht mit seiner Unordnung oder seinen Kumpels aus dem Musikbusiness befassen und er sich nicht mit meinen Frauenabenden oder meiner Vorliebe für sehr ausgiebige Bäder.

Richards Auto, ein pinkfarbenes Käfer-Cabrio, stand in

seiner Parklücke, was zu dieser Tageszeit wahrscheinlich hieß, dass er zu Hause war. Unter Umständen waren andere Showbusiness-Reporter bei ihm, also ging ich auf Nummer Sicher und bat Gloria, im Auto zu warten. Nach nicht mal zehn Minuten war ich zurück, gekleidet in ein flaschengrünes Cocktailkleid aus Knittersamt und eine marineblaue Matadorjacke aus Rohseide. Übertrieben für Blackburn, ich weiß, aber ich hatte nicht viel Auswahl. Wenn ich nicht bald in die chemische Reinigung kam, musste ich im Morgenmantel zur Arbeit gehen.

Gloria wohnte in Saddleworth, der teuren ländlichen Ansammlung von Dörfern am Rand der Yorkshire-Moors an der östlichen Grenze von Greater Manchester. Die Hügel sind dort noch grün und weich, aber am Horizont dräuen bereits die dunklen Kuppen der Moore, sogar am sonnigsten Tag. Das ist die Wildnis, die die Leichen der kindlichen Opfer von Myra Hindley und Ian Brady verschlang. Ich kann nicht durch diese düstere Landschaft fahren, ohne an die Morde im Moor zu denken. In ihrer unmittelbaren Nähe zu wohnen würde mir Alpträume verursachen. Gloria schien es nichts auszumachen. Aber warum auch? Es wirkte sich weder auf sie noch auf Brenda Barrowclough aus, und die halbstündige Fahrt hinaus nach Saddleworth reichte, um festzustellen, dass dies die einzigen Kriterien waren, die für sie zählten. Ich hatte davon gehört, dass Schauspielerinnen und Schauspieler, so wie Kinder, nur mit sich selbst beschäftigt seien. Nun erlebte ich den Beweis.

In der Dezemberdunkelheit sah Saddleworth aus wie eine Weihnachtskarte, frühabendliche Feenlichter funkelten über einer Zuckerkruste aus Schnee. Hätte ich bloß den Wetterbericht gehört; die Straßen können hier draußen durch Schneewehen blockiert sein, wenn auf meinem Dach nicht mal eine einzige Flocke liegt. Noch ein Argument gegen das Landleben. Gloria dirigierte mich in einer sanften Spirale das Tal hinunter nach Greenfield. Wir verließen die Hauptstraße und bogen in eine enge Durchfahrt zwischen zwei hohen Mauern. Ich hoffte, mir würde nichts eilig entgegenkommen. Nach etwa hundert Metern endete die Durchfahrt an zwei hohen schmiedeeisernen Toren. Gloria nestelte mit etwas in ihrer Tasche, und die Tore öffneten sich.

Mit offenem Mund schob ich mich langsam vor. Es sah aus, als wäre ich in die historische Kulisse einer BBC-Serie gefahren. Ich befand mich in einem großen gepflasterten Hof, der auf drei Seiten von hübschen zweistöckigen verwitterten Gebäuden aus grobem Sandstein umgeben war. Sogar mein ungeschultes Auge erkennt den Gewerbebaustil der frühen industriellen Revolution, und dies war ein Paradebeispiel. »Wow«, sagte ich.

»Das waren ursprünglich die Büros der Mühle«, sagte Gloria und deutete auf zwei Doppeltüren links an der langen Seite des Platzes. »Lassen Sie den Wagen erst mal vor meiner Garage stehen. Dann wurde die Mühle zur Katzenfutterfabrik. Klingelt's?«

»Die Fabrik, in der Sie gearbeitet haben?«

»Erraten.« Sie öffnete die Autotür, und ich folgte ihr über den Hof. Sie ging bis zu einer massiven Eichentür mit solidem Steckschloss. Als wir eintraten, schrillte ein Alarm. Während Gloria ihn abstellte, ging ich durch den großen

Raum, der sich durch die gesamte Tiefe des Gebäudes zog. Durch das hohe Fenster sah ich glitzerndes Wasser. Hinter dem Haus war der Kanal. Mit einem Mal sah das Leben besser aus. Dieses Haus war so uneinnehmbar wie ein Haus nur sein kann. Wenn Glorias Briefeschreiber nicht die venezianische Kunst des Leiterkletterns vom Boot aus beherrschte, würde ich nachts in meinem eigenen Bett schlafen können statt vor Glorias Schlafzimmertür.

»Es ist wunderschön«, sagte ich.

»Besonders dann, wenn dein Wohnzimmer das Büro des Kassenverwalters war, in dem du nach Innereien stinkend jede Woche deinen Lohn geholt hast«, sagte Gloria ironisch.

Ich trat zurück, um mich im Zimmer umzusehen. Deckenfluter an den Wänden verliehen den polierten Balken und dem freigelegten Stein der drei Außenwände einen sanften Schimmer. Die Möbel sahen aus wie von John Lewis, ganz aus Mahagoni und Damast mit Pastellornamenten. An den Wänden hingen große Aquarelle des Yorkshire-Moorlandes, und das weitläufige Parkett wurde durch dicke chinesische Teppiche unterbrochen. Es war nichts daran auszusetzen, aber es zeugte auch nicht von individuellem Geschmack, wie etwa Glorias Kleider. »Leben Sie allein hier?«, fragte ich.

»Gott sei Dank«, sagte sie mit Nachdruck, öffnete einen begehbaren Schrank und hängte ihren Mantel auf.

»Hat sonst noch jemand einen Schlüssel?«

»Nur meine Tochter.« Gloria kam heraus und deutete zu einer Tür am anderen Ende. »Dort hinten ist die Küche. Da ist ein Gefrierschrank voll Fertiggerichten. Wollen Sie welche rausnehmen und in die Mikrowelle stellen, während ich mich umziehe?« Ohne eine Antwort abzuwarten, ging sie die Freitreppe hinauf ins obere Stockwerk.

Die Küche war fast gleich groß wie das Wohnzimmer. Ein Ende war als Essecke gestaltet, mit einer langen Tafel und einer Sammlung unterschiedlicher antiker Bauernstühle mit Patchworkkissen. Das andere Ende war eine funktional eingerichtete Arbeitsküche, dominiert von einer enormen freistehenden Kühl- und Gefrierkombination. Der Gefrierschrank war von oben bis unten mit Mahlzeiten von Marks & Spencer voll gestopft. Vielleicht konnte das Leben auf dem Land ja doch ganz angenehm sein, dachte ich. Alles, was du brauchst, um über den Winter zu kommen, sind ein richtig großer Gefrierschrank und eine endlose Auswahl an Computerspielen. Ich entschied mich für Nudelgerichte und befolgte die Anweisungen auf der Packung. Bis sie aufgetaut und heiß waren, war Gloria zurück, für ihren Auftritt mit einer grellrosa Kaskade aus Pailletten bekleidet. Es fehlte nur noch die hochtoupierte Brenda-Barrowclough-Frisur, um Tuntenkitsch besser zu illustrieren, als eine Fummeltrine je vermocht hätte.

»Erstaunlich«, sagte ich schwach und lud Nudeln mit Hühnerfleisch in Schüsseln.

»Scheußlich, wollen Sie sagen«, entgegnete Gloria und setzte sich in ihre Volants aus Zuckerwatte. »Aber die Fans zahlen für Brenda, nicht für mich.« Sie fiel über ihre Nudeln her wie ein Statist aus Oliver Twist. Sie war fertig, als ich gerade die Hälfte geschafft hatte. »Gut«, sagte sie und wischte sich den Mund mit dem Handrücken ab. »Ich brauche noch fünf Minuten, um mich zu schminken und die Perücke aufzusetzen. Der Geschirrspüler ist unter der Spüle.«

Bei jemand anders hätte es mich inzwischen genervt, herumkommandiert zu werden. Aber ich kam allmählich dahinter, wie Gloria tickte. Sie war nicht herrisch an sich. Bei ihr war einfach alles total durchorganisiert, und sie war natürlich überzeugt, dass ihre Methode die beste war. Die Leute um sie herum lebten geruhsamer, wenn sie das begriffen und mitmachten, ohne Fragen zu stellen. Im Augenblick begnügte ich mich mit dem geruhsamen Leben. Vielleicht würde sich das später ändern, aber damit würde ich mich befassen, wenn Später nahte. In der Zwischenzeit räumte ich den Geschirrspüler ein, ging dann nach draußen und startete den Wagen.

Die Fahrt nach Blackburn war der letzte normale Teil des Abends. Gloria übergab mir eine gefaxte Wegbeschreibung und wies mich dann an, sie nicht zu belästigen, damit sie ihre Gedanken ordnen konnte. Ich legte eine passende CD auf und fuhr zur kühlen Atmosphäre von *Dreamfish*, während sie ihren Sitz zurücklegte und die Augen schloss. Eine Dreiviertelstunde später hielt ich vor dem Lokal, zehn Minuten vor ihrem schillernden Auftritt. Sie öffnete die Augen, stöhnte leise und sagte: »Ist ein bisschen monoton, diese Musik. Haben Sie nichts von Frank Sinatra?« Ich versuchte mein Gefühl von drohendem Unheil zu verbergen. Ohne Erfolg. Gloria brach in raues Gelächter aus und sagte: »Ich wollte Sie nur aufziehen. Ich kann Sinatra auf den Tod nicht ausstehen. Typisch Mann, *I did it my way*, ich hab es auf meine ureigene idiotische Art gemacht. Diese modernen Sachen sind viel besser.«

Gloria wartete im Auto, während ich mich kurz mit den Gegebenheiten vor Ort vertraut machte. Ich hatte die vage Vorstellung, ich könnte irgendwelche verdächtigen Figuren sichten. Es wäre leichter gewesen, die Sahara an einem feuchten Mittwoch zu finden. Im Lokal war der Teufel los. Typen mit schlechten Haarschnitten und Fußballhemden schubsten kichernde Gruppen von Mädchen, die das trugen, was ihnen die Warenhausketten in der City als neueste Mode verkauft hatten. In Wahrheit sahen sie aus wie nach einem Zusammenstoß mit den aussortierten Siebzigerjahre-Klamotten ihrer Mütter. Mir fiel nicht ein, warum sonst man Trevira tragen sollte. In einer Lautstärke, die meine Plomben zum Pochen brachte, offenbarten uns die *Lightning Seeds,* dass der Fußball nach Hause zurückkehre. Das Wort provinziell beschreibt es nicht mal ansatzweise. Das hier war so anders als die Szene in der Innenstadt, dass ich mich fragte, ob wir durch ein schwarzes Loch gefallen und in der Andromeda-Galaxie gelandet waren. Gute Kleidung war hier reine Verschwendung.

Das besondere Eröffnungsangebot von zwei Getränken zum Preis von einem hatte bereits seine Opfer gefordert, und die restlichen Partygäste sahen aus, als steuerten sie unerbittlich auf das gleiche Schicksal zu. Ich verzog mich wieder nach draußen und holte Gloria. »Ich versuche in größtmöglicher Nähe zu bleiben«, erklärte ich ihr. »Das ist ein Tollhaus da drinnen.«

Sie hielt an der Türschwelle inne, sah sich kurz im Raum um und sagte: »Sie leben offenbar sehr zurückgezogen.« Während sie sprach, wurde sie von jemandem entdeckt.

Ein Aufschrei ging durch den Raum, und innerhalb weniger Sekunden brach die Jugend von Blackburn in Jubel aus und grölte die *Nordlichter*-Titelmelodie stümperhaft im Chor. Und dann gingen wir in der dröhnenden Umarmung der Menge unter.

Nach etwa zwanzig Sekunden gab ich den Versuch auf, Gloria vor dem Messer eines Mörders zu bewahren, als ich nämlich merkte, dass eher ich ein Stilett in den Rippen hätte, wenn ich zwischen sie und ihre Fans geriet. Ich schlängelte mich durch die Menge zurück und fand einen guten Aussichtspunkt auf dem erhöhten Podium, wo der DJ so cool war, wie ein Mann nur sein kann, der tagsüber für die örtliche Baufirma arbeitet. Ich ließ meine Augen automatisch über die Menge wandern und suchte nach auffälligem Verhalten. Leichter gesagt als getan angesichts des Ausmaßes trunkener Festlaune um mich herum. Aber so weit ich das in dem voll gepfropften *Frog & Scrannage* sehen konnte, waren die Einheimischen freundlich gesinnt, zumindest was Gloria/Brenda betraf.

Ich beobachtete meine Klientin und war beeindruckt von ihrer Energie und Professionalität. Sie durchquerte den Raum langsamer als ein bekifftes dreizehiges Faultier. Für alle, die sich an sie heranquetschen konnten, hatte sie ein paar Worte und ein Autogramm übrig. Sie schien nicht einmal zu schwitzen, die einzig kühle Person in der größten Sauna von Nordwestengland. Als sie es endlich bis zum Podium geschafft hatte, mangelte es nicht an Händen, um ihr hinaufzuhelfen. Sie drehte sich kurz um und reichte dem DJ schnell eine Kassette. »Wann immer Sie wollen, Schätzchen. Spielen Sie sie einfach ab.«

Der Bursche schob die Kassette in sein Kassettendeck, die Eröffnungstakte der *Nordlichter*-Titelmelodie dröhnten aus den Lautsprechern, und das Publikum wiegte sich hin und her. Die Musik wurde leiser, und Gloria begann mit einer ausgeklügelten Show. Ein paar Witze mit Lokalbezug, eine Reihe Anekdoten über ihre Kolleginnen und Kollegen aus der Serie und dann, genau aufs Stichwort, schwoll die Musik an, und sie schmetterte ein Medley aus »I Will Survive«, »No More Tears«, »Roll With It« und »No Regrets«.

Sie hätten dabei sein müssen.

Die Menge winselte nach mehr. Sie bekam mehr. »The Power of Love« machte unser Trommelfell bis in die folgende Woche unbrauchbar. Dann waren wir wieder draußen. Der Parkplatz war so kalt und still, dass ich versucht war zu verharren, wäre da nicht die Klientin gewesen. Also rannte ich zum Auto und fuhr es zum Eingang, wo sie die letzten Autogramme gab. »Schaut euch weiter die Serie an«, bat sie, als sie ins Auto stieg.

Sobald wir den Parkplatz verlassen hatten, legte sie laut seufzend die Perücke ab. »Wie fanden Sie es?«

»Wenn Sie jemand ernsthaft verletzen wollte, käme er oder sie problemlos nahe genug ran. Abzuhauen dürfte schwieriger sein«, sagte ich, während ich mich in einem tückischen Einbahnstraßensystem zurechtzufinden versuchte, das uns nach Chorley oder Preston oder in ein anderes Schicksal, schlimmer als der Tod, führen konnte, wenn ich nicht aufpasste.

»Nein, nicht das«, sagte Gloria ungeduldig. »Vergessen Sie das. Wie war ich? Ist es gut angekommen?«

Als ich Gloria hinter versperrten Türen und verriegelten Toren abgeliefert hatte und durch die leeren verarmten Straßen des östlichen Stadtrandes zurückfuhr, war es nach Mitternacht. Nichts rührte sich mehr als der Abfall im Wind. Dem Zigarettenrauch, der lauten Musik und den blitzenden Lichtern in dem Lokal verdankte ich ein dumpfes Pochen in der Stirnhöhle. Ich war vor kurzem dreißig geworden; vielleicht hatte dies eine grundlegende Veränderung in meinem Gehirn bewirkt, so dass mein Körper nun nicht mehr all die Dinge aushalten konnte, die für die Besucherinnen und Besucher von Blackburns neuestem Unterhaltungslokal einen »klasse Abend« ausmachten. Vielleicht hatte Altern ja doch seine positiven Seiten.

Ich gähnte, als ich die Siedlung mit den Sozialbauten hinter mir ließ und in die Enklave von Privathäusern bog, wo ich hin und wieder richtig ausschlafen kann. Heute würde es mir nicht gelingen; Gloria musste um neun im Studio sein, also wollte sie, dass ich sie um halb neun abholte. Ich biss die Zähne zusammen, dachte an den Stundenlohn und lächelte.

Auf dem gefrorenen Pflaster leicht schlitternd, stolperte ich den Weg hinauf. Ich spürte bereits das sinnliche Wohlgefühl, unter eine schwere Daunendecke zu kriechen. Als ich die Tür öffnete, war der Traum vorüber. Bereits von der Diele aus sah ich Licht im Wintergarten. Ich hörte stimmungsvolle Saxophonmusik und Gemurmel. Dass sie im Wintergarten waren und nicht in Richards Wohnzimmer hieß, dass, wer immer mit ihm redete, zu mir wollte.

Meine Tasche glitt zu Boden, als meine Schultern absackten. Ich ging ins Wohnzimmer und betrachtete die

Szene durch die Terrassentür. Bierflaschen, Jointqualm, zwei Männerkörper ausgestreckt auf Rattan.

Was ich mir schon immer nach einem harten Arbeitstag gewünscht habe. Zwei Kriminelle im Wintergarten.

3

Venus im Quadrat mit Neptun

Ein spannungsreicher Aspekt, der Konflikte in Herzensangelegenheiten verursacht, weil sie höhere Erwartungen an Liebe und Freundschaft stellt, als ihre Welt bietet. Sie ist fest entschlossen, die sich vor ihr auftürmenden Hindernisse aus dem Weg zu räumen.

Aus: *Was in den Sternen steht* von Dorothea Dawson

Nicht jeden Abend hast du das Gefühl, eine Besuchserlaubnis für den eigenen Wintergarten zu benötigen. An diesem Abend brauchte ich wirklich eine Stärkung, ehe ich mich der Musik und den Männern stellen konnte. Ein kurzer Abstecher in die Küche, und ich war mit einem beschlagenen Glas eisgekühltem Pfeffer-Wodka mit rosa Grapefruitsaft gerüstet. Ich nahm einen großen Schluck und trat dem gegenüber, was Dennis und Richard mir entgegenschleudern würden.

Als ich sagte, der Wintergarten sei voll Krimineller, war das nur leicht übertrieben. Obwohl Richard darauf beharrt, Marihuana für seine Kreativität zu brauchen und somit jeden Tag das Gesetz bricht, hat er keine Vorstrafen. Aber Journalist zu sein reicht eigentlich auch schon.

Dennis ist ein anderer Vogel. Er ist Berufsverbrecher, aber so paradox das auch klingen mag, ich vertraue ihm mehr als den meisten anderen Leuten. Bei Dennis weiß ich immer, woran ich bin; seine Moral entspricht vielleicht nicht den traditionellen Vorstellungen, ist aber unbeugsamer als das Gesetz der Schwerkraft – und verdammt versöhnlicher. Er war einst professioneller Einbrecher; nicht die Sorte, die in anderer Leute Häuser eindringt, um das Videogerät zu stehlen und in der Unterwäsche zu wühlen, sondern einer, der die sehr Reichen um ihre unrechtmäßig erworbenen und gut versicherten Gewinne erleichtert. Einige seiner Opfer hatten so viele teure Statussymbole herumliegen, dass sie den Diebstahl nicht mal bemerkten. Jetzt hatte er mehr oder weniger aufgehört Leute auszurauben, abgesehen von anderen Ganoven, die zu stolz sind, um es der Polente zu melden. Aus dem Grunde, dass ihm seine Frau nach seinem letzten Aufenthalt hinter schwedischen Gardinen, wo er seine Geschäfte nur mit einer Telefonkarte abwickeln konnte, für den Fall einer neuerlichen Gefängnisstrafe mit der Scheidung gedroht hatte.

Dennis kannte ich sogar schon länger als Richard. Er ist mein Thai-Box-Trainer, und er hat mir die für eine kleine Frau wie mich passenden Grundprinzipien der Selbstverteidigung beigebracht – ein lähmender Tritt gegen die Kniescheibe oder in die Eier und dann laufen, als wäre der Teufel hinter dir her. Das hat mir schon öfter als einmal das Leben gerettet, was ein weiterer guter Grund ist, warum Dennis in meinem Haus immer willkommen sein wird. Nun ja, fast immer.

Ich lehnte mich gegen den Türpfosten und blickte finster. »Ich dachte, du machst nicht in Drogen«, sagte ich milde zu Dennis.

»Du weißt, dass ich das nicht mache«, antwortete er. »Wer verbreitet hier Schweinereien über mich?«

»Niemand. Ich spreche nur von der Luft hier drin«, sagte ich und fächelte mir mit der Hand vorm Gesicht, während ich den Raum durchquerte. Ich drückte Dennis einen Kuss auf die Wange, die so glatt war, als hätte er sich gerade rasiert. »Ein Atemzug und du bist breit. Ganz zu schweigen davon, dass sich die Lebenserwartung um die Hälfte verringert.«

»Schön dich zu sehen, Brannigan«, sagte mein Liebster, als ich die Abendzeitung beiseite schob und mich neben ihn aufs Sofa setzte.

»Nun, was heckt ihr Jungs denn so aus?«

Dennis grinste wie Karlchen Kojote. Mein Mut sank. Ich war wirklich nicht in der Stimmung für eine überzeugende Roadrunner-Imitation. »Wollte mich von dir inspirieren lassen«, sagte er.

»Und das hatte nicht bis morgen Zeit?«, stöhnte ich.

»Ich war gerade in der Nähe.«

Richards leises Kichern klang nach fünftem Bier und viertem Joint. Ich kenne den Mann. »Er war gerade in der Nähe und hörte, wie eine Flasche *Pete's Wicked Bohemian Pilsner* seinen Namen rief«, prustete er.

»Nach der Flaschenanzahl zu urteilen hat sich ein ganzer Kasten die Seele aus dem Leib geschrien«, knurrte ich. Die Jungs sahen aus, als wollten sie die Nacht durchmachen. Es gab nur einen Weg, hier lebendig herauszukommen, nämlich Dennis' Problem zu klären. Dann würden sie vielleicht nicht merken, wenn ich dem verzweifelten Ruf meiner Decke folgte. »Wie kann ich dir helfen, Dennis?«, fragte ich zuckersüß.

Er sah mich mit dem verstörten Blick eines Betrunkenen

an, der merkt, dass sein Gegenüber ihn viel netter behandelt, als er verdient. »Ich kann auch morgen wiederkommen«, sagte er.

»Das wird nicht nötig sein, denke ich«, sagte ich abwehrend. »Wie es bei Leonard Cohen heißt, *tonight will be fine.*«

Dennis sah mich von der Seite an und griff nach seinen Zigaretten. »Du hast nie deinen Jura-Abschluss gemacht, oder?«

Ich schüttelte den Kopf. Dies war ein wunder Punkt für meine Ma und meinen Pa, die gern die Eltern der ersten Akademikerin der Familie gewesen wären. Für mich war es nichts als Erleichterung, weil ich wusste, das Geschäft konnte nie so schlecht laufen, dass ich versucht wäre, als Anwältin zu arbeiten. Nach zwei Jahren Studium wusste ich, dass es kein einziges Gebiet in der Juristerei gab, in dem ich nicht binnen sechs Monaten überschnappen würde.

»Also könntest du mir für eine Rechtsauskunft nichts berechnen«, schloss Dennis triumphierend.

Ich drehte die Augen gen Himmel, wo ein paar wild entschlossene Sterne das gelbe Glimmen des Stadthimmels durchdrangen. »Nein, Dennis, könnte ich nicht.« Dann starrte ich ihn durchdringend an. »Aber warum sollte ich das tun wollen? Wir haben uns noch nie Rechnungen geschickt, oder? Was genau hast du vor?«

»Du weißt, ich würde dich nie um etwas Kriminelles bitten, nicht wahr?«

»Natürlich nicht. Du bist viel zu knickrig, um deinen Atem zu verschwenden«, sagte ich. Richard kicherte wieder. Ich korrigierte meine Schätzung. Sechstes Bier, fünfter Joint.

Dennis beugte sich vor, um seine Jacke vom Stuhl zu nehmen, wobei seine fantastischen Unterarmmuskeln und das Markenzeichen von Ralph Lauren sichtbar wurden. Es passte nicht ganz zu der Jogginghose und dem Fan-T-Shirt von Manchester United. Er zog einige Papiere aus der Innentasche und sah mich ein wenig besorgt an. Dann zuckte er mit den Schultern und sagte: »Es ist nicht illegal. Nicht wirklich.«

»Nicht mal ein bisschen?«, fragte ich. Ich versuchte erst gar nicht, meine Zweifel zu verbergen. Dennis nimmt nur Dinge übel, die böse gemeint sind.

»Dies ist nicht illegal«, sagte er bestimmt. »Es ist ein Pachtvertrag.«

»Ein Pachtvertrag?«

»Für einen Laden.«

»Du willst einen Laden pachten?« Das klang etwa so, als wäre Dracula Vegetarier geworden.

Er war so gütig, verlegen dreinzuschauen. »Nur technisch gesehen.«

Ich wusste, es war besser, nicht weiterzufragen. Manchmal macht Nicht-Wissen nicht nur selig, sondern ist auch gesünder. »Und du willst, dass ich einen Blick darauf werfe, um zu sehen, ob du nicht über den Tisch gezogen wirst«, sagte ich und streckte meine Hand nach den Papieren aus.

Auf einmal merkwürdig zurückhaltend, drückte Dennis die Papiere an seine Brust. »Kennst du dich mit Pachtverträgen aus? Ich meine, sie gehören nicht zu den Dingen, die du verpasst hast, oder?«

Dem war tatsächlich so, aber das wollte ich ihm nicht erzählen. Außerdem hatte ich seit meinem Abgang von der juristischen Fakultät in der Praxis viel mehr über Verträge und Pacht erfahren, als ich dort je gelernt hätte. »Gib her«, sagte ich.

»Du solltest nicht in diesem Ton sprechen«, schaltete sich Richard ein wie die Haselmaus auf der Teegesellschaft des verrückten Hutmachers. Dennis verzog das Gesicht, als würde er in ein Essiggurken-Sandwich beißen, aber er reichte mir die Papiere.

Es sah mir nach einem stinknormalen Standardvertrag aus. Er war für einen Laden im Arndale Centre, dem öden Einkaufszentrum in der Innenstadt, das die IRA im Jahr 1996 vom Stadtplan tilgen wollte. Wie üblich haben sie es vermasselt. Das Arndale, wahrscheinlich das hässlichste Gebäude von Manchester, blieb mehr oder weniger unversehrt. Leider wurden alle anderen Gebäude im Umkreis von vierhundert Metern schwer beschädigt, besonders die wirklich sehenswerten. Daraufhin sah das Stadtzentrum zwei Jahre lang aus, alles wäre es von Christo für eine bizarre Vorfeier der Jahrtausendwende verhüllt worden. Anscheinend wurde ein Teil des Einkaufszentrums, das wegen Reparaturen und Renovierung geschlossen gewesen war, gerade wieder eröffnet und Dennis wollte sich einen Teil vom Kuchen abschneiden.

Meiner Ansicht nach gab es keine Ungereimtheiten in dem Dokument. Wenn überhaupt, lief es zugunsten des Pächters, eines gewissen John Thompson, denn als Anreiz wurde ihm für die ersten drei Monate die halbe Miete erlassen. Ich war nicht überrascht, dass nicht Dennis' Name auf dem Vertrag stand. Er ist ein Mann, der sich kaum überwinden kann, seinen richtigen Namen ins WählerInnenverzeichnis einzutragen. Außerdem würde kein Vermieter mit Selbstachtung jemals an einen Mann verpachten, der laut Kreditschutzverein nicht mal existiert.

Ich verstand jedoch nicht, was er vorhatte. Irgendwie war Dennis für mich nicht der geborene Erbe von Marks & Spencer. Eventuell von Karl Marx, abgesehen davon, dass sie extrem unterschiedliche Ansichten über eine gerechte Verteilung der Güter hätten. Ich faltete den Vertrag wieder zusammen und sagte: »Für mich sieht er gut aus.«

Dennis riss ihn mir buchstäblich aus der Hand und steckte ihn zurück in seine Tasche, wobei er für einen erfahrenen Gauner wie ihn viel zu hektisch wirkte. »Danke, meine Liebe. Ich wollte nur sichergehen, dass alles da ist, was da sein sollte. Dass er richtig aussieht.«

Ich erkannte sofort das Schlüsselwort. Wir Detektivinnen schlafen nie. »Richtig aussieht?«, fragte ich. »Warum? Wer wird ihn denn sonst noch anschauen?«

Dennis versuchte unschuldig auszusehen. Ich habe schon Jagd-U-Boote gesehen, denen das besser gelang. »Das Übliche, weißt du? E-Werk, Wasserwerk. Bevor sie dich ans Netz anschließen, wollen sie den Pachtvertrag sehen.«

»Worum geht es hier, Dennis? Worum geht es wirklich?«

Richard richtete sich mehr oder weniger auf und legte einen Arm um meine Schultern. »Du kannst es ihr genauso gut erzählen, Den. Du kennst doch den Spruch: Besser sie ist im Zelt und pinkelt nach draußen, als sie ist draußen und pinkelt hinein.«

Ich ließ die anatomische Unmöglichkeit unkommentiert und gab mich mit einem gefährlichen Grinsen zufrieden. »Er hat nicht Unrecht«, sagte ich.

Dennis seufzte und zündete sich eine Zigarette an. »Okay. Aber wie gesagt, es ist wirklich nicht kriminell.«

Ich verdrehte meine Augen nach oben und schüttelte den Kopf. »Dennis O'Brien, du weißt und ich weiß, dass ›nicht kriminell‹ nicht unbedingt ›legal‹ bedeutet.«

»Das ist mir zu hoch«, monierte Richard und griff nach einer weiteren Flasche Bier.

»Erzähl es mir«, sagte ich fest.

»Du weißt, wie ich Verschwendung hasse«, begann Dennis. Ich nickte vorsichtig. »Für einen Mann wie mich gibt es nichts Ärgerlicheres als leer stehende Räumlichkeiten, bloß weil die Makler nichts von ihrem Job verstehen. Also hatte ich diese Idee, eine brachliegende Ressource zu nutzen.«

»Ladenbesetzung«, sagte ich rundweg.

»Was?«, fragte Richard verständnislos. »Du wirst in einem Laden wohnen, Den? Was ist mit dem Haus passiert? Debbie hat dich rausgeschmissen, was?«

»Er wird nicht in einem Laden wohnen, Kiffkopp«, sagte ich sarkastisch.

»Wenn du weiter dieses Zeug rauchst, wirst du bald das geistige Alter eines Dreijährigen haben«, fügte Dennis salbungsvoll hinzu. »Natürlich werde ich nicht in dem Laden wohnen. Ich werde in dem Laden Sachen verkaufen.«

»Klär mich auf«, sagte ich. Dennis' neueste Idee war nur ihm neu; er war bei weitem nicht der Erste in Manchester, der das versuchte. Ich erinnerte mich an einen Artikel über

Ladenbesetzung im *Evening Chronicle,* aber wie bei allen Zeitungsartikeln erfuhr ich daraus nicht die Dinge, die ich wirklich wissen wollte.

»Willst du wissen, wie es funktioniert?«

Blöde Frage an eine Frau, deren erste Uhr nur so lange hielt, wie sie brauchte herauszufinden, wie das Deckelglas abgeht. »Ist der Papst katholisch?«

»Als Erstes wählst du deine Räumlichkeiten. Such einen leeren Laden, und ruf den Makler an. Es muss etwas sein, wofür der Makler kein Angebot annehmen will, weil es bereits für ein paar Monate später vermietet ist.«

»Was?«, nuschelte Richard.

Dennis und ich tauschten das verschwörerische Grinsen derer, die etliche Getränke hinter dem geistig Umnachteten lagen. »Auf diese Art weißt du, dass es lange genug leer stehen wird und du ein- und ausgehen und zwischendrin deine Geschäfte machen kannst«, erklärte er geduldig.

»Als Nächstes bringst du jemand dazu, dir einen gefälschten Vertrag aufzusetzen. Einen, der aussieht, als hättest du in gutem Glauben für kurze Zeit einen Laden gepachtet, bar auf die Hand. Alles, was du dann noch schaffen musst, ist in den Laden reinzukommen, und fertig ist der Lack. Lass Strom und Wasser anschließen, räum den Laden mit Plunder voll, alles unter einem Pfund – was du dir leisten kannst, weil du keine Unkosten hast. Und die Polypen können dir nichts anhaben, weil du kein Gesetz übertreten hast.«

»Was ist mit Sachbeschädigung?«, fragte ich. »Du musst die Schlösser aufbrechen, um reinzukommen.«

Dennis zwinkerte. »Wenn du die Schlösser mit einem

Dietrich öffnest, verursachst du keinerlei Schaden. Und wenn du neue Schlösser für extra Sicherheit einbaust, wo ist da die Beschädigung?«

»Wird der Vermieter nicht versuchen, deinen Laden dichtzumachen?«, fragte Richard. Für seinen Zustand war das eine erstaunlich vernünftige Frage.

Dennis zuckte mit den Schultern. »Manche von ihnen werden sich damit gar nicht abgeben. Sie wissen, dass wir draußen sind, bevor der neue Pächter die Räumlichkeiten braucht, also haben sie nichts zu verlieren. Einige werden es versuchen. Ich werde ständig jemand im Geschäft postieren, nur für den Fall, dass sie irgendwelche Tricks versuchen und in der Nacht den Laden wieder einkassieren wollen. Für einen Zehner macht dir ein Straßenkind den Nachtwächter. Gib ihnen ein Handy und eine Stulle, und schließ sie ein. Wenn dann der Vermieter irgendwas versucht, krieg ich einen Anruf und bin flugs dort. Falls er mich oder den Jungen anfasst, ist er der Kriminelle.« Dennis lächelte mit der Herzlichkeit eines Hais. »Ich habe mir sagen lassen, man kriegt eine sehr vernünftige Antwort, wenn man ihnen die genaue rechtliche Situation erklärt.«

»Kann ich mir vorstellen«, sagte ich trocken. »Kommt die Erklärung komplett mit Baseballschläger?«

»Was soll man machen, wenn man gerade auf dem Heimweg vom Sport ist, wenn der Anruf kommt?« Er hob die Augenbrauen und versuchte unschuldig zu wirken – und scheiterte kläglich.

»Lohnt es sich?«, fragte ich.

»Es ist eine ganz nette Einkommensquelle, jetzt wo Weihnachten näher rückt.«

»Du weißt, Dennis, wenn du nur halb so viel Energie in ein ehrliches Geschäft stecken würdest, wie du für deine krummen Dinger aufwendest, wärst du längst Multimillionär«, seufzte ich.

Er schüttelte bekümmert den Kopf. »Vielleicht, aber wo wäre da der Spaß?«

Er hatte Recht. Und was maßte ich mir eigentlich an? Ich habe einer ehrlichen Variante meines Lebens vor langer Zeit den Rücken gekehrt. Dennis brach das Gesetz um des Profits willen, genau wie ich. Ich hatte Einbruch, Betrug, Körperverletzung, Diebstahl, Täuschung und Verstöße gegen das Abhörverbot begangen, viel zu oft, um darüber zu reden – und das nur innerhalb der letzten sechs Monate. Ich rechtfertigte das mit der Entschuldigung, es für die Kundschaft zu tun, und mit meiner eigenen Auffassung von Gerechtigkeit. Das hatte mich an seltsame Orte geführt, mich zu Entscheidungen gezwungen, die ich bei Tageslicht nicht allzu genau betrachten mochte. Früher einmal hätte ich keine Sekunde gezweifelt, ob ich oder Dennis den besseren moralischen Standpunkt hatte.

Heute war ich nicht mehr so sicher.

4

Mond im Quadrat mit Mars

Ein unfallträchtiger Aspekt, der darauf hindeutet, dass sie sich aus mangelndem Vorbedacht selbst schaden kann. Sie ist zu sehr darauf erpicht, sich bemerkbar zu machen, und hat sich nicht immer unter Kontrolle. Wenn sie sich unsicher fühlt, kann sich das in unweiblicher Angriffslust äußern. Sie neigt zu autoritärem Verhalten.

Aus: *Was in den Sternen steht* von Dorothea Dawson

Jede kann Star einer Seifenoper sein. Alles, was du brauchst, ist einen Drehbuchautor oder eine Drehbuchautorin, der oder die dich gut genug kennt, um deinen Charakter in die Serie aufzunehmen, und schon schlägst du der Britischen Film- und Fernsehakademie ein Schnippchen. Ich dachte immer, du musst Schauspielerin sein. Aber nach zwei Stunden am Set von *Nordlichter* wusste ich, dass Seifenopern anders sind. Etwa zehn Prozent der Mitwirkenden könnten Shakespeare oder Stoppard spielen. Der Rest tanzt einfach jede Woche im Studio an und spielt sich selbst. Die liebenswerten Spitzbuben sind einfach spitzbübisch, die überspannten Blondinen sind eben strohdumm, die Ewig-Guten lassen dich nach einem großen kalten alkoholischen Getränk dürsten, und die Bestgehassten der Nation sind mit jedem Zentimeter ihres Körpers einfach widerwärtig. Eigentlich sind sie noch widerwärtiger, weil alle, die sich in der Garderobe aufhalten, mehr Tuchfühlung mit ihnen bekommen, als einem vernünftigen Menschen lieb ist. Angesichts dieser Ansammlung von einstigen Größen und Möchtegernen hatte ich bessere Chancen, vom Blitz getroffen zu werden, als einem Star zu verfallen.

Sie mussten nicht mal ihren Text lernen. Fernsehszenen sind so kurz, dass eine Stechmücke mit Alzheimer einen durchschnittlichen Dialog ohne Schwierigkeiten behalten könnte. Insbesondere nach dem sechsten oder siebten *Take* schien sich die gesamte Besetzung von *Nordlichter* bemüßigt zu fühlen, noch ihre schlichteste Gemütsregung auf den Bildschirm zu bringen.

Mein Hauptproblem war, wie ich meinen Job machen sollte. Gloria hatte allen erzählt, dass ich ihre Leibwächterin war. Nicht, weil ich keine glaubwürdige Geschichte hätte auftischen können, sondern weil ich nach Abwägen des Für und Wider zu folgendem Schluss gekommen war: Wenn es jemand vom Cast oder von der Crew auf sie abgesehen hatte, musste er oder sie jetzt einsehen, dass es an der Zeit war, den Rückzug anzutreten und die Sache zu vergessen. Gloria war ganz für eine Undercoveraktion gewesen, in der Hoffnung, dass ich den Drohbriefschreiber bei seinem Racheakt erwischte. Ich dagegen fand, ich würde ein unübersehbares Hindernis für Übeltäter darstellen, wenn ich nur nahe genug bei ihr blieb.

Abgesehen davon sind Außenstehende am unmittelbaren Drehort nicht zugelassen. Die Handlung von *Nordlichter* soll streng geheim bleiben. NPTV, die Produktionsfirma der Seifenoper, ist so paranoid, dass *New Labour* daneben locker wirkt. Alle an der Produktion Mitwirkenden mussten eine Erklärung unterzeichnen, dass die Weitergabe jeglicher Information über Figuren und Handlung ein grobes Vergehen darstelle, ein Entlassungsgrund sei und eine Schadenersatzklage nach sich ziehe. Sogar ich musste die Schadenersatzklausel unterschreiben, ehe ich das Gelände mit dem Szenenaufbau für Innen- und Außenaufnahmen sowie die Produktionssuite und die Verwaltungsbüros betreten durfte. Abgesehen von Dreharbeiten an Originalschauplätzen, die der Serie das typische Manchester-Flair verliehen, fand der gesamte Produktionsprozess, angefangen von der Skriptbesprechung bis hin zu den geschnittenen Masterbändern hinter den hohen Mauern der NPTV-Festung statt.

Unheimlich viel genützt hatte das Ganze. Über *Nordlichter* gab es mehr Kolumnen als über jede andere Fernsehsendung in Großbritannien. Der Zündstoff musste von irgendwoher kommen, und Boulevardblätter haben schon immer tief in die Tasche gegriffen. Jede und jeder der KlatschreporterInnen, die ich kenne, könnte der nervös zaudernden »Quelle« in einfachsten Worten erklären, dass die rechtliche Grundlage für eine Schadenersatzklage seitens NPTV in etwa so solide ist wie die Sperrholzwände von Brenda Barrowcloughs Wohnzimmer.

NPTV bestand auf dieser Machtdemonstration, und ich überzeugte Gloria, dass Offenheit die Sache in jeder Hinsicht vereinfachen würde. Der Nachteil bestand darin, dass alle auf der Hut waren. Niemand würde sich zufällig verquatschen. Falls meine Zielperson ein Mitglied des *Nordlichter*-Teams war, würde sie in meiner Gegenwart sehr vorsichtig sein.

Um meiner Klientin wirkungsvollen Schutz zu gewähren, musste ich sichtbar sein, so dass ich mir nicht mal eine ruhige Ecke suchen und mich mit meinen E-Mails und Rechnungen befassen konnte. Wenn Gloria in der Maske war, war ich in der Maske. Wenn Gloria auf dem Set war, drückte ich mich am Set herum und stand allen im Weg. Wenn Gloria pinkeln musste, lehnte ich am Tamponautomaten. Ich hätte eine dieser Videotagebuch-Sendungen machen können, aufgrund derer sich alle PrivatdetektivanwärterInnen um einen Job als Aushilfe im Pflegedienst bewerben würden.

Ich versuchte gerade, im Kopf die Bilanz für diesen Monat zu machen, als eine Hand auf meiner Schulter mich einen Satz machen ließ. So viel zur aufmerksamen Leibwächterin. Ich fuhr herum, und meine Nase befand sich auf gleicher Höhe mit einem obersten Jackenknopf. Ich trat einen Schritt zurück und sah nach oben. Der Mann musste einsneunzig sein, mit breiten Schultern und groben Zügen. Der Schnitt des Anzugs, der eher nach Stange als nach Armani aussah, sollte die Folgen zu vieler Geschäftsessen verdecken, aber der Typ war noch weit davon entfernt, fett zu sein. Allerdings wirkte er auch nicht älter als Anfang vierzig, und seine Form verriet regelmäßiges Training. In ein paar Jahren, wenn seine Gelenke zu schmerzen beginnen und seine Ausdauer nachlassen würde, würde er in null Komma nichts abschlaffen. Ich kannte die Sorte. Gier war immer tödlich.

Das Lächeln auf seinem breiten Gesicht milderte die gut aussehende Strenge des kantigen Kinns, der breiten Stirn und der tief liegenden Augen mit den buschigen Brauen. »Sie müssen Kate Brannigan sein«, sagte er und streckte mir die Hand entgegen. »Ich wollte Sie nicht erschrecken. Ich bin John Turpin.«

Für einen Mann, der alles darangesetzt hatte, dass Gloria ihre Probleme innerhalb der Familie beließ, schien er erstaunlich freundlich. »Freut mich, Sie kennen zu lernen«, sagte ich.

»Wie gehen Ihre Ermittlungen voran?«, fragte er und lächelte gutmütig auf mich herunter.

»Das Gleiche könnte ich Sie fragen.« Wenn der Kerl versuchte, mich mit seiner freundlichen Hilfsbereitschaft für sich zu gewinnen, konnte ich zumindest den Vorteil nutzen und ihm ein paar Informationen entlocken.

Sein Lächeln erreichte nur einen Mundwinkel, wodurch sich sein Ausdruck von großmütig zu raubtierhaft wandelte. »Tut mir Leid, ich wache eher über Firmengeheimnisse als über Ms. Kendal«, sagte er mit leichter Schärfe.

»Aber Sie erwarten, dass ich Ihnen etwas erzähle?«, fragte ich unschuldig.

Er lachte leise. »Nicht wirklich, aber ein Versuch kostet ja nichts. Wie Sie selbst so eindrucksvoll demonstriert haben. Ich hatte gehofft, wir könnten Ms. Kendals kleines Problem intern regeln, aber ich kann sie nicht darin hindern, ihr Geld für Dienstleistungen zu verschwenden, die wir wirkungsvoller und gratis zur Verfügung stellen können.«

»Kann ich ihr ausrichten, für wann Sie die Ergebnisse Ihrer internen Untersuchung erwarten?«. Ich spielte nicht länger das Friede-Freude-Eierkuchen-Spiel. Es hatte mir nichts gebracht, also konnte ich genauso gut Klartext reden.

Turpin steckte eine Hand in seine Jackentasche, wobei er

den Daumen herausstehen ließ wie Prince Charles. »Kann ich unmöglich sagen. So viele Leute wollen etwas von mir, meistens sind es viel ernstere Dinge als die Possen eines anonymen Briefeschreibers.«

»Ihre Reifen wurden aufgeschlitzt. Alle vier. Auf dem NPTV-Gelände«, erinnerte ich.

»Seifenopern sind ein übles Geschäft«, sagte er ruhig. »Ich bin absolut nicht überzeugt, dass irgendein Zusammenhang zwischen den Briefen und den Autoreifen besteht. Mich wundert, wie abwegig Sie die Vorstellung finden, Ms. Kendal könnte einen ihrer Kollegen so verärgert haben, dass er die Geduld verliert und sich so kindisch benimmt.«

»Sie nehmen die Sache wirklich nicht ernst, was?«, sagte ich und versuchte mir meine Verblüffung nicht anmerken zu lassen.

»Dafür werden Sie bezahlt, Ms. Brannigan. Ich hingegen muss eine Fernsehproduktionsfirma leiten.« Er neigte den Kopf und machte wieder ganz auf charmant. »Hat mich gefreut.«

Ich sagte nichts und sah nur zu, wie er wegging. Die Seitenschlitze seiner Jacke verschleierten perfekt die Folgen zu vieler hinter dem Schreibtisch verbrachter Stunden. Falls unsere Unterhaltung für den Umgangston hier stand, überraschte mich nur, dass Gloria mich erst jetzt angeheuert hatte.

Trotz Turpins Auftritt langweilte ich mich gegen Mittag bereits mehr als in den Wochen vor meinem Entschluss, das große Latinum sausen zu lassen. Hätte mich jemand gefragt, ich hätte mich für jede Ablenkung dankbar gezeigt.

Was gelogen war, wie ich merkte, als mitten im fünften Durchlauf einer spannungsgeladenen Szene zwischen meiner Klientin und dem mutmaßlichen Vater des von ihrer Enkelin abgetriebenen Fötus mein Handy klingelte.

Beschämt zog ich eine entschuldigende Grimasse, als Glorias Szenenpartner mich leise fluchend anfunkelte: »Verdammte Scheiße. Was ist das hier? Ein scheiß Amateurverein?« Die sechs Monate Untersuchungshaft wegen versuchter Vergewaltigung (laut Titelseite der *Sun* vor einigen Monaten) hatten seine Ausdrucksfähigkeit nicht gerade verbessert.

Ich duckte mich hinter einen Requisitencontainer, legte meinen Kopf auf die Brust und brummte: »Hallo?«

»Kate? Ich bin verhaftet worden.« Die Stimme war mir vertraut, das Szenario keineswegs. Donovan Carmichael war im zweiten Jahr Student der Ingenieurwissenschaften an der Universität von Manchester. Er hatte gerade erst begonnen, seine jämmerliche Studienförderung aufzubessern, indem er nebenbei für mich als Vorladungszusteller arbeitete und damit die Grundlagenarbeit verrichtete, die das Gehalt seiner Mutter finanziert. Erwähnte ich bereits, dass Shelley, die Bürotyrannin, seine Mutter ist? Und dass sie die Vorstellung hasste, ihr hochgebildetes Jungchen geriete in Versuchung, alles hinzuschmeißen, um wie ihre Chefin als Einzelgänger durch die armseligen Straßen zu streichen? Wahrscheinlich verwendete er auch deshalb den einen Telefonanruf auf mich statt auf seine ihn abgöttisch liebende Mutter.

»Weshalb?«

»Weil ich schwarz bin, nehme ich an«, sagte er wütend.

»Was ist passiert?«

»Ich war in Hale Barns.« Das erklärte einiges. Es gibt nicht viele einsneunzig große schwarze Jungs in Hale Barns, besonders nicht solche, deren Schultern breiter sind als die schnittigen Sportwagen in den Vierergaragen. Das würde die Grundstückswerte zu sehr herabsetzen.

»Was hast du da gemacht?«

»Gearbeitet«, sagte er. »Du weißt schon. Ich wollte die Lieferung zustellen, die gestern Nachmittag reinkam.« So wie er sich ausdrückte, hörten fremde Ohren unser Gespräch mit. Ich wusste, er bezog sich auf eine gerichtliche Verfügung wegen häuslicher Gewalt, die wir zustellen sollten. Das letzte Mal, als der Ehemann einen schlechten Tag hatte, brach er seiner Frau das Jochhein. Wenn Donovan das Dokument erfolgreich zustellte, würde es vielleicht kein nächstes Mal geben. Aber Donovan hatte sehr gute Gründe, den Cops seine Zielperson und den Namen der Klientin nicht zu verraten. Außerhalb der dafür berüchtigten Viertel im Stadtzentrum, die ständig überwacht werden, haben die meisten Polizisten für Opfer häuslicher Gewalt nicht viel übrig. Besonders dann nicht, wenn der Typ, der die Schläge austeilt, der größte Fußballstar der Stadt ist. Er gab dem Wort »Kicker« eine völlig neue Bedeutung, aber in den Augen der Jungs in Blau ist er trotzdem ein Held.

»Legen sie dir irgendwas zur Last?«

»Sie haben mich noch nicht verhört.«

»Auf welcher Wache bist du?«

»Altrincham.«

Ich schaute auf die Uhr. Ich lugte hinter dem Container

hervor. Sie wollten gerade mit dem Drehen beginnen. »Ich schicke so schnell wie möglich jemand hin. Sag bis dahin gar nichts. Okay?«, sagte ich leise.

Ich wartete die Antwort nicht ab, sondern beendete das Gespräch und schlich auf Zehenspitzen zurück zum Set. Gloria und der idiotische Bursche, mit dem sie die Szene spielte, hatten ihren Part zum achten Mal durch, und die Regisseurin verkündete, zufrieden zu sein. Gloria stieß einen erdbebenartigen Seufzer aus, verließ den Set, zog Brendas Hochfrisurperücke vom Kopf und kam zu mir. »Für mich war's das für heute, Schätzchen«, sagte sie. »Setzen Sie mich zu Hause ab, den Rest des Tages können Sie freinehmen.«

»Bleiben Sie zu Hause?«, fragte ich und passte mich ihrem Schritt an, als wir zur Garderobe gingen, die sie mit Rita Hardwick teilte, der Darstellerin von Thelma Torrance, jenem Freudenmädchen, das nie erwachsen wurde.

»Bleibe ich. Ich muss noch eben die Scripts für nächsten Monat im Büro abholen. Ich werde bis zum Schlafengehen in meinem Whirlpool liegen und meinen Text lernen. Das ist kein schöner Anblick, und ich brauche keine Zuschauerin. Besonders keine, die mir dieses Privileg in Rechnung stellt«, sagte sie derb kichernd.

Ich versuchte, weniger erfreut auszusehen, als ich war. Ich hätte eine Anwältin zu Donovan geschickt, aber es hörte sich an, als könnte ich die Sache selbst in den Griff kriegen und Donovan rausholen. Und Anwältinnen kosteten entweder Geld, das ich nicht hatte, oder einen Gefallen, den ich nicht schulden wollte.

Zwei Stunden später ging ich mit Donovan zu meinem Wagen. Die Polizei mag Privatdetektivinnen nicht, aber nachdem ich mit einer Klage wegen Freiheitsberaubung und Rassismus gedroht hatte, waren sie nur allzu froh, Donovan aus dem Verhörzimmer zu entlassen, in dem er bis zu meinem Eintreffen ununterbrochen auf und ab gegangen war.

»Ich habe überhaupt nichts gemacht«, beschwerte sich Donovan. Unter der Oberfläche kochte er vor Wut. Ich konnte es ihm nicht verübeln, aber ich hoffte inständig, die Radfahrt zurück in die Stadt würde ihn abkühlen.

»Der Bulle, mit dem ich geredet habe, sagt, einer der Nachbarn hätte dich hinterm Haus rumschleichen sehen und dich für einen Einbrecher gehalten«, sagte ich.

»Ja, genau. Ich habe nur gecheckt, ob er im Billardzimmer auf der Rückseite des Hauses ist. Seine Frau sagte, dort hält er sich meistens auf, wenn er morgens nicht trainiert. Ich dachte, wenn er da ist und ich direkt auf die Veranda gehe, wäre er gezwungen rüberzukommen und zu öffnen, wenigstens um mich zur Sau zu machen. Als ich sah, dass niemand da war, ging ich zurück zur Einfahrt und setzte mich auf eine Mauer an der Straße, von wo aus ich sehen konnte, wenn er nach Hause kam. Ich habe mich wirklich nicht versteckt«, fuhr er fort. »Sie haben mich nur festgenommen, weil ich schwarz bin. Ein Schwarzer in einer Straße in Hale Barns muss doch ein Einbrecher sein, oder nicht?«

»Oder ein Drogendealer. Irgendwoher müssen die Reichen ihr Koks und ihr Heroin ja kriegen«, bemerkte ich. »Wo ist dein Rad?«

»Hale Barns. An einen Laternenpfahl gekettet, hoffe ich.«

»Dann fahren wir zurück und tun unsere Arbeit«, seufzte ich.

Auf den grünen Wegen von Hale Barns tröpfelte ein sanfter Regen auf uns nieder, als wir die Rasenfläche entlang auf das Haus unserer Zielperson zugingen. Schmiedeeiserne Tore standen offen und gaben den Blick auf eine lange Auffahrt mit Fischgrätziegeln frei. Es waren genug, um ein Doppelhaus zu bauen. Am Ende der Auffahrt parkten zwei zueinander passende Mercedes Sportwagen. Mir sank der Mut. »Ich fass es nicht«, murmelte ich.

Wir gingen die Zufahrt hoch auf eine großzügige Ranch im Hazienda-Stil zu, die wunderbar nach Kalifornien gepasst hätte. In Cheshire sah sie einfach nur blöd aus. Ich betätigte die Türklingel. Nach einer langen Pause wurde plötzlich leise die Tür geöffnet. Ich kannte sein Gesicht von den hinteren Seiten des *Chronicle.* Zum ersten Mal musste ich beim Zustellen der Dokumente nicht die Identität überprüfen. »Ja?«, sagte er stirnrunzelnd. »Wer sind Sie?«

Ich beugte mich vor und steckte die Papiere in den Ausschnitt des Frotteemantels, der sein einziges Kleidungsstück war. »Ich bin Kate Brannigan, und Sie haben soeben eine ordnungsgemäß zugestellte Vorladung erhalten«, sagte ich.

Während ich sprach, sah ich hinter ihm eine Frau im gleichen Bademantel durch einen Torbogen treten. Wie er sah auch sie aus, als wäre sie gerade im Bett gewesen, und nicht für ein Mittagsschläfchen. Auch sie kannte ich aus dem *Chronicle.* Ex-Model Bo Robinson, jetzt besser bekannt als die Ehefrau des Mannes, dem ich gerade die gerichtliche Vorladung überbracht hatte; ihr Rechtsbeistand hatte Blut geschwitzt, um sie dem Bezirksrichter abzuringen.

Da fiel mir wieder ein, was ich an meiner früheren Tätigkeit als Zustellerin gerichtlicher Vorladungen am meisten gehasst hatte.

Bevor Donovan Richtung Unibibliothek davonradelte, meinte er noch: »Sag meiner Mutter nicht, dass ich festgenommen wurde, okay? Nicht mal im Scherz. Außer du willst, dass sie mir verbietet, noch mal für dich zu arbeiten.«

Ich war einverstanden. Letztendlich sollten Scherze ja lustig sein. Leider machten die Bullen in Altrincham uns einen Strich durch die Rechnung. Was ich nicht wusste, war, dass der Dienst habende Sergeant bei Brannigan & Co. anrief, während ich das Ambiente ihrer hübschen Empfangshalle genoss (Dekor eines Sehbehinderten, Möbel eines Masochisten, Poster nach einer seit 1959 unveränderten Schablone). Er wollte überprüfen, ob die rothaarige Zwergin und der Riese im Trainingsanzug wirklich bei der Detektei arbeiteten oder auf frischer Tat ertappte, klugschwätzende Einbrecher waren.

Ich hatte kaum einen Fuß in die Tür gesetzt, als Shelleys Stimme mich wie ein explodierender Hochofen traf. »Neunzehn Jahre alt ist er und noch nie auf einer Polizeiwache gewesen«, kam die Eröffnungssalve. »Arbeitet fünf Minuten für dich und könnte genauso gut ein Gangster aus Moss Side sein. Das war's dann, sie haben seinen Namen im Computer. Noch so ein schwarzer Bastard, der ungestraft davongekommen ist – so wird es in den Akten stehen.«

Ich hob beschwichtigend die Hände. »Es ist alles in Ordnung, Shelley. Er wurde nicht offiziell verhaftet. Sie haben gar nichts in den Computer eingegeben.«

Shelley schnaubte. »Du bist so clever, was dein Geschäft betrifft. Wie kannst du so naiv sein, wenn es um unsere Leben geht? Du hast nicht die leiseste Ahnung, was es für einen Jungen wie Donovan bedeutet, von der Polizei aufgegriffen zu werden! Die sehen nicht den hart arbeitenden Jungen, der dazu erzogen wurde, das Alter zu respektieren und die Finger von Drogen zu lassen. Sie sehen nur ein weiteres schwarzes Gesicht, wo es nicht hingehört. Und du hast ihn dorthin geschickt.«

Ich drückte mich an der Rezeption vorbei und versuchte mich in mein Büro zu retten, ohne von dem Kreuzfeuer eine bleibende Behinderung davonzutragen. »Shelley, er ist erwachsen. Er muss seine eigenen Entscheidungen treffen. Bei seiner Einstellung habe ich ihm gesagt, dass Vorladungen-Zustellen nicht so einfach ist, wie es klingt. Aber er war überzeugt, er käme damit klar.«

»Natürlich kommt er damit klar«, schrie sie. »Er ist nicht das Problem. Es sind die anderen Arschlöcher da draußen, die sind das Problem. Ich will, dass er damit aufhört.«

Ich hatte beinahe meine rettende Tür erreicht. »Du musst das mit Don besprechen«, sagte ich strenger, als ich wollte.

»Das werde ich, keine Sorge«, schwor sie.

»Gut, aber vergiss nicht, warum er es macht.«

Ihre Augen verengten sich. »Was willst du damit sagen?«

»Es geht um Unabhängigkeit. Er will sein eigenes Geld verdienen, damit er dir nicht ständig auf der Tasche liegt. Er versucht dir zu zeigen, dass er jetzt ein Mann ist.« Ich atmete tief durch und versuchte mich durch Shelleys finsteren Blick, der aus ihren perfekt gezupften Augenbrauen eine Zickzacklinie machte, nicht einschüchtern zu lassen. Meine Hand am Türknauf holte ich zum K.-o.-Schlag aus. »Du musst ihn seine eigenen Fehler machen lassen. Du musst ihn loslassen.«

Ich öffnete die Tür und hechtete in Sicherheit. Pech gehabt. Statt in ein stilles Refugium stolperte ich ins Hackerparadies. Ein rot gerändertes Augenpaar sah anklagend zu mir auf. Unter dem Druck von Shelleys Wut hatte ich vergessen, dass mein Büro nicht mehr mir gehörte. Jetzt, wo ich die einzige aktive Teilhaberin von Brannigan & Co. war, benutzte ich den größeren der beiden Räume neben der Rezeption. Als ich noch Juniorpartnerin von Mortensen & Brannigan war, hatte es Bill Mortensen als Büro und zugleich als Hauptbesprechungszimmer für Klientinnen und Klientel gedient. Jetzt war es mein Allerheiligstes.

Mein früheres Schlupfloch war jetzt der Computerraum. Er wurde bei Bedarf von Gizmo, unserem Informationstechnologieberater, benutzt. In unserem Metier ist das der höfliche Ausdruck für Hacker. Und wenn es darum geht, katzengleich durch anderer Leute Systeme zu streifen, ist Gizmo der König dieses Schattenreiches. Sein Scharfsinn in Computerdingen hat den Nachteil, dass seine soziale

Kompetenz auf einer Skala von eins bis zehn irgendwo bei null liegt. Ich bin sicher, dies war auch der Hauptgrund, warum er seinen Job als Systemgenie bei der Telecom verlor. Jetzt, wo eine multinationale Spitzenfirma daraus geworden ist, müssen alle Beschäftigten so halbwegs menschlich wirken. Lebensformen auf Silikonbasis wie Gizmo mussten einfach wegrationalisiert werden.

Ihr Verlust war mein Gewinn. Natürlich mussten ein paar Veränderungen vorgenommen werden. Statt einfachen braunen, mit Banknoten gefüllten Umschlägen gab es jetzt ein Honorarsystem, das dem Finanzamt mehr entgegenkam, wenn auch nicht der Buchhalterin. Dann war da noch das äußere Erscheinungsbild. Gizmo hatte sich stets auf eine Art gekleidet, die die perfekte Tarnung für ein Leben auf der Müllkippe gewesen wäre.

Die Klamotten waren nicht das Problem gewesen. Es gelang mir, ihn so lange ruhig zu stellen, bis ich die wichtigsten Maße genommen hatte. Dann graste ich im Ausverkauf ein paar Fabrikverkaufsstellen für Designerklamotten ab. Ich hatte erst vor, die Kosten von seinem ersten Honorar abzuziehen, wollte ihm dann aber keinen zu großen Schock versetzen. Jetzt hatte er zwei salonfähige Anzüge, vier bügelfreie Hemden, ein paar unaufdringliche Krawatten und einen Mantel, auf den jeder Exhibitionist stolz wäre. Ich konnte ihn als unseren Experten für Computersicherheit vorführen, ohne die Kundschaft zu verschrecken, und er hatte ein paar Outfits, die sein Image nicht völlig zerstörten, falls ihn einer der anderen Untoten zufällig bei Tageslicht auf der Straße sehen würde.

Der Haarschnitt hatte mehr Probleme gemacht. Ich

glaube, er hatte seit 1987 kein Geld mehr für einen Haarschnitt ausgegeben. Ich dachte immer, er bearbeitete einfach mit der Schere die verirrte Locke, die sich gerade im Monitor spiegelte und ihn bei der Arbeit störte. Gizmo versuchte mir weiszumachen, dass er sich so gefiel. Es kostete mich fünf Bier, bis ich ihn in den Frisiersalon in der Innenstadt schleifen konnte, wo ich schon drei Termine hatte absagen müssen. Der Friseur wand sich vor Schmerz, konnte seine ästhetischen Bedenken aber lange genug unterdrücken, um seine Arbeit zu machen. Zu guter Letzt hatte Gizmo einen echt coolen Kurzhaarschnitt, und ich war baff, dass hinter dem ätzenden Kleidergeschmack und dem fürchterlichen Haarschnitt ein ziemlich attraktiver Mann steckte. Beängstigend.

Auch nach drei Monaten sah er immer noch gut aus. Mit seinen hohlen Wangen und den blutunterlaufenen Augen entsprach er genau dem aktuellen Schönheitsideal dieser heroinsüchtig wirkenden Dressmen. Ich habe sogar gehört, wie eine Freundin von Shelleys halbwüchsiger Tochter meinte, sie fände Gizmo »echt zum Bumsen«. Wir haben *Trainspotting* einiges zu verdanken. »Okay«, murmelte er und schaute bereits wieder auf seinen Monitor. »Könnt ihr zwei ein bisschen leiser sein?«

»Tschuldige, Giz. Ich wollte eigentlich gar nicht hier rein.«

»Ich weiß genau, was du meinst«, sagte er.

Ehe ich wieder gehen konnte, flog die Tür auf. »Und noch etwas«, sagte Shelley. »Du hast Gloria Kendal noch nicht in die Kundenkartei aufgenommen.«

Gizmos Kopf fuhr hoch wie der einer Marionette. »Gloria Kendal? *Die* Gloria Kendal? Brenda Barrowclough aus *Nordlichter?*«

Ich nickte.

»Sie ist eine Klientin?«

»Ich kann nicht glauben, dass du *Nordlichter* guckst«, sagte ich.

»Sie war gestern hier«, sagte Shelley selbstgefällig. »Sie hat für mich persönlich ein Foto signiert.«

»Wow! Gloria Kendal. Cool! Kann ich irgendwie behilflich sein?« Das letzte Mal, dass ich ihn derart begeistert erlebt habe, war anlässlich einer Vorabfreigabe von Netscape Navigator 3.0.

»Ich lass es dich wissen«, versprach ich. »Wenn ihr beide mich jetzt entschuldigt, ich habe zu arbeiten.« Ich lächelte zuckersüß und drückte mich an Shelley vorbei. Als ich über die Schwelle trat, ging die Eingangstür auf, und ein riesiger Korb Blumen kam herein. Lilien, Rosen, Nelken und ein Dutzend anderer Dinge, deren Namen ich nicht kannte. Einen kühnen Moment lang dachte ich, Richard könnte sich für vergangene Nacht entschuldigen. Er hätte Grund dazu gehabt, nach allem, was nach Dennis' Abgang passiert war. Der Gedanke verwelkte und starb, als meine Hoffnung von der Realität eingeholt wurde.

»Die werden von Gloria Kendal sein«, prophezeite Shelley.

Ich widersprach ihr. »Sie werden von Donovan sein, der seinen ersten Monatslohn opfert, um sich bei dir zu entschuldigen.«

»Falsche Adresse«, sagte Gizmo düster. So wie dieser Tag begonnen hatte, hatte er wahrscheinlich Recht.

»Ist hier Brannigan & Co.?«, fragten die Blumen. Für ein derart exotisches Arrangement sprachen sie einen auffallend gewöhnlichen Manchester-Dialekt.

»So ist es«, sagte ich. »Ich bin Brannigan.« Erwartungsvoll trat ich vor.

»Sie sind nicht für Sie, meine Liebe«, sagte die Stimme und ein Gesicht schaute zur Hälfte hinter den Blüten hervor. »Gibt's hier jemand namens Gizmo?«

5

Jupiter im Krebs im dritten Haus

Im Krebs steht Jupiter erhöht. Sie hat eine philosophische Sichtweise, und Spekulieren macht ihr Freude. Sie ist gutmütig und großzügig und hat einen ausgeprägten Beschützerinstinkt. Ihre Intuition und Vorstellungskraft sind wirksame Werkzeuge, die sie gewinnbringend einsetzen könnte. Sie ist geschäftstüchtig und versteht in diesem Bereich zu kommunizieren. Sie schreibt wahrscheinlich sehr gründliche Berichte.

Aus: *Was in den Sternen steht* von Dorothea Dawson

Am nächsten Morgen fiel es mir schwer, Glorias Monolog auf der Fahrt ins Studio zu folgen. Das Rätsel um Gizmos mysteriösen Blumenstrauß war weitaus interessanter als ihre Analyse der *Nordlichter*-Handlung für den nächsten Monat.

Als der Bote verkündet hatte, für wen die Blumen waren, fielen Shelley und ich über Gizmo her. Knallrot und stammelnd verweigerte er jede Erklärung. Shelley, die schon immer von der schnellen Truppe war, schnappte sich die Karte, die dem Strauß beigelegt war, und riss den Umschlag auf.

Alles, was darauf stand, war: »WWW wird wahr«. Ich weiß es. Ich habe ihr über die Schulter geschaut. Der Zusteller hatte die Blumen auf Shelleys Tisch gestellt und war abgezogen. Er hatte sicher schon zu viel Blutvergießen wegen Blumensträußen erlebt, um länger als nötig herumzulungern. »Also, wen hast du im Internet aufgerissen?«, fragte ich. »Wer ist das Cyberbabe?«

»Cyberbabe?«, wiederholte Shelley.

Ich zeigte auf die Karte. »WWW. World Wide Web. Das Internet. Es ist von einer, die er beim Websurfen getroffen hat. Na ja, nicht wirklich getroffen. Mit der er E-Mails ausgetauscht hat.«

»Ungefährlicher als Körperflüssigkeiten«, kommentierte Shelley trocken. »Wer also ist das Cyberbabe, Gizmo?«

Gizmo schüttelte den Kopf. »Das ist ein Jux«, sagte er mit der Zaghaftigkeit desjenigen, der nicht erwartet, dass ihm jemand glaubt. »Die Jungs wollen mich bei der Arbeit in Verlegenheit bringen.«

Ich schüttelte den Kopf. »Das glaube ich nicht. Ich habe noch keinen Technikfreak erlebt, der Geld für Blumen ausgibt, solange es auf diesem Planeten noch Software gibt.«

»Echt, Kate, die machen sich einen Scherz mit mir«, sagte er verzweifelt.

»Teurer Scherz«, bemerkte Shelley. »Hat denn einer deiner Kumpels im Lotto gewonnen?«

»Es gibt kein Babe, okay? Hört auf damit, ja?«, sagte er, und diesmal klang er ehrlich beleidigt.

Also hörten wir auf, feinfühlig wie wir nun mal sind. Gizmo zog sich in seine Hightech-Klause zurück, und Shelley zuckte mit den Schultern. »Du brauchst mich gar nicht so anzusehen, Kate. Er wird nicht auf die ›Du kannst mit mir reden, ich bin eine Frau, ich verstehe das‹-Masche reinfallen. Es liegt an dir.«

»Männer weinen sich nie bei mir aus«, protestierte ich.

»Nein, aber du bist hier die Einzige, die sich genug mit Computern auskennt, um rauszufinden, mit wem er gesprochen hat.«

Ich schüttelte den Kopf. »Keine Chance. Wenn Gizmo ein Cybergeheimnis hat, dann ist es irgendwo weggesperrt, wo ich es nicht finden kann. Wir werden es auf die harte Tour rauskriegen müssen. Morgen früh gehst du am besten gleich zum Blumenladen.«

Nennen Sie mich ein Aas, aber als ich Gloria ins Studio fuhr, war ich restlos damit beschäftigt, wie wir Gizmos heimliche Verehrerin entlarven konnten, falls sie so schlau gewesen war, im Blumenladen keine Spuren zu hinterlassen. So hätte ich fast eine Frage überhört, die mehr als ein Grunzen als Antwort erforderte. »Es macht Ihnen also nichts aus, heute Abend vorbeizukommen?«, fragte Gloria.

»Nein, das geht klar«, sagte ich, nicht ganz sicher, was ich zugesagt hatte.

»Ich ruiniere wirklich Ihr Privatleben, Schätzchen«, fuhr sie fort. »Wenn Sie einen Freund haben, den Sie mitbringen wollen, können Sie das gern tun.«

Gloria musste mir angesehen haben, welch unwahrscheinliche Aussicht das war, denn sie kicherte. »Er ist Rockjournalist«, sagte ich.

Sie lachte schallend. »Dann bringen Sie ihn besser nie mit, wenn ich irgendwo singe«, prustete sie. »Ich bin zu alt, um mich beleidigen zu lassen.«

Als wir die Studios erreichten, hatte sich der Himmel zugezogen, und dicke Regentropfen platschten auf die Windschutzscheibe. »Oh, verdammt«, sagte Gloria.

»Probleme?«

»Wir wollten heute Vormittag draußen drehen. Wenn es so regnet, werden sie abwarten, ob es aufhellt, und die Zeit für die Innendrehs nutzen, die für heute Nachmittag vorgesehen waren. Ich spiele in keiner einzigen dieser Szenen, also verliere ich nicht nur einen freien Nachmittag, sondern muss auch noch den ganzen Vormittag herumhängen und warten, ob das Wetter sich ändert.« Sie kramte in dem voll gestopften Ranzen mit den Scripts und zog einen zerknitterten Plan heraus. »Mal sehen ... Könnte schlimmer sein. Teddy und Clive sitzen im selben Boot. Spielen Sie Bridge, Kate?«

»Schlecht. Ich habe seit meiner Studienzeit nicht mehr mit Menschen gespielt, und in letzter Zeit verliere ich auch gegen den Computer.«

»Sie können nicht schlechter sein als Rita Hardwick«, sagte sie entschieden. »Das geht also klar.«

»Zwei Pik«, sagte ich vorsichtig. Mein Partner, Clive Doran (Billy Knowles, der unredliche Buchmacher, der hinter seinen weiblichen Beschäftigten her ist), nickte zustimmend.

»Passe«, sagte Gloria.

»Drei Pik.«

»Kontra«, verkündete Teddy Edwards, Glorias Serienehemann, der nichtsnutzige Arthur Barrowclough, betrügerischer Bauunternehmer und hoffnungsloser Spieler. Ich hoffte, er hatte im richtigen Leben so viel Glück im Spiel wie auf dem Bildschirm. Was Gloria im Auto nicht erwähnt hatte, war, dass wir um zehn Pence pro Punkt spielen würden. Sie war wohl der Ansicht, mir so viel zu zahlen, dass sie etwas davon zurückgewinnen musste.

Ich sah mein Blatt an. »Rekontra«, sagte ich kühn. Clive zog eine Augenbraue hoch. Meine Ansage machte die Runde um den Tisch, und wir begannen zu spielen. Ich merkte bald, dass die drei so an das Spiel der anderen gewöhnt waren, dass sie nur einen kleinen Teil ihres Hirns brauchten, um die nächste Karte zu wählen. Das Bridgespiel war nur eine Ausrede, um in der relativen Abgeschiedenheit von Glorias Garderobe zu tratschen.

»Habt ihr heute Morgen die *Sun* gesehen?«, fragte Clive, während er locker eine Karte ausspielte.

»Sie war kaum zu übersehen«, betonte Gloria. »Ich weiß nicht, wie es bei dir in der Gegend ist, aber jeder Zeitungskiosk auf dem Weg hierher hatte eine Tafel draußen. ›Schwuler Serienstar aufgedeckt: Exklusiv.‹ Ich frage mich manchmal, ob wir wirklich Ende des zwanzigsten Jahrhunderts leben oder eher Ende des neunzehnten. Ich meine, wen juckt's, ob Gary Bond ein warmer Bruder ist? Jedenfalls niemanden von uns, und wir müssen mit dem Kerl schließlich arbeiten.«

»Die sind verdammt faul, diese Zeitungsfritzen«, murmelte Teddy und gewann einen Stich, den ich eigentlich mit meinem Karoass erzielen wollte.

Clive zog scharf die Luft durch die Zähne. »Wie meinst du das?«

»Viele Recherchen kann es nicht gebraucht haben. Es ist nicht gerade ein Staatsgeheimnis, dass Gary ein Homo ist. Er erzählt doch ständig von Jungs, die er im Schwulenviertel abgeschleppt hat.« Teddy seufzte. »Ich weiß noch, als es nur der Rotlichtbezirk um die Canal Street war. Damals konntest du, wenn du heiß warst, wenigstens sicher sein, dass unterm Fummel eine Frau steckt.«

»Und er vergreift sich auch nicht an Kindern«, setzte Gloria fort, während sie den nächsten Stich machte. »Gut ausgespielt, Teddy. Ich meine, Gary ist nur hinter Typen seines Alters her.«

»In letzter Zeit gab es eine Menge heftige Geschichten über *Nordlichter*«, sagte ich. In dieser Runde war ich zwar nur die Strohfrau, aber ich musste diesen Job ja nicht wörtlich nehmen.

»Da haben Sie nicht Unrecht«, sagte Clive mit Nachdruck und strich sich mit einer vertrauten Geste sein dünnes Haar aus der schmalen Stirn. »Man gewöhnt sich an ein Leben im Goldfischglas, aber in letzter Zeit war es lachhaft. Wir benehmen uns alle wie Sonntagsschullehrer.«

»Ja, aber du kannst lammfromm sein, es wird dir trotzdem nichts nützen, wenn die Leichen bereits im Keller sind«, sagte Gloria. »Siebzehn Jahre war es her, dass Tony Peverell verhaftet wurde, weil er ein paar Mädels seinen Schniedel gezeigt hat. Er muss gedacht haben, die Geschichte wäre längst begraben und vergessen. Und da taucht sie plötzlich auf, auf der Titelseite der *News of the World*. Und seine Frau ist Küsterin.« Sie schüttelte den Kopf. Ich erinnerte mich an die Story.

»Er ist aus der Serie ausgestiegen, oder?«, fragte ich, während ich unsere Punkte notierte, die Karten einsammelte und mischte, während Gloria die Karten des anderen Stapels austeilte.

»Fiel er oder wurde er gestoßen?«, deklamierte Clive. Es

hätte unheimlich geklungen, hätte er nicht diese Stupsnase und dieses Grübchen am Kinn gehabt und ein Auftreten von der Tuntigkeit eines Kenneth Williams. Es war schwer zu glauben, dass er glücklich verheiratet und Vater dreier Kinder war, aber laut Gloria war das tuntige Gehabe nichts weiter als Show. »Und ich sollte es wissen«, hatte sie augenzwinkernd gesagt. Ich fragte nicht weiter.

»Was meinen Sie?«, fragte ich jetzt.

»Er meint John Turpin«, sagte Gloria. »Ich habe Ihnen doch von Turpin erzählt, oder? Der Vollstreckungsbeamte des Managements. Koordinator für Administration und Produktion nennen sie ihn. Drecksack nennen wir ihn. Ein typischer blöder TV-Manager, der in seinem Leben noch keine Sendung gemacht hat, aber besser weiß als alle anderen, was gutes Fernsehen ausmacht.«

»Turpin ist für die Verträge mit den Schauspielern zuständig«, erklärte Clive, während er seine Karten ordnete. »Also ist er technisch gesehen verantwortlich, wenn etwas zur Presse durchsickert. Die letzten sechs Monate ist er rumgelaufen wie alle vier apokalyptischen Reiter zusammen. Er droht, er schimpft, er tobt, aber die Geschichten sickern weiter durch. Ein Karo.«

»Passe. Es macht ihn wahnsinnig«, sagte Teddy mit einem süffisanten kleinen Lächeln, das sein Nagergebiss entblößte.

»Ein Cœur?«, probierte ich und fragte mich, welche Botschaft ich meinem Partner damit sandte. Als er sich erkundigt hatte, welche Art Reizung ich bevorzuge, musste ich schwach lächelnd antworten: »Telepathie?«

Er wirkte nicht beeindruckt.

»Es sind nicht die Skandale, die seinen Blutdruck in die Höhe treiben, sondern dass die Handlung durchsickert.« Gloria zündete sich eine Zigarette an und sah Teddy grübelnd an. »Zwei Treff. Erinnert ihr euch, als der *Sunday Mirror* diese Geschichte über Colettes Wohltätigkeitsverein in die Finger bekam?«

»Colette Darvall?«, fragte ich.

»Genau.«

»Das muss ich verpasst haben«, sagte ich.

»Zwei Karo«, sagte Clive entschlossen. »In jenem Monat waren Sie wohl nicht auf unserem Planeten, was? Als bei ihrer Tochter MS diagnostiziert wurde, traf sie sich mit all den anderen Leuten, deren Kinder im selben Boot sitzen. Also stellte sie sich als eine Art Gallionsfigur für einen Wohltätigkeitsverein zur Verfügung. Sie hat sich dafür krumm geschuftet. Sie ist dauernd unentgeltlich aufgetreten, hat ihnen Dinge für Tombolas geschenkt, Interviewgagen gespendet, all so was. Dann plünderte einer der Organisatoren den Wohltätigkeitsverein und haute mit dem ganzen Geld auf die Westindischen Inseln ab. Das wäre nichts als eine peinliche Tragödie für alle Betroffenen gewesen, hätte es da nicht das unangenehme Detail gegeben, dass er die drei vorangegangenen Monate mit Colette gefickt hätte.«

»Huch«, sagte ich.

»Teufel auch, Ihr Privatdetektive versteht es zu fluchen, was?«, meinte Teddy bissig. »Ich denke, ›huch‹ war nicht ganz das, was Colette sagte. Aber Turpin hat sich damals korrekt verhalten. Er postierte eine Woche lang Tag und Nacht einen der Pressesprecher vor ihrer Tür und sagte ihr, sie solle sich wegen ihres Jobs keine Sorgen machen.«

»Weil nämlich ein Flirt mit dem Ehemann einer anderen aus PR-Sicht als sexy gilt, während es einfach schäbig ist, sich Schülerinnen als Blitzer zu zeigen«, sagte Clive. »Hast du ein Schweigegelübde abgelegt, Teddy? Oder gibst du ein Gebot ab?«

»O Gott«, stöhnte Teddy. »Wer hat denn diesen Mist gegeben? Ich muss passen. Entschuldige, Gloria.«

»Passe«, schloss ich mich an.

»Und aller guten Dinge sind drei. Es gehört alles dir, Clive.« Gloria lehnte sich in ihrem Sessel zurück und blies eine Rauchwolke an die Decke. »Gott, ich genieße es, dass Rita nicht hier ist und übers Rauchen meckert.«

»Lass dich besser nicht von Turpin erwischen«, sagte Clive.

»Hört sich wie ein richtiger Goldschatz an, dieser Turpin«, sagte ich. »Ich habe ihn gestern getroffen, und er war scheißfreundlich zu mir. Erzählte mir nichts, wohlgemerkt, aber das charmant.«

»Großtuerischer Scheißkerl. Er hat sich einen feuchten Dreck um meine Sicherheit gekümmert. Scheiß Korinthenkacker«, sagte Gloria abfällig. »Wenigstens hat er angesichts des neuesten Geredes um die Zukunft der Serie aufgehört nach demjenigen zu suchen, der der Presse die Handlung zuspielt.«

»Die Zukunft der Serie? Die werden doch *Nordlichter* nicht absetzen?« Diese Idee war radikaler, als die Monarchie abzuschaffen, und würde auch mehr Leute auf die Straße treiben. Aus irgendeinem Grund war die Öffentlichkeit eher bereit, den Mitwirkenden ihrer Lieblingsserie ihre Sünden zu verzeihen als den Mitgliedern des Hauses Windsor, obwohl sie beiden eine Menge zahlten, den einen durch die Steuern, den anderen durch die versteckte Steuer der Werbung.

»Seien Sie nicht albern«, sagte Gloria. »Natürlich wird *Nordlichter* nicht abgesetzt. Das wäre wie Schokoladeverbot zu Ostern. Nein, sie erwägen, uns auf einen Satelliten- oder Kabelkanal zu verlegen.«

Ich starrte sie an, die Karten waren vergessen. »Aber dadurch würden sie eine Menge Zuschauerinnen und Zuschauer verlieren. Höchstens zwei Leute und ein Hund schauen Kabel.«

»Und der Hund ist ein Blindenhund«, schaltete sich Teddy düster ein.

»Die Theorie dahinter ist, dass, wenn *Nordlichter* zu einem der Pay-TV-Kanäle überwechselt, die Zuschauer folgen werden«, sagte Clive. »Die Anzugtypen denken, die Leute sind so abhängig, dass sie lieber für eine Satellitenschüssel blechen, als auf ihre drei wöchentlichen Episoden aus dem Alltagsleben der Menschen in Nordengland zu verzichten.«

»Alltag wohl kaum«, murmelte ich. »Zeigen Sie mir einen Ort in Manchester, wo niemand länger als vierzehn Tage arbeitslos ist und wo der Laden an der Ecke, die Imbissbude und der Zeitungskiosk noch von weißen Angelsachsen betrieben werden.«

»Wir sind kein verdammter Dokumentarfilm«, sagte Teddy. Er hatte anscheinend ähnliche Vorwürfe schon gehört. Sein Aufbrausen brachte mich nicht übermäßig aus der Fassung, zumal er anschließend sein restliches Blatt auf einmal hinwarf.

»Nein, wir sind ein Fantasyfilm«, sagte Clive vergnügt, kassierte den nächsten Stich ein und legte seine Karten ab. »Ich denke, der Rest gehört uns. Was wir vermitteln, Kate, ist Gegenwartsnostalgie. Wir beziehen uns auf eine Vergangenheit, die nie existiert hat, und übertragen sie in die Gegenwart. Die Menschen fühlen sich in der Stadt entfremdet und einsam, und wir schaffen die Illusion, dass sie Teil einer Gemeinschaft sind. Einer Gemeinschaft, in der alle Mädchen hübsch sind, alle Jungs breite Schultern haben und jede Frau über fünfunddreißig mit einer Art angeborener Weisheit versehen ist.«

Ich begann zu verstehen, warum Clive sich hinter seinem affektierten Getue versteckte. Darunter hatte er einen schärferen Verstand als die meisten seiner KollegInnen. Er war zwar genauso ichbezogen wie die anderen, aber er hatte sich zumindest damit auseinander gesetzt, womit er seinen ansehnlichen Lebensunterhalt verdiente. Ich wette, damit machte er sich ungemein beliebt in einem Umfeld von Egos, die alle meinten, sie allein wären der Grund für den Erfolg der Serie.

»Ihr haltet also die Anziehungskraft der Fantasie für so stark, dass ein Millionenpublikum, das dreimal die Woche guckt, wie eine Herde Schafe ihre Satellitenanmeldung ausfüllen wird?«, sagte ich skeptisch.

»*Wir* nicht, Schätzchen«, sagte Gloria und zündete eine neue Zigarette an, während Clive die Karten gab. »Aber das Management.«

»Das ist auch kein Wunder«, sagte Teddy. »Die werden auf jeden Fall einen Batzen absahnen.«

»Wie das?«

»Der Vertrag zwischen NPTV und den werbefinanzierten Sendern muss neu verhandelt werden. Die Werbefinanzierten wissen, dass NPTV mit den Satellitenbetreibern und Kabelgesellschaften über den Ankauf der *Nordlichter*-Rechte für die nächsten drei Jahre verhandelt hat. Also wissen die Werbefinanzierten, dass der Preis steigen wird. Es wird zu einem Preiskampf kommen. Und daraus wird das Management von NPTV mit seinem Aktienbündel als großer Gewinner hervorgehen. Wenn sie sich irren und die Zuschauer nicht in Scharen folgen, macht es ihnen nichts aus, denn sie haben die Kohle bereits in ihren gierigen Fingern«, erklärte Clive.

»Also muss Turpin das Loch stopfen, durch das die Handlung sickert«, sagte Gloria, während sie sich ihre Karten besah.

»Ich bin nicht sicher, ob ich Ihnen folgen kann. Sicher ist jede Publicity gute Publicity?«

»Nicht, wenn das Publikum dadurch schon im Voraus erfährt, was als Nächstes passiert«, sagte Teddy und verdrehte seine Augen gen Himmel, als wäre ich blöd. Ich reagierte nicht. Zumindest war ich nicht diejenige, die im Moment um vierzehn Mäuse ärmer war.

Clive erbarmte sich meiner Verwirrung. »Wenn die Leute die Handlung im Voraus kennen, werden viele es nicht für das Ende der Welt halten, wenn sie ein paar Folgen verpassen, weil sie ja wissen, was sie versäumen. Wenn sie einmal aus der Routine kommen, jede Folge treu ergeben anzusehen, dann verändern sich ihre Sehgewohnheiten.«

»Sie finden andere Sendungen zur selben Sendezeit, die

ihnen gefallen. Sie machen sich nicht die Mühe, den Videorecorder zu programmieren, weil sie ohnehin zu wissen glauben, was passiert. Oder sie gehen einfach in die Kneipe. Ehe du dich versiehst, haben sie den Anschluss an die Serie verloren«, setzte Gloria fort. »Ein Cœur.«

»Besonders jetzt, wo wir dreimal die Woche laufen. Du setzt zwei, drei Wochen aus, und wenn du wieder einsteigst, kennst du einige der Gesichter nicht. Ich werde diesmal passen.«

Teddy zupfte an seinem Hemdkragen, eine Angewohnheit, die entweder er von Arthur Barrowclough oder die Figur von ihm übernommen hatte. »Zwei Cœur. Und jedes Mal, wenn die Einschaltquoten sinken, sieht Turpin seinen Anteil am Gewinn schwinden.«

»Und wir können zusehen, wie sein Blutdruck steigt«, sagte Gloria. »Drei Cœur«, fügte sie hinzu, als sie mein Kopfschütteln bemerkte.

»Ich denke, der Versuch herauszufinden, wer dahinter steckt, ist zum Scheitern verurteilt. Das ist eine viel zu gute Einnahmequelle, als dass der Singvogel damit aufhören würde, und der Journalist oder die Journalistin, die laufend Exklusivmaterial kriegt, wird niemals ihre Quelle preisgeben«, sagte ich.

»Es mangelt ihm nicht an gutem Willen«, sagte Gloria. »Er lässt sogar alle Scripts kodieren, damit jede Kopie zurückverfolgt werden kann. Ich hoffe, dass, wer immer es ist, einen Mordsgewinn macht, denn von NPTV bekommt er keinen Shilling mehr, wenn er geschnappt wird.«

»Du wirst in dieser Stadt nie wieder Arbeit kriegen«, sagte Teddy mit überraschend überzeugendem amerikanischem Akzent. Ich war so an die Figur gewöhnt, die er darstellte, dass ich beinahe vergessen hatte, dass er Schauspieler war.

»Apropos Mordsgewinn, Gloria, irgendwas Neues von deinem Verfolger?«

Gloria machte ein finsteres Gesicht. »Verflucht, Clive, du verstehst es, ein Mädel vom Spiel abzulenken. Nein, ich habe nix mehr gehört, seit ich Kate engagiert habe. Ich hoffe, wir haben ihn abgeschreckt.«

»Woher weißt du, dass es ein Er ist?«, sagte Clive.

»Glaub mir, Clive, ich weiß es.«

Eine Zeit lang spielten wir schweigend. Wie beim Bridge war ich auch im Leben immer besser in der Verteidigung als im Angriff gewesen. Clive schien auch Blut geleckt zu haben, und schließlich konnten Gloria und Teddy die drei fehlenden Stiche für ihren Kontrakt nicht mehr erzielen. Meine Klientin hob die Augenbrauen und zündete sich noch eine Zigarette an. »Sie hat dermaßen gut gelogen, Teddy. Ich habe ihr wirklich abgenommen, dass sie in Bridge eine Niete ist.«

»Erzähl das nicht Turpin«, sagte Teddy scharf. »Er wird sie dir abwerben.«

»Meine Lieben, soweit wir wissen, hat er das bereits getan«, sagte Clive schelmisch.

Das Glück sollte ich mal haben, dachte ich, als mich alle anstarrten. Ich bin nicht heikel in der Frage, wer mich bezahlt. Vielleicht sollte ich noch ein Treffen mit Turpin dem Vollstrecker arrangieren und zwei Fliegen mit einer Klappe schlagen. Glorias Augen verengten sich, vom Rauch oder weil sie die Rädchen in meinem Kopf arbeiten sah. »Denken Sie nicht mal im Traum daran«, warnte sie mich. »Wahrscheinlich ist es einer unserer gehirnamputierten Kollegen, der den Blutsaugern zuarbeitet, und das will ich nicht auf dem Gewissen haben.«

Ich nickte. »Verstehe. Wer gibt?«

6

Venus im Löwen im vierten Haus

Gegenüber Menschen, die sie mag, kann sie – in praktischer wie emotionaler Hinsicht – überaus großzügig sein. Sie ist loyal, dominiert aber gern in Herzensdingen. Sie hat kreative Fähigkeiten, die bisweilen in Theatralik gipfeln. Ihre häusliche Umgebung muss unaufdringlich gestaltet sein.

Aus: *Was in den Sternen steht* von Dorothea Dawson

An meinem zweiten Abend als Gloria Kendals Leibwächterin lernte ich, dass ich meiner Klientin wirklich aufmerksamer zuhören musste. Die Abendverabredung, der ich so bereitwillig zugestimmt hatte, erwies sich als weitere Nacht in der Hölle und war anscheinend Glorias Art von Freizeitgestaltung. An diesem Abend war sie Ehrengast auf der Jahresfeier der Damensektion der nordwestenglischen Gastronomievereinigung. Ich war noch nie mit so viel Haarspray im selben Raum gewesen. Wenn Geschmack in direktem Zusammenhang mit dem IQ stünde, wären nur die wenigsten von ihnen der Sonderschule entronnen. Ich dachte, mit meinem Blackburn-Outfit würde ich wunderbar zu einem Abendessen unter Frauen passen, aber ich war so mondän wie ein Pfauenweibchen auf einer Versammlung der Pfauenmännchen. Es hätte mir auffallen müssen, dass Gloria nicht umsonst diese Pailletten und den Strass trug.

Etwa zehn Minuten nach unserer Ankunft in Ormskirk

wurde mir klar, dass diese Veranstaltung nicht wegen des Essens besucht wurde. Ich weiß, dass die Küche der Siebzigerjahre wieder in Mode kommt, aber das Menü im *Boar & Truffle's,* bestehend aus Krabbencocktail, Bœuf Bourguignon und – zum krönenden Abschluss – Schwarzwälder Kirschtorte, hatte nichts mit Stil oder Geschmack zu tun. Es war offensichtlich, dass jeder Kochtrend der vergangenen zwanzig Jahre spurlos an ihnen vorübergegangen war. Dieses Dinner hätte meine Oma Brannigan geschätzt und für gut befunden. Es kam aber nicht völlig überraschend; kein Mensch, der die Wahl hat, würde eine Minute länger als nötig in einer Stadt bleiben, deren Einbahnstraßensystem doppelt so groß ist wie das Stadtzentrum. Es ist der einzige mir bekannte Ort, der so stolz auf seine Seitenstraßen ist, dass er sie allen unachtsamen AutofahrerInnen vorführen muss, die sich auf ihrem Weg nach Southport dort verirren.

Den Wirtinnen, die zu Hause in ihrem Pub mit Sicherheit bessere Imbisse servierten, war es egal. Das Essen hatte den alleinigen Zweck zu erfüllen, den Magen auszukleiden und Alkohol aufzusaugen. Dies war keine Nacht, um Chauffeurin zu sein – und schon gar nicht Leibwächterin.

Gloria war jedoch in guter Form. Sie hielt sich an meine Ratschläge, blieb mit dem Rücken zur Wand und versuchte stets einen Tisch zwischen sich und den Fans zu haben. Das war nicht einfach, gierten doch so viele nordwestenglische Gastwirtinnen verzweifelt nach einem Foto von sich und meiner Klientin. Aber sie lächelte und lächelte und trank ihren Gin und hielt eine höllisch lustige und rüde Ansprache, bei der selbst ein Rugbyclub errötet wäre.

»Tut mir Leid, dass Sie diese Herumkutschiererei am Hals haben«, sagte sie, als ich sie durch die flachen Felder von Fylde in Richtung Autobahn und Zivilisation fuhr.

»Wer macht es normalerweise?«, fragte ich.

»Ein Freund von mir. Er wurde letztes Jahr gefeuert, weil er über fünfzig ist. In seinem Alter kriegt er keinen Job mehr. Ihm gefällt die Fahrerei, und er verdient sich ein bisschen Taschengeld.« Sie gähnte und griff nach ihren Zigaretten. Es war ihr Auto, also konnte ich mich nicht beschweren. Stattdessen öffnete ich das Fenster. Gloria zitterte im kalten Fahrtwind und lachte schallend. »Der Punkt geht an Sie«, sagte sie und schob die Zigaretten in ihre Tasche zurück. »Was glauben Sie, wie lange werden wir noch aneinander gekettet sein?«

»Das hängt von Ihnen ab«, sagte ich. »Ich glaube nicht, dass Sie einen Verfolger haben. Es gibt keine Anzeichen dafür, dass sich jemand an uns dranhängt, und ich habe mich bei Ihnen zu Hause gründlich umgesehen. Es gibt keinen geeigneten Beobachtungsposten für jemand, der hinter Ihnen her spioniert –«

»Ein Grund, warum ich dieses Anwesen gekauft habe«, unterbrach Gloria. »Diese verdammten Paparazzi mit ihren Teleobjektiven machen uns das Leben zur Hölle, wissen Sie. Die ganzen Zeitungsverleger, was haben die nicht alles hoch und heilig versprochen, nachdem sie Prinzessin Di zu Tode gejagt hatten, aber nichts hat sich geändert, wissen Sie. Sie jagen uns noch immer bei jeder sich bietenden Gelegenheit. Aber dort kriegen sie mich nicht. Nicht, dass ich irgendwas Aufregenderes mache, als meine Blumenkästen zu bepflanzen, aber verdammt noch mal, ich finde nicht, dass die Leser der *Sun* ein Recht haben zu erfahren, ob ich in diesem Jahr Fleißige Lieschen oder Lobelien habe.«

»Das bestätigt wohl, dass der Briefeschreiber mit der Serie zu tun hat; er kann Sie ständig im Auge behalten, weil er Sie jeden Tag bei der Arbeit sieht. Und er kann relativ leicht Hintergrundinfos aufschnappen, denke ich. Die Mitwirkenden reden recht offen miteinander, und Sie müssen nicht mal lauschen, um alle möglichen persönlichen Details mitzukriegen. Ich bin erst ein paar Tage am Set, und ich weiß bereits, dass Paul Naylor wegen seines Ekzems zur Akupunktur nach Chinatown geht, dass Rita Hardwicks Ehemann Möpse züchtet und dass Tiffany Joseph an Bulimie leidet. Noch eine Woche, und ich habe genug Material beisammen, um der halben Truppe Drohbriefe zu schreiben.« Ich verschwieg, dass nach einer weiteren Woche mit diesen unheilbar ichbezogenen Leuten Drohbriefe noch das Geringste wären, wonach mich gelüstete.

»Das ist kein schöner Gedanke. Jemand, der mich kennt, hasst mich so sehr, dass er mir Angst machen will. Diese Vorstellung gefällt mir gar nicht.«

»Wenn es einen Zusammenhang zwischen den Briefen und den aufgeschlitzten Reifen gibt, dann *muss* es fast jemand bei NPTV sein, fürchte ich. Es ist natürlich möglich, dass der Reifenschlitzer mit dem Briefeschreiber nichts zu tun hat. Vielleicht ist es nur ein krankes Hirn, das die Gelegenheit nutzt, um einen schlechten Scherz zu machen. Ich habe Sie das schon mal gefragt, aber inzwischen hatten Sie Zeit, darüber nachzudenken: Sind Sie sicher, dass Sie nicht irgendjemand gegen sich aufgebracht haben, bei dem eine Schraube locker ist?«

Gloria schüttelte den Kopf. »Kommen Sie, Schätzchen. Sie waren mit mir zusammen. Sie haben gesehen, wie ich zu den Leuten bin, mit denen ich arbeite. Ich bin sicher nicht perfekt, aber ich mache mich nicht über sie lustig wie andere Leute, die ich nennen könnte.«

»Ist mir aufgefallen«, sagte ich trocken. »Es ist nur so, dass alle bei NPTV wissen, dass Sie Dorotheas Warnung ernst nehmen. Die Person, die Ihnen die Briefe geschrieben hat, genießt dieses Gefühl der Macht, das heißt, sie hat wahrscheinlich gar nicht das Bedürfnis, mit den Drohungen weiterzumachen. Außerdem würde sie nicht wissen, ob ich komplett raus bin aus dem Fall oder weiterhin verdeckt ermittle. So gern ich bis in alle Ewigkeit zu diesem Stundenlohn arbeiten würde, ich bin geneigt, noch ein paar Tage abzuwarten und dann auszusteigen.«

»Sind Sie sicher, dass ich dann nicht in Gefahr bin? Ich bin nicht blöd, auch wenn ich so wirke, aber was Dorothea gesagt hat, hat mir wirklich Angst eingejagt – zusätzlich zu der Sache mit den Reifen. Wissen Sie, es ist gar nicht ihre Art, die gespenstische Hexe zu spielen.«

»Wann kommt sie das nächste Mal?«

»Übermorgen. Wollen Sie einen Termin?«

»Ich will sie befragen, nicht mich astrologisch beraten lassen«, sagte ich schnell.

»Ach, kommen Sie«, drängte Gloria. »Auf meine Kosten. Sie müssen es ja nicht ernst nehmen.« Sie öffnete ihre Tasche und nahm einen Stift heraus sowie eines ihrer Postkartenporträts. Die trug sie für ihre Fans ständig mit sich herum, weil sie sonst alles Mögliche signieren müsste, von Büchern aus der Leihbücherei bis zu allen nur erdenklichen

Körperteilen. »Geben Sie uns Zeit, Datum und Ort Ihrer Geburt.« Sie knipste die Innenbeleuchtung an, wodurch sich meine Sicht in der Dunkelheit deutlich verschlechterte. »Machen Sie schon, je eher Sie es mir sagen, desto schneller ist das Licht wieder aus.«

»Oxford«, sagte ich. »4. September 1966.«

»Tja, warum bin ich jetzt nicht überrascht, dass Sie Jungfrau sind?«, sagte Gloria sarkastisch, als sie das Licht ausmachte. »Caligula, Jimmy Young, Agatha Christie, Cecil Parkinson, Raine Spencer und Sie.«

»Was beweist, dass alles an den Haaren herbeigezogen ist«, sagte ich entschieden. Erst ein paar Kilometer weiter fiel es mir auf. »Wieso können Sie eine Liste berühmter Jungfrauen herunterrattern?«

»Ich habe eine geheiratet. Na ja, keine berühmte. Und mich von einer scheiden lassen. Hätte ich doch Dorothea damals schon gekannt. Jungfrau und Löwe? Das hätte sie nie zugelassen. Das sichere Rezept für eine Katastrophe.«

»Gehen Sie dann nicht ein Risiko ein, wenn Sie mit mir zusammenarbeiten?«

Gloria lachte, es war dieses großartige, mitreißende Glucksen, das die Nation zum Grinsen bringt, wenn Brenda Barrowclough mal wieder obenauf ist. »Arbeiten ist kein Problem. Niemand schuftet so hart wie eine Jungfrau. Sie sehen das Detail, wo ich nur ein Gesamtbild vor Augen habe. Und Sie geben niemals auf. Nein, ich bin sehr zufrieden mit Ihnen.«

Es ist interessant, wie oft KlientInnen vergessen, dass sie das mal gesagt haben, wenn ein Fall nicht so ausgeht, wie sie es sich vorstellten. Ich hoffte nur, Gloria würde ihre

Worte nicht bereuen. Ich grunzte unverbindlich und konzentrierte mich auf die Straße.

Es war beinahe eins, als ich durch meine eigene Eingangstür trat. Sowohl mein als auch Richards Haus war nur durch das schmutzige Orange der Straßenbeleuchtung erhellt. Ich hatte gehofft, er wäre zu Hause; ich litt unter etwas, das meine beste Freundin Alexis »NSB« nennt – Nicht-Spezifische Besorgnis –, und meine Erfahrungen in Selbstmedikation haben gezeigt, dass Kuscheln das beste Gegenmittel ist. Aber es sah aus, als trieb er, was immer Rockjournalisten mitten in der Nacht auf Live-Konzerten treiben. Es hatte wahrscheinlich mit Drogen zu tun, aber Richard rührt nie etwas Stärkeres als einen Joint an, und heutzutage konfiszieren die Bullen den Cannabis bloß für ihren Eigenbedarf und unternehmen sonst nichts, also machte ich mir deswegen keine Sorgen.

Ich schaltete das Küchenlicht ein und dachte, eine Tasse heiße Schokolade würde dieses unsichere Gefühl daran hindern, mich wach zu halten. Das Blatt Papier unter einem Magneten am Kühlschrank war nicht zu übersehen. »Bin Babysitten bei Alexis + Chris. Bleibe über Nacht. Bis morgen. Dicken Kuss.« Ich musste keine Handschriftenexpertin sein, um zu wissen, dass es von meinem vernarrten Lover stammte. Das einzige Problem war, er war nicht in mich vernarrt.

Ich wüsste mich zu wehren, wenn eine hübsche Blondine ihm die wohlgeformten Rundungen ihrer Waden vorführen würde. Aber wie soll eine Frau nur mit einem neun Monate alten Mädchen konkurrieren, ohne ihre Würde zu verlieren?

Am nächsten Tag durften wir zum Spielen nach draußen. Weil *Nordlichter* so großen Wert legte auf den Bezug zu Manchester, der Stadt der Kälte, mussten sie dies durch regelmäßige Außen- und Innendrehs an markanten Schauplätzen untermauern. Für NPTV hatte dies zu einem profitablen Nebenprodukt geführt: Sie organisierten nun *Nordlichter*-Wochenendreisen. Die Fans übernachteten in genau dem Hotel, wo Pauline Pratt und Gordon Jonstone ihren Seitensprung machten, und dann unternahmen sie einen Spaziergang, der sie an die Schauplätze der wichtigsten Episoden führte. Sie bekamen die Straßenbahnlinie zu sehen, wo Diane Grimshaw Selbstmord verübte, die Gasse, in der Brenda Barrowclough überfallen wurde, den Juwelierladen, der ausgeraubt wurde, während Maureen und Phil Pomeroy einen Verlobungsring auswählten. Sie nahmen ihr Mittagessen in dem Restaurant ein, wo Kemal Said als Kellner arbeitete, bevor er so tragisch an Streptokokkenmeningitis starb. Am Nachmittag besichtigten sie die Drehorte, und einige SchauspielerInnen begleiteten sie zum Abendessen, wozu man sie durch versteckte Drohungen und großzügige Gagen überredete.

Um noch lange aus dieser besonders ergiebigen Quelle schöpfen zu können, musste die Serie zumindest einmal im Monat in den Straßen der Stadt gedreht werden. An diesem Tag filmten sie eine Reihe von Szenen an verschiedenen Punkten entlang des sanierten Rochdale Canal. Gloria zufolge hatte ein neuer Produzent beschlossen, der Seifenoper durch eine Reihe von themenbezogenen Folgen seinen Stempel aufzudrücken. Als Thema dieser Woche sollte die Wasserstraße verschiedenste Kulissen bieten, von der düsteren bis zur echt hippen. Gloria hatte bei einem Streit mit Teddy vor dem *Barca,* Mick Hucknalls schickem katalanischen Bistro, den Kürzeren gezogen. An einem Sommernachmittag hätte das eine angenehme Abwechslung sein können. An einem düsteren Dezembermorgen war es ungefähr so lustig wie Sonnenbaden in Sibirien. Das Filmen dauerte ewig, weil ständig Züge und Straßenbahnen hoch über unseren Köpfen über die Backsteinviadukte ratterten, während die Kameras liefen.

Ich konnte mich nicht mal in einen der Busse für Cast und Crew flüchten, weil ich doch Gloria genauestens im Auge behalten musste. Allem, was ich in der Nacht zuvor gesagt hatte, zum Trotz schloss ich nicht völlig aus, dass es einen besessenen Fan gab, der ihr nachstellte. Dass sie die meiste Zeit unerreichbar war, mochte sein gestörtes Verhalten tatsächlich noch verstärken. Er konnte planen, nur dann gegen sie vorzugehen, wenn sie in der Öffentlichkeit war und ihre Rolle spielte.

Ich kauerte mich unter das Vordach des Speise- und Getränkewagens, wo ein rothaariger Riese mit leichtem Hochland-Dialekt ein paar junge Frauen unterwies, die verantwortlich waren für einen steten Strom an Speck-, Wurst- und/oder Eierstullen für alle, die welche wollten. Sie servierten mir einen dampfenden Pappbecher siedend heißen Kaffee, den ich mir unters Kinn hielt. Nicht lange allerdings. Wenn meine Nase zu schnell auftaute, bestand die Gefahr, dass sie sich vom Rest des Gesichts löste.

Ich hörte halb dem Gespräch im Wagen hinter mir zu. Es war weitaus interessanter als der Text, durch den sich Teddy und Gloria quälten. Die Leute der Cateringfirma diskutierten in etwa gleichem Umfang das Tagesmenü und die Mitwirkenden. Ich weiß nicht warum, aber sie schienen nicht sonderlich viel Respekt vor ihrer Kundschaft zu haben. Ich unterdrückte gerade ein Kichern angesichts des besonders skurrilen Kommentars über einen jungen Hengst in der Serie, seine Geilheit sei deutlich antiproportional zur Größe seiner Ausstattung, als ich merkte, dass ich unter dem Vordach Gesellschaft hatte. Der Typ, der aussah wie Rob Roy, hatte seine Helferinnen verlassen und war nach draußen gegangen, um eine zu qualmen. Das Ministerium für Gesundheit und Umweltschutz wäre beeindruckt gewesen.

Er grinste. Aus der Nähe war er noch attraktiver, als wenn eine dampfende Auswahl an Essen zwischen uns stand. Sein dichtes rotgoldenes Haar war aus der hohen breiten Stirn gekämmt. Über hohen Wangenknochen sprühten Augen im Blau des Startbildes von Windows 95. Er hatte die Art Mund, die Schnulzenautorinnen als grausam beschreiben, woraus sich schließen lässt, dass die Heldin wahrscheinlich in des Mannes Armen, wenn nicht gar in seinem Bett landen wird. »Tag«, sagte er. »Ich bin Ross Grant. Mir gehört die Cateringfirma für die Außendrehs.«

Der Kaffee hatte meine Lippen aufgetaut, so dass ich sein Lächeln erwidern konnte. »Kate Brannigan. Ich bin –«

»Ich weiß, wer Sie sind«, unterbrach er amüsiert. »Sie sind Glorias Leibwächterin. Dorothea Dawson, die Sterndeuterin, hat ihr erzählt, sie würde ermordet werden, deshalb hat sie Sie zu ihrem Schutz engagiert.«

»Sie sehen zu viel fern«, sagte ich beiläufig. »Die Leute

legen nicht ohne triftigen Grund so viel Geld hin, wie ich koste.«

»Entschuldigung«, sagte er. »Ich wollte mich nicht über Ihren Beruf lustig machen. Oder Dorothea in den Dreck ziehen. Sie hat wirklich viel für uns getan.«

»Einen plötzlichen Ansturm auf Speckstullen voraussagen, meinen Sie?«

Er grinste verlegen. »Sehr witzig. Nein, es ist mein Ernst. Sie wissen doch, dass sie dauernd im Fernsehen auftritt? Nun, sie hat uns an einige der Sendungen weiterempfohlen. Das hat uns viele Aufträge gebracht. Dorothea ist klasse. Sie versteht wirklich, was es heißt, von einem Geschäft zu leben, bei dem man dauernd vom Wohlwollen anderer abhängig ist. Also legt sie sich für Leute wie uns richtig ins Zeug, verstehen Sie? Nicht wie die meisten hier, immer nur ich, ich, ich. Wenn man mit Leuten arbeitet, die so von sich eingenommen sind, fällt es schwer, noch irgendetwas an ihnen ernst zu nehmen.«

Jetzt war ich wieder mit Lächeln dran. »Es fehlt ihnen ein gewisser Sinn für Relationen.«

»Aber Sie sind mehr als nur Bodyguard, oder? Ich habe gehört, Sie sind eine richtige Privatdetektivin.«

»Stimmt. Diese Arbeit hier mache ich so gut wie nie. Aber Gloria kann sehr überzeugend sein.«

»Wem sagen Sie das. Sie ist die Frau, wegen der ich eine ganze Nacht auf war, um Petits Fours für die Geburtstagsparty ihrer Enkelin zu machen. Ist sie also wirklich in Gefahr?«

Ich zuckte mit den Schultern. »Vorsicht ist besser als Nachsicht.«

»Tut mir Leid, das zu hören. Sie ist die Beste von dem ganzen Haufen. Der Gedanke, dass sie in Lebensgefahr ist, gefällt mir nicht. Ich frage nicht aus Neugier«, fügte er schnell hinzu. »Ich habe mich nur gefragt, wie lange Sie noch mit der Arbeit für Gloria beschäftigt sein werden.«

»Warum? Vermissen Sie mich jetzt schon?«

Er bekam diese merkwürdige pflaumenviolette Farbe, die Rotschöpfe annehmen, wenn sie erröten. »Eigentlich wollte ich Sie engagieren.«

»Mich engagieren?« Plötzlich war dies interessanter als ein harmloser Flirt, um die Kälte zu vertreiben. »Wofür?«

»Ich weiß nicht, ob Sie wissen, dass es bei *Nordlichter* einen Singvogel gibt. Jemand spielt der Presse Informationen zu. Nicht nur die übliche schmutzige Wäsche über das Liebesleben der Leute und zwanzig Jahre alte Schauergeschichten, sondern auch die Handlung der Serie.« Sein ganzer Humor war jetzt verflogen.

»Ich habe gehört, dass John Turpin die undichte Stelle ausfindig machen soll.«

»Ja, nun, Turpin versucht, es mir oder meinen Leuten anzuhängen«, sagte Ross frei heraus.

»Warum sollte er das tun?«

Er zog heftig an seiner Zigarette. »Weil wir geeignete Sündenböcke sind. Ohne Erneuerung läuft unser Vertrag Ende Januar ab, und Turpin scheint entschlossen, mich abzusägen. Wie ich den Schleimscheißer kenne, steckt er mit einer der anderen Firmen, die sich um den Vertrag bewerben, unter einer Decke, und er denkt, wenn er mich für die undichte Stelle verantwortlich macht, kann er seine eigenen Schäfchen ins Trockene bringen.«

»Aber warum sollte irgendwer ihm glauben?«, fragte ich.

Ross schnipste seine Kippe auf eine zugefrorene Pfütze, wo sie durch das Loch versank, das sie erzeugte. »Wir sind Außenstehende. Wie gehören nicht zum Team wie die Leute, die auf dem Gelände arbeiten.«

»Und wie sollten Sie an die geplante Handlung rankommen?«, warf ich ein.

»Bei den Außendrehs sind wir fast jede Woche dabei. Vier Wochen vor der Ausstrahlung wird gedreht, es ist also nicht schwierig zu erraten, in welche Richtung sich die Handlung entwickeln wird. Die Schauspieler stehen beim Cateringwagen und zerreißen sich das Maul über einen Handlungsstrang, der ihnen nicht gefällt, oder verarschen sich gegenseitig mit dem, was ihre Figur vorhat. Wenn ich oder meine Mädels wollten, könnten wir spionieren. Nichts leichter als das. Aber wir tun's nicht.«

»Wie können Sie so sicher sein?«

»Nun, ich weiß, dass ich es nicht bin. Und meine Frau ist es auch nicht.« Er deutete mit dem Daumen auf die offene Seite des Wagens. »Sie ist die in dem roten Sweatshirt. Und ich wette, dass es nicht Mary ist, das andere Mädel, weil ihr zwanzig Prozent der Firma gehören, und sie ist keine, die auf einen kurzfristigen Gewinn abzielt.«

Ich seufzte. »Kann ich verstehen. Aber das Gegenteil zu beweisen ist immer schwer.«

»Das weiß ich«, sagte er. »Dafür will ich Sie nicht engagieren. Ich möchte, dass Sie den echten Spitzel finden und meinen Kopf aus der Schlinge ziehen.«

Ich schüttelte den Kopf. Es brachte mich fast um, einen

Auftrag abzulehnen. »Ich bin wirklich voll mit Gloria beschäftigt. Sie sollten besser zu einer anderen Detektei gehen.« Ich knirschte mit den Zähnen. »Ich könnte Ihnen jemand empfehlen.«

Er schüttelte seinen hübschen Kopf. »Das hätte keinen Sinn. Turpin würde niemanden an den Drehorten dulden, geschweige denn auf dem NPTV-Gelände. Ich bin erstaunt, dass Gloria Ihre Anwesenheit am Set durchgesetzt hat. Deshalb sind Sie die Einzige, die uns helfen kann. Ich zahle den üblichen Satz, ich erwarte keine Ermäßigung.«

Ich trank meinen Kaffee aus und warf den Becher in den Mülleimer. »Kann ich nicht machen«, sagte ich. »Ich kann nicht unter Vortäuschung falscher Tatsachen Geld nehmen. Es wäre eine Lüge, wenn ich behauptete, ich könnte gleichzeitig die undichte Stelle ausforschen und Gloria beschützen.«

Er sah aus, als würde er in Tränen ausbrechen. Seine breiten Schultern sackten zusammen, und seine Mundwinkel fielen herab. Ich sah nach hinten zur Bedienungsluke und erntete einen blutrünstigen Blick seiner Frau. »Hören Sie«, seufzte ich. »Ich sage Ihnen, was ich mache. Ich werde Augen und Ohren offen halten, vielleicht auch ein bisschen rumtelefonieren, und wenn ich irgendwas rausfinde, können Sie für das Ergebnis bezahlen. Was halten Sie davon?«

Da war er wieder, der sonnige Knabe. Er grinste und legte seinen kräftigen Arm um meine Schultern. Ich dachte, meine Lungen würden kollabieren. »Das ist Wahnsinn. Super. Danke, ich bin Ihnen wirklich dankbar.« Er beugte sich vor und drückte mir einen feuchten Kuss auf die Wange.

»Ross?«, rief seine Frau streng. »Ich brauche hier deine Hilfe.«

»Kein Problem«, sagte der große starke Mann. »Ich höre von Ihnen, Kate.«

Irgendwie bezweifelte ich das. Bevor ich noch etwas sagen konnte, sah ich, wie Gloria vom Set in die Maske rauschte. Dankbar für die Gelegenheit, dem Nordwind zu entgehen, der die wenigen unbedeckten Quadratzentimeter meiner Haut attackierte, lief ich hinüber und kletterte in den Wohnwagen.

Gloria saß vor einem Spiegel und hauchte in die Hände, während der Maskenbildner um sie herumscharwenzelte. »Da ist sie«, verkündete Gloria. »Ich und mein Schatten«, sang sie mit ihrer kehligen Altstimme. »Frieren Sie auch so wie ich?«

»Wie viele Finger haben Sie noch?«

Gloria tat, als würde sie zählen. »Sieht aus, als wären noch alle da.«

»Dann friere ich mehr«, sagte ich und winkte mit einem umgebogenen Finger.

»Freddie, das ist Kate Brannigan, meine Leibwächterin. Kate, das ist Freddie Littlewood. Es ist sein Job zu verhindern, dass ich aussehe wie die aufgedonnerte alte Schachtel, die ich bin.«

»Tag, Freddie.«

Er nickte zur Begrüßung mit dem Kopf und musterte mich kurz im Spiegel. Er hatte einen schmalen Kopf und ein kleines straffes Gesicht, umrahmt von schwarzem Stachelhaar. Mit seinem schwarzen Rollkragenpulli und den schwarzen hautengen Jeans wirkte er wie aus einem dieser existenzialistischen französischen Filme, bei denen du kein Wort verstehst – nicht mal mit Untertiteln. »Wirklich, Gloria«, sagte er. »Ich weiß nicht, warum du auf diese Dorothea Dawson hörst.« Seine Stimme überraschte mich. Sie war nicht die Spur tuntig, wie seine physische Erscheinung hätte erwarten lassen. Er hätte ohne weiteres die Radionachrichten lesen können.

»Es ist erstaunlich, wie oft sie Recht hat«, sagte Gloria sanft, während er fachmännisch Puder auf ihre Wangen auftrug.

»Und wie oft sie Ärger verursacht«, fügte er trocken hinzu. »All die versteckten kleinen Hinweise, die man so oder so deuten kann, und ehe du dich versiehst, gehen sich alte Freunde an die Kehle. Achte drauf, jetzt, wo sie dich so verstört und verängstigt hat, wette ich, erzählt sie dir diese Woche irgendwas, das einen deiner besten Freunde ins Zwielicht rückt.«

»Ich weiß nicht, warum du über Dorothea herziehst«, sagte Gloria. »Sie ist harmlos, und wir sind alle erwachsene Menschen.«

»Ich sehe einfach nicht gern, dass du so verstört bist, Gloria«, sagte er besorgt.

»Na ja, Freddie, unter uns Pastorentöchtern, mich hat nicht das verstört, was Dorothea gesagt hat. Verstört war ich schon vorher. Ich habe Drohbriefe bekommen. Meine Reifen wurden aufgeschlitzt. Dorothea hat mir nur zu verstehen gegeben, dass ich das ernst nehmen soll.«

Ich hätte ihr eins überbraten mögen. Ich hatte sie angewiesen, nichts von den Drohbriefen und dem Vandalismus zu erzählen, damit alle glauben, ich wäre wegen Dorotheas mysteriöser Warnung hier. Und da ging sie hin und erzählte das Ganze genau dem Mann, der die perfekte Drehscheibe für die Gerüchteküche abgab. »Volltreffer, Gloria«, murmelte ich.

Nicht die Leute auf der gegnerischen Seite machen diesen Job zur Hölle; es sind die KlientInnen, jedes Mal.

7

Sonne-Merkur-Konjunktion

Sie hat einen wendigen Verstand. Ihre Meinung ist ihr wichtig, und sie spricht sie gerne aus. Manchmal leidet die Objektivität unter der Stärke ihrer Überzeugungen. Austausch und Erwerb von Informationen, die sie anschließend analysieren kann, bedeuten ihr viel.

Aus: *Was in den Sternen steht* von Dorothea Dawson.

Als die Außenaufnahmen mit Teddy endlich abgedreht waren, verkündete Gloria, wir gingen einkaufen. Sie musste mir meine Bedenken angesehen haben. »Machen Sie sich keine Sorgen, Schätzchen«, lachte sie, als ich sie zum NPTV-Gelände fuhr. »Sie werden nicht über uns herfallen. Was meinen Sie, wie ich es sonst ohne Sie im Schlepptau schaffe?«

Das Ergebnis verschlug mir die Sprache. Ich hatte sie schon in Straßenkleidung gesehen, nicht nur, als sie zum ersten Mal in mein Büro kam. Aber das hier war wieder etwas anderes. Bevor ich Gloria traf, hielt ich mich für die Königin der Verkleidung. Als sie kaum zehn Minuten später aus ihrer Garderobe kam, wo sie Brenda Barrowclough abgelegt hatte, hätte ich sie um ein Haar vorbeigehen lassen. Sie hatte gemogelt; das waren nicht die Kleider, in denen ich sie heute Morgen zur Arbeit gefahren hatte. In Jeans, Cowboystiefeln und einer langen weichen Nubuklederjacke sah sie völlig anders aus. Auf ihrem Kopf saß in kessem Winkel ein Designer-Cowboyhut. Statt der Sonnenbrille trug sie eine leicht getönte Omabrille, die ihre Gesichtsform ein wenig veränderte. Sie sah zwanzig Jahre jünger aus. Ich würde nicht die Einzige sein, die Gloria nicht sofort erkannte, jetzt, wo sie die Perücke abgelegt hatte und Klamotten ohne Polyester trug.

Glücklicherweise hatte sie keine Großexpedition im Sinn. Ihre Enkelin war zu einem Maskenfest eingeladen und wollte als Esmeralda aus *Der Glöckner von Notre-Dame* gehen. »Es gibt Kostüme im Disney Store, aber die kosten ein Vermögen, und ich kann es viel besser«, erklärte Gloria, als ich mich im Parkhaus des Arndale Centre in eine Parklücke zwängte. Sie erstaunte mich immer wieder aufs Neue. Diese Frau konnte sich hundert Esmeralda-Kostüme leisten, ohne es auf ihrem Konto zu bemerken. Auf die Rolle der Geizigen fiel ich nicht herein. Wenn sie das Kostüm selber machte, dann nicht, um Geld zu sparen; es ging darum, ihrer Enkelin etwas von sich zu geben. Und vielleicht, mutmaßte ich, erinnerte sie sich damit auch an ihre Vergangenheit.

Wir gingen durch ein Platzangst auslösendes Betontreppenhaus, in dem es derart nach Pisse stank, dass es eine Erlösung war, in die Abgasluft der High Street hinauszutreten. Gloria führte mich zielsicher durch das Labyrinth viktorianischer Warenhäuser, in denen die Klamottenläden der Stadt untergebracht sind, bis wir bei einem Sari-Großhandel anlangten. Aus der herzlichen Begrüßung schloss ich, dass sie keine Fremde war. Nur weil ich zu ihr gehörte, wurde auch mir Tee angeboten. Während Gloria an einer dicken Tontasse nippte und die schillernden Stoffe durchsah, drückte ich mich an der Tür herum und spähte mit dem Eifer einer wahrhaft Paranoiden nach draußen. Die einzigen Menschen, die ich sah, hasteten durch den feuchtkalten Dezemberabend, die Mantelkrägen hochgeschlagen gegen den schneidenden Wind, der durch die engen Straßen des Northern Quarter blies. Es war kein Tag, um die Renaissance eines weiteren Teils der Innenstadt zu genießen. Niemand sah sich heute die Auslagen an. Die Handwerker waren sicher froh, in geschlossenen Räumen zu arbeiten.

Wir traten auf die Straße, als es gerade dunkel wurde, ich wankte zwei Schritte hinter Gloria her und schleppte einen Stoffballen, mit dem wahrscheinlich halb Lancashire eingekleidet werden konnte. Als wir aus einer etwas anderen Richtung das Arndale erreichten, fiel mir auf, dass wir nicht weit von Dennis' neuester Unternehmung sein mussten. Bei dem Gedanken, was für ein Paar Dennis und Gloria abgeben würden, musste ich unweigerlich lächeln. Es war eine lange Woche gewesen, und mir war nach einer kleinen Erholung, also sagte ich: »Ein Freund von mir hat an diesem Ende des Arndale gerade einen Laden eröffnet. Würde es Ihnen was ausmachen, kurz vorbeizugehen und hallo zu sagen?«

»Was für einen Laden?«

»Sie erinnern sich an den Spruch, wie billig es ist, im Konsum einzukaufen? Weil's da nie was gibt, was man kaufen möchte?«

Gloria kicherte. »So gut also? Tja, warum nicht? Bis morgen früh haben wir nix mehr vor.«

»Ich glaube nicht, dass es so lang dauern wird.«

Dennis' Laden war nicht schwer zu finden. Im unterirdischen Teil des Einkaufszentrums, eingeklemmt zwischen einem Billigmetzger und einer Schnellschusterei, erregten die Container voller Sonderangebote, die buchstäblich den Gang blockierten, und der muskelbepackte Aufpasser, der potenzielle Ladendiebe im Auge behielt, sofort Aufmerksamkeit. Er trug nur Jogginghosen und ein Unterhemd, das den durchtrainierten Zustand seines beeindruckenden Oberkörpers zur Geltung bringen sollte. »Ein erstklassiger Laden, was«, bemerkte Gloria, als wir der Barriere aus Containern folgten, die kunstvoll platziert waren, um uns an Fenstern mit der weißen Aufschrift »Alles unter einem Pfund!« vorbei in den Laden zu schleusen.

An der Tür standen drei Kassen, alle mit großmäuligen Teenagern besetzt. Die mit Mascara waren die Mädchen. Glaube ich. Dennis war im hinteren Teil des Ladens und füllte Regale mit riesigen Flaschen grellgrünen Badeschaums. Wir zwängten uns durch einen langen Gang mit lustloser Kundschaft, die nach Armut aussah und roch. Mein unhandliches Paket brachte mir einige böse Worte und noch bösere Blicke ein.

Natürlich war ich noch nicht mal in Dennis' Nähe, als er uns bereits bemerkte. Ich schwöre, dieser Mann hat Augen am Hinterkopf. »Kate«, sagte er, und sein Gesicht faltete sich zu einem erfreuten Grinsen. »Fantastisch!« Er bahnte uns einen Weg, indem er seine Kundschaft aufforderte, ihre Ärsche zu bewegen oder die Konsequenzen zu tragen. »Na, was hältst du davon?«, fragte er, noch bevor ich in Reichweite für eine innige Umarmung war.

Ich betrachtete kurz die Regale. Genau was ich erwartet hatte. Billig und ekelig, vom Spielzeug bis zu den Toilettenartikeln. »Ich denke, du wirst einen Haufen Kohle machen«, sagte ich traurig, deprimiert angesichts der vielen ausgebrannten Typen, die die Weihnachtsgeschenke von einem Wochenbudget bestreiten mussten, das die meisten Parlamentsabgeordneten für ihr Mittagessen ausgaben.

»Wollen Sie uns nicht vorstellen, Schätzchen?«, sagte Gloria. Ich drehte mich zu ihr um und sah, wie sie Dennis mit dem prüfenden Blick eines Bauern auf einer Mastviehschau taxierte. Das hatte mir gerade noch gefehlt. Dennis vergisst leicht, dass er verheiratet ist. Mir ist das egal, solange ich nicht daran beteiligt bin, indem ich der Sache Vorschub leiste. Ich mag seine Frau Debbie sehr, obwohl sie weniger Hirn hat, als Gott einem Lemming gab.

»Ich denke nicht«, sagte ich. »Dies ist nur eine Stippvisite.«

Es war zu spät. Dennis schob sich schon an mir vorbei und streckte Gloria seine Hand entgegen. »Dennis O'Brien, zu Ihren Diensten, meine Liebe«, sagte er. Gloria ließ ihre Hand in seine gleiten, und er führte sie an seine Lippen, wobei er Gloria mit seinen unwiderstehlich funkelnden blauen Augen unentwegt ansah. Ich stöhnte.

»Ich bin Gloria Kendal.«

Sein Lächeln erinnerte mich an Krokodile zur Futterzeit. »Ich weiß«, sagte er.

»Es ist die Stimme«, grummelte ich. »Total verräterisch.«

»Mit der Stimme hat das nichts zu tun«, sagte er. »Sondern damit, dass diese bezaubernde Lady mit dir hier ist. Weißt du, Kate, ich kann lesen.«

»Was meinst du mit, dass sie mit mir hier ist?«

Dennis verdrehte die Augen gen Himmel. »Der *Chronicle* von heute Abend. Hast du ihn etwa nicht gesehen?«

»Nein, was ist damit?«

Er deutete mit dem Kopf in den hinteren Teil des Ladens. »Hinten durch. Er ist in der Tasche meiner Skijacke.«

Ich sah ihn an. Ich sah die Tür an. Ich sah Gloria an. »Na los, Schätzchen«, sagte sie. »Ich denke, hier bin ich in sicheren Händen.«

»Das glauben Sie vielleicht«, murmelte ich. Aber ich lud Dennis das Stoffpaket auf und überließ die beiden sich selbst, während ich mich auf die Jagd machte nach dem, was er in der Abendzeitung gesehen hatte. Ich musste nicht lange suchen. In dem nüchternen Hinterzimmer war nicht viel Platz, um etwas so Großes wie Dennis' Skijacke zu verstecken. Sie lag über einem der beiden Klappstühle neben einem Computerkarton, der die schlechte Imitation eines Tisches abgab. Die Zeitung ragte aus einer Tasche, und die Story, die ich mir ansehen sollte, war der Aufmacher auf der Titelseite.

»*NORDLICHTER*-STAR
ERHÄLT MORDDROHUNGEN« las ich.

»Gloria Kendal, Wichtigtuerin Brenda Barrowclough aus der beliebten Seifenoper *Nordlichter*, spielt jetzt die Hauptrolle in einem echten Drama. Die mit Preisen ausgezeichnete Schauspielerin wurde gewarnt, dass Drohbriefe, die sie zu Hause erhielt, eine ernste Morddrohung bedeuten könnten.

Die eindringliche Warnung kam von ihrer persönlichen

Astrologin Dorothea Dawson, der aus dem Fernsehen bekannten *Sterndeuterin.* Nach einem vandalistischen Akt, der an ihrem Saab-Sportwagen verübt wurde, nahm Kendal die Gefahr ernst und engagierte die hiesige Spitzendetektivin Kate Brannigan als Leibwache.

Der Star der in Manchester spielenden Seifenoper ließ verlauten, sie werde sich wegen des niederträchtigen anonymen Briefeschreibers nicht aus der Öffentlichkeit zurückziehen …«

Ich überflog den Rest des Artikels, der aber nicht viel mehr herzugeben schien. In ein paar Absätzen wurden frühere Fälle genannt, durch die mein Name leider in die Presse gelangte, es war aber nichts wirklich Schädigendes dabei. Was ich mir nicht erklären konnte – abgesehen von der Quelle der Story –, war, dass sich den ganzen Nachmittag niemand deswegen gemeldet hatte. Shelley hätte mich in der Minute, da die Zeitung eintraf, anrufen müssen, dachte ich. Ich freute mich beinahe über die seltene Gelegenheit, ihr auch mal was ankreiden zu können.

Dann holte ich mein Handy aus der Tasche und stellte fest, dass ich vergessen hatte, es wieder einzuschalten, nachdem ich es während der Dreharbeiten abgestellt hatte.

Es gab vierzehn Nachrichten für mich. Ich fühlte mich ihnen im Moment nicht gewachsen. Außerdem, wenn die Geschichte jetzt publik war, musste ich meine Klientin so schnell wie möglich aus der Öffentlichkeit abziehen. Als Letztes konnte ich brauchen, dass ein Psychiatriekandidat auf die Idee kam, sich in den mysteriösen Verfolger zu verwandeln, um von sich reden zu machen.

Mit der Zeitung eilte ich zurück in den Laden. Ich kam zu spät. Als ich die Tür öffnete, war bereits ein mittlerer Aufstand im Gange. Im Auge des Sturms stand Dennis auf einem Ladentisch, Gloria hockte an seiner Seite. Der massige Rausschmeißer war in den Laden gekommen und schwenkte eine der roten Spielzeugkameras wie King Kong ein Feuerwehrauto. »Hast du es, Keith? Hast du es?«, fragte Dennis unentwegt.

Die Kauflustigen hatten jedes Interesse an Dennis' Waren verloren, aber das war Dennis jetzt egal. »Melody, häng dich an die Strippe und ruf die *Sun* an, dass wir Exklusivbilder von Gloria Kendal verkaufen, wie sie den Morddrohungen trotzt und in Manchesters bestem Qualitätsdiscounter einkauft.«

»Au Scheiße«, murmelte ich, zog meinen Kopf ein und schob mich durch die Menge. Zu Gloria durchzudringen war weit schwieriger als das Teilen des Roten Meeres für Moses. Schließlich schaffte ich es durch Ellbogeneinsatz gegen die Rippen von ein paar älteren Damen und einen harten Tritt auf den Spann einer Teenagerin, die noch Minuten später jammerte. »Kommen Sie, Gloria, Zeit, nach Hause zu gehen«, sagte ich grimmig.

»Es fing gerade an, mir zu gefallen«, beschwerte sie sich gutmütig und stemmte sich auf die Füße.

»Du wirst doch diese wunderbare Frau nicht wegscheuchen, bevor wir uns näher kennen gelernt haben?«, fragte Dennis betrübt.

»Auch ein guter Grund«, knurrte ich und versuchte, uns einen Weg durch die lärmende Menge zur Tür zu bahnen.

Gloria winkte ihm zu. »Wir sehen uns wieder, Dennis. Hoffe ich.«

»Keith«, schrie ich. »Hör auf zu fotografieren, als wärst du David Bailey, und hilf uns. Ich muss Gloria nach Hause bringen.«

Der kräftige Rausschmeißer sah Dennis abwartend an. Dieser lächelte bedauernd und nickte. »Kümmer dich darum.«

Keith nahm das Stoffpaket und bahnte uns innerhalb weniger Sekunden den Weg zur Tür. Ein Blick auf Bizepse von Kanonenkugelgröße, und die hinderlichen Schaulustigen verschwanden förmlich in den Regalen. Gloria signierte im Gehen Postkarten und legte sie automatisch in die ausgestreckten Hände der Fans. Draußen in der Passage drückte mir Keith das Bündel in die Arme, und ich scheuchte Gloria zu den Aufzügen, die uns zurück zum Parkhaus bringen sollten. »Ich mag Ihren Freund«, sagte sie, als wir uns neben einen Kinderwagen und eine gequält wirkende Frau zwängten, die viel zu sehr damit beschäftigt war, ihr Kleinkind zu beruhigen, um zu bemerken, wer mit ihr im Lift fuhr.

»Er Sie offensichtlich auch. Aber seine Frau ist schließlich auch ein großer *Nordlichter*-Fan«, sagte ich trocken.

»Wie schade«, sagte sie.

»Ich dachte, Sie brauchen alle Zuschauerinnen, die Sie kriegen können.«

Gloria fand das absichtliche Missverständnis nicht besonders lustig und hob die Augenbrauen. »Ich meinte, dass es eine Ehefrau gibt. Ich wollte Sie nach seiner Nummer fragen, aber wenn er verheiratet ist, bin ich nicht interessiert.«

»Bedenken wegen der Presse?«

Sie schüttelte den Kopf. »Es ist nicht die Angst vor der *Sun,* die mich von Affären mit verheirateten Männern abhält. Es gibt genügend Leute, die Frauen das Leben zur Hölle machen, da muss ich mich nicht auch noch dazugesellen.«

Die Aufzugtüren öffneten sich und Gloria trat hinaus, um der jungen Mutter mit dem Kinderwagen zu helfen. »Sie erstaunen mich immer wieder, Gloria«, sagte ich, als wir das Parkdeck überquerten. »Sie müssen doch zumindest ein *paar* schlechte Angewohnheiten haben.«

Als Antwort nahm sie ihre Zigarettenpackung heraus und winkte mir damit. »Eine für unterwegs«, sagte sie und setzte sich auf den Beifahrersitz ihres Saab. »Und ich trink gern einen«, fügte sie hinzu, als ich den Motor anließ. »Und ich bin bekannt dafür, hin und wieder Bingo zu spielen.«

»Sie sind zu gut für diese Welt«, sagte ich gequält.

Sie zog den *Chronicle* aus der Tasche, in die ich ihn verstaut hatte, und starrte mit grimmigem Gesicht auf die Titelseite. »Das will ich nicht hoffen«, sagte sie.

Nachdem ich Gloria zu Hause abgesetzt hatte, wo sie einen ruhigen Abend mit ihrer Nähmaschine und einem Stapel Filmen mit Fred Astaire und Ginger Rogers verbringen wollte, gab es nur ein logisches Ziel. Selbst wenn ich dazu eine dieser Querfeldeinstraßen benutzen musste, die auf der Karte ganz vernünftig aussehen, aber dann plötzlich ein Eigenleben entwickeln, sobald alle Spuren menschlicher Besiedelung verschwinden.

Alexis, meine beste Freundin, und ihre Partnerin Chris

leben in der Wildnis des Derbyshire Peak District. Alexis behauptet, in dreiundzwanzig Minuten in ihrem Büro in Manchester zu sein, das klappt aber nur, weil sie beim *Chronicle* über Kriminalfälle schreibt und daher gegen halb sieben früh zu arbeiten beginnt. Ich habe immer das Gefühl, einen Sherpa und einen Bernhardiner mit einem Fass Brandy zu benötigen, um das Traumhaus zu erreichen, das sie sich gebaut haben. Chris ist Architektin und hat die kleine Neubausiedlung als Gegenleistung für die Mithilfe der Nachbarn entworfen, die einige der schweren Arbeiten sowie die Wasser- und Elektroinstallationen erledigten. Alles in allem zahlten sie achtzig Riesen für ein Anwesen, das sie auf dem freien Markt für das Dreifache verkaufen könnten.

Dann fanden sie die perfekte Möglichkeit, um all das gesparte Geld auszugeben. Sie bekamen ein Baby. Es war Chris, die den Teil übernahm, bei dem die meisten Leute zusammenzucken und die Beine übereinander schlagen, aber Alexis hat zu Jay Appleton-Lee genauso viel beigetragen wie sie. Ich bin von Kindern so begeistert wie von Kellerasseln, aber sogar ich muss zugeben – wenn auch nur insgeheim –, dass ich verstehe, warum Richard gerade dieses Baby genauso entzückend findet, wie dessen Eltern es tun.

Aber an diesem Abend war ich nicht daran interessiert, Jays stacheligen schwarzen Haarschopf oder ihren neuesten Zahn zu bewundern. Ich musste mit Alexis reden. Der Zeitpunkt meiner Ankunft war perfekt. Jay war frisch gebadet und fürs Bett fertig, also musste ich nichts weiter tun, als ein paar bewundernde Geräusche machen, bevor Chris sie wegbrachte. Fünf Minuten später saßen wir drei im gemütlichen Wohnzimmer, Chris und Alexis mit schwarzen Ringen unter den Augen, die genau zu dem Murphy's Stout passten, das sie tranken.

»Und du hast heute Abend also frei?«, fragte Alexis mit ihrem Liverpool-Dialekt, der so kräftig war wie der cremige Schaum auf ihrem Glas. »Hast du es gut, mit der Beaufsichtigung eines Serienstars deinen Lebensunterhalt zu verdienen.«

»Ich leg mich nur fünf Minuten hin, dann schiebe ich ein paar Pizzas in den Ofen«, sagte Chris mit verhaltenem Gähnen und streckte sich, die Füße in Alexis' Schoß, auf dem Sofa aus. »Wie ist sie denn so, diese Gloria Kendal?«

»Brenda Barrowclough mit ein bisschen mehr Einsicht, Humor und Stil«, sagte ich. »Auf den ersten Blick habe ich nur diese totale Ich-Bezogenheit gesehen, die Schauspielerinnen und Schauspieler an sich haben. Aber je besser ich sie kennen lerne, desto deutlicher erkenne ich, dass mehr dahinter ist. Sie ist offen, lustig, großzügig. Es wundert mich, aber ich mag sie.« Ich erzählte von unseren Abenteuern mit Dennis. Die beiden kannten ihn gut genug, um sich den Rest denken zu können.

»Wär ich nur dabei gewesen. Das klingt nach etwas fürs Erinnerungsalbum«, sagte Alexis und griff nach ihren Zigaretten. Sie nahm eine Kippe heraus und vollführte alle Bewegungen des Rauchens, ohne sie jedoch anzuzünden. Eine weitere Folge der Mutterschaft. Sie hatte von fünfzig Silk Cut am Tag auf etwa zwölf reduziert, ein paar weitere benutzte sie als Schnuller für Erwachsene. Die Einzige, die das nicht als Fortschritt sah, war Alexis selbst.

»Dank dem *Chronicle.*« Ich schaute finster.

»Die Nachrichtenredaktion kam deswegen zu mir«, sagte Alexis. »Ich sagte ihnen, es hätte keinen Sinn, dass ich dich anrufe und um eine Stellungnahme bitte. Oder dass sie dich wegen einer Stellungnahme anrufen. Ich erzählte ihnen die ganze Geschichte über deinen Philip-Marlowe-Kodex und dass du nie eine Klientin hintergehen würdest.«

»Sehr edelmütig von dir«, sagte Chris trocken. »Kates Berufskodex zu respektieren. Es macht dir richtig Spaß, die Nachrichtenredaktion zu verarschen, was?«

»Nun«, sagte Alexis schleppend. »Sie bitten ja förmlich darum, oder nicht? Erhält sie nun wirklich Morddrohungen?«

»Wir machen einen Tausch«, sagte ich. »Ich gebe dir ein paar Hintergrundinfos, die sich nicht zu mir zurückverfolgen lassen, wenn du mir erzählst, wo die Story herkam.«

Alexis verzog das Gesicht und schnipste die nicht vorhandene Asche von ihrer Zigarette. »Kalt erwischt, KB. Du weißt, ich gebe mich so wenig wie möglich mit diesen gehirnamputierten Blödmännern von der Nachrichtenredaktion ab. Und das landete nicht direkt in der Nachrichtenredaktion. Die Story kam über die Feature-Redaktion, von Mack Morrissey, der übers Showbiz berichtet. Sie muss von einem Informanten stammen.«

»Kannst du irgendwie rausfinden, wer es war?«

Alexis zuckte die Schultern. »Ich weiß nicht. Mack ist ein bisschen schwierig, weißt du. Er würde nie einen von uns ordinären Schreiberlingen in die Nähe seiner kostbaren Künstlerquellen lassen.«

»Du könntest ihn fragen«, warf Chris ein.

»Könnte ich«, stimmte Alexis zu. »Aber es gibt eine bessere Möglichkeit, es rauszufinden. Ich kann mir nicht vorstellen, dass er so eine Geschichte gratis bekommen hat. Er muss über das Kreditorenbuch eine Zahlung angewiesen haben.«

»Und wenn er bar gezahlt hat?«, fragte ich.

Alexis schüttelte den Kopf. »Nicht diese Summe. Es müssen ein paar Hundert Pfund gewesen sein. Ehrlich gesagt wundert es mich, dass sein Informant die Story uns gegeben hat, den Überregionalen wäre es viel mehr wert gewesen.«

Ein weiteres interessantes Detail für die Akte »Ergibt keinen Sinn«. Wenn dann die nicht zuzuordnenden Daten die kritische Masse erreichen, stoßen scheinbar unzusammenhängende Fakten aufeinander und bilden spontan logische Zusammenhänge. Ein Prozess, der für gewöhnlich »weibliche Intuition« genannt wird.

»Ich überprüfe morgen früh das Kreditorenbuch«, versprach Alexis. »Also. Was ist mit Gloria? Hat sie wirklich Morddrohungen erhalten? Und glaubt sie wirklich, dass du dich zwischen sie und die Kugel des Mörders werfen wirst?«

»Wie sonst könnte ich sie mit den Zähnen abfangen?«, fragte ich unschuldig. »Menschen in Glorias Position bekommen immer Drohbriefe. In letzter Zeit bekam sie ein paar Briefe, die etwas unheimlicher klangen als das übliche Zeug, und Dorothea Dawson goss noch Öl ins Feuer. Verdammt unverantwortlich, aber was willst du von einer Betrügerin schon erwarten? Kein Medium und keine Hellseherin würde auch nur einen Shilling verdienen, wenn sie nicht die irrationalen Ängste der Leute ausnützen könnten.

Ich sage dir was, Alexis, Gloria Kendal wird überhaupt nichts geschehen. Ich bin nur dazu da, diejenigen abzuschrecken, die eventuell versuchen, die Situation auszunutzen.«

Alexis hob die Augenbrauen und fuhr sich mit der Hand durch das dichte Haar, das kürzlich von einem wuchernden drahtigen Dickicht zu einem struppligen Busch zurückgestutzt worden war. Eine weitere Folge der Mutterschaft. »Du hast Dorothea also noch nicht getroffen?«

Ich runzelte die Stirn. »Nein, aber was macht das für einen Unterschied?«

»Ich glaube, wenn du sie kennen würdest, würdest du sie nicht Betrügerin nennen.«

Ich starrte Alexis mit offenem Mund an. »Du glaubst doch nicht etwa an diesen Mist, oder?«

»Natürlich nicht, Dummchen. Aber Dorothea Dawson ist keine Scharlatanin. Sie ist überzeugt von dem, was sie macht. Ich habe sie vor ein paar Jahren interviewt, als ich noch für die Feature-Redaktion arbeitete. Bevor ich sie selbst traf, habe ich genau das Gleiche gesagt wie du. Und ich musste meine Meinung ändern. Sie erzählte mir nichts Weltbewegendes wie ich würde einen großen dunklen schönen Fremden treffen und viele Auslandsreisen machen. Sie machte keine große Sache daraus, sie sagte nur ganz ruhig, dass ich die Liebe meines Lebens bereits getroffen habe, dass meine Karriere sich in eine Richtung wenden wird, die mir viel mehr Befriedigung verschafft, und dass mich wahrscheinlich nicht die Kippen umbringen werden, aber dass sie mein Leben auch nicht unbedingt verlängern.«

Ich schüttelte den Kopf. »Und diese Offenbarung hat dich zu einer Gläubigen gemacht?«, sagte ich sarkastisch.

»Ja. Weil sie keine Show abgezogen hat. Sie schilderte nüchtern die Tatsachen, entschuldigte sich sogar, dass sie mir nichts Aufregenderes erzählen konnte. Ich habe sie als wirklich nette Frau kennen gelernt, weißt du? Und es geht ihr nicht bloß ums Geld. Sicher, von reichen Säcken wie den Mitwirkenden von *Nordlichter* verlangt sie ein Heidengeld, aber sie macht auch eine Menge gratis für wohltätige Zwecke.«

»Das stimmt«, bestätigte Chris. »Sie hat ein vollständiges persönliches Horoskop für eine Frauenhilfeauktion letzten Monat gespendet. Und erinnerst du dich an das Projekt für psychisch Kranke, das ich vor ein paar Jahren entworfen habe?«

Ich nickte. Es war ein großer Renovierungsauftrag für Chris gewesen, eine alte Mühle in Rochdale in Wohneinheiten für allein stehende Obdachlose mit psychischen Problemen umzubauen. »Ich erinnere mich«, sagte ich.

»Nun, zufällig weiß ich, dass Dorothea Dawson die größte private Spenderin des Projekts war. Sie gab fünfzig Riesen.«

»Das hast du mir nie erzählt«, beschwerte sich Alexis. »Das hätte eine schöne Spalte für die Chronik abgegeben.«

»Genau deshalb habe ich es dir nicht erzählt«, sagte Chris trocken. »Es sollte vertraulich behandelt werden. Sie wollte kein großes Tamtam deswegen.«

»Das ist eine Menge Geld«, sagte ich diplomatisch.

»Also kann sie keine Betrügerin sein, oder?«, fragte Alexis. »Die nehmen Leute aus. Sie spenden nicht solche Summen für wohltätige Zwecke. Schließlich wird sie es nicht aus steuerlichen Gründen machen, oder? Ich denke, ein Großteil ihres Einkommens wird Bargeld sein, also kann sie ohnehin einen Teil unversteuert beiseite schaffen.«

Ich nahm meine Hände hoch. »Gut, ich gebe auf. Dorothea Dawson ist eine nette kleine alte Dame, ganz und gar missverstanden von zynischen Zweiflerinnen wie mir. Es muss in meinen Sternen stehen.«

»Wie auch immer, KB, bist du sicher, dass auf Gloria aufzupassen nicht bloß ein Vorwand ist?«, wechselte Alexis das Thema. Das war offensichtlich ein Versuch, mich aus dem Gleichgewicht zu bringen.

»Wofür?«, fragte ich verdutzt.

»Um für das Management von NPTV zu arbeiten. Die haben dort einen gefährlichen Spitzel, und so was kannst du wirklich nicht brauchen, wenn du einen großen Deal mit dem Netzwerk machen willst. Ich hörte, dass sie Jagd auf den Spitzel machen. Bist du sicher, dass sie dich nicht engagiert haben, damit du herausfindest, wer bei ihnen die Schmutzwäsche verhökert?«

Ich schüttelte den Kopf. »Tut mir Leid. Du musst deine Erkundigungen woanders einholen.«

»Ich dachte, sie wären froh über jede Story, die über die Serie erscheint«, sagte Chris. »Ich hätte gedacht, dass das die Einschaltquoten erhöht. Ich musste neulich mit dem Zug nach London fahren, und die beiden Frauen mir gegenüber sprachen ununterbrochen über *Nordlichter.*«

»Ich glaube, die Skandalgeschichten über die Stars machen den Leuten Appetit«, sagte ich. »Meinen Quellen zufolge mag das Management aber nicht, wenn die Handlung durchsickert. Sie meinen, die Leute schalten dann ab.«

Bevor jemand noch etwas sagen konnte, gab mein Handy hartnäckig Laut. »Adieu, Pizza«, sagte ich traurig und langte nach der Tasche mit dem Handy. »Brannigan«, grunzte ich.

»Ich bin's.«

Mir sank der Mut. »Donovan, du bist doch nicht etwa schon wieder verhaftet worden?«

8

Mond im Stier im zwölften Haus

Bei dieser Stellung sind die emotionalen Schwingungen des Mondes minimiert, was zu einem Gleichgewicht von Impulsivität und Entschiedenheit führt. Sie ist gesellig, sucht dann aber wieder bewusst die Einsamkeit, um ihre Batterien aufzuladen. Mit ihrer Vorstellungskraft und Intuition sucht sie instinktiv die Nähe von kreativen Künstlern, obwohl sie selbst nicht künstlerisch veranlagt ist.

Aus: *Was in den Sternen steht* von Dorothea Dawson

Diesmal war es Alderley Edge, das Dorf, in dem ein höherer Pro-Kopf-Verbrauch an Champagner zu verzeichnen ist als sonstwo im Vereinigten Königreich. Donovan war dort gewesen, um einem Firmendirektor eine Vorladung zuzustellen, der gemeint hatte, die AktionärInnen sollten die Gesamtkosten seiner Affäre mit einem Mitglied des Northern-Opera-Chores finanzieren. Das Einfamilienhaus stand in einer ruhigen teuren Straße und war, wie die meisten in der Nachbarschaft, von hohen Hecken umgeben. Donovan hatte das Auto seiner Mutter geliehen und parkte ein paar Häuser weiter, wo er etwa eine Stunde geduldig auf die Rückkehr seiner Zielperson wartete.

Als der Mann nach Hause kam, erwischte Donovan ihn, als er aus dem Auto stieg. Er nahm die Vorladung widerwillig an und stürmte ins Haus. Donovan machte auf dem Heimweg einen Abstecher zum Studierendenwohnheim seiner Freundin, um ein paar Unterlagen für die Hausarbeit, die er schreiben musste, abzuholen. Als er zu Hause ankam, wartete bereits die Polizei auf ihn. Sie hatten kein Interesse an einer Erklärung. Sie schafften ihn einfach in einem Polizeiwagen aufs nächste Revier, wo sie ihm mitteilten, er sei wegen des Verdachtes auf Diebstahl festgenommen.

Als ich ankam, schlugen die Wellen bereits hoch. Es stellte sich heraus, dass ein Nachbar des Direktors irgendwann während des Tages Opfer eines Einbruchs geworden war. Und ein anderer, neugieriger Nachbar hatte zufällig Shelleys Autonummer aufgeschrieben, weil, nun ja, weil in den belaubten Straßen von Alderley Edge einfach keine Schwarzen in parkenden Wagen herumsitzen. Der beraubte Nachbar war ein paar Minuten nach Donovans Abfahrt nach Hause gekommen, hatte den Diebstahl entdeckt und die Polizei gerufen. Als der neugierige Nachbar die Polizei eintreffen sah (– binnen fünf Minuten, weil Alderley Edge eine Mittelklassegegend ist, keine Gemeindesiedlung, wo es eine halbe Stunde dauert, wenn du den Notruf 999 wählst und einen Mordanschlag meldest –), rannte er hin, um von dem verdächtigen schwarzen Mann zu erzählen.

Der Polizeicomputer spuckte anhand der Autonummer Shelleys Adresse aus, und die Bullen waren in null Komma nix dort. Kompliziert wurde die Sache, weil der Typ, dem Donovan die Vorladung zugestellt hatte, beschloss, ihm eins auszuwischen, indem er leugnete, einen jungen schwarzen Vorladungszusteller zu kennen, der durchaus berechtigt war, sich in der Straße aufzuhalten.

Ich brauchte fast eine Stunde, um die Polizei zu überzeugen, dass Donovan die Wahrheit sagte und ich keine Gangsterbraut war, die versucht, ihren Lustknaben rauszuhauen. Von einem mit solchen Beinen kann ich höchstens träumen.

Das einzig Gute an der leidigen Angelegenheit war, dass Shelley nicht zu Hause war, als die Polizei auftauchte. Mit ein bisschen Glück war sie noch immer weg. Als ich ihn heimfuhr, sagte ich: »Vielleicht ist es keine so gute Idee, wenn du Vorladungen zustellst.«

»Ich stelle die Papiere ordentlich zu, wo ist das Problem?«, verteidigte er sich.

»Es ist nicht gut für dein Image und den Blutdruck deiner Mutter, wenn du immer wieder festgenommen wirst.«

»Ich lasse mich von diesen Rassisten nicht aus einem Job drängen«, protestierte er. »Du willst doch nicht etwa, dass ich einfach klein beigebe und mir das gefallen lasse? Ich habe nur dort Probleme, wo reiche weiße Leute denken, sie könnten sich mit Geld ein Ghetto kaufen. Die Leute holen die Polizei nicht, wenn *du* in Alderley Edge eine Vorladung überbringst oder wenn ich vor einem Haus in Hulme auftauche.«

»Du hast Recht. Tut mir Leid. Ich habe das nicht zu Ende gedacht«, sagte ich und schämte mich, weil ich nur den einfachen Weg gesehen hatte. »Du hast den Job, so lange du ihn willst. Und morgen früh beauftrage ich deine Mutter als Erstes, dir richtige Visitenkarten und einen Ausweis machen zu lassen.«

»Ist mir recht. Außerdem, Kate, ich brauche das Geld. Ich kann nicht meine Mutter anschnorren, um mit meinen Kumpels ein Bier zu trinken oder mit Miranda ins Kino zu gehen. Die Vorladungszustellerei ist etwas, das ich mit Studium und Vergnügen vereinbaren kann. Bei den meisten Teilzeitjobs geht das nicht.«

Ich grinste. »Du könntest auch einen Anorak anziehen und mit Gizmo in Computer-Sicherheit machen.«

Donovan schnaubte. »Ich glaube nicht, dass Gizmo mich lassen würde. Ist dir aufgefallen, dass er in letzter Zeit ziemlich seltsam geworden ist?«

»Woran merkst du das?« Ich blinkte nach rechts, um in die enge Straße mit Reihenhäusern einzubiegen, wo die Familie Carmichael wohnte.

»Ja, schon gut. Er war schon immer ziemlich seltsam. Aber die letzten paar Wochen führt er sich wegen seiner Dateien wie ein total paranoider Androide auf.«

»Was seine Arbeit betrifft, war er schon immer verschwiegen«, erinnerte ich. »Und nicht ohne Grund. Bei vielem, was wir im Bereich Computersicherheit machen, geht es um Geschäftsgeheimnisse.«

»Es gibt Verschwiegenheit, und es gibt Geistesgestörtheit. Wusstest du, dass man sogar für seinen Bildschirmschoner ein Passwort braucht?«

»Jetzt übertreibst du«, sagte ich.

»Meinst du? Probier es aus, wenn er das nächste Mal aufs Klo geht. Drück auf eine Taste, wenn der Bildschirmschoner an ist, und du wirst nach einem Passwort gefragt. Wusstest du das nicht?« Donovan hob überrascht die Augenbrauen. Er öffnete die Autotür und entfaltete seinen langen Körper auf die Straße. Dann beugte er sich hinunter und sagte besorgt: »Prüf es nach. Ich saug mir das nicht aus den Fingern. Was immer er auch macht, er will nicht, dass jemand anders davon erfährt. Und er macht es auf deiner Hardware.«

»Es wird schon nichts Schlimmes sein«, sagte ich und versuchte neben Donovan auch mich zu überzeugen. »Gizmo würde mit meiner Firma kein Risiko eingehen.« Was wirklich stimmte, dachte ich auf der Heimfahrt. Nur, dass Gizmos Vorstellung von dem, was recht und billig war, nicht unbedingt der Sicht des Gesetzes entsprach. Und wenn er es nicht für falsch hielt, warum sollte er es dann für ein Risiko halten?

Die Story im *Chronicle* teilte die Mitwirkenden von *Nordlichter* auf eine Art in zwei Lager, wie ich sie nie zuvor erlebt hatte. Ich hatte allmählich meine Zweifel gehabt, ob das Ganze wirklich eine interne Angelegenheit war. Zehn Minuten auf dem NPTV-Gelände an diesem Morgen enthüllten die Wahrheit. Leute, die am Vortag noch freundschaftlich lächelten, schmollten jetzt und mussten plötzlich woandershin sehen, wenn Gloria vorbeiging. Ich hörte eine der Nebendarstellerinnen aufgrund einer anderen Sache tatsächlich sagen: »Ist sich natürlich zu gut für unsereins.«

»Was ist denn mit denen los?«, fragte ich, sobald Gloria die Garderobentür hinter uns geschlossen hatte.

Rita Hardwick, die den Raum mit ihr teilte und Thelma Torrance, die das raubeinige Flittchen mit Herz spielte, unterbrach ihre Stickerei, mit der sie die freie Zeit verbrachte. »Sie haben ihr die kalte Schulter gezeigt, was?«, sagte sie mit Galgenhumor.

»Ja«, sagte ich und zeigte unverhohlen meine Überraschung. »Gestern waren alle noch dick befreundet, und heute ist es, als hätten wir eine ansteckende Krankheit.«

»So ist das, wenn du Schlagzeilen machst«, sagte Gloria, hängte ihren Mantel an den Haken und fiel in einen Sessel. »Es ist vor allem Neid. Die Leute, die in der Hackordnung unter dir sind, ärgern sich, wenn du wichtig genug bist für die Titelseite des *Chronicle* und wenn die Story dann am nächsten Tag in allen Boulevardblättern steht.«

Ich hatte bereits erlebt, wie wichtig Gloria den Boulevardblättern war. Als ich sie am Morgen abholte, mussten wir einen Spießrutenlauf vorbei an ReporterInnen und FotografInnen veranstalten, die sich um die hohen Tore drängten, die Gloria vor ihren Invasionsabsichten schützten.

»Ja«, sagte Rita. »Und die, die in der Hackordnung über dir sind, meinen, dich zurechtstutzen zu müssen, bevor du ihnen zu dicht auf den Fersen bist. Zur Zeit sind aber nicht gerade viele über dir, Gloria.«

»An so was erkennst du deine wahren Freunde«, fügte Gloria hinzu.

»Ja, und wir haben hier ganz schön wenige«, sagte Rita und stach mit der Nadel heftig in den Stoff. »Es gibt genügend, die dir in den Rücken fallen, sobald sich eine Gelegenheit bietet.«

Wenn eine kleine Geschichte auf der Titelseite schon ausreichte, um ein derart giftiges Klima zu erzeugen, mochte ich gar nicht daran denken, wie Glorias Kolleginnen und Kollegen reagieren würden, wenn ihnen jemand wirklich ernsten Schaden zufügte. »Hatten Sie in letzter Zeit viel persönliche Publicity?«, fragte ich. Ich überlegte, ob übermäßige Aufmerksamkeit seitens der Presse jemand vom Cast veranlasst haben mochte, ihr die Drohbriefe zu senden.

Gloria schüttelte den Kopf. Rita widersprach. »Es gab eine Menge zum Abtreibungsthema, Gloria. Brenda und Debbie waren in allen Boulevardblättern.«

»Aber da ging es um Brenda, nicht um mich. Die Fans sehen darin keinen Unterschied, aber die Leute, die hier arbeiten, schon.«

»Manchen von denen ist das egal«, sagte Rita. »Sie sind von Neid zerfressen.« Sie sah auf die Uhr. »Verdammte Scheiße, so spät schon?« Sie stopfte ihre Stickarbeit in eine Gobelintasche.

»Keine Sorge. Der Wagen war noch nicht da, als wir einparkten.« Gloria sah mich prüfend an. »Sie wollten mit Dorothea sprechen, nicht wahr, Schätzchen?«

Rita starrte mich an. »Wahnsinn, Kate, ich hatte nicht gedacht, dass eine Frau wie Sie sich ein Horoskop erstellen lässt.«

Ich schnaubte. »Die einzigen Sternchen, über die ich mit Dorothea Dawson sprechen möchte, sind die von *Nordlichter.*«

Rita kicherte. »Wenn diese Kristallkugel sprechen könnte …«

»Ja, aber zu Dorothea zu gehen ist wie ein Besuch beim Arzt. Du kannst ihr alles sagen und weißt, dass es vertraulich behandelt wird«, sagte Gloria. »Rita, Schätzchen, macht es dir was aus, wenn ich rasch vor dir reinschlüpfe, um Dorothea zu fragen, wann sie Kate einschieben kann?«

»Nur zu. Ich gehe gleich mit.«

Wir verließen zu dritt das Studiogebäude und überquerten den Parkplatz. Am anderen Ende stand neben dem Verwaltungsgebäude ein Campingbus, der vorhin noch nicht da gewesen war. Er war mitternachtsblau lackiert, aber als wir näher kamen, sah ich die Milchstraße in einem Bogen goldener Sterne über der Kabinentür und auf der Seite des Wagens. Auf die Tür, die in den Wohnbereich des Wagens führte, war ein silberner Tierkreis gemalt, die Symbole für die Sternzeichen in Gold hervorgehoben. Ich erkannte sogar das Mädchen, das die Jungfrau symbolisierte. Ich identifizierte auch das dreibeinige Symbol von Mercedes Benz. Auch ohne Chris' Hintergrundinformationen konnte ich erkennen, dass Dorothea Dawsons Beruf offensichtlich richtig Geld brachte.

Rita klopfte, und eine bekannte rauchige Stimme bat uns hinein. Ich erwartete eine volle Ladung theatralischer Mystik, komplett mit Räucherstäbchen und indischer Baumwolle, aber wenn es um ihre persönliche Umgebung ging, zog Dorothea eindeutig Opulenz dem Okkulten vor. Leder, Samt, hochfloriger Teppich und Holzvertäfelung bestimmten das luxuriöse Interieur. In der Kochnische sah ich einen Mikrowellenherd und einen Kühlschrank. Auf einem Ausziehregal standen ein Laptop und ein tragbarer Farbdrucker, ein Ensemble, das gute dreitausend Pfund gekostet haben musste. Anstelle einer dieser unsäglichen Kassetten mit Regenwaldgeräuschen, unterlegt mit Panflöte und Walgesängen, klang die Hintergrundmusik nach einer dieser »nicht-im-Handel-erhältlichen« Sammlungen von Romantic Classics. Die einzige Konzession an die mystische Welt des Tierkreises war der Esstisch, der auf drei Seiten von einer durchgehenden Sitzbank umgeben war. Er war mit dunkelblauem Chenille bedeckt, auf dem eine massive Kristallkugel lag. Hätte sie Grifflöcher gehabt, hätten wir damit Bowling spielen können.

»Schön, Sie zu sehen, meine Damen«, sagte Dorothea Dawson, als wir uns durch die Tür schoben. Im Fernsehen wirkte sie viel größer. Aber das ist eigentlich bei allen so. Ihr Haar war reines Silber, zu einem kinnlangen Bob geschnitten, der ihr für die zarten Züge etwas zu ausgeprägtes Kinn überspielte. Ihre Haut war übersät mit den feinen Runzeln eines Apfels, der zu lange herumgelegen hat. Entweder war sie älter, als sie klang, oder sie hatte, als sie jünger war, zu sehr die Sonne geliebt. »Und Sie müssen Kate Brannigan sein«, sagte sie, begrüßte mich mit einem Nicken und taxierte mich mit Augen wie Amethystsplitter.

»Sie haben mich wohl in Ihrer Kristallkugel gesehen, was?«, fragte ich freundlicher, als ich wollte. Scharlatane mochte ich noch nie.

»Nein, im *Manchester Evening Chronicle*«, sagte sie amüsiert. Ich merkte, dass ich sie trotz meiner Vorurteile gegen Leute, die leichtgläubige Menschen ausbeuten, leiden konnte. »Sie wollen mit mir über meine letzte Sitzung mit Gloria sprechen?«

»Gut geraten«, sagte ich.

»Und ich möchte, dass Sie ihr ein Horoskop erstellen«, fiel Gloria ein, die wie üblich ihren Mund nicht halten konnte.

Dorothea legte den Kopf schief und lächelte wissend. »Jungfrau, mit ... einem Luftzeichen im Aszendenten, denke ich mal. Wahrscheinlich Zwillinge, bei dem Mundwerk.«

Ich versuchte mir meine Überraschung nicht anmerken zu lassen. Eine Chance von eins zu zwölf, mein Sonnenzeichen richtig zu erwischen, multipliziert mit der Chance von eins zu zwölf Dutzend, das Sonnenzeichen *und* den Aszendenten zu treffen. Nicht, dass ich diesen Unsinn etwa glaubte; ich kannte meinen Aszendenten nur, weil ich mich die Nacht zuvor eine halbe Stunde lang am Computer mit einer Shareware aus dem Internet zum Erstellen von Kosmogrammen befasst hatte. Wie Dorothea auch zu diesem Schluss gekommen war, sie hatte Recht. »Könnte ich nicht sagen«, log ich, um meine Skepsis zu unterstreichen. »Gloria kann Ihnen meine Daten geben.«

»Heute habe ich einen sehr vollen Terminkalender«, sagte Dorothea und klang mehr nach Geschäftsfrau, als ihr zustand. Sie sah auch nach Geschäftsfrau aus, in einer weißen Bluse mit hohem Spitzenkragen unter einer weichen schwarzen Wollkreppjacke. Eine silberne Amethystbrosche in der Größe einer Kreditkarte war an die Jacke gesteckt wie ein abstraktes Abbild ihres Haars und ihrer Augen. Sie schlug auf dem Stuhl neben sich einen Schreibtischkalender auf, während Gloria mit einer schwungvollen Bewegung ein Stück Papier hervorholte. »Das sind Kates Geburtszeit, -datum und -ort.«

Dorothea legte es, ohne einen Blick darauf zu werfen, auf den Stuhl. »Ich kann unmöglich ein Horoskop mit Ihnen besprechen *und* Ihre Fragen beantworten, Kate.«

»Mich interessieren die Antworten auf meine Fragen.«

Dorothea hob eine Augenbraue. Ich habe das früher

auch gemacht, diese Angewohnheit aber abgelegt, als ich älter wurde. »Schade. Sie sollten Gelegenheiten stets ergreifen, wenn sie sich bieten. Wer weiß, wann Sie eine zweite Chance bekommen herauszufinden, was Sie wirklich antreibt.« Sie klang amüsiert.

»Ich werd's schon schaffen«, sagte ich.

»Dessen bin ich sicher – auch ohne Ihr Horoskop zu kennen. Gloria, Sie sind die Letzte heute. Wie wär's, wenn ich danach mit Kate spreche? Oder müssen Sie dringend nach Hause?«

»Das geht in Ordnung, Dorothea«, sagte Gloria. »Wir verschwinden jetzt, damit Rita was kriegt für ihr Geld. Bis halb sechs dann.«

Sie scheuchte mich auf den Parkplatz hinaus. »Wir beeilen uns besser«, sagte sie. »Ich muss in die Maske und bin noch nicht mal umgezogen.«

»Gloria, ist Dorothea immer voll ausgebucht?«, fragte ich, während ich hinter ihr her trottete.

»O ja. Wenn du keine Stammkundin bist, wartest du bis zu einem Monat oder länger auf einen Termin.«

»Lauter halbstündige Termine?«

»Genau. Von neun bis halb sechs«, bestätigte Gloria.

»Nur interessehalber, wie viel verlangt Dorothea?«

»Für eine halbe Stunde verlangt sie doppelt so viel wie Sie für eine Stunde, Schätzchen.«

Das ist eine dieser Informationen, die mich nachdenklich stimmen. Ich bin nicht billig. Nun, nur was Richard betrifft, aber nicht mal er hat das bis jetzt kapiert. Mein vierfacher Stundensatz war eine Stange Geld. Manchmal frage ich mich, ob ich in der richtigen Branche bin.

Der Tag verging. Ankleiden, Maske, Probe, Dreh. Keine unterhaltsamen Telefonanrufe, keine Mordanschläge auf die Klientin. Auch keine Gelegenheit herauszufinden, wer die Drohbriefe geschrieben hatte oder wer der Singvogel war, den ich für Ross Grant tretend und schreiend ins Rampenlicht zerren sollte – dank dem *Chronicle* sprach niemand mit mir. Ich nahm an, dass die Mitwirkenden mich nicht mehr mochten, weil ich heute berühmter war als sie. Die Crew war einfach zu beschäftigt, und außerdem hatte die Neuheit, eine echte Privatdetektivin da zu haben, ihren Reiz verloren.

Gegen fünf begann ich zu überlegen, ob ich in Zukunft eine Langeweilezulage berechnen sollte, so wie manche eine Gefahrenzulage berechnen. Ich war überzeugt, wer immer die Drohbriefe geschrieben hatte, war zufrieden, weil er Gloria genug Angst eingejagt hatte, um mich zu engagieren. Es hätte wirklich viele Gelegenheiten gegeben, ihr trotz meiner Anwesenheit etwas wirklich Schlimmes zuzufügen, aber es hatte nicht mal ein fehlgeschlagener Versuch stattgefunden. Ich wollte sie noch zu ihren Wochenendauftritten begleiten und es danach gut sein lassen.

Nachdem ihr Gesicht wieder straßentaugliches Make-up aufwies und Brendas Kleider im Schrank hingen, wo sie hingehörten, war Gloria für ihre Sitzung mit Dorothea bereit. »Begleiten Sie mich zum Wagen, Schätzchen«, sagte sie. »Ich gehe allein zu Dorothea rein, aber wenn Sie gegen fünf vor sechs rüberkommen, können Sie mich in meine Garderobe begleiten und dann zurückrennen und sie fragen, was Sie wissen wollen.«

Anhaltender Schneeregen fiel, als wir zusammen mit

dutzenden anderer Leute über den Parkplatz hasteten. Ich nahm einen Schirm aus einem Requisitenwagen an der Tür zu den Außenkulissen. Um ihn Gloria über den Kopf zu halten, musste ich gegen den stürmischen Wind ankämpfen. Am Wohnwagen angekommen, klopfte ich. Ich hörte, dass Dorothea Gloria hineinbat. Diese verschwand nach drinnen, und ich machte den Schirm zu und rannte zu Glorias Auto, das nur ein paar Meter weiter geparkt war. So konnte ich zumindest Radio hören, während ich auf sie wartete.

Ich schloss die Augen und ließ mich von den Neuigkeiten des Tages berieseln. Der Verkehrsreporter warnte vor Schneeverwehungen auf Strecken über die Pennines. »Na super«, brummte ich und überlegte, wie schlecht zu fahren die Straße nach Saddleworth sein würde. Sollte das Wetter so bleiben, könnte ich Gloria vorschlagen, die Nacht in meinem Gästezimmer zu verbringen, um mir die doppelte Fahrt über verschneite Moorlandstraßen zu ersparen.

Ehe ich mich versah, waren die fünfundzwanzig Minuten um. Ich verließ das mit Kondenswasser beschlagene Auto und machte mich auf den Weg zu Dorotheas Campingbus. Ich klopfte an die Wagentür, und Gloria rief: »Komme schon, Schätzchen.« Die Tür ging auf, und das warme Licht flutete auf den Asphalt und machte die nassen Stellen auf meinen braunen Stiefeletten sichtbar. »Ich schicke sie gleich wieder her«, sagte Gloria über die Schulter zurück und schloss die Tür hinter sich.

Ich vollführte meinen Schirmtrick und geleitete Gloria zur Garderobe. Das Studiogelände wirkte bereits wie ausgestorben. Niemand bei *Nordlichter* liebte den Job genug, um auch noch an einem Freitag nach Drehschluss dort rumzuhängen. Ich war ein wenig beunruhigt, Gloria so unbeschützt in ihrer Garderobe zurückzulassen. Rita und Gloria wussten beide von meinem Termin bei der Astrologin und hatten es womöglich gedankenlos weitererzählt. Angesichts der Verbreitungsgeschwindigkeit bei NPTV wussten wahrscheinlich Reinigungspersonal und Sekretärinnen, dass Gloria ab sechs in einem buchstäblich leeren Gebäude allein sein würde.

»Sie schließen die Tür von innen ab, ja?«, sagte ich. »Und lassen Sie außer mir niemand rein. Egal wie vertrauenswürdig die betreffende Person Ihnen erscheint. Falls irgendjemand auftaucht, bitten Sie ihn oder sie zu warten, bis ich wiederkomme. Versprochen?«

Gloria grinste. »In Ordnung, Boss. Was immer Sie sagen.«

Ich wartete draußen, bis ich hörte, dass sie abschloss. Dann beeilte ich mich, aus dem Haus und zu Dorotheas Wagen zu kommen. Sie reagierte nicht auf mein Klopfen, aber ich wusste, dass sie mich erwartete. Außerdem war dies kein Abend, an dem jemand im eisigen Schneeregen wartet, bis die andere mit ihren Machtspielchen fertig ist. Ich öffnete die Tür und trat in das schwach beleuchtete Innere.

Dorothea Dawson lag halb über ihrem Chenilletischtuch, eine Kopfhälfte seltsam deformiert und dunkel mit Blut überströmt. Ein paar Meter entfernt, am Ende einer dunkelroten Spur, die auf dem hochflorigen champagnerfarbenen Teppich gerann, glänzte im Licht ihre Kristallkugel.

Ich fuhr zurück und wandte meine Augen von dem Horrorszenario ab. Ich schaute mich um, ob noch jemand im Wagen war. Der Gedanke, Dorothea könnte noch am Leben sein, traf mich plötzlich mit der Wucht eines Tritts in den Magen. Ich wusste nicht, ob ich mich überwinden konnte, sie zu berühren.

Aber wenn sie starb, nur weil ich zu zimperlich war, würde ich später Schuldgefühle haben, die den Ekel, den ich jetzt spürte, bei weitem übertrafen. Ich versuchte normal zu atmen und tastete mich vorsichtig vor, um die Spur, die die Kristallkugel hinterlassen hatte, nicht zu verwischen. Ich streckte meine Hand nach Dorotheas ausgestrecktem Arm aus und griff nach ihrem Handgelenk. Ihre Haut war so warm wie meine, umso schrecklicher war es, dass ich keinen Puls finden konnte.

Ich wich entsetzt zurück. Ich hatte Recht gehabt, Gloria zur Vorsicht zu mahnen. Hier lief ein Mörder rum.

Aber in der Zielperson hatte ich mich katastrophal geirrt.

9

Mars am Imum Coeli

Sie hat eine hohe Meinung von sich und ist nicht immer diplomatisch genug, dies zu verbergen. Wenn sie weiß, dass sie Recht hat, kann sie allzu kühn und angriffslustig sein. Aber diese Stellung verleiht viel Energie und macht sie unternehmungslustig und unabhängig. Ihr Tempo und ihr Wettbewerbsgeist nehmen Autoritätspersonen oft den Wind aus den Segeln.

Aus: *Was in den Sternen steht* von Dorothea Dawson

Ich wusste nicht, was ich tun sollte. Ich meinte, es nicht auf so engem Raum mit Dorotheas Leiche aushalten zu können, aber ich konnte auch nicht einfach weggehen und den Campingbus ungesichert zurücklassen. Außerdem konnte ich nicht draußen Wache halten, weil ich innerhalb weniger Minuten völlig durchweicht sein würde. Es schien mir wichtig, der Polizei nicht wie eine nasse Ratte gegenüberzutreten.

Das Führerhaus bot einen Kompromiss. Der Beifahrersitz war so gestaltet, dass er entweder nach vorn auf die Straße schaute oder als Extrasitz in den Wohnbereich integriert werden konnte. Ich hatte Glück, denn im Augenblick war er nach vorne gerichtet.

Ich kletterte durch den Spalt zwischen den Sitzen und merkte überrascht, dass ich nach Atem rang, als wäre ich gerannt. Ich hielt mich an den Armlehnen fest und zwang mich, gleichmäßig zu atmen. Ich wollte beim Notruf schließlich nicht wie eine Mörderin klingen. Ich konzentrierte mich auf die Spuren des schmelzenden Schneeregens, der die Windschutzscheibe hinunterrann und die Flutlichter um den Parkplatz verzerrte. Ich versuchte das Bild, das sich in mein Gehirn eingebrannt hatte, zu vergessen. Erst als meine Atmung wieder normal war, nahm ich mein Telefon heraus und wählte 999. Als ich mit der Polizei verbunden war, sagte ich: »Mein Name ist Kate Brannigan, ich bin Privatdetektivin. Ich möchte einen Vorfall melden, der nach Mord aussieht.«

Die Frau am anderen Ende der Leitung hatte offensichtlich eine ziemlich gute Ausbildung hinter sich. Ohne sich anmerken zu lassen, dass das hier außergewöhnlicher war als ein Einbruch, sagte sie: »Von wo rufen Sie an?«

»Von meinem Handy. Ich bin auf dem Parkplatz des *Nordlichter*-Geländes. Es ist gleich beim Alan Turing Way, neben der Radrennbahn.«

»Und was ist Ihrer Ansicht nach geschehen?«

»Ich bin in einem Campingbus. Er gehört Dorothea Dawson. Der Astrologin. Ich hatte einen Termin bei ihr. Ich ging hinein und fand sie tot am Tisch. Es sieht aus, als hätte ihr jemand mit ihrer Kristallkugel den Schädel eingeschlagen. Ich habe versucht, ihren Puls zu fühlen, aber sie hat keinen.« Ich merkte, dass meine Stimme zu versagen drohte, und schluckte.

»Sind Sie noch dort?«

»Ja, ich bin im Campingbus. Sie können ihn nicht verfehlen. Es ist ein großer dunkelblauer Mercedes. Am hinteren Ende, in einiger Entfernung zur Einfahrt. Die meisten Autos sind inzwischen weg; an diesem Ende des

Parkplatzes stehen nur noch wenige.« Ich wusste, ich redete unzusammenhängendes Zeug, aber ich konnte nicht anders.

»In Kürze werden ein paar Beamte bei Ihnen sein. Fassen Sie bitte nichts an. Geben Sie mir Ihre Nummer, bitte?«

Ich ratterte die Nummer automatisch runter. »Wir sind gleich bei Ihnen«, versicherte sie abschließend. Das tröstete mich nicht. Dies war ein Gelegenheitsmord gewesen. Unter normalen Umständen wären Leute auf dem Parkplatz gewesen, wären schwatzend und tratschend zu ihren Autos gegangen. Sie wären stehen geblieben und hätten gemerkt, dass etwas nicht stimmte. Aber heute, bei diesem Wetter, schauten alle nach unten, suchten eilends Schutz und achteten auf nichts als den schnellsten Weg zu ihrem fahrbaren Untersatz.

Dann war da der Faktor Zeit. Es gab eine Spanne von allerhöchstens zehn Minuten zwischen dem Augenblick, als Gloria und ich weggingen, und meiner Rückkehr. Aber irgendjemand war dreist oder verzweifelt genug gewesen, diese geringe Zeitspanne zu nutzen und in Dorotheas Campingbus einzudringen. Er oder sie überraschte sie und schmetterte ihr die schwere Kristallkugel so schnell an den Kopf, dass sie keine Zeit hatte zu reagieren.

Dann verschwand er oder sie wieder im Dunkel der Nacht. Es war keine Zeit gewesen, um etwas zu suchen oder zu stehlen. Nur Zeit, um zu töten und wieder zu verschwinden. Plötzlich wurde mir bewusst, dass der Mörder womöglich nur wenige Schritte von mir entfernt gewesen war, als ich durch den Schneeregen stapfte. Minuten – nein, Sekunden – früher, und ich hätte jemand von Angesicht zu

Angesicht gegenübergestanden, der unbarmherzig genug war, auch mich zu töten.

Der Gedanke traf mich wie ein Stich ins Herz. Mein Mund wurde trocken und mich schauderte. Mir drehte sich der Magen um, und ich konnte gerade noch rechtzeitig die Tür öffnen. Meine letzte Mahlzeit platschte auf den matschigen Parkplatz. Mit einer Hand an die Tür geklammert, würgte ich und würgte noch, als mein Magen längst leer war.

So fand mich die Polizei. Ich hatte nicht mal die herannahenden Sirenen gehört. Wahrscheinlich hatten sie sie an den Sicherheitstoren von NPTV ausgeschaltet. Nun kündigte nur das Blaulicht ihre Ankunft an. Ich sah benommen auf, mein Haar klebte mir nass von Schneeregen und Schweiß am Kopf. Ich sah zwei Polizei- und einen Rettungswagen. Die Insassen waren schon halb draußen, als die Fahrzeuge zum Stehen kamen.

Sie kamen auf mich zu. Ich richtete mich auf und zeigte schwach auf die Tür, die direkt in den Wohnbereich führte. »Sie ist da drin«, krächzte ich. Drei von ihnen änderten ihre Laufrichtung. Der vierte kam zu mir und blockierte einen möglichen Fluchtweg. Er konnte nicht wissen, dass wir auf derselben Seite standen. Kein Wunder; auch mir war diese Situation völlig fremd. Nach einem fragenden Blick auf seine Kollegen öffnete der erste Polizist die Tür und steckte vorsichtig seinen Kopf in den Wagen. Ich hörte, wie er scharf Luft holte und fluchte.

Jetzt waren auch die Sanitäter an der Tür und versuchten durch das Knäuel von Polizisten zu dringen. »Lasst uns durch«, hörte ich einen ungeduldig sagen.

»Unmöglich«, sagte der Bulle, der die Leiche gesehen hatte. »Hier hat ein Verbrechen stattgefunden.«

»Sie könnte noch leben«, protestierte der Sanitäter und versuchte sich durch die Mauer blauer Uniformen zu zwängen.

»Unmöglich«, wiederholte der Polizist. Er sah so aus, wie ich mich fühlte. »Glauben Sie mir, Sie können nichts mehr für sie tun.«

»Sie hatte keinen Puls mehr, als ich sie fand«, sagte ich.

»Wann war das?«, fragte der Beamte, der bei mir war.

»Zirka zwei Minuten, bevor mein Dreimal-Neun-Anruf ins Protokoll ging.«

Das beiläufige Verwenden des professionellen Ausdrucks trug mir einen fragenden Blick ein. Einer seiner Kollegen, den Kragen zum Schutz gegen den stürmischen Schneeregen hochgestellt, sprach in sein Funkgerät. Grummelnd zogen sich die Sanitäter in den Schutz ihres Rettungsfahrzeugs zurück. Ich wich ein wenig zurück, um nicht gänzlich der Witterung ausgesetzt zu sein, wobei ich darauf achtete, dass meine Hände sichtbar blieben. Ich wusste, dass ich im Augenblick ihre Hauptverdächtige sein musste. Die einzige.

Ein weiterer Wagen spritzte durch den Matsch und beleuchtete ein paar leitende Angestellte auf ihrem Weg zum Auto. Sie waren zu sehr darauf bedacht, nicht nass zu werden, um auf Polizei und Ambulanz zu achten. Die Neuankömmlinge blieben nur wenige Meter vor Dorotheas Mercedes schlitternd stehen. Die Türen gingen auf, die Innenbeleuchtung ging an, und das Unmögliche geschah.

Die Sachlage wurde noch schlimmer.

Zwanzig Minuten später saß ich im *Nordlichter*-Aufenthaltsraum, der von der Polizei sofort als vorläufige Einsatzzentrale beschlagnahmt wurde, bis ihr eigener, eigens für diesen Zweck gebauter Wohnwagen herbeigeschafft werden konnte. Mir gegenüber saß Detective Sergeant Linda Shaw, ihre Hände umklammerten einen Pappbecher mit Instantkaffee. Gegen Linda hatte ich nichts; sie hatte wahrscheinlich mehr mit mir gemeinsam, als sie mit dem dickköpfigen Scheißkerl, für den sie arbeitete, je verbinden würde.

Ich hatte den Verdacht, dass Chefinspektor Cliff Jackson eine Puppe mit rotbraunen Haaren in seiner Schreibtischschublade aufbewahrte. Ich war überzeugt, dass er sie in regelmäßigen Abständen mit Nadeln bearbeitete. Es war die einzige Erklärung für die stechenden Schmerzen, die ich manchmal im linken Fußgelenk spürte. Jackson war seit etwa sieben Jahren einer der ranghohen Ermittler des städtischen Morddezernats. Eigentlich hätte er froh sein sollen, dass ich deutlich zu seiner Aufklärungsrate beigetragen habe. War er aber nicht. Wenn die Sterne also wirklich ungünstig stehen, dann schicken sie mir Jackson.

Linda Shaw stand zwischen Jackson und mir wie eine Pufferzone zwischen sich bekriegenden Balkanarmeen. Sobald er mich blass und zitternd im Führerhaus von Dorotheas Wagen gesehen hatte, begannen sich die Rädchen in seinem Kopf zu drehen, und er stellte sich die vielen Möglichkeiten vor, mir wegen meiner Anwesenheit am Tatort das Leben zur Hölle zu machen. Ohne seinen Regenmantel anzuziehen war er über den Asphalt geeilt. »Was, zum Teufel, machen Sie hier?«, begrüßte er mich.

»Ich arbeite«, sagte ich. »Und Sie?«

Er wurde hochrot. »Treiben Sie's nicht zu weit, Brannigan«, wetterte er. »Ich bin noch keine Minute hier, und Sie legen es schon darauf an, die Nacht in der Zelle zu verbringen. Sie können einfach nicht Ihr freches Mundwerk halten, was?«

»Wenn Sie wollen, dass ich den Mund halte – einverstanden. Ich rufe meine Anwältin an, und dann hören Sie ›kein Kommentar‹ bis in alle Ewigkeit«, knurrte ich zurück. »Und sobald ich zu Hause bin, rufe ich Alexis Lee an. Die Welt soll erfahren, wie eine wichtige Zeugin des Mordes an der berühmtesten Astrologin der Nation von Manchesters Elitetruppe behandelt wird.«

»Sir.« Lindas Stimme klang ruhig, aber eindringlich. »Sir, Sie werden im Wagen gebraucht. Die Jungs von der Spurensicherung sind unterwegs, und der Rest des Teams ist gerade eingetroffen. Ich könnte inzwischen eine ruhige Ecke suchen und Ms. Brannigans Aussage aufnehmen. Dann wissen wir in etwa, woran wir sind.«

»Ich will nicht, dass Sie Ihre Nase in diese Sache stecken, Brannigan«, schnauzte Jackson und rückte seine stahlblaue Krawatte zurecht, die sich furchtbar mit dem fliederfarbenen Hemd biss. »Sie machen Ihre Aussage bei Sergeant Shaw, und dann verschwinden Sie hier. Das ist kein Vorschlag, sondern ein Befehl. Ich würde Sie nur zu gern wegen Behinderung der Polizei verhaften. Aber das muss ich Ihnen wohl nicht erst sagen, oder? Sie gehört Ihnen, Sergeant.«

Ich führte Linda vom Wagen zum Studiogebäude, damit jemand John Turpin kontaktieren konnte, um NPTV über den Vorfall zu informieren, und damit wir ungestört reden konnten. Sie arrangierte alles und entdeckte sogar den nächstgelegenen Kaffeeautomaten. Jetzt erst konnten wir einander richtig in Augenschein nehmen. Ich sah eine Frau in dem kritischen Alter um die dreißig, um deren Augen herum sich allmählich die anstrengenden langen Arbeitstage und -nächte bemerkbar machten. Die leicht hängenden Mundwinkel verrieten, wie zermürbend es war, ständig mit Angehörigen von Mordopfern und den für ihre zerstörten Leben Verantwortlichen konfrontiert zu sein.

Ich wollte nicht darüber nachdenken, was sie sah. Ich eröffnete: »Sergeant, hm? Gratuliere.«

»Danke. Wie ich hörte, konnten Sie sich auch verbessern. Brannigan & Co., nicht mehr Mortensen & Brannigan.«

»Cliff hört mich ab, was? Wenigstens bin ich meine eigene Chefin. Aber Sie sind noch immer Jacksons Wasserträgerin.«

»Es gibt schlechtere Jobs bei der Polizei«, sagte sie trocken.

»Besonders für eine Frau.«

Sie nickte zustimmend. »Also, helfen Sie mir, meinen Job zu behalten, und erzählen mir, was heute Abend hier passiert ist?«

»Sie wissen, dass ich mit Ihnen kein Problem habe, Linda. Fragen Sie, was Sie wollen. Solange Sie nicht erwarten, dass ich meiner Klientin gegenüber Vertrauensbruch begehe, erzähle ich Ihnen alles, was ich weiß.«

Wir besprachen den Grund meiner Anwesenheit und anschließend die genauen Umstände meiner Entdeckung. Ich beschrieb gerade den Teil, wo ich nach Dorotheas Puls suchte, als die Tür aufflog. Gloria taumelte dramatisch herein, ihr Haar an den Kopf geklatscht, das Augen-Make-up zerronnen wie bei einer schlechten Dusty-Springfield-Imitation. »Kate«, jammerte sie. »Gott sei Dank, Sie sind heil! Oh, Kate, ich kann es gar nicht glauben. Nicht Dorothea«, fuhr sie fort und stolperte zu mir. Wie Vanessa Redgrave in *König Lear*. Ich hatte keine andere Wahl als aufzuspringen und sie zu stützen. Es wäre ein Leichtes für sie gewesen, der Dramatik wegen zusammenzubrechen. Ich bezweifelte nicht, dass sie wirklich außer sich war, aber Mimin, die sie war, musste sie derart übertreiben, dass die Schlacht an der Somme daneben wie ein kleines Scharmützel wirkte.

Ich legte meinen Arm um sie und führte sie zum nächstgelegenen Sofa. Linda starrte sie mit gierigem Blick stumm an. Ich glaube nicht, dass es Glorias triefnasse Erscheinung war, die sie so beeindruckte. Sie war einfach im Fan-Fieber. Ich habe das schon erlebt. Normale, intelligente Leute stehen mit offenem Mund vor ihrer Heldin oder ihrem Helden und werden zu stammelnden Nervenbündeln. Bevor Alexis Reporterin für Kriminalfälle wurde, sollte sie einmal für die Feature-Redaktion ein Interview mit Martina Navratilowa machen. Sie erzählte hinterher, die intelligenteste Frage, die sie herausbrachte, war: »Was hatten Sie zum Frühstück, Martina?«

Da hatte ich also eine Polizistin im Fan-Fieber, einen hysterischen Serienstar und einen Bullen, der mich einsperren wollte, weil ich es wagte, ein Mordopfer zu finden. Diese Nacht entwickelte sich zur schlimmsten seit langem.

»Ich kann es nicht glauben«, sagte Gloria zum x-ten Mal. Diesmal allerdings machte sie weiter im Text. »Ich denke ständig daran, dass ich die letzte Person gewesen sein muss, die sie lebend gesehen hat.«

Diese Worte brachten Linda in etwas Ähnliches wie Normalität zurück. »Wie meinen Sie das, Ms. Kendal?«, fragte sie sanft und setzte sich zu Gloria.

»Gloria, das ist Sergeant Shaw von der Kripo. Sie untersucht Dorotheas Tod.«

Gloria fixierte Linda mit in schwarzen Tränen schwimmenden Augen. Wenn das hier vorbei war, musste ich mit ihr über wasserfeste Mascara sprechen. »Was ist passiert, Schätzchen? Draußen auf dem Parkplatz haben sie nur gesagt, dass ein Unfall passiert und Dorothea tot sei. Ich war rausgegangen, um nach Ihnen zu suchen. Sie waren schon so lange weg, ich habe mir Sorgen gemacht. Ich hatte so ein Gefühl ...« Ihre Stimme brach mit einem neuerlichen schluchzenden Seufzer ab. »O Gott, ich kann es nicht glauben«, jammerte sie. Ich stand auf und holte ihr ein Glas Wasser. Sie leerte es in ein paar schnellen Schlucken und presste es dann theatralisch an ihre Brust.

Linda tätschelte ihre freie Hand. »Eine Freundin zu verlieren ist nicht leicht zu verkraften«, sagte sie. »Aber das Beste, was Sie jetzt für Dorothea tun können, ist, uns zu helfen, die dafür verantwortliche Person zu finden.«

»Dann war es kein Unfall?«, fragte Gloria. Ich sah plötzlich eine Wachsamkeit in ihren Augen, die eben noch nicht da gewesen war.

Linda bemerkte es offensichtlich nicht. »Sie müssen sich leider auf einen Schock gefasst machen, Gloria. Es sieht so aus, als wäre Dorothea ermordet worden.«

Glorias Gesicht erstarrte. Die Tränen verschwanden so

schnell, als hätte die Regisseurin »Schnitt« gerufen. »Ermordet?«, sagte sie, ihre Stimme jetzt eine Oktave tiefer. »Ich verstehe nicht. Dorothea war wohlauf, als ich sie verließ. Und Kate machte sich sofort auf den Rückweg zu ihr. Wie kann sie jemand ermordet haben?«

»Das wollen wir herausfinden«, sagte Linda beruhigend. Noch mehr davon, und ich musste mich übergeben. Vor ein paar Generationen genossen die höheren Berufsstände diese Art Ehrfurcht der Polizei. Davor war ein Adelstitel nötig. Aber im Großbritannien der Neunzigerjahre musstest du berühmt sein, damit die Polente dir Hochachtung entgegenbrachte.

Ich räusperte mich. »Abgesehen von dem Mörder war Gloria wohl die Letzte, die Dorothea lebend gesehen hat.«

»Wissen Sie ungefähr, wann das war?«, fragte Linda Gloria.

»Kurz vor sechs«, sagte ich. »Ich saß in Glorias Auto auf dem Parkplatz und wartete auf das Ende ihres Halb-sechs-Termins mit Dorothea. Und ehe Sie fragen, ich habe niemand Verdächtiges herumlungern sehen, nur eine Menge Leute, die zu ihren Autos eilten, und ein paar andere auf dem Weg vom Studiogebäude zum Verwaltungsblock. Um fünf vor sechs stieg ich aus dem Wagen und ging zum Campingbus. Ich klopfte, und Gloria kam heraus.«

»Haben Sie Dorothea gesehen?«, fragte mich Linda. Ich konnte nicht glauben, dass sie es in Glorias Anwesenheit tat. Das brach alle ungeschriebenen Gesetze über die getrennte Befragung von Zeuginnen.

»Nein, ich habe den Bus nicht betreten.«

»Haben Sie ihre Stimme gehört?«

Ich schüttelte den Kopf. »Der Wind wehte, Autos fuhren vorbei, außerdem hätte sie sowieso nicht geschrien.«

Ich sah, wie Linda die Tragweite dieser Aussage registrierte. Ich sah auch, wie sie die Möglichkeit verwarf, Gloria könnte Dorothea getötet haben, und zwar aus dem einfachen Grund, dass Brenda Barrowclough so etwas nie tun könnte. »Sie verabschiedete sich von mir und sagte, Kate solle in fünf Minuten wiederkommen. Aber Kate hat Recht. Sie schrie nicht. Sie hatte auch keinen Grund dazu, und sie war nicht der Typ, der gleich die Stimme hebt«, sagte Gloria freundlich, als würde sie einem Kind etwas Offensichtliches erklären.

»War denn die Tür nur eingeklinkt oder schnappte das Schloss automatisch zu?«, fragte Linda.

»Sie war nur eingeklinkt. Wir klopften alle und gingen hinein, wenn wir dran waren«, sagte Gloria. »Dorothea hielt die Zeiten streng ein, Überziehen gab es nicht.«

»Und wie lange dauerte es, bis Sie wieder beim Bus waren?«, fragte Linda mich.

Über den Zeitablauf hatte ich bereits intensiv nachgedacht. »Zehn Minuten, höchstens. Vielleicht drei Minuten, um Gloria zurück zur Garderobe zu begleiten, ein paar Minuten, um mich zu versichern, dass sie die Tür abschloss, dann ein paar Minuten zurück.«

»Das ist nicht lang«, stellte Linda fest.

Plötzlich brach Gloria wieder in Tränen aus. »Es ist schrecklich«, jammerte sie. »Es ist eine Warnung. Es ist eine Warnung an mich. All diese Briefe und Dorotheas Mahnung. Da draußen läuft ein Killer herum, und er ist hinter mir her!«

Ich erkannte keine Logik darin, aber Glorias Angst schien echt. Sie schluchzte und hickste und jammerte. Linda und ich tauschten verzweifelte Blicke, nicht wissend, was wir tun sollten. Dann war ihre Hysterie so plötzlich vorbei, wie sie begonnen hatte, und sie hatte sich wieder im Griff. »Das richtet sich gegen mich«, sagte Gloria mit zittriger Stimme. »Jeder wusste, dass ich auf Dorothea vertraute. Jeder wusste, dass Dorothea den Tod im Raum vorausgesagt hatte, als ich das vorige Mal bei ihr war. Sie wurde ermordet, um mir Todesangst einzujagen.«

»Das ist eher unwahrscheinlich«, sagte Linda beruhigend. »Es wäre eine sehr extreme Tat, wenn der Briefeschreiber Ihnen bloß Angst einjagen will. Ich denke, das Ganze ist bloß ein schrecklicher Zufall.«

»Ach ja?« Gloria setzte sich auf und straffte die Schultern. Es war eine klassische Brenda-Barrowclough-Geste, die dem *Nordlichter*-Publikum signalisierte, dass eine kugelsichere Weste angesagt war. »Und es ist bloß ein schrecklicher Zufall, dass ich die Letzte war, die Dorothea lebend gesehen hat? Wenn es jemand auf Dorothea abgesehen hatte, dann hätte es genug andere Gelegenheiten gegeben, sie zu ermorden, ohne das Risiko einzugehen, beim Betreten oder Verlassen des Busses gesehen zu werden. Oder sogar bei der Tat überrascht zu werden. Es gibt nur einen Grund, diesen Zeitpunkt zu wählen – es sollte aussehen, als wäre ich die Mörderin. Eins sage ich Ihnen, wer meine Freundin getötet hat, hat es auf mich abgesehen.«

Einen Augenblick herrschte betroffenes Schweigen. »Das ist nicht ganz abwegig«, sagte ich.

»Was werden Ihre Leute jetzt tun, um mich zu beschützen?«, fragte Gloria.

Linda starrte nur vor sich hin.

»Um es kurz zu machen, nichts«, erklärte ich ihr. »Selbst wenn sie handfeste Beweise hätten, würde Ihr Schutz nicht vorrangig behandelt, weil die Drohbriefe keine richtige Morddrohung enthalten. Stimmt doch, Linda, oder?«

Linda gab einen erstickten Laut von sich. Ich schloss daraus, dass sie mir zustimmte.

»Na gut«, sagte Gloria. »Ich muss mich weiter auf Kate verlassen.« Sie rüstete zum Aufbruch. Ich verstand plötzlich den Ausdruck »die Lenden gürten«. Gloria stand auf und sagte: »Los, Schätzchen. Mir reicht's. Ich bin geschafft und muss nach Hause, mich hinlegen.«

Auf halbem Weg zur Tür vergewisserte sie sich, ob ich ihr folgte.

Ich sah Linda an und zuckte unglücklich mit den Schultern. »Wir müssen noch das Protokoll aufnehmen«, meinte Linda gedrückt.

»Setzen Sie sich morgen früh mit meinem Anwalt in Verbindung«, sagte Gloria gebieterisch. »Kate, wer ist mein Anwalt?«

Ich grinste. Jackson würde begeistert sein. »Meine Anwältin natürlich. Ruth Hunter.«

Das Letzte, das ich hörte, als die Tür sich hinter uns schloss, war Lindas Stöhnen: »Au Scheiße.« In grimmigem Schweigen schritten wir aus dem Gebäude. Der Schneeregen hatte aufgehört, die einzig positive Entwicklung seit heute Mittag.

Gloria fegte durch das geschäftige Treiben um Dorotheas Bus, ohne nach links und rechts zu schauen. Ich stiefelte hinter ihr her und versuchte, für alle unsichtbar zu sein, die Jackson hätten alarmieren können. Wir schafften es ohne Zwischenfälle zum Auto.

Sobald wir an den zwei Polizisten vorbei waren, die die NPTV-Wachposten am Haupttor unterstützten, wich bei Gloria jeglicher Kampfgeist. Ihre Schultern sackten nach unten, und sie griff nach ihren Zigaretten. »Dies ist ein Notfall«, sagte sie. »Öffnen Sie ja nicht das verdammte Fenster.« Sie inhalierte tief. »Sie wissen, dass ich Dorothea nicht getötet habe, oder?«

Ich verzog das Gesicht zu einem Lächeln. »Sie sind Schauspielerin, Gloria. Würde ich es merken?«

Sie schnaubte. »Ich bin keine Susan Sarandon. Ich spiele mich selbst. Kommen Sie, Kate, habe ich Dorothea ermordet?«

»Ich kann es mir nicht vorstellen«, sagte ich langsam.

»Das genügt mir. Also werden Sie versuchen herauszufinden, wer es war? Bevor er beschließt, dass ich an der Reihe bin? Oder meine Enkelin?«

»Cliff Jackson, der Bulle, der mit der Sache betraut ist. Er ist kein schlechter Ermittler. Aber er hat sich auch schon geirrt. Ich tue mein Bestes.«

»Ich werde ruhiger schlafen, wenn ich das weiß«, sagte sie und zog an ihrer Zigarette, als würde sie ihr Leben schenken und nicht rauben.

»Apropos schlafen ... Wollen Sie heute Nacht bei mir bleiben? Ich meine, zum einen wegen des Wetters, zum anderen aus Sicherheitsgründen.«

Gloria runzelte die Stirn. »Danke für das Angebot, aber ich wäre lieber in meiner gewohnten Umgebung. Ich möchte mich zu Hause fühlen. Und ich will Ihnen nicht im Weg sein. Sie werden morgen mit ihren Nachforschungen zu tun haben, und ich will Sie nicht behindern.«

»Ich will Sie nicht alleine lassen. Nicht mal hinter diesen hohen Mauern.« Ich überlegte einen Augenblick, hielt dann am Straßenrand und holte mein Telefon hervor. Ein paar Anrufe, und alles war arrangiert. Es bedeutete zwar einen ziemlichen Umweg über die Studierendenvertretung, aber sobald Gloria Donovan in all seiner muskulösen Herrlichkeit gesehen hatte, war sie restlos glücklich, dass ich die eineinhalb Kilometer quer durch die Stadt zu meinem Haus latschte, während sie mit dem bestaussehenden Bodyguard diesseits und jenseits der Pennines über die Hügel verschwand. Blieb nur die Frage, ob sie ihn am Morgen noch respektieren würde.

Ich schritt zügig aus. Jetzt, wo der Schneeregen aufgehört hatte, ging die Temperatur zurück, die Gehsteige waren im Nu vereist. Zweimal rettete mich ein Laternenpfahl davor, auf den Gehweg zu knallen. Ich wollte mich nur noch in meinen Morgenmantel kuscheln – mit einem sehr großen Absolut Citron und einem Spritzer Grapefruitsaft. Mit etwas Glück würde Richard früh nach Hause kommen, vorzugsweise mit einem deftigen chinesischen Essen. Er sagt immer, Freitag ist die Nacht der Amateure, was Livemusik betrifft. Ich konnte die »Garnelen pikant« förmlich schmecken.

Ich hätte es wissen müssen. Abende wie dieser wurden einfach nicht besser. Der Mann, den ich zu lieben glaube, war zwar zu Haus. Aber nicht allein zu Haus. Ich fand ihn tief schlafend in seinem Bett – in seinen Armen lag jemand anders. Als ich ins Zimmer kam, riss sie die Augen auf. Sie sah mich an und schrie.

Kluges Mädchen.

10

Merkur in der Jungfrau im fünften Haus

Sie ist in allem sehr geschickt. Sie hat einen scharfen Verstand, neigt aber dazu, in Stresssituationen überkritisch mit sich selbst und anderen zu sein. Probleme analysiert sie mit Hartnäckigkeit und ist bei Nachforschungen sehr gründlich. Sie denkt logisch, ist skeptisch und neigt zu zwanghaftem Verhalten.

Aus: *Was in den Sternen steht* von Dorothea Dawson

Durch die Scheidung hat Richard die letzten fünf Lebensjahre seines Sohnes Davy zwar so gut wie verpasst, aber da er viel von seiner Arbeit nachts erledigt, hatte er während der ersten drei Jahre einen Großteil der Tagesbetreuung übernommen. Zum Glück hatte er seine alten Fähigkeiten nicht verlernt. Das bedeutete, ich musste keinerlei Verantwortung für das – laut Alexis und Chris – bemerkenswerteste Kind der Welt übernehmen. Mit einer Mischung aus Erleichterung und Staunen beobachtete ich, wie er graurosa Brei in den gierigen Mund seiner neun Monate alten Freundin löffelte. Er schaffte es fast ohne hinzusehen und ohne jemals seinen Redefluss zu unterbrechen. Er hatte sogar schon Windeln gewechselt, ohne mit der Wimper zu zucken, was nicht im Entferntesten meiner Vorstellung von einem angenehmen Start in einen freien Tag entsprach.

Ich erinnere mich an Zeiten, als die Männer im Norden lieber gestorben wären als zuzugeben, dass sie sich mit Pampers auskennen. Jetzt drücken sie dich im Café an die

Wand und erzählen dir, Männer könnten kleine Mengen Milch in ihrer Brust produzieren. Und dann hatte Jays Ankunft auch schon das scheinbar Unmögliche möglich gemacht, nämlich die oberflächlichen Feindseligkeiten zwischen Alexis und Richard beendet. Vor Jays Geburt behauptete Alexis, sie sei eine richtige Journalistin und Richard ein Kriecher; Richard meinte, er sei ein richtiger Journalist und Alexis eine Handlangerin der Polizei. Heutzutage kamen sie auf das Thema Arbeit nicht mehr zu sprechen.

Wie jede Woche ein Mal hatte Richard Jay über Nacht bei sich, damit Chris mal acht Stunden durchschlafen konnte. Seltsamerweise schlief Jay bei Richard bis sieben Uhr morgens durch. War Chris in Hörweite, durchbrach Jay die Nacht mit ihrem Geschrei unweigerlich um zwei, vier und sechs Uhr. Ich erkannte, dass sie zu einer cleveren Manipulatorin wurde, wie ich sie in meiner Firma brauchen konnte. Vergesst die Warteliste von Eton, ich merke sie für Brannigan & Co. vor.

»Was hast du denn für heute geplant?«, fragte Richard, als wir im Wintergarten saßen und zusahen, wie nasser Schnee vom Himmel fiel.

»Donovan ist bei Gloria, also brauche ich vermutlich nicht hinzufahren. Ich habe ihm gesagt, sie müsse im Haus bleiben, aber bei dem Wetter wird sie ohnehin nicht versucht sein, den Platz am Kamin zu verlassen. Ich werde in der Bibliothek des *Chronicle* nach Hintergrundmaterial suchen, damit ich vernünftige Fragen über Dorothea Dawson stellen kann.«

»Klasse«, sagte Richard begeistert. »Dann kannst du ja

Jay mitnehmen. Ich soll sie in der Kinderkrippe vom *Chronicle* abliefern, wo Alexis sie dann einsammeln kann, aber wenn du sowieso hinfährst, kann ich zu Hause bleiben und ein bisschen schreiben.«

Zeit für Kate Brannigans Theorie der unregelmäßigen Verben des Lebens. In diesem Fall lautete sie: »Ich bin diplomatisch, du bist sparsam mit der Wahrheit, sie/er/es ist ein verlogenes kleines Arschloch«.

»Kein Problem«, sagte ich. Warum sollte es mir etwas ausmachen, Däumchen zu drehen, während Richard sie fertig fütterte, wickelte, für die Außenwelt verpackte, den Babysitz von seinem Auto in meines transferierte und sie darin festschnallte? Ich hatte schließlich nicht so was Wichtiges wie einen Mord aufzuklären.

Ich spürte Alexis in der Redaktionskantine auf. »Deine Tochter ist in der Krippe«, teilte ich ihr mit. »Ihr Sitz auch.«

»Klasse«, sagte sie. »Ich spring gleich rüber und sag ihr hallo. Wir sind wirklich froh darüber, weißt du. Es ist die einzige Gelegenheit, mal richtig durchzuschlafen. War sie lieb?«

»Soweit ich weiß ja. Sie schrie sich die Seele aus dem Leib, als ich gestern heimkam, aber das macht sie nur, weil sie Richards Aufmerksamkeit mit niemand teilen will. Also habe ich die beiden in Ruhe gelassen. Sie hat wahrscheinlich besser geschlafen als ich.«

Alexis schüttelte lächelnd den Kopf. »Ich weiß, du liebst sie wirklich.«

Da wusste sie mehr als ich. Ich lächelte unverbindlich und sagte: »Dorothea Dawson.«

»Das hat sie nicht vorausgesehen, was?«

Ich liebe journalistischen schwarzen Humor. Es tut gut zu wissen, dass es Leute gibt, die noch zynischer sind als ich. »Wie lautet die Story des Tages?«

»Warum willst du das wissen?«, fragte sie plötzlich hellwach. Ihre Zigaretten kamen zum Vorschein, und diesmal zündete sie sich wirklich eine an.

»Ich habe die Leiche gefunden.«

Alexis fuhr sich mit der freien Hand durchs Haar, so dass es wie bei einer Punkfrisur als Kamm in die Höhe stand. »Scheiße«, sagte sie. »Die Bullen haben in der Pressekonferenz nichts davon gesagt. Sie haben gesagt, eine Mitarbeiterin hätte die Leiche entdeckt, die verlogene Bande.«

»Wundert's dich?«

»Nein. Cliff Jackson würde sein Maul eher mit Superkleber verkleistern, ehe ihm der Name ›Brannigan‹ entschlüpft. Außer der Satz enthält auch die Worte ›wird angeklagt wegen‹. Also los, KB. Ein Farbbericht aus erster Hand, genau das brauche ich für die Abendausgabe.« Ihr Notizblock war auf dem Tisch erschienen.

»Was sagen die?«

»Dass sie gestern Abend ungefähr um sechs in ihrem Campingbus auf dem Parkplatz des NPTV-Geländes durch einen Schlag auf den Kopf getötet wurde. Und das war's auch schon. Was hast du für mich?«

Ich seufzte.

»Es ist nicht gerade etwas, worüber ich mich länger auslassen möchte. Ich wollte mit Dorothea über die Warnung reden, die sie während der vorigen Sitzung mit Gloria ausgesprochen hatte. Wir hatten verabredet, dass ich sie nach der letzten Klientin des Tages treffen sollte. Als ich hinkam, klopfte ich, aber niemand antwortete. Ich wusste, dass sie mich erwartete, also öffnete ich die Tür und ging hinein. Sie lag mit eingeschlagenem Schädel mit dem Gesicht auf dem Tisch. Sie war eindeutig tot. Ihre Kristallkugel lag am Ende einer Blutspur auf dem Teppich. Es sah danach aus, als hätte der Mörder sie als Tatwaffe benutzt. Sie ist viel größer als die üblichen Kristallkugeln. Sie muss zwanzig, fünfundzwanzig Zentimeter Durchmesser haben.«

Alexis machte sich nickend Notizen. »Sie war berühmt dafür. Sie behauptete, die Kugel würde aus einer mythischen Bergmine stammen. Ich denke, sie stammte eher aus der Pilkington-Glasfabrik in Saint Helens.« Sie lächelte entschuldigend. »Tut mir Leid, aber ... Wie fühltest du dich?«

»Mir war kotzübel. Können wir von etwas anderem reden?«

»Worüber denn, vielleicht über Cliff Jacksons Eheprobleme?«

»Hat er Eheprobleme?«

Alexis nickte mit einem erbarmungslosen kleinen Lächeln im Gesicht. »Kiloweise. Seine Frau ist mit einem anderen Kerl durchgebrannt.«

»Warum hat sie so lange damit gewartet?«

»Wahrscheinlich hat sie den Schlüssel für die Handschellen nicht gefunden. Das Beste ist aber, mit wem sie durchgebrannt ist.« Alexis machte eine Kunstpause. Ich machte die typische rotierende Handbewegung, die bedeutete, sie solle fortfahren. »Sein Ältester ist im zweiten Jahr an der Universität Liverpool. Seine Frau ist mit dem besten Freund des Jungen durchgebrannt.«

»Du machst Witze!«

»Würde ich dich anlügen?«

»Wie lange weißt du das schon?«, fragte ich.

»Ich habe es erst heute Morgen rausgefunden. Ich versuchte einen Kommentar von Jackson zu bekommen, und er rastete total aus. Ich kenne eine seiner Konstablerinnen von früher, also trieb ich sie in die Enge und fragte sie, warum Jackson noch unerträglicher war als sonst, und sie erzählte es mir. Rechne also nicht mit Wohlwollen.«

»Ich werde daran denken«, grinste ich. »Hätte aber keinen Besseren treffen können. Apropos, hast du rausgefunden, wer euch die Story verkauft hat, dass ich Gloria beschütze?«

Alexis ließ sich den letzten Zug ihrer Zigarette schmecken und drückte die Kippe im Aschenbecher aus. »Das ist so eine Sache. Jeden Freitag geht das Kreditorenbuch in die Buchhaltung, um die Zahlungen anzuweisen. Es kommt nicht vor Montag früh zurück. Ich war gestern schon zu spät dran. Tut mir Leid.«

»Ich muss mich einfach in Geduld üben«, klagte ich.

»Wer hatte also den letzten Termin mit Dorothea? Welches *Nordlichter*-Mitglied hat sie als Letztes gesehen?«

»Das musst du Jackson fragen.« Ich machte mir keine großen Hoffnungen, dass Glorias Name nicht in die Zeitungen kommen würde, aber je länger ich es verhindern konnte, desto besser. »Meinst du, ich darf die Bibliothek plündern? Ich bräuchte ein paar Hintergrundinfos über Dorothea.«

»Du hängst dich also da rein?«

Ich zuckte mit den Schultern. »Wenn er nicht inzwischen jemand verhaftet hat, tritt Jackson wahrscheinlich auf der Stelle. Das bedeutet, er vertreibt sich die Zeit damit, mir das Leben zur Hölle zu machen. Der beste Weg, ihn mir vom Hals zu schaffen, ist also, ihm was anderes zum Nachdenken zu geben. Ich dachte, wenn ich die Zeitungsausschnitte durchforste, finde ich vielleicht etwas, das ich Linda Shaw zuspielen kann.«

Ich konnte an Alexis' Augen ablesen, dass sie mir kein Wort glaubte, aber sie wusste, sie durfte mich nicht in eine Richtung drängen, die ich nicht einschlagen wollte. »Sag mir Bescheid, wenn du fertig bist«, sagte sie. »Komm, ich organisiere das für dich.«

Zehn Minuten später wünschte ich fast, ich hätte nicht gefragt. Das Archiv des *Chronicle* verfügte über einen fünfzehn Zentimeter hohen Stapel Unterlagen über Dorothea Dawson; sie waren gerade aus der Nachrichtenredaktion zurück, wo sie für Hintergrundberichte für die aktuelle Tagesausgabe gebraucht wurden. Zwei weitere fünfundzwanzig Zentimeter hohe Stapel enthielten Zeitungsausschnitte des letzten Jahres über *Nordlichter.*

Ich riss ein Loch in den Deckel des Kaffeebechers, den ich aus der Kantine mitgebracht hatte, nahm die Verschlusskappe von meinem Füller und begann Dorothea Dawsons Vergangenheit zu erforschen.

Ich war gerade bei ihren ersten Fernsehauftritten angelangt, als Alexis mit einer Zigarette im Mund hereinplatzte. Der Bibliothekar schrie: »Mach die Kippe aus, du Tussi!« Alexis ignorierte ihn, packte meinen Arm und zog mich hinaus in den Korridor.

»Wo brennt's? Was zum Teufel ist los, Alexis?«

»Dein Kumpel Dennis ist gerade wegen Mordes verhaftet worden.«

Ich verstand jedes einzelne Wort. Aber alle zusammen ergaben keinen Sinn. »Sie denken, Dennis hat Dorothea Dawson ermordet?«, fragte ich verständnislos.

»Wer redet hier von Dorothea?«

»Alexis, erklär es mir in einfachen Worten. Bitte.«

»Ein Ganove namens Pit Bull Kelly wurde in aller Frühe in einer der unterirdischen Einheiten des Arndale tot aufgefunden. Der Laden war leer, aber er war anscheinend besetzt worden. Meinem Informanten zufolge bekamen sie einen Hinweis, dass es Dennis war, der diesen Ort nutzte, und als sie seine Fingerabdrücke überprüften, fanden sie sie überall. Also haben sie ihn verhaftet.«

Ich konnte es noch immer nicht fassen. Dennis war ein harter Mann, Gewalt war ihm nicht fremd. Aber schon lange hatte er seine Hand nicht mehr im Zorn gegen jemand erhoben. Seine Verbrechen richteten sich ausschließlich gegen Eigentum, nicht gegen Menschen. Die Vorstellung von Dennis als Mörder erschütterte alles, was ich über ihn wusste. Alexis' Worte waren ein Schlag, der jegliches Vertrauen in meine eigene Urteilskraft vernichtete. »Ich muss mit Ruth sprechen«, sagte ich, stob an ihr vorbei und lief blindlings auf die Lifte am Ende des Korridors zu. Auf halbem Weg musste ich umkehren, um meine Jacke und meine Tasche aus der Bibliothek zu holen.

»Beruhige dich, KB«, sagte Alexis lahm, als ich an ihr vorbeilief.

»Ich will nicht ruhig sein«, schrie ich über meine Schulter. »Manchmal stinkt mir das Ruhigsein.« Ich rannte fast den Korridor entlang. Zu erregt, um auf den Lift zu warten, nahm ich die Treppe. Ich hörte Alexis' Schritte hinter mir. »Er ist nicht der Mörder, Alexis«, schrie ich zu ihr hinauf. »Er liebt seine Frau, er liebt seine Tochter viel zu sehr. Das würde er ihnen nicht antun.«

Ihre Schritte verhallten. Ich hörte sie nach Luft ringen. »Ruf mich an«, brachte sie noch hervor.

Ich antwortete nicht mehr. Ich war zu aufgebracht. Ich wusste, Alexis würde mir verzeihen. Genau gesagt würde sie mir verzeihen, wenn sie den Bericht aus erster Hand bekam. Unten angekommen, stieß ich die Tür zum Parkplatz auf und stieg ins Auto. Ich atmete schwer, und meine Hände zitterten. Ich konstatierte, dass dies wohl der verzögerte Schock von gestern Abend war, der mich überfiel, sobald ich eine Schwäche zeigte. Ich stand Dennis nahe, aber so nahe auch wieder nicht, sagte ich mir.

Als mein Puls wieder im normalen Bereich lag, nahm ich mein Telefon heraus und wählte Ruth Hunters Handynummer. Wenn die Tatsache, von Polizei und Justiz gehasst zu werden, ein Maßstab für erfolgreiche Strafverteidigung ist, muss Ruth eine der besten Anwältinnen Nordwestenglands sein. Hinter vorgehaltener Hand wird ihre Kanzlei »Hunter, Killer & Co.« genannt. Diese in jedem Sinne des Wortes große Frau segelt in ihrer maßgeschneiderten Kleidung in den Gerichtssaal wie eine übergroße Königin des Laufstegs und zerreißt die Anklage des Kronanwalts in der Luft. Ich glaube, sie würde es auch dann machen, wenn sie keine MandantInnen hätte, einfach aus Spaß an der Freud. Sie treibt die Polypen in den Wahnsinn, wenn sie mitten in der

Nacht mit dem Bentley Mulsanne Turbo ihres millionenschweren Ehemanns auf einer Polizeiwache auftaucht. Sie kann diesen Wagen in Straßen parken, in denen mein Rover innerhalb von zehn Minuten bis aufs Fahrgestell auseinander genommen würde, und sie weiß, dass es unversehrt sein wird, wenn sie wiederkommt. Wäre sie nicht eine meiner besten Freundinnen, würde ich mir Knoblauch um den Hals hängen, wenn ich an ihrem Büro vorbei müsste.

»Ruth Hunter«, sagte eine forsche Stimme.

»Kate hier. Ich hab das von Dennis gehört.«

»Warum hat das so lang gedauert?«, fragte sie trocken. »Sie haben ihn schon vor drei Stunden geschnappt.«

»Werden sie Anklage erheben?«

»Ich kann jetzt nicht reden, ich bin sicher, du verstehst das.«

Das bedeutete, dass sie auf einer Polizeiwache war. Wahrscheinlich saß ihr der wachhabende Sergeant auf der Pelle. »Wann können wir reden?«

»In deinem Büro, drei Uhr.«

»Ich erwarte dich. Soll ich seine Frau aufsuchen?«

»Ich würde es erst mal lassen. Vielleicht morgen. Es ist im Moment ein bisschen ... brisant. Bis später.« Funkstille.

Ich konnte es mir vorstellen. Wahrscheinlich war der halbe Inhalt des Gläserschranks in Scherben. Debbie hatte noch nie Schwierigkeiten, ihren Gefühlen Ausdruck zu verleihen, und Dennis hatte nach seinem jüngsten zwölfmonatigen Knastaufenthalt die letzte Warnung erhalten. Damals hatte sie ihm angedroht, beim nächsten Mal die Scheidung einzureichen. Wahrscheinlich zerfetzte sie bereits seine Anzüge, wenn sie sich das nicht bis zur Anklageerhebung aufsparte.

Die Uhr zeigte halb zwölf. Mir war nicht danach, drei Stunden lang in der Bibliothek des *Chronicle* zu sitzen, und ich wollte auch nicht nach Hause. Es ist paradox. Die halbe Zeit lamentiere ich, dass ich nie zum Waschen oder Bügeln komme, aber wenn ich dann mal ein paar Stunden für mich habe, bin ich zu aufgewühlt, um irgendwas Konstruktives zu tun. Ich musste etwas finden, das mir das Gefühl gab weiterzukommen. Da fiel mir Cassandra Cliff ein. Cassie war mal ein berühmter *Nordlichter*-Star. Dann ließ so ein ekelhafter Schreiberling keinen Stein auf dem anderen, bis er den Drecksack fand, der enthüllte, dass Cassie – Jahre bevor sie als Maggie Grimshaw zur Schlampengöttin und Klatschkönigin von *Nordlichter* wurde – Kevin war.

Ungeachtet des Riesenwirbels in der Presse erklärte NPTV, dass sie eine Politik der Chancengleichheit verfolgten, die Transsexuelle schütze, und dass Cassies Job bei ihnen sicher sei. Sie verwendeten »sicher« in jener besonderen Bedeutung, die Margaret Thatcher einführte, als sie sagte, das Nationale Gesundheitswesen sei in ihren Händen sicher. Innerhalb weniger Monate war Maggie Grimshaw aus der Serie getilgt, und Cassie war nicht nur arbeitslos, sondern auch nicht vermittelbar.

Sie rannte aber nicht heulend in die Wälder. Sie verkaufte die Insider-Story eines Lebens bei *Nordlichter* an die Höchstbietenden und hielt mit nichts hinterm Berg. Cassie wurde nie zu den regelmäßigen Jubiläumsfeiern der Serie eingeladen, was ihr, denke ich, keine schlaflosen Nächte bereitete. Sie beschloss, nicht verbittert zu sein, und statt das aus der Enthüllungsstory geschlagene Kapital zu verplempern, eröffnete sie ein Geschäft und gründete eine Zeitschrift und eine Organisation für Transvestiten und Transsexuelle.

Cassie war jahrelang Alexis' Hauptinformantin gewesen, und wir lernten uns kennen, als ich den Tod eines Transvestiten-Anwalts untersuchte. Seither traf ich sie einige Male, erst kürzlich auf der Einweihungsparty von Alexis und Chris. Ich wusste, dass sie zu ein paar *Nordlichter*-Leuten noch immer Kontakt hatte. Sie konnte durchaus Dinge wissen, die Gloria nicht wusste. Oder besser gesagt, sie konnte mir durchaus Dinge erzählen, die Gloria nicht erzählen wollte.

Voller Tatendrang startete ich den Wagen und fuhr in Richtung Oldham. Cassies Geschäft *Trances* befand sich in einer der seltsamen Seitenstraßen abseits des eigentlichen Zentrums, wo einige Geschäfte wider Erwarten überlebten und der Rest spurlos verschwand, einfach indem eines Morgens ohne jede Vorwarnung die Metallrollos nicht mehr hochgingen. An diesem Nachmittag war wenig Verkehr, und es waren weniger Menschen unterwegs als sonst; während der nasse Schnee in Manchester wegschmolz, versuchte er sich in Oldham noch zu behaupten, und Matsch wurde vom eisigen Wind über die Gehsteige gepeitscht. Jeder halbwegs vernünftige Mensch saß jetzt am Kamin und sah sich einen Schwarzweißfilm mit Bette Davis an.

Das Innere von *Trances* schien sich nie zu ändern. Da gab es Kleiderständer mit Kleidern in großen Größen, riesige Frisuren auf Perückenständern, offene Regale mit Schuhen, die so riesig waren, dass ich ohne Schwierigkeiten beide Füße in einen bekäme, Ständer mit grellen Zeitschriften, die niemand je in der Straßenbahn lesen würde. Aber Hauptindiz dafür, dass hier das wahrlich Andere zu Hause war, war ein Schaukasten mit Schaumgummi- und Silikonprothesen – Brüste, Hüften, Hintern. Die Verkäuferin hinter dem Ladentisch sah mich an und reihte mich sofort verächtlich als Szenefremde ein. »Tag«, sagte ich. »Ist Cassie da?«

»Haben Sie einen Termin?«

Ich schüttelte den Kopf. »Ich war gerade in der Nähe.«

»Sind Sie Journalistin? Wenn ja, verschwenden Sie Ihre Zeit. Sie hat niemand etwas über *Nordlichter* zu sagen«, sagte sie, und ihr Adamsapfel hüpfte unkontrolliert auf und ab.

»Ich bin keine Journalistin«, sagte ich. »Ich kenne Cassie. Können Sie ihr bitte sagen, dass Kate Brannigan hier ist?«

Sie schaute zweifelnd, griff aber trotzdem nach dem Telefonhörer. »Cassandra? Hier ist eine Kate Brannigan, die dich sehen will.« Nach einer kurzen Pause sagte sie: »Gut. Ich schicke sie rauf.« Sie lächelte entschuldigend, als sie den Hörer auflegte. »Tut mir Leid. Den ganzen Tag hat ununterbrochen das Telefon geklingelt. Es ist immer das Gleiche, wenn es eine große *Nordlichter*-Story gibt. Wenn es nicht darum geht, dann sind es Leute von Channel Four, die eine Dokumentation über Transsexuelle und Transvestiten machen.«

Ich nickte und ging durch die mir bekannte Tür am hinteren Ende des Ladens, die zu Cassies Büro und dahinter in ihre Privaträume führte. Cassie erwartete mich oben an der

Treppe, todschick wie immer in einem hervorragend geschnittenen cremefarbenen Kostüm und einem hyazinthblauen Seiden-T-Shirt. Ich habe sie immer nur in umwerfenden Kleidern gesehen. Ihr aschblondes Haar war stachelig-frech geschnitten, das Make-up dezent. Von unten sah ihr Kinn so straff aus, dass ich ein chirurgisches Messer vermuten musste. Wenn ich meinen Lebensunterhalt damit verdienen würde, so überzeugend auszusehen, müsste selbst ich mich der plastischen Chirurgie unterwerfen. »Kate«, begrüßte sie mich. »Du lebst also noch.«

Ich folgte ihr den Flur entlang in ihr Büro, eine Symphonie aus hellem Holz und grauem Leder. Der altrosa Stoff der Vorhänge und Kissen war einem Mitternachtsblau gewichen, und sie hatte seit meinem letzten Besuch das Computersystem ausgebaut. Offensichtlich hatte sie eine ziemlich gewinnbringende Marktlücke erschlossen. »Ich lebe noch?«, fragte ich zurück.

Cassie setzte sich auf eines der niedrigen Sofas und schlug ihre Beine übereinander, die mit denen ihrer Ex-Kolleginnen noch immer locker mithalten konnten. »Ich habe die Geschichte im *Chronicle* gelesen. Auf Gloria Kendal aufzupassen kommt meiner Vorstellung von der Hölle ziemlich nahe«, sagte sie.

»Warum sagst du das?« Ich setzte mich ihr gegenüber hin.

»Wenn sie sich nicht drastisch geändert hat, hat sie einen Terminkalender, der die Arbeit des Premierministers wie einen Teilzeitjob aussehen lässt. Sie ist etwa so sanftmütig wie ein Dobermann, und wenn sie dich engagiert, glaubt sie, dich gekauft zu haben.«

Ich grinste. »Klingt in etwa richtig.«

»Wenigstens bist du kein Kerl, dadurch bist du relativ sicher«, fügte Cassie schelmisch hinzu.

Das hoffte ich auch für Donovan. »Ich nehme an, du hast längst erraten, weshalb ich hier bin.«

»Es muss mit Dorothea zu tun haben. Obwohl ich mir nicht vorstellen kann, warum du den Mord an ihr untersuchst, wo du doch für Gloria arbeitest.«

Ich verzog das Gesicht. »Womöglich ist die Person, die Dorothea ermordet hat, dieselbe, die Gloria bedroht. Ich schnüffle nur herum, um zu sehen, was ich zu Tage fördern kann.«

Cassie schüttelte lächelnd den Kopf. »Aus dir wird nie eine Schauspielerin, solange du an deinem Ohrläppchen ziehst, wenn du schwindelst.«

Mir fiel die Kinnlade runter. Ich hatte nie bemerkt, was meine Körpersprache verriet, aber jetzt, da Cassie mich darauf aufmerksam machte, wurde es mir plötzlich bewusst. »Unglaublich, dass dir das aufgefallen ist«, beklagte ich mich.

Sie zuckte die Achseln. »Mein Geschäft hängt davon ab, dass ich ein Täuschungsmanöver erkennen kann. Ich bin inzwischen gut darin. Aber egal, Kate, ich muss den wahren Grund nicht kennen, warum du dich für Dorotheas Mörder interessierst. Ich erzähl dir gern alles, was ich weiß. Ich mochte Dorothea. Sie arbeitete hart, so wie ich.«

»Wie kam es zu der Verbindung mit *Nordlichter?*«

Cassie runzelte die Stirn und konzentrierte sich. »Ich glaube, Edna Mercer entdeckte sie als Erste. Erinnerst du dich an Edna? Ma Pickersill?«

»Sie ist tot, oder?«

Cassie lächelte süffisant. »Ma Pickersill starb vor fünf Jahren an einem Herzinfarkt, als in ihr Haus eingebrochen wurde. Edna lebt noch, sie wird aber nie wieder in einer NPTV-Produktion zu sehen sein.«

»Hat's da was gegeben?«

»Alzheimer. Gegen Ende war es immer eine Zitterpartie, ob sie lange genug klar sein würde, um sie zurechtzumachen und mit ihr zu drehen. Und das Lernen der Texte erst, vergiss es. Jedenfalls, Edna führte Dorothea im Studio ein. Sie war ihr in irgendeinem verlassenen Küstenort über den Weg gelaufen, und Dorothea hatte ein paar Nägel auf den Kopf getroffen. Also überredete Edna, die eine sehr begeisterungsfähige Frau war, so viele von uns, Dorothea zu konsultieren, dass es sich für sie lohnte, für einen ganzen Tag zu kommen. Ich war beeindruckt, ich konnte nicht anders.«

»Du überraschst mich«, sagte ich. »Ich dachte, du stehst zu sehr mit beiden Beinen auf der Erde, um dich darum zu kümmern, was in der Sternen steht.«

Cassie lächelte ironisch. »Dorothea war sehr gut. Egal ob du daran glaubtest oder nicht, wenn du rauskamst, warst du überzeugt, dass irgendwas dran war. Nach diesem ersten Besuch fraßen wir ihr alle aus der Hand. Also wurde es zu einer regelmäßigen Einrichtung. Es sprach sich im Cast herum, und schon bald kam sie fast jede Woche.«

»Was hat sie dir denn so erzählt?«

»Sie erstellte mein Horoskop, und zu Beginn jedes Treffens erklärte sie ein kleines Detail aus dem Horoskop. Das gehörte zu ihrer cleveren Strategie – du musstest immer wieder zu ihr kommen, wenn du über jedes Element deines persönlichen Horoskops Bescheid wissen wolltest. Dann sprach sie über die gegenwärtigen Beziehungen der Planeten zueinander und welchen Einfluss sie auf dich haben könnten.

Sie stellte phänomenale Nachforschungen an. Sie wusste alles über alle, mit denen sie zu tun hatte. Dorothea machte es sich zur Gewohnheit, jede Kleinigkeit zu sammeln, egal wie unbedeutend sie schien. Du weißt, wie das läuft – Edna erwähnte irgendwas über Ritas Sohn, und drei Monate später sagte Dorothea zu Rita irgendwas über diesen Sohn, und Rita wusste, dass sie ihn Dorothea gegenüber nie erwähnt hatte. Das alles trug zu dem Mythos der Allwissenheit bei.«

»Sie machte es sich zu Nutze, dass sie über alles Bescheid wusste. Das ist clever«, sagte ich anerkennend. »Und das war es dann?«

Cassie schüttelte den Kopf. »Zum Schluss fragte sie, ob es irgendetwas gab, das dich beunruhigte, wofür du einen Rat wolltest. Du erzähltest es ihr, und sie schaute in ihre Kristallkugel und gab dir einen Rat. Sie kam dir nicht mit dem Rätsel der Sphinx oder so – sie sagte Dinge wie: ›Sie werden nie emotionalen Beistand von Ihrem Ehemann bekommen, solange sie mit einem Widder mit Aszendent Steinbock verheiratet sind. Sie müssen entweder ihre Ehe auflösen oder herausfinden, was Ihnen in Ihren Freundschaften fehlt.‹«

»Also mehr Therapie als Weissagung?«

»Eine Mischung aus beidem. Und Schauspieler sind sehr leichtgläubige Menschen.« Ihr Lächeln erinnerte mich daran, dass sie einst selbst Schauspieler war – und nicht nur auf dem Bildschirm.

»Warum sollte es also jemand auf sie abgesehen haben?«, fragte ich.

»Ich habe keine Ahnung. Ich habe nie gehört, dass jemand mit ihr gestritten hätte. Sie konnte einen schon vergrätzen, wenn sie dich damit beeindrucken wollte, wie ach so mystisch und spirituell sie sei, aber das ist kein Grund, jemand zu töten.«

Ich schlug in eine andere Kerbe und sagte: »Was ist mit Gloria? Hat irgendwer bei *Nordlichter* es auf sie abgesehen?«

Cassie lachte, ein warmer, kehliger Klang. »Wie lange hast du Zeit? Das Einzige, das mich bei Gloria überrascht, ist, dass sie noch lebt.«

11

Mond im Quadrat mit dem Medium Coeli

Im sozialen Miteinander fühlt sie sich manchmal unsicher, weil sie mit konventionellen Normen immer wieder in Konflikt steht. Sie erschafft sich eine eigene Welt, in der sie sie selbst sein kann, hält aber der Außenwelt gegenüber ihr hartes und selbstgenügsames Image aufrecht. Sie zeigt nach außen nicht gern Gefühle, übernimmt aber im Leben trotzdem oft eine fürsorgliche oder aufopfernde Rolle.

Aus: *Was in den Sternen steht* von Dorothea Dawson

Zum ersten Mal hatte jemand darauf hingewiesen, dass Gloria nicht das beliebteste Mädchen der Schule war. Ich lehnte mich vor und sagte so ruhig ich konnte: »Und ich dachte, alle mögen Gloria.«

»Tun sie auch. Deshalb provoziert sie ja auch regelmäßig diese Mordgedanken. Oder zumindest tat sie das früher immer. Es macht dich wahnsinnig, eine um dich zu haben, die immer nett ist, immer großzügig, immer für wohltätige Zwecke arbeitet, immer Zeit für die Fans aufbringt. Es gibt Leute bei *Nordlichter,* die wegen Gloria unter einem ständigen Minderwertigkeitskomplex leiden.« Cassies Stimme klang sanft, aber in ihren Augen war ein Anflug von Härte.

»Aber wie du schon sagtest, das ist kein Grund, um jemand zu töten.«

Cassie hob ihre perfekt gezupften Augenbrauen. »Nein? Nun, du hast mit diesen Dingen mehr Erfahrung als ich. Ich kann dir aber sagen, wofür Leute töten würden, und zwar für ihre Rollen in *Nordlichter*. Gloria ist im Moment sehr angesagt. Das Publikum betet sie an, und das Management weiß das. Zugegeben, es ist die Serie, auf die es ankommt, aber wenn eine Schauspielerin gerade obenauf ist, dann hat sie einen gewissen Einfluss auf die Handlung. Wenn jemand vom Cast erfahren würde, dass Gloria eine Handlungsführung vorschlägt, in der die betreffende Person nicht mehr vorkommt, dann wäre das für manche dieser Idioten ein hinreichendes Motiv, sie von der Bildfläche verschwinden zu lassen. Aber es ist ja nicht Gloria ermordet worden, oder?«

Ich seufzte. »Nein, aber irgendwie hat Dorotheas Tod doch ziemlich üble Nachwirkungen auf Glorias Leben. Sie war dabei, als Dorothea über die Anwesenheit des Todes sprach. Soweit ich in Erfahrung bringen konnte, hat sie das zu niemand anders je gesagt.«

Cassie sprang plötzlich auf. »Einen Augenblick«, sagte sie und ging zur Tür. »Ich bin in einer Minute wieder da.«

Aus der Minute wurden zwei, dann fünf. Je länger ich über das, was sie gesagt hatte, nachdachte, desto unwohler fühlte ich mich. Ich nahm mein Telefon heraus und wählte Glorias Nummer. »Hallo, Schätzchen«, begrüßte sie mich.

»Alles in Ordnung?«, fragte ich.

»Bestens wie immer. Wir sehen uns gerade ein Bette-Davis-Video an und genießen es sehr.«

Sie vielleicht. »Kann ich Donovan sprechen?« Es dauerte nur kurz, bis er am Apparat war. »Don? Wie sieht's aus?«

»Nichts los, außer ständige Anrufe von der Presse. Gloria antwortet nur, sie sei zu erschüttert, um zu sprechen, und legt auf. Es ist eine erstklassige Vorstellung.« Er klang bewundernd und gleichzeitig auf der Hut.

»Ich muss was in der Stadt erledigen, aber ich erlöse dich in ein paar Stunden. Ist das okay?«

»Super.« Ich bildete mir die Erleichterung in seiner Stimme nicht ein. Dafür, dass sie in der Innenstadt aufgewachsen sind, haben Shelleys Kinder ein bemerkenswert behütetes Leben geführt. Donovan war keinesfalls weltmännisch genug, um auf Dauer mit einer anspruchsvollen Frau wie Gloria fertig zu werden. Wenn ich ihn nicht vor Einbruch der Dunkelheit befreite, würde es mit Sicherheit seine Mutter tun, und wir hätten eine weitere Leiche am Hals. Und ich bin noch zu jung zum Sterben.

Cassie kam mit einem Taschenbuch zurück, als ich gerade mit Telefonieren fertig war. Sie hielt es hoch, damit ich den Umschlag sehen konnte, ein verschwommenes Brustbild von Dorothea, die wesentlich jünger aussah als zum Zeitpunkt unserer Begegnung. *Hätte ich es damals gewusst, von Dorothea Dawson. Das Leben einer Sterndeuterin* – der verschnörkelte Titel nahm den ganzen Umschlag ein. »Es ist vor etwa vier Jahren erschienen«, sagte Cassie und gab es mir. »Vier Wochen auf den Bestsellerlisten, dann im Wühlkorb, nehme ich an.«

Ich schlug es auf. Auf der ersten Seite war eine Widmung. *Für meine liebe Cassie. Feuer und Wasser bilden eine dampfende Kombination! Da, wo du bist, ist es besser für dich als da, wo du warst. Gehe in Frieden. In Liebe, Dorothea Dawson.* »Sie scheint dich gut gekannt zu haben«, bemerkte ich.

»Nicht so gut, wie sie dachte«, sagte Cassie trocken. »Wie die meisten Leute dachte sie, dass alle, deren Sexualität oder Geschlechtlichkeit sich anders ausdrückt als im Mainstream, sexbesessen sind. Jedenfalls kannst du es dir gerne ausleihen. Es ist eine Lebensgeschichte mit abgerundeten Ecken, aber sie gibt dir einen kleinen Einblick, wie diese Frau war.«

Ich packte das Buch ein und bedankte mich. Cassies Stehenbleiben signalisierte eindeutig, dass es aus ihrer Sicht nichts mehr zu besprechen gab. Aber bevor ich gehen konnte, musste ich noch etwas fragen. »Du weißt, dass sie eine undichte Stelle haben«, sagte ich. »Hast du eine Ahnung, wer es sein könnte?«

Eine unbestimmte Bitterkeit legte sich über ihr Gesicht. Sie wusste nur zu gut, welchen Schaden ein Spitzel den Grundfesten eines Lebens zufügen konnte. »John Turpin muss sich schwarz ärgern«, sagte sie. »Nichts hasst das Management mehr, als wenn die geplante Handlung durchsickert.«

»Es ist nicht nur die Handlung«, erläuterte ich. »Es sind auch Geschichten wie die, die deine Karriere ruiniert haben.«

Sie seufzte. »Ich weiß. Ich versuche, nicht daran zu denken, weil es mich an das erinnert, was wahrscheinlich die schlimmste Erfahrung meines Lebens war. Als ich in allen Gazetten zerrissen wurde, war ich noch deprimierter, als ich es in dem Gefängnis eines männlichen Körpers je war. Wenn ich also sehe, wie anderer Leute Leben auf gleiche Weise in den Dreck gezogen wird, dann versuche ich einfach abzuschalten und daran zu denken, dass daraus das

Beste wurde, was mir passieren konnte. Aber ich weiß so viel darüber, wer den *Nordlichter*-Cast verpfeift, wie ich darüber weiß, wer mich hat auffliegen lassen.«

»Du hast es nie herausgefunden?«

»Ich habe es nie herausgefunden. Es wussten nur so wenige davon, und ich habe ihnen allen blind vertraut. Ich glaube immer noch, dass jemand von der Klinik in Amsterdam, wo ich die Operation machen ließ, zufällig hier im Urlaub war und mich im Fernsehen gesehen hat.«

Ich stand auf. »Machte Ross Grant bei den Außendrehs das Catering, als du noch dabei warst?«

»Ross? Großer knuddeliger Schotte? Ehefrau mit Adleraugen? Ja, er bekam den Vertrag etwa ein Jahr bevor ich niedergemetzelt wurde. Moment … Du hast doch nicht Ross im Verdacht, der Singvogel zu sein?«

»Ich nicht, aber Turpin scheint entschlossen, das in die Welt zu setzen.«

Cassie lachte verächtlich. »Ross ist für so was nicht bösartig genug, und er hat auch nicht den Grips, um seine Spuren zu verwischen.«

»Und seine Frau?«

»Warum sollte sie? Warum den Goldesel aufs Spiel setzen?«

»Gier?«

Cassie schaute skeptisch. »Ich halte sie nicht für derart kurzsichtig.«

»Auch nicht, wenn sie fürchtet, dass der Vertrag nicht verlängert wird? Auf diese Art schlägt sie zwei Fliegen mit einer Klappe. Sie rächt sich an Turpin dafür, dass er sie kündigt, und sie verdient ein nettes kleines Sümmchen, um sich über Wasser zu halten, bis sie eine andere Arbeit gefunden haben.«

»Sie haben schon eine andere Arbeit«, widersprach Cassie. »Oder zumindest hatten sie. *Nordlichter* ist ihre regelmäßigste Einnahmequelle, aber sie machen auch das Catering für andere Produktionen. Wenn ihr Vertrag nicht verlängert wird, wäre das also nicht das Ende der Welt. Und wenn sie auffliegen würde, wäre dies das Ende ihres Geschäfts überhaupt. Ich glaube das einfach nicht.«

Auf dem Weg zu meinem Auto dachte ich über Cassies Worte nach. Damit es sich für die undichte Stelle lohnte, musste ihr egal sein, ob sie erwischt wurde. Das hieß, es war entweder jemand, der oder die geschickt genug war, dem ewigen Stigma des *Nordlichter*-Verräters zu entgehen, oder jemand, der oder die die eigene Karriere aufs Spiel setzt, um den Hass gegen die Serie oder deren Macher zu befriedigen.

Wie ich es auch betrachtete, meiner Ansicht nach war es niemand vom Cast.

Gegen drei war ich im Büro. Ich war nicht allein. Im Computerraum saß Gizmo in Freizeitkleidung, bestehend aus Jeans, *Convers*-Baseballschuhen mit Löchern und drei Hemden. Als ich meinen Kopf zur Tür hineinsteckte, hob er den seinen gerade lange genug, um mir mitzuteilen, dass er an einem neuen Computersicherheits-Unterprogramm für eine örtliche Versandfirma arbeitete, die ihre Waren inzwischen direkt übers Internet verkaufte. Warum sollte ich ihm misstrauen? Selbst wenn er rote Ohren bekommen hatte?

Die nächsten freien fünf Minuten, die ich nicht zum Schlafen brauchte, würde ich ein bisschen rumstöbern müssen.

Ruth kam zehn Sekunden vor drei zur Tür herein. Sie ist die einzige Person, die sogar noch pünktlicher ist als ich. Eines der Mysterien des Universums ist, wie wir beide an Männer geraten konnten, die meinen, wenn sie ein Kino betreten und noch das Zertifikat des britischen Filmkontrollgremiums zu sehen ist, seien sie viel zu früh dran. Wenn ich etwas an Richard ändern könnte, dann wäre es das.

Sie nahm mich in die Arme und drückte mich auf diese Art, bei der ich mir immer wie fünf vorkomme. Heute wurde dieser Eindruck noch dadurch verstärkt, dass sie in einen weiten silbergrauen Webpelz gehüllt war, der sich anfühlte wie das beste Plüschtier, mit dem ein Kind je gekuschelt hat. »Du siehst aus wie die Schneekönigin«, sagte ich, löste mich von ihr und bewunderte sie vom perfekt gestylten blonden Haar bis zu den weichen Lederstiefeln, die sich an ihre wohlgeformten Waden schmiegten.

»Ich wollte auf Furcht einflößendes Ungeheuer machen«, sagte sie, schüttelte sich aus ihrem Pelz und ließ sich in einen Sessel fallen.

»Hat es funktioniert?«

Sie verzog das Gesicht. »Dennis ist noch immer inhaftiert, sieht also aus, als hätte ich versagt.«

»Wie stehen die Dinge?«, fragte ich und schaltete die Cappuccino-Maschine ein, eins der wenigen Erinnerungsstücke an meinen ehemaligen Geschäftspartner Bill Mortensen.

Ruth schüttelte besorgt den Kopf. »Es sieht wirklich nicht gut aus für ihn. Besonders mit einem Strafregister, das Einbruch, Diebstahl und Körperverletzung umfasst.«

»Körperverletzung? Das wusste ich gar nicht.«

»Er war zweiundzwanzig und kam gerade von einem Fallschirmjägereinsatz aus Nordirland, wo sein bester Freund vor seinen Augen von einem Heckenschützen erschossen wurde. Der posttraumatische Schock war damals noch nicht erfunden, ein guter Anwalt hätte ihn aber unter diesen Umständen leicht da rausgeholt. Er wurde nie wieder wegen tätlichen Angriffs verurteilt, aber es sitzt noch immer zwischen seinen anderen Verurteilungen wie eine große fette Kröte. Jeder geschundene Körper, der in der Nähe seiner Fingerabdrücke gefunden wird, macht Dennis verdächtig.«

Ich reichte ihr eine Tasse schaumigen Kaffee und setzte mich mit meinem auf den Schreibtisch. »Was genau ist passiert?«

Ruth brachte mich in knappen Worten auf den Stand. Patrick »Pit Bull« Kelly war Mitglied einer Gang von acht Brüdern aus der hässlichen Ziegelhaussiedlung von Cheetham Hill im Norden Manchesters. Sie waren alle Kleinkriminelle, nur im Geschnapptwerden gut. Pit Bull machte in Ladenbesetzung wie Dennis, weil ihm aber Dennis' Nerven oder Fantasie fehlten, machte er einen weiten Bogen um die Innenstadt und operierte nur auf heimischem Terrain mit seiner beschränkten Anzahl von Kauflustigen, von denen niemand allzu viel Geld übrig hatte. Als er von Dennis' Aktion hörte, wollte er auch ein Stück vom Kuchen und teilte zweien seiner Brüder letzte Nacht mit, er ginge in die Stadt, um »der Kakerlake O'Brien den Laden abzunehmen«.

Pit Bull Kelly wurde erst am nächsten Morgen wieder gesichtet. Der Geschäftsführer der Billigmetzgerei neben Dennis' angeeignetem Laden erlebte sein blaues Wunder, als er aufmachte. Er öffnete die Tür zum Lieferkorridor, der hinter dem Abschnitt mit den sechs Ladeneinheiten verlief. Ein weiß-gescheckter Pitbullterrier sah ihm entgegen, dessen Muskelpakete das Fell an seinen Schultern und Rippen wie einen borstigen Heiligenschein vorstehen ließ. Seine Zähne bleckten aus einem Maul, neben dem der weiße Hai freundlich ausgesehen hätte, aber statt zu knurren, winselte er. Der arme Typ erstarrte bei dem Anblick, der Hund machte jedoch keinerlei Anstalten, ihn anzugreifen. Stattdessen begann er an Dennis' Hintertür zu heulen. Ruth zufolge gab der Zeuge an, dass es wie das Heulen eines Höllenhundes geklungen hätte.

Er wusste nicht, was er tun sollte, also schloss er die Tür und holte den Sicherheitsdienst des Einkaufszentrums. Zwei uniformierte Wachen, die dankbar für etwas Interessanteres als jugendliche Unruhestifter waren, erschienen innerhalb weniger Minuten. Sie hatten den örtlichen Streifenpolizisten dabei, der überhaupt nicht erfreut war, seine vorschriftswidrige Teepause mit den Sicherheitsleuten zu unterbrechen. Als sie die Tür zum Korridor öffneten, geschah wieder das Gleiche. Der Hund bleckte die Zähne, rannte nach hinten und heulte vor der Tür zu Dennis' Laden.

Der Polizist beschloss, einen Blick hineinzuwerfen. Die Tür war nicht verschlossen, aber etwas Schweres befand sich dahinter. Mit ein wenig roher Gewalt ging die Tür weit genug auf, dass der Bulle seinen Kopf hineinstecken und das Hindernis ausmachen konnte. Es stellte sich heraus, dass es Pit Bull Kellys Leiche war.

Es gab keinerlei Hinweise darauf, wie er zu Tode gekommen war. Es gab kein Blut, keine sichtbare Verletzung. Aber der Polizist war so schlau festzustellen, dass jemand, der so zwielichtig aussah wie Pit Bull Kelly, wahrscheinlich nicht an einem Herzinfarkt gestorben war. Er forderte über Funk Verstärkung an. Gegen Vormittag hatte die Spurensicherung die über den seltsam leeren Laden verstreuten Fingerabdrücke als die von Dennis identifiziert. Und der Pathologe stellte als vorläufige Diagnose fest, dass Pit Bull Kelly an einer Subarachnoidalblutung gestorben war.

»Was ist eine Subarachnoidalblutung?«, war die erste Frage, mit der ich sie unterbrach. Für gewöhnlich bin ich nicht so zurückhaltend, aber Ruth erzählt eine Geschichte wirklich mit allen relevanten Details, was für eine Anwältin ungewöhnlich ist.

Ruth neigte ihren Kopf ganz auf die Seite und presste die Finger gegen die Kante ihres Kiefers. »Genau hinter dem Kieferknochen hier, da ist ein sehr empfindliches Blutgefäß. Wenn das platzt, bist du innerhalb weniger Sekunden hirntot. Normalerweise ist es durch den Kiefer geschützt. Und durch den Instinkt, bei Gefahr den Kopf einzuziehen. Es ist fast unmöglich, es aus Versehen zu treffen, aber ein Karateschlag mit versteiften Fingern könnte zum Beispiel dazu führen.«

»Und Dennis war Fallschirmspringer«, sagte ich dumpf.

»Dennis war in der Tat Fallschirmspringer. Er sagt,

er hat beim Militär kein Karate gelernt, aber wir wissen beide, wie schwierig es ist, einen Negativbeweis zu erbringen.«

»Also sagt die Polizei, dass es Dennis war, Dennis hatte einen guten Grund, um mit Pit Bull Kelly aneinander zu geraten, also muss Dennis ihn getötet, dann den Laden geräumt und seine Spuren verwischt haben?«

Ruth nickte. »So in etwa sieht es aus. Oder Dennis ertappte Pit Bull Kelly beim Stehlen all seiner Waren.«

»Wie ist Dennis' Version?«

»Einwandfrei plausibel, wie du dir denken kannst. Ihm zufolge tauchte gestern der Vermieter mit ein paar Schwergewichtlern auf, die noch kräftiger gebaut waren als Keith. Er gab Dennis vierundzwanzig Stunden, um zu verschwinden, ansonsten würde er die Konsequenzen zu tragen haben. Dennis hielt das für einen nicht unvernünftigen Vorschlag, also lud er gestern Abend mit Keith und ein paar Jungs das Zeug in einen Laster. Keith und die anderen zogen mit dem Laster gegen halb zehn ab, und Dennis ging nach Hause, wo er den Rest des Abends mit Debbie ein Video anschaute. Dann gingen sie zusammen schlafen und wachten heute Morgen gegen acht wieder zusammen auf.«

»Das ist sein Alibi? Die hirnlose Blondine?«

»Die hirnlose Blondine, der bereits falsche Alibis nachgewiesen wurden«, sagte Ruth trocken.

»War Christie nicht zu Hause?«, fragte ich. Dennis' Tochter konnte zwar nicht bestätigen, dass er die ganze Nacht im Bett gelegen hatte, aber sie wäre zumindest eine glaubwürdigere Zeugin für seinen Fernsehabend.

»Sie übernachtete bei einer Freundin.« Ruth stellte vorsichtig ihre leere Tasse auf den Beistelltisch. »Ich kann nicht leugnen, dass es schlecht aussieht, Kate.«

Ich nickte. »Ich werde tun, was ich kann.«

Ruth stand auf und hüllte sich in den Webpelz. »Dennis wird es zu schätzen wissen. Ich denke, morgen wird es zur Anklage kommen und am Montag wird er dem Richter vorgeführt. Sobald er in Untersuchungshaft ist, kannst du ihn besuchen und sehen, ob er dir irgendwas sagen kann, von dem er nicht will, dass ich es weiß. Wenn du etwas brauchst, weißt du ja, wo ich zu finden bin.«

Wir umarmten uns, der seidige Pelz streifte mein Gesicht. »Lass nur den Mantel hier«, sagte ich. »Ich muss nach Saddleworth.«

Ruth stöhnte. »Da brauchst du nicht den Mantel, sondern ein Rudel Huskys und einen Schlitten. Du fährst sicher nicht zum Vergnügen hin, oder?«

Ich lachte. »Gibt es denn Vergnügen in Saddleworth? An einem Ort, wo sich die Leute mit Blasmusik, Moriskentanz und Traditionen wie dem jährlichen Unter-Wasser-Tauchen der Priesterverführerin von Greenfield amüsieren? Ich glaube kaum.«

»Also rein beruflich«, sagte Ruth und zog den Pelz zurecht, damit kein Kältehauch durchdringen konnte. »Kein lustiger Samstagabend mit Richard.«

»Der ist wahrscheinlich Babysitten«, sagte ich spitzer als beabsichtigt.

Ruth hob die Augenbrauen. »Kriegt der Junge etwa Vatergefühle?«

»Wenn ja, verschwendet er seine Energie«, sagte ich bestimmt.

»An deiner Stelle würde ich das unter Beobachtung halten«, sagte Ruth bedeutungsschwer, als sie hinausrauschte.

Wo wären wir ohne die Liebe und Unterstützung unserer Freundinnen?

12

Merkur im Quadrat mit dem Aszendenten

Sie neigt dazu, ihre Absichten für sich zu behalten, kann aber nicht widerstehen, ihre Nase in anderer Leute Angelegenheiten zu stecken. Sie hat nie ganz begriffen, dass es manchmal taktvoll ist, sich Ratschläge zu ersparen. Sie arbeitet schnell, ist energiegeladen und erfinderisch. Sie kann ein Chamäleon sein und unterschiedlichen Leuten in unterschiedlichen Gestalten erscheinen.

Aus: *Was in den Sternen steht* von Dorothea Dawson

Es kommt nicht oft vor, dass mir die Journaille Leid tut. Aber ich muss zugeben, dass ich Mitleid hatte mit der Hand voll Zeitungsfritzen, die noch immer am Eingang zu Glorias Enklave ausharrten. Die Temperatur war bereits unter null, und das Innere eines Autos war einer Winternacht am Rande des Moores von Saddleworth nicht gewachsen. Sie lebten sichtlich auf, als ich in den schmalen Weg einfuhr, einige stiegen sogar aus und trotteten im gefrierenden Matsch hinter mir her.

Aber das Tor hatte sich längst wieder hinter mir geschlossen, bevor sie mich einholten. Ich hatte nicht die Gegensprechanlage zu benutzen brauchen; ich hatte Donovan angerufen, als ich vorfuhr, so dass ich mich nicht mit der Boulevardpresse abgeben musste. Als ich aus dem Auto stieg, erschien Gloria in der Eingangstür. Sie trug ein hochgeschlossenes, glänzendes mitternachtsblaues Abendkleid, das von ihrer Brust an in eleganter Linie gerade nach unten fiel. An den Füßen trug sie glitzernde goldene Riemchensandalen. Sie schien bereit für die Oscar-Verleihung an einem milden Abend in Kalifornien, nicht für eine Wohltätigkeitsveranstaltung in einem Hotel in Manchester in der kältesten Nacht des Jahres. In meinem schwarzen Wollkreppkostüm, das mir sowohl als Abendkleidung als auch zum Beeindrucken der Kundschaft dient, fühlte ich mit ziemlich *underdressed*. Gloria war auch dieser Meinung.

»Sie wissen aber schon, dass dort Abendgarderobe angesagt ist?«, fragte sie.

»Ich bin Leibwächterin und nicht Model«, zischte ich und drängte sie zurück, als ich eilig eintrat. Donovan ragte im Wohnzimmer auf, eine gewisse Anspannung um seine tief liegenden Augen. »Irgendwelche Probleme, Don?«

»Alles unter Kontrolle«, berichtete er und steckte die großen Hände in die Taschen seiner Jeans, wodurch seine Schultern noch mehr der Polsterung eines American-Football-Spielers glichen. »Setzt du mich in der Stadt ab, oder wie?«

Gloria fegte an mir vorbei und schob ihren Arm durch Donovans. Seine Augen weiteten sich wie bei einem verschreckten Bambi. »Kate, finden Sie nicht, es wäre besser, wenn mich Donovan heute Abend begleitet? Ich denke nur, Sie waren in allen Zeitungen, und ich will nicht, dass Sie den ganzen Abend neugierige Typen abwimmeln müssen.«

Sie wollte nicht, dass ihr jemand die Show stahl, das war es wohl eher. Außerdem lieben es Frauen wie Gloria, die Leute zu beeindrucken. Welch besseres Modeaccessoire konnte es geben als einen umwerfend gut aussehenden

Lustknaben wie Donovan? Alle würden, von den Morddrohungen abgelenkt, einen lüsternen Skandal wittern. »Sie meinten doch gerade, es sei Abendgarderobe erwünscht«, sagte ich säuerlich.

Gloria sah Donovan an. »Hast du keine Smokingjacke, Schätzchen?«

»Leider nein.« Sein Gesicht entspannte sich zu einem Lächeln.

»Macht nichts«, sagte Gloria. »Harry Gershon, der Schneider, der heute Abend im Festkomitee sitzt, hat welche. Ich rufe ihn an, du sagst ihm deine Maße, und er bringt einen Anzug mit.«

»Oh«, krächzte Donovan. »Aber ...«

Gloria strahlte ihn an. Ich sah Schweiß auf seiner Oberlippe, und der kam bestimmt nicht von der Zentralheizung. »Wir werden eine Menge Spaß haben, Donovan. Das verspreche ich dir.« Ihr kehliges Lachen überließ nahezu nichts der Fantasie.

»Das ist vielleicht gar keine so schlechte Idee«, sagte ich langsam, als mir eine Idee kam.

»Aber Kate«, protestierte Donovan mit Besorgnis und Enttäuschung in der Stimme.

»Wenn ich Glorias Auto nehme und mir eine Brenda-Perücke aufsetze, kann ich als Lockvogel die Presse ablenken. Dann kommt ihr unbehelligt in die Stadt. Ich muss in Dorotheas Vergangenheit wühlen, das kann ich dann machen, während ihr euch vergnügt.«

Donovan sah aus, als hätte ich ihm gerade zwanzig Jahre aufgebrummt. »Du meinst, ich soll weiterhin Glorias Bodyguard sein?«, fragte er verzweifelt.

»Das ist das Mindeste, Schätzchen«, schnurrte Gloria begeistert, weil sie ihren Willen durchgesetzt hatte.

»Und ich hole Gloria später im Hotel ab und bringe sie hierher zurück«, sagte ich zuckersüß und genoss den aufblitzenden Ärger in ihren Augen, als ihre Seifenblase zerplatzte.

Donovan grinste erleichtert. »Das ist klasse. Ich denke nicht, dass ich morgen kann, Kate, weil ich für Montag eine Hausarbeit fertig schreiben muss.«

Und ich bin die Kaiserin von China, dachte ich. »Kein Problem, ich übernehme dann wieder. Okay?«, fragte ich Gloria.

»Sie sind der Boss«, schmollte sie. »Ich hole die Ersatzperücke.« Sie löste ihren Arm von Donovan, tätschelte seinen stahlharten Gesäßmuskel und stolzierte aus dem Zimmer.

Donovan trat an meine Seite und beugte sich ganz nah an mein Ohr. »Ich dachte schon, ich muss noch eine Nacht hier bleiben«, flüsterte er. Ich dachte bis jetzt, nur die Angst vor dem Zorn seiner Mutter würde ihn derart nervös machen.

»Du hast die vergangene Nacht heil überstanden, oder?«, fragte ich zuckersüß.

Er richtete sich auf und machte ein finsteres Gesicht. »Nur knapp«, brummte er. »Wie kann man einer Frau, die zehn Jahre älter ist als die eigene Mutter, höflich sagen, sie soll ihre Hand von deinem Oberschenkel nehmen?«

»Offensichtlich ist dir was eingefallen«, sagte ich trocken.

»Ich bin sehr oft aufs Klo gegangen«, sagte er verbittert.

»Und das Gästezimmer hat eine verdammt große Kommode, die sehr gut vor die Tür passt. Es dauerte ziemlich lang, sie zu verschieben, aber gut, dass ich es gemacht habe. Ich schwöre, ich bin aufgewacht, weil ich hörte, wie der Türknauf gedreht wurde.«

Ich unterdrückte ein Prusten. »Entschuldige, Don«, kicherte ich. »Ich weiß, das ist nicht witzig. Was ist passiert?«

»Ich tat so, als würde ich schnarchen. Laut. Dann ging sie weg. Sie muss mich für einen ziemlich miesen Leibwächter halten, wenn ich bei so was weiterschlafe.«

Ich grinste. »Irgendwie glaube ich nicht, dass es die Wächtereigenschaften deines Leibes sind, die sie interessieren. Keine Sorge, ich rette dich heute Abend rechtzeitig.«

Wir verstummten und gingen auseinander, als wir Gloria herannahen hörten. Sie kam mit einer steifen platinblonden Hochfrisurperücke herein, die sie auf einem Finger wirbeln ließ. »Hier, Schätzchen. Einmal Brenda-Barrowclough-Mähne.« Sie warf sie in meine Richtung. Donovan streckte seinen langen Arm aus, fing sie ab und überreichte sie mir mit einer zeremoniellen Geste.

»Lass sehen, wie du aussiehst«, sagte er, und ein spitzbübisches Grinsen blitzte in seinen Augen.

Ich stülpte die Perücke über den Kopf. Sie saß gar nicht schlecht, und in der kargen Straßenbeleuchtung würde sie ausreichen, um außer Gloria alle zu überlisten. Fünf Minuten später stellte sich heraus, dass ich Recht gehabt hatte, ein Gefühl, das ich sehr genieße. Am Ende des schmalen Weges zu Glorias Haus verlangsamte ich mein Tempo, um auf die Hauptstraße einzubiegen. Zu beiden Seiten gingen Scheinwerfer an, und heisere Motoren wurden angelassen.

»Reingelegt«, murmelte ich vor mich hin, als ich den Tross Richtung Oldham hinter mir herzog. Soweit ich sehen konnte, hatten sie sich alle an meine Fersen geheftet. Ich war nur froh, dass es zwischen Saddleworth und Manchester keine Tunnel gab. Und dass es zum Motorradfahren zu kalt war.

Ich fuhr ins Büro, wollte aber die Meute Ratten nicht unbedingt bis vor meine Tür mitnehmen. Ich fand einen Parkplatz, der nicht illegal genug war, um an einem Samstagabend einen Strafzettel zu kassieren. Ich bemerkte vier lauernde Presseautos, die eine nicht vorhandene Parklücke suchten, um das Vehikel abzustellen und »Gloria« zu folgen. Ich stieg aus, nahm die Perücke ab und fuhr mir mit der Hand durchs Haar. Ich winkte den Zeitungsfritzen und ging um die Ecke in mein Büro. Niemand folgte mir. Wie PrivatdetektivInnen wissen auch JournalistInnen genau, wenn sie gerade von einer Expertin hochgenommen wurden. *Eine* Erniedrigung pro Abend reicht.

Das Büro war dunkel und leer, nachdem auch Gizmo eingefallen war, dass er ein Zuhause hatte. Ich machte mir einen Cappuccino und streckte mich auf dem Kundensofa aus, um die autorisierte Version von Dorotheas Leben durchzugehen. Die zweihundertfünfzig Seiten Großdruck ließen viel Raum für Fantasie. Der rosa Glanz einer glücklichen Kindheit in Lancashire als Tochter einer armen, aber ehrbaren Familie, gefolgt von einer Jugendzeit, die nur getrübt wurde durch die Aufregungen um die Entdeckung ihrer seherischen Fähigkeiten und die Schwierigkeiten, mit einer »Gabe« fertig zu werden, die sie von den Gleichaltrigen abhob.

Mit zwanzig heiratete sie einen acht Jahre älteren Mann, der nur als Harry erwähnt wurde. Die Ehe dauerte nicht mal ein Kapitel. Wenn Dorotheas flüchtige Abhandlung ein Indikator war, dann hatte das Ganze auch in Wirklichkeit nicht länger gedauert. Um sich über Wasser zu halten, begann sie mit astrologischen Beratungen. Zu dem Zeitpunkt, als Edna Mercer über sie stolperte, hatte sie gerade den Aufstieg von ihrem Vorderzimmer zu einem eigenen Stand am Pier geschafft.

Mit *Nordlichter* änderte sich alles. Binnen weniger Monate als persönliche Astrologin einer Hand voll Mitwirkender wurde sie zur meistgefragten Sternguckerin des Landes. Ein Jahr nachdem Edna Mercer sie praktisch aus dem Nichts holte, hatte sie einen festen monatlichen Sendeplatz im Nachmittagsfernsehprogramm, wöchentliche Kolumnen in verschiedenen Zeitungen und Horoskopsendungen im Lokalradio. Heute, ein paar Jahre nach Erscheinen ihres Buches, war sie von *Mystic Meg* und deren exponierten Auftritten in der Lottosendung von ihrer Spitzenposition als Astrologin verdrängt worden, aber für das Publikum war sie noch immer die *Sterndeuterin.* Das Erstaunliche war, dass sie die schweren Zeiten überstand, weil sie sicher war, an einem bestimmten Punkt in ihrem astrologischen Zyklus selbst ein leuchtender Stern am Himmel zu sein. Und der Mond besteht aus Rohmilchkäse.

Nach etwa einer Stunde wurde mir die erbarmungslose Boulevardblattprosa zu fade und die bewusste Oberflächlichkeit zu frustrierend, und ich gab auf. Ich wusste, meine Chancen, Dorotheas Mörder zu entlarven, waren verglichen mit denen der Polizei sehr gering. Die verfügte über gerichtsmedizinische Beweisverfahren und Trupps von ausgebildeten PolizistInnen, die alle verhören durften, die jemals das NPTV-Gelände betreten hatten. Alles, was ich aufzubieten hatte, war mein inoffizielles Netzwerk, durch das ich möglicherweise an Informationen herankam, die der Polizei vorenthalten wurden. Cassie hatte mir weitergeholfen, aber ich brauchte eine Menge mehr.

Eine Quelle gab es, auf die Cliff Jackson wahrscheinlich nicht mal kommen würde, wenn er von jetzt bis nächste Weihnachten nachdachte. Und selbst wenn, eine Privatermittlerin wie ich würde von der anarchischen Gemeinschaft des Internets immer eine weit bessere Antwort erhalten als ein Bulle. Selbst Herr und Frau Mustermann bekommen etwas Rebellisches, wenn sie sich in den Cyberspace wagen.

Widerwillig verließ ich das bequeme Sofa, hängte mich vor meinen PC und ging online. Ich ging direkt auf eine der Suchmaschinen, die im endlos wachsenden Web noch am ehesten wie eine Straßenkarte funktionieren. Nach ein paar Minuten hatte ich eine Liste von Adressen für Websites und Newsgroups, die sich als nützliche Informationsquellen erweisen konnten. Ich hinterließ Nachrichten bei einem Dutzend Adressen – das technische Äquivalent zu den Familienanzeigen in der Zeitung, nur mit eindeutig besseren und schnelleren Ergebnissen. Da ich gerade online war, versandte ich noch ein paar andere Anfragen, um herauszufinden, ob etwas, das ich vage in Erinnerung hatte, wahr oder nur Wunschdenken war. Zum Schluss checkte ich meine eigenen E-Mails und druckte die Anfragen zweier ausländischer Detekteien aus. Sie brauchten Hintergrundinformationen, die ich als Einheimische binnen weniger Stunden beschaffen konnte, während es sie Tage oder Wochen kosten würde. Früher war es leichter, sich nach Übersee abzusetzen und unterzutauchen. Jetzt stimmt die Redensart wirklich, dass du zwar weglaufen, dich aber nicht verstecken kannst.

Ich schaltete den Computer aus und sah auf die Uhr. Viel zu früh, um Gloria abzuholen. Richard würde an einem Samstagabend unmöglich zu Hause sein, jedenfalls nicht vor *Match des Tages*. Aber ich wusste jemand anders.

Als ich vor dem Haus der O'Briens parkte, bewegten sich ein paar Vorhänge in dem spießigen Vorstadthof, und Lichtsplitter glänzten auf dem vereisten Rasen wie Glitter auf Weihnachtskarten. Selbst dümmliche mittlere Angestellte wissen, dass die Polizei so kleine Personen wie mich nicht nimmt, also verschwanden die bleichen Spalten zwischen den Vorhängen wieder. Debbie öffnete die Tür mit einem trotzigen, finsteren Blick, der ihre Schönheit bedrohlich wirken ließ. »Ach, du bist es«, sagte sie. »Ich dachte, die Polente kommt zurück, um noch mal den Wäschekorb zu durchwühlen. Ärsche. Komm rein.«

Es war nicht gerade eine herzliche Einladung, aber unter den Umständen hätte ich mich wohl kaum besser benommen. Ich folgte ihr in die mustergültige und charakterlose Küche. Ich hatte Recht gehabt mit den Gläsern. Der Schrank war leer. Ich nahm nicht an, dass Debbie nebenan heimlich eine Party feierte. »Willst du einen Drink?«, fragte sie.

Als mir zu Beginn meiner Arbeit in Manchester diese Frage zum ersten Mal gestellt wurde, antwortete ich: »Nein danke, ich muss noch fahren.« Ich erntete daraufhin einen sehr merkwürdigen Blick. Nach etwa sechs Monaten und vielen durstigen Begegnungen kam ich dahinter, dass ein Drink hier Tee oder Kaffee bedeutet. »Kaffee«, sagte ich. »Mit Milch, ohne Zucker.«

Während Debbie den Kaffee aufbrühte, wurde die Stille zwischen uns immer unangenehmer. Ich konnte genau das Knistern der Kaffeekörnchen hören, als sie im kochenden Wasser zersprangen. Sie weiß nicht so recht, was sie mit mir anfangen soll. Als Frau, deren IQ und Schuhgröße sich in etwa gleichen, kann sie einfach nicht glauben, dass eine Frau sich aus freien Stücken entscheidet, einer Arbeit außer Haus nachzugehen, um selbst für ihren Lebensunterhalt zu sorgen. Außerdem geht es nur schwer in ihren Kopf, dass eine heterosexuelle Frau so viel Zeit mit ihrem, Debbies, Ehemann verbringt, ohne es auf seinen Körper abgesehen zu haben. Immer mal wieder überzeugen Dennis oder ich oder ihre halbwüchsige Tochter Christie sie, dass unsere Beziehung rein platonisch ist. Dann vergisst sie, was platonisch bedeutet, und wir müssen wieder von vorn anfangen. Manchmal denke ich, es wäre leichter, ihr einfach zu erzählen, ich sei lesbisch.

Wenn ich genauer darüber nachdenke – vielleicht doch nicht.

»Ruth sagt, du wirst ihm helfen«, sagte Debbie ausdruckslos, als sie mir die Tasse hinstellte.

»Ich werde tun, was ich kann. Aber ich weiß nicht genau, was das Sinnvolles sein könnte. Es ist ja nicht so, dass ich verschollene Zeugen für sein Alibi aufspüren muss oder so.«

Debbie schnaubte wütend. »Weil er die ganze Nacht mit mir hier war.«

»Bist du sicher, dass er nicht mal kurz Zigaretten holen ging oder so?«, fragte ich.

Debbie starrte mich zornig an. »Auf wessen Seite stehst du? Du klingst wie die verdammten Bullen. Hör zu, er ging keine Zigaretten holen, weil ich seine Kippen im Supermarkt kaufe, okay?« Sie drehte sich um und riss die Tür eines der hohen Küchenelemente auf. Im Schrank war eine ungeöffnete Stange von Dennis' Marke und ein halber Packen von ihrer. »Nicht mal Dennis kann in einer Nacht zweihundert Kippen rauchen.«

»Ich frage ja nur, Debbie«, sagte ich ruhig. »Ich bin auf Dennis' Seite. Ich will das bloß wissen, weil du sicher sein kannst, wenn er für zehn Minuten draußen war, werden die Bullen es rausfinden und dich wie eine Lügnerin dastehen lassen.«

Sie zündete sich eine Zigarette an und umklammerte dann ihren rechten Ellbogen mit der linken Hand, eine typische Verteidigungsgeste. »Hör zu, ich weiß, ich hab ihm einmal ein falsches Alibi gegeben. Das musst du tun, wenn es dein Mann ist. Und diesmal lüge ich nicht. Er war wirklich die ganze Nacht hier. Er und Keith und die Jungs hatten den Warenbestand auf den Laster geladen. Er war sogar zu kaputt, um auf ein Bier in die Kneipe zu gehen.«

Ich hob beschwichtigend die Hände und sagte: »Ich glaube dir. Mein Problem ist nur, dass ich nicht auf dem Laufenden bin, wer von den Cheetham-Hill-Gaunern wen hasst. Bevor ich nicht mit Dennis gesprochen habe, weiß ich überhaupt nicht, wessen Tür ich eintreten soll.«

Debbie seufzte ein langes Rauchband. »Mich darfst du nicht fragen. Ich hab mich da immer rausgehalten. Da ist aber eine Sache«, fügte sie hinzu und kräuselte die Stirn, als sie nachdachte. Das Fehlen dauerhafter Falten auf ihrer Stirn zeugte davon, welch rarem Ereignis ich gerade beiwohnte.

»Was denn?« Es bestand nur geringe Hoffnung auf ein Ergebnis, aber meine Mutter hat mich zur Höflichkeit erzogen.

»Der Hund. Ich verstehe nicht, warum der Hund im Korridor war und Pit Bull Kelly im Laden.«

»Pit Bull muss attackiert worden sein, als er zur Tür reinging.«

»Wie ist aber der Mörder an dem Hund vorbeigekommen? Das ist doch ein Killerhund. Er hätte Pit Bulls Mörder niemals laufen lassen. Er hätte ihm die Kehle durchgebissen.«

Sie hatte Recht. Ich nippte an meinem Kaffee und dachte nach. »Das ist schon ein bisschen rätselhaft«, sagte ich.

»Und«, fügte sie triumphierend hinzu, »wenn Pit Bull zum Laden kam, um Dennis aufzumischen, hätte er keinen Schritt ohne den Hund gemacht. Wenn Dennis im Laden gewesen wäre, wäre der Hund zuerst reingegangen und nicht dieses Weichei Pit Bull. Und außerdem, wenn Dennis den Laden noch benutzt hätte, wäre sein Nachtwächter drin gewesen.«

»Natürlich«, hauchte ich.

»Der Hund im Korridor beweist also, dass Dennis nicht da war.«

Irgendwie hatte ich den Eindruck, dass wir für die Geschworenen etwas Überzeugenderes brauchen würden als einen Hund, der in dieser Nacht niemandem die Kehle durchgebissen hatte. Aber zumindest war es ein Ansatzpunkt.

Die großen Macher im Drogenkrieg von Manchester sind traditionell die schwarzen Gangs von Moss Side und die weißen Gangs von Cheetham Hill. Die Jungs von Cheetham Hill sind schon länger dabei, ihre kriminellen Wurzeln reichen bis tief unter das Pflaster der engen Reihenhausstraßen nördlich des Großmarktviertels von Strangeways. Ihr Horizont wird begrenzt durch den Mittelturm des viktorianischen Gefängnisses und den schlanken schwarzen Schlot der Brauerei Boddingtons. Die meisten entstammen einer langen Linie von Gangstern und Betrügern; in Cheetham Hill ist es ein Statussymbol, wenn der Urgroßvater während des Krieges wegen Schwarzmarktgeschäften gesessen hat.

Die Kellys waren eine der ältesten Familien, und die meisten von ihnen blieben dem Althergebrachten treu – Schutzgelderpressung, gefälschte Markensportartikel, langfristige Firmenbetrügereien und kleine Diebstähle, das war der Stil der Kellys. Die Brüder hatten die Drogenbarone stets verachtet, aber das war so ziemlich das einzig Gute an ihnen.

Ich musste drei Kneipen durchstehen, in denen ich Bier aus der Flasche trank, weil ich mich nicht auf die Gläser einlassen wollte, ehe ich ein trauerndes Kelly-Brüderpaar fand. Das *Dog & Brewer* war die Art Laden, wo deine

Füße am Teppich kleben bleiben und die Zigarettenasche auf dem Boden der Aschenbecher eine breiige Masse bildet, weil sich niemand die Mühe macht, sie abzutrocknen, nachdem sie unter dem Wasserhahn ausgespült wurden. Die meisten Typen hatten die aufgeschwemmten Gesichter und trüben Augen derjenigen, die schon so lange rauchen und trinken, dass es sinnlos scheint, jetzt noch damit aufzuhören. Die Frauen trugen Kleider, die ihnen fünfzehn Jahre zuvor gestanden haben mochten, ihnen jetzt aber noch weniger schmeichelten als die schwabbeligen Männer in schlecht sitzender Freizeitkleidung, die ihnen Drinks spendierten. Tom Jones freute sich lauthals darauf, wieder *The green, green grass of home* zu berühren.

Ich ertrug gelassen die glotzenden Blicke und bestellte eine Flasche Carlsberg. »Sind von den Kelly-Jungs welche hier?«, fragte ich den Wirt und ließ meinen Finger leicht auf dem Fünfpfundschein auf dem Tresen ruhen.

Er schaute das Geld an und musterte mich von oben bis unten. Ich sah offenbar nicht wie eine Polype aus, denn er deutete mit dem Kopf auf zwei zottelige Männer in wattierten Flanellarbeitshemden am anderen Ende des Tresens. Noch bevor ich mich umdrehen konnte, war der Fünfer verschwunden. Ein Gutes haben diese Spelunken: Informationen sind billig.

Ich nahm meine Flasche und drängte mich durch die Menge, bis ich neben den beiden Männern stand. Ihre blauen Augen waren blutunterlaufen, ihre stoppeligen Wangen hochrot vom Stout und vom Whisky.

»Herzliches Beileid, meine Herren«, sagte ich. »Darf der *Evening Chronicle* euch einen Drink spendieren?«

Dem größeren der beiden gelang ein halbherziges anzügliches Grinsen. »Du darfst mir jederzeit einen Drink spendieren, Liebling.«

Ich machte dem Wirt ein Zeichen und ließ einen Zehner für Getränke springen. »Wahnsinnsschock«, sagte ich und hob meine Flasche, um mit ihnen anzustoßen.

»Ich habe ihm gesagt, er ist ein Trottel, wenn er sich mit Dennis O'Brien anlegt. Der ist stahlhart, der Typ«, nuschelte der kleinere Bruder.

»Ich hab gehört, der Hund war sonst ein guter Schutz«, sagte ich. »Ein ganz schöner Brocken, hab ich gehört. Soll den Bullen ordentlich zugesetzt haben.«

Der Größere grinste. »Dafür bin ich ihm auch scheißdankbar. Ich bin übrigens Paul, und das ist Little Joe.«

Ich schüttelte die ausgestreckte Pranke. »Ich bin Kate. Wieso ist Patrick allein zu O'Brien gegangen? Wenn der Typ so taff ist?«

Little Joe schnaubte. »Weil er ein Großmaul war. Er wollte immer beweisen, dass er ein harter Kerl ist, unser Patrick, aber er war ungefähr so hart wie Paradiescreme. Er beschwerte sich ständig, dass Dennis O'Brien ihm in seine Geschäfte funkt, und wir hatten alle so die Schnauze voll davon, dass wir ihm sagten, er soll doch hingehen und O'Brien aufmischen, wenn es ihn so anstinkt.«

»Und er hatte genug getrunken, um sich einzubilden, er wäre Manns genug, es mit diesem Südmanchester-Abschaum aufzunehmen.« Paul schüttelte den Kopf. »Er war ein Schwachkopf, der Patrick.«

»Besonders wenn er einen gehoben hatte.« Little Joe schüttelte auch den Kopf.

»Und gekifft«, fügte Paul hinzu.

»Er hat also was getrunken und Dope geraucht, bevor er zum Arndale fuhr, um O'Brien aufzumischen?«, fragte ich.

»Richtig«, bestätigte Little Joe. »Ich meine, was für ein Arsch muss das sein, einen betrunkenen Wichser umzulegen, nur um sich was zu beweisen? O'Brien hätte Patrick einfach ein paar Knochen brechen und ihn rausschmeißen können. Er hätte ihn nicht umbringen müssen. Jeder konnte sehen, dass Patrick ein Schwachkopf war.«

»Aber was war dann mit dem Hund?«, beharrte ich.

Paul lachte verächtlich. »Ja nun, selbst ein harter Brocken wie O'Brien überlegt wohl zweimal, bevor er sich mit diesem verrückten Hund anlegt. Ich versteh gar nicht, dass der Hund ihm nicht die Kehle durchgebissen hat.«

Plötzlich füllten sich Little Joes Augen mit Tränen. »Er hätte ihn aber nicht gleich umbringen müssen, oder? Der Arsch hätte meinen kleinen Bruder nicht umbringen müssen.« Seine Hand schoss vor und packte mich am Revers. »Schreib das in deiner Zeitung. Mein kleiner Bruder war ein grober Klotz mit weichem Kern. Nicht mal besoffen und bekifft hätte er O'Brien angetan, was dieser Scheiß O'Brien ihm angetan hat. Das schreibst du, verstanden? Das schreibst du.«

Ich versprach, es zu schreiben. Ich versprach es einige Male. Ich hörte den Kelly-Jungs zu, wie sie mir noch ein paar Mal das Gleiche erzählten, entschuldigte mich dann und ging. Ich nahm meinen eigenen Dunstschleier von abgestandenem Rauch und verschüttetem Alkohol mit ins Auto und fuhr Richtung Innenstadt.

Ich musste Gloria am Ende regelrecht von Donovan wegzerren. Da sie nicht selbst fahren musste, hatte sie mit der Leidenschaft eines Operntenors Champagner getrunken. Laut Donovan, den ich mit einer roten Lippenstiftspur unterm Ohr und einem vorne aus der Hose hängenden Hemdzipfel vorfand, war sie immer verliebter geworden, während ihre Laune von glückselig in trunken in völlig unausstehlich überging. Er stand versteckt in einer Ecke bei der Drehtür und hielt Gloria durch reine Muskelkraft aufrecht.

»Warum hast du sie nicht in eine ruhige Ecke an der Bar gesetzt?«, zischte ich, während wir sie auf die Straße manövrierten. Es war, als würden wir eine dieser hölzernen Gliederpuppen bewegen, wie sie Künstler verwenden, nur in Lebensgröße und schwer wie mit Wasser voll gesogenes Mahagoni.

»Immer wenn ich mich hinsetzte, kletterte sie auf meinen Schoß«, brummte er, als wir Gloria auf den Beifahrersitz ihres Wagens verfrachteten.

»Verstehe.« Ich knallte die Tür zu und gab ihm meine Autoschlüssel. »Danke, Don. Du hast unter sehr schwierigen Bedingungen gute Arbeit geleistet.«

Er kratzte sich am Kopf. »Ich gehe davon aus, dass sich das in meiner Lohntüte niederschlägt.«

Wie die Mutter, so der Sohn. »Es wäre schön, wenn ich mein Auto im Laufe des morgigen Tages vor meinem Haus fände und die Schlüssel im Briefkasten. Wir sprechen uns demnächst.« Ich tätschelte seinen Arm. Es war wie mit den Löwen am Trafalgar Square Freundschaft zu schließen.

Gloria schnarchte leise, als ich mich hinters Lenkrad

setzte. Als ich startete, wachte sie auf. Sie lehnte sich näher zu mir, ihre Hand griff blind nach meinem Knie. »Ich denke nicht«, sagte ich bestimmt und legte sie in ihren Schoß zurück.

Sie öffnete die Augen und sah mich erstaunt an. »Hallo, Schätzchen«, sagte sie benommen. »Wo ist Donovan hin?«

»Nach Hause ins Bett.«

Sie machte ein gurgelndes Geräusch. Ich hoffte, es war ein Lachen und nicht die Andeutung, dass ihr gleich das Essen hochkommen würde. »Glückliches Mädchen«, nuschelte sie. »Arme alte Gloria. Und was ham Sie so gemacht? Bisschen mit dem Freund gevögelt?«

Wir bogen auf den Albert Square, wo ein aufblasbarer rotweißer Riesenweihnachtsmann den Glockenturm umklammerte, der aus dem Dach des Rathauses ragte. Im grellen Schein der Weihnachtsbeleuchtung sah es leicht obszön aus. Ich deutete mit dem Daumen nach oben. »Der hat heute Nacht mehr Action gesehen als ich. Ich habe versucht, etwas über Dorotheas Vergangenheit herauszufinden«, sagte ich, mehr um die Stille zu füllen, als auf eine vernünftige Antwort hoffend.

»Verdammt tragisch, das war es. Tragisch«, murmelte Gloria.

»Das ist Mord immer.«

»Nein, Dummerchen, nicht der Mord, ihr Leben. Es war tragisch.« Gloria boxte mich auf diese Art gegen die Schulter, die Betrunkene für freundschaftlich halten. Der Wagen scherte über zwei Spuren aus und verfehlte knapp einen Bus. Gloria kicherte, als ich mit dem Lenkrad kämpfte.

»Was war tragisch?«, fragte ich durch die Zähne, die ich so fest zusammenbiss, dass die Kiefermuskeln schmerzten.

»Sie ist nie darüber weggekommen, dass sie ihn verloren hat.« Sie kramte in ihrem Abendtäschchen nach einer Zigarette und zündete sie an.

»Wen? Ihren Ehemann?«

»Menschenskind, Kate. Wann hat eine Frau jemals bereut, einen unnützen Platzverbraucher wie ihren Alten zu verlieren?«, sagte sie vorwurfsvoll. »Ihren Sohn natürlich. Sie ist nie darüber weggekommen, dass sie ihren Sohn verloren hat.«

»Ich wusste nicht, dass sie einen Sohn hatte.«

»Das wissen auch nicht viele«, deklamierte Gloria in einer schlechten Michael-Caine-Imitation. »Sie bekam einen Sohn und hatte danach eine postnatale Depression.«

»Und das Baby starb?«

»Natürlich ist er nicht gestorben«, sagte sie verächtlich. »Er wurde ihr weggenommen. Als sie eingesperrt wurde.«

Das hörte sich langsam an wie eins dieser schrecklichen schwarzweißen nordenglischen Wohnküchendramen, verfasst von Männern mit Namen wie Arnold und Stanley. »Gloria, meinen Sie mit ›eingesperrt‹ eingeliefert?«, fragte ich so freundlich ich konnte.

»Genau«, sagte sie. »Eingesperrt in eine Klapsmühle. Er hat ihr das angetan. Ihr Alter hat sie einsperren lassen, weil sie nach der Geburt des Babys ein bisschen übergeschnappt ist. Himmel, jede Frau schnappt doch ein bisschen über, wenn sie was Kleines gekriegt hat. Wenn sie uns alle einsperren würden, weil wir mal ein bisschen verdreht sind, dann gäbe es Unmengen windelwechselnder Männer. Er muss ein echter Scheißkerl gewesen sein.«

»Dorotheas Baby wurde also adoptiert, meinen Sie das?«

»Jau. Ihr weggenommen und jemand anders gegeben. Und ihr verpassten sie Elektroschocks und kalte Duschen und mehr Medikamente als eine Apotheke vorrätig hat, und wunderten sich auch noch, dass es so lang dauerte, bis es ihr besser ging. Schweine.« Sie spuckte das letzte Wort regelrecht aus, als beträfe es sie persönlich. Ihr Blick heftete sich auf die winzigen Schneeflocken, die dicht in den Lichtkegeln der gelblichen Straßenbeleuchtung tanzten.

»Hat Dorothea Ihnen das erzählt?«

»Wer sonst? Als ich sie um ein Horoskop für meine Enkelin bat. Wir gingen miteinander essen und danach zu mir, stockbesoffen. Und sie fing davon an, dass sie zehnfache Großmutter sein könnte, ohne es zu wissen. Als sie wieder nüchtern war, musste ich schwören, keiner Menschenseele davon zu erzählen. Und ich habe mich bis heute daran gehalten. Tragisch war es. Tragisch.«

Ich kam noch etliche Male auf verschiedenste Weise auf die Sache zurück, ehe wir den verlassenen Weg erreichten, der zu ihrer Festung führte. Jedes Mal bekam ich dieselbe Version zu hören. Ohne neue Details, ohne veränderte Details. Dorothea hatte Gloria vielleicht belogen, aber Gloria erzählte mir die Wahrheit.

Ich half ihr aus dem Wagen und über die mit weißem Pulverschnee überzogenen Pflastersteine zur Eingangstür. Ich war nicht in der Stimmung, noch weiter zu graben. Ich sehnte mich nach meinem Zuhause und meinem Bett und dem Schlaf, der Ordnung in dieses Durcheinander von Puzzleteilen bringen würde, die wie der Schnee auf der Windschutzscheibe durch meinen Kopf stoben. Und kein Schneepflug in Sicht.

Gott, ich hasse das Landleben.

13

Sonne-Pluto-Konjunktion

Das Wort Kompromiss kommt in ihrem Wortschatz nicht vor. Sie schreckt nicht vor Konfrontationen zurück und ist eine großartige Strategin. Sie liebt Konflikte mit Autoritäten, sie duldet keine Einmischung in persönliche oder berufliche Angelegenheiten, aber sie ist im Stande, ihr eigenes Leben und die Welt um sich herum umzugestalten. Sie kann Leute nervös machen, aber das ist eine wunderbare Eigenschaft für eine Detektivin.

Aus: *Was in den Sternen steht* von Dorothea Dawson

Ich wachte mit so einem dumpfen Gefühl auf. Es verschwand auch nicht, als ich meinen Kopf unter der Decke hervorstreckte. Richard grunzte nur, als ich aus dem Bett schlüpfte und meinen Morgenmantel anzog, um nicht den Kältetod zu sterben. Offensichtlich hatte sich die Zentralheizung ausgeschaltet, während ich noch schlief, es musste also nach neun sein. Ich hob den Vorhang hoch und sah hinaus in eine weiße Welt. »O Scheiße«, sagte ich.

Richard murmelte etwas. Es klang wie: »W's is'?«

»Es hat geschneit. So richtig.«

Er stemmte sich auf einem Ellbogen hoch und griff nach seiner Brille. »Ma' seh'n«, nuschelte er. Ich öffnete eine Seite des Vorhangs. »Fantastisch«, sagte er. »Wir können einen Schneemann bauen.«

»Und was ist mit Gloria? Ich soll sie bewachen.«

»Nicht mal ein wahnsinniger Axtmörder wäre dämlich

genug, bei diesem Wetter in Saddleworth auf Mordtour zu gehen«, erläuterte er, und es klang nicht ganz unvernünftig. »Auf den Straßen da draußen herrscht bestimmt Chaos, und wenn Gloria den Kater hat, den sie verdient, wird sie nicht daran denken, irgendwohin zu gehen. Komm wieder ins Bett, Brannigan. Ich brauche eine Umarmung.«

Er musste mich nicht zweimal bitten. »Zu Befehl, o mein Meister«, sagte ich ironisch, glitt aus dem Morgenmantel und in seine Arme.

Als wir das zweite Mal aufwachten, war das Telefon schuld. Mein Blick fiel auf die Uhr, als ich nach dem Hörer griff. Ich konnte nicht glauben, dass es beinahe Mittag war. Ich hatte den Schlaf offensichtlich gebraucht. Oder irgend so was. »Ja«, sagte ich.

»Ich bin's, Schätzchen.« Es war die Stimme eines Geistes. Es klang, als wäre Gloria gestorben und hätte irgendwie die Himmelspforte verfehlt.

»Morgen, Gloria«, sagte ich fröhlich und in zunehmender Lautstärke, als Rache dafür, dass sie nach meinem Knie gegrapscht hatte. »Wie fühlen Sie sich heute?«

»Fragen Sie nicht«, sagte sie. »Fragen Sie bloß nicht. Aus unerfindlichen Gründen habe ich heute eine leichte Migräne. Ich dachte, ich bleibe einfach im Bett und schalte das Telefon ab, Sie brauchen also nicht zu kommen.«

»Sind Sie sicher? Ich kann auch Donovan schicken«, sagte ich sadistisch.

Ich konnte ihr Schaudern förmlich fühlen. »Ich komme zurecht«, sagte sie. »Wir sehen uns morgen zur üblichen Zeit.« Klick. Ich hatte nicht mal Gelegenheit, mich zu verabschieden.

Richard tauchte auf und blinzelte ins Schneelicht. »Gloria?«, fragte er.

»Für heute bin ich davongekommen. Sie klingt wie der wandelnde Tod.«

»Sagte ich doch«, meinte er triumphierend. »Sollen wir also einen Schneemann bauen?«

Nachdem wir den Schneemann gebaut und ein Bad genommen hatten, um unseren Kreislauf wieder in Schwung zu bringen, und dann noch mal intensive Bettgymnastik gemacht hatten, um unsere Körpertemperatur zu erhöhen, war es später Nachmittag, und wir konnten unsere Arbeit beide nicht mehr länger aufschieben. Er musste etwas für ein australisches Magazin schreiben, das sich für den Britpop begeisterte. Ich persönlich würde lieber den Abfluss reinigen, aber ich bin auch der Ansicht, der beste Ort für *Oasis* ist in der Wüste. Ich setzte mich an meinen Computer und durchkämmte das Netz nach Antworten auf meine Anfragen der vergangenen Nacht.

Ich rief alle auf und las dann eine nach der anderen durch. Ich verabschiedete mich sofort von dem Müll, den mir Leute geschickt hatten, die es cool fänden, Privatdetektivin zu sein und ob sie bei mir ein Praktikum machen könnten. Ich entledigte mich auch schnell der Post, die nichts anderes bot als einen Aufguss der Berichte aus Zeitung und Rundfunk. Danach blieb ein halbes Dutzend Mails übrig, in denen von einem Zusammenbruch Dorotheas in den 50er Jahren berichtet wurde. Zwei schienen wirklich glaubwürdig zu sein. Die erste kam aus dem malerischen Städtchen in Lancashire, wo Dorothea aufgewachsen war.

Liebe Kate Brannigan, stand da, ich bin ein sechzehnjähriges Mädchen und wohne in Halton-on-Lune, wo Dorothea her ist. Meine Großmutter ist mit ihr zur Schule gegangen. Als ich Ihre Anfrage in der Astrologie-Newsgroup sah, habe ich sie gefragt, ob sie sich an etwas erinnert.
Sie sagte, Dorothea war in der Schule immer eine Einzelgängerin, sie war ein Einzelkind, aber sie war in ihrer Jugend überhaupt nicht merkwürdig oder unheimlich, sie war wie alle anderen. Meine Oma sagt, Dorothea heiratete diesen Harry Thompson, ein Typ, der in der Bank arbeitete. Sie sagt, er war ein echt kalter Fisch, was wahrscheinlich so viel heißt wie, er wusste nicht, wie man sich amüsiert. Ich weiß nur nicht, was sie damals machten, um sich zu amüsieren, weil sie hatten keine Clubs oder anständige Musik oder so was.
Jedenfalls, Oma sagt, Dorothea bekam ein Baby, und dann wurde sie verrückt und musste in die Klapsmühle (Oma nennt das so, aber sie meint eine Nervenheilanstalt). Jedenfalls, ihr Mann ging fort und wurde nie wieder gesehen, und als Dorothea nach ein paar Jahren aus der Klinik kam, packte sie nur noch ihre Koffer und nahm den nächsten Bus.
Ich weiß nicht, was mit dem Baby passiert ist, Oma sagt, dass es wahrscheinlich in ein Heim kam, was kein guter Ort für ein Kind ist, selbst wenn die Mama ein bisschen plemplem ist.
Ich hoffe, das hilft Ihnen.

Mit freundlichen Grüßen
Megan Hall

Die andere war besser geschrieben. Aber eigentlich war mir das ziemlich egal; ich suchte nicht nach Literatur.

Liebe Ms. Brannigan,

es mag überraschen, dass ein Mann meines Alters weiß, wie man ›im Internet surft‹, aber ich kannte Dorothea Dawson als Jugendliche. Ich war ein Jahr jünger als sie, aber meine Schwester ging in dieselbe Klasse und war so etwas wie Dorotheas Freundin. Dorothea kam regelmäßig zu uns zum Tee, und die beiden Mädchen spielten oft miteinander.

Das änderte sich, als Dorothea Harry Thompson kennen lernte. Er war Bankangestellter, auf düstere Art gut aussehend, und fühlte sich zu unpassend jungen Mädchen hingezogen. Als sie sich kennen lernten, war Dorothea knappe 17, glaube ich, und er muss 25 oder 26 gewesen sein. Er war ein Kontrollfreak, wie wir heute vielleicht sagen würden, und Dorothea saß ständig auf Nadeln, aus Furcht, ihn zu verärgern.

Warum genau sie einwilligte, ihn zu heiraten, haben wir nie erfahren, aber vielleicht war es die einzige Möglichkeit, dem ebenso strengen Regiment ihrer Stiefmutter zu entfliehen. Sie heirateten, und binnen achtzehn Monaten war Dorothea eingesperrt in die düstere viktorianische Welt der hiesigen Nervenheilanstalt, nachdem sie eine entsetzliche Erfahrung machte, die wir heute als postnatale Depression bezeichnen. Harry wollte absolut nichts mit dem Kind zu tun haben, weil er meinte, das Baby sei mit dem gleichen Wahnsinn behaftet wie die Mutter. Ignorant und grausam wie er war, ersuchte er um Versetzung in eine Zweigstelle der Bank in der Nähe von London und gab das Kind zur Adoption frei. Was aus dem Baby wurde, weiß ich nicht. Außerdem muss ich zugeben, dass weder meine Schwester noch ich uns erinnern, ob das Kind ein Junge oder ein Mädchen war; zur Ehrenrettung meiner Schwester muss ich sagen,

dass sie und Dorothea dank Harry schon damals kaum mehr Kontakt hatten.
Als Dorothea die Nervenklinik schließlich verlassen durfte, war sie sehr verbittert und wollte ihre Vergangenheit völlig hinter sich lassen. Meine Schwester war betrübt darüber, aber nicht überrascht. Wir waren hocherfreut, dass sie zu Berühmtheit gelangte, aber entsetzt über die Todesnachricht.
Ich hoffe, Ihnen damit ein wenig weitergeholfen zu haben. Sollten Sie mit mir sprechen wollen, finden Sie mich im Telefonbuch für Wakefield unter meiner Pfarre Saint Barnabas next-the-Wall.

Mit den besten Wünschen
Reverend Tom Harvey

Es überraschte mich nicht, dass Gloria die ganze traurige Angelegenheit als tragisch bezeichnet hatte. Ich fragte mich, wo Harry Thompson jetzt war und was er machte. Ganz zu schweigen von dem mysteriösen Baby. Vor meinem inneren Auge tauchten Bilder eines in Windeln gewickelten Säuglings auf, der vor der Tür des örtlichen Waisenhauses zurückgelassen wurde. Ich habe wohl als Kind zu viele einschlägige BBC-Fernsehserien gesehen.

Es war an der Zeit, mal ernsthaft zu graben, was meine begrenzten Fähigkeiten auf dem Gebiet der elektronischen Medien allerdings überstieg. Ich schickte die beiden entscheidenden E-Mails an Gizmo weiter und ergänzte sie mit der Notiz, dass ich seine eher unter dem Ladentisch gehandelten Talente benötigte, um alles über Harry Thompson und das Rätsel des adoptierten Kindes zu erfahren.

Dann loggte ich mich in die Datenbanken ein, die an einem Sonntagabend ohne Gesetzesbruch zugänglich waren, um die Fragen der zwei ausländischen Detekteien zu beantworten.

Als es an der Tür klingelte, stieg ich aus der gerade offenen Datenbank aus und trennte die Verbindung. Diese Online-Dienste werden per Minute berechnet, und ich wollte nicht in der Pfandleihe enden, falls ich fünf Minuten brauchte, um die Zeugen Jehovas oder irgendeinen Schleimer abzuwimmeln, der mein Auto vom Schnee befreien wollte, der wahrscheinlich bis zum Morgen ohnehin weg sein würde.

Zu meiner Verwunderung war es Gizmo. »Ich habe dir gerade eine E-Mail geschickt«, sagte ich.

»Ich weiß, ich hab sie gekriegt.« Er marschierte ohne Aufforderung ins Haus und trampelte Schneematsch in meinen Vorzimmerteppich. Auf dem Weg in mein Gästezimmer, das auch als Arbeitszimmer dient, ließ er seinen Parka zu Boden fallen, der aussah, als wäre er mit Scott in der Antarktis gewesen und gerade eben nach Hause zurückgekehrt. Als ich mit Aufhängen fertig war, hatte er sich bereits vor meinem Computer häuslich niedergelassen. »Hast 'n Bier?«

Ich war geschockt. Ich hatte Gizmo noch nie mit irgendeiner Flüssigkeit im Umkreis von einem Meter zur Tastatur gesehen. Auch nicht mit Essen. Ich dachte oft, gäbe es nicht Hunger und Durst und die Körperfunktionen, würde er vierundzwanzig Stunden vor dem Monitor hocken. »Ich hol eins«, sagte ich schwach. Ich plünderte Richards Kühlschrank und nahm ein Holunderbier mit, das nach einem alten englischen Rezept gebraut wurde, sowie ein Grand-Cru-Weizenbier und ein geräuchertes Roggen-Ale. Ich schwöre bei Gott, die Biertrinker werden die Weinliebhaber und Feinschmecker an Dekadenz bald übertreffen. Ich meine, wie kann jemand ein Grand-Cru-Bier trinken? Das ist, als würdest du zu McDonald's gehen und einen Gourmet-Burger verlangen.

Gizmo entschied sich für das Holunderbier. Seinem Gesicht nach zu urteilen, hätte er nach dem ersten Schluck eine Dose Eigenmarke-Lagerbier aus dem Supermarkt bevorzugt. Ich setzte mich auf die Bettkante und nippte an meinem Wodka mit Grapefruitsaft, den ich mir klugerweise gemixt hatte. »Du wolltest mir erzählen, was an meiner E-Mail dich bewogen hat, sofort herbeizueilen«, log ich.

Gizmo rutschte auf seinem Stuhl hin und her und verknotete die Beine ineinander. Ich hatte das schon in Comics gesehen, aber ich dachte bis jetzt, es wäre ein Produkt künstlerischer Freiheit. »Mir war nach frischer Luft.« Erste Lüge. Ich schüttelte den Kopf. »Ich war ein bisschen besorgt, in unverschlüsselten E-Mails übers Hacken zu diskutieren.« Zweite Lüge. Ich schüttelte wieder den Kopf. »Ich wollte dein Antivirusprogramm checken, weil ich es mir länger nicht mehr angesehen habe und weil es da draußen alle möglichen cleveren neuen Schweineren gibt.«

Ich schüttelte traurig den Kopf. »Dritter Versuch, Giz. Sieh mal, jetzt bist du schon hier. Du hast dich überwunden. Du kannst mir genauso gut sagen, warum du gekommen bist. Wir haben beide so viel um die Ohren, dass sich vielleicht erst in ein paar Wochen wieder die Gelegenheit dazu bietet.« Ich fühlte mich wie eine Kommissarin, die aus jemand ein Geständnis herauspresst. Ich hoffte, es ging nicht wieder um Mord.

Gizmo fuhr mit dem Finger die Bierflasche auf und ab, seine Augen folgten der Bewegung. »Es ist diese ...« Er stockte. Er sah mich an wie ein Hund, der mitzuteilen versucht, wo er Schmerzen hat. »Ich habe jemand getroffen ... nun, nicht wirklich getroffen ...«

Es dämmerte. »Die Blumen«, sagte ich.

Er errötete vom Polokragen seines schwarzen Sweaters ungleichmäßig aufwärts, wie der Flüssigkeitsspiegel beim Eingießen von Sekt in ein Glas. Er nickte.

»›WWW wird wahr.‹ Das Cyberbabe«, sagte ich, und versuchte dabei einfühlsam und mitfühlend zu klingen. Die Anstrengung brachte mich schier um.

»Nenn sie nicht so«, sagte Gizmo flehend. »Sie ist nicht irgendeine Tussi. Und sie ist kein ausgeflippter Computerfreak ohne sonstige Interessen. Ich hab noch nie eine Frau getroffen, die über Computercodes, Politik, Soziologie, Musik und all diese Dinge sprechen kann.«

Ich wusste überhaupt nicht, dass Gizmo sich mit all diesen Dingen auskannte. Außer Computercodes natürlich. »Du hast sie noch nie getroffen«, sagte ich trocken.

»Darüber wollte ich mit dir reden.«

»Ein Treffen? Sich wirklich begegnen?« Ich forschte nach Skepsis in meiner Stimme, und mir schien, ich hatte sie erfolgreich umschifft.

»Was denkst du?«

Was dachte ich? Was ich wirklich dachte, war, dass Gizmo wahrscheinlich ein typischer Vertreter jener Spezies war, die ihre Nächte damit verbrachte, mit Menschen in Sibirien, in São Paulo und Salinas zu chatten, seltsame Computerdämonen, die Lügen über sich erzählen in dem erbärmlichen Versuch, interessant zu wirken. Nach einem Blind Date mit Gizmo wäre ich mit sechzehn wahrscheinlich zölibatär geworden. Andererseits, wenn ich auch so ein Dämon wäre – und es gab ein oder zwei weibliche Freaks da draußen, von denen die meisten unvermeidlich für Microsoft arbeiteten –, wäre ich vielleicht begeistert, besonders, da Gizmo seit meinen Bemühungen um ein gepflegtes Äußeres von einem Angehörigen der menschlichen Rasse kaum zu unterscheiden war. »Arbeitet sie für Microsoft?«, fragte ich.

Er sah mich sehr eigentümlich an. »Das ist krank. Das ist, als würde man einen Atomwaffengegner fragen, ob er jemanden mag, der fürs Verteidigungsministerium arbeitet.«

»Hat sie einen Namen?«

Sein Lächeln war seltsam sanft. »Jan«, sagte er. »Sie hat ihre eigene Beratungsfirma. Sie macht Lernprogramme für die Computerindustrie.«

»Wie seid ihr euch also … begegnet?«

»Du weißt doch noch, als Gianni Versace erschossen wurde? Nun, damals gab es eine rege Diskussion im Internet, wie das FBI die Online-Community benutzte, um die Leute vor dem Verdächtigen zu warnen, und wie weit die Bundesbehörden mit ihrem Versuch gehen sollten, das Internet zwecks Ergreifung von Kriminellen auszubeuten. Ich checkte eine der Newsgroups aus und sah, dass Jan ein paar interessante Dinge gesagt hatte, und wir fingen an, private

E-Mails auszutauschen.« Oh, klasse, dachte ich. Ein gemeinsames Interesse an Serienmördern. Immer ein guter Ausgangspunkt für eine Beziehung. »Dann entdeckten wir, dass wir beide in denselben Newsgroups rumhingen«, fuhr Gizmo fort. »Unsere Wege hatten sich nur noch nie zuvor gekreuzt.« Er verstummte abrupt und nahm einen kräftigen Schluck Bier. Das war wahrscheinlich die längste Rede, die ich je von Gizmo gehört hatte.

»Und?«

»Und wir verstehen uns wirklich blendend. Haben eine Menge gemeinsam. In letzter Zeit ist es immer intensiver zwischen uns geworden. Ich ... ich glaube, ich habe noch nie zuvor so gefühlt«, murmelte er.

»Und jetzt willst du ausprobieren, wie es ist, sich in Fleisch und Blut gegenüberzutreten?«

Er nickte. »Warum nicht? Brieffreunde machen das seit Jahren.«

Dies war nicht der Moment, ihn darauf hinzuweisen, dass Brieffreundschaften ein paar Sicherheiten bieten, wie zum Beispiel die Adresse. Es war auch nicht der Moment, ihn darauf hinzuweisen, dass es leichter war, im Cyberspace zu lügen als im wirklichen Leben, weil sich schon die Hacker und Computerfreaks in den allerersten Mailboxen von Anfang an immer hinter Spitznamen versteckt hatten. Als ich zum ersten Mal mit Gizmos richtigem Namen konfrontiert wurde, kannten wir uns schon Jahre; das war, als er seinen ersten Beratungsvertrag mit Brannigan & Co. unterschrieb. Ich schlürfte meinen Drink und hob die Augenbrauen. »Und manchmal ist es eine große Enttäuschung. Warum wollt ihr euch unbedingt treffen? Wenn ihr euch so prächtig versteht, ist es vielleicht besser, im Cyberspace zu bleiben.«

Er rutschte auf seinem Stuhl hin und her. »Manchmal ist das Internet zu langsam. Selbst innerhalb der geschlossenen Benutzergruppe einer Newsgroup kannst du nur so schnell kommunizieren, wie du schreiben kannst, also ist es nie so spontan wie eine Unterhaltung.«

»Ich dachte, das wäre der Reiz.«

»Ist es auch, bis zu einem gewissen Grad. Du kannst deine Dialoge besser gliedern als bei Gesprächen im Leiberspace, wo man oft abschweift. Aber wir haben das jetzt eine Zeit lang gemacht. Wir müssen einen Schritt weiter gehen, und das Nächste ist ein Treffen von Angesicht zu Angesicht. Oder?«

Für so was war ich nicht geschaffen. Wäre ich eine Briefkastentante, wäre die Antwort in meiner Kolumne unweigerlich: »Reißen Sie sich um Himmels willen zusammen.« Aber Gizmo war mehr als nur ein Vertragspartner. Weniger als ein Freund, zugegeben, aber jemand, den ich sehr mochte, so wie Polly, den Cockerspaniel, mit dem ich aufgewachsen bin. Ich atmete also tief durch und sagte: »Wo lebt sie?«

»In London. Aber sie hat geschäftlich alle zwei, drei Wochen in Manchester zu tun. Ich überlege, ob ich ihr vorschlagen soll, sich auf ein Bier zu treffen, wenn sie das nächste Mal hier ist.«

Auf ein Bier natürlich. Irgendwie hatte ich diese Frau auch nicht als Weißweinschorle-Trinkerin eingestuft. »Meinst du nicht, es könnte alles kaputtmachen, was ihr aufgebaut habt?«

Er zuckte die Schultern, ein schwieriges Kunststück angesichts der Tatsache, dass er gerade eine menschliche Brezel darstellte. »Besser, wir kommen jetzt dahinter, meinst du nicht?«

»Ich weiß es wirklich nicht. Vielleicht ist die Beziehung im Cyberspace die Zukunft. Kommunikation mit Fremden, wir alle versteckt hinter einer Fassade, virtueller Sex an unseren Terminals. Nicht als Ersatz für reale Begegnungen, sondern eine neue Dimension. Ehebruch ohne Schuldgefühle vielleicht?«, tastete ich mich vor.

»Nein«, sagte Gizmo, entknotete seine Gliedmaßen und richtete sich auf. »Ich glaube, es ist nur eine andere Art des Werbens. Wenn du aus der Virtualität keine Realität machst, dann ist letztlich alles steril, weil du es nicht an objektiven Maßstäben messen kannst.«

Starker Tobak für einen Mann, dem ich nicht zugetraut hatte, dass er der Liebe zu einem empfindenden Wesen ohne Mikrochips fähig war. »Klingt, als hättest du dich bereits entschieden«, sagte ich sanft.

Er atmete tief durch. Seine Schultern sackten ab. »Ich denke, das habe ich.«

»Dann folge deinem Instinkt.«

Ich hatte gesagt, was er hören wollte. Er strahlte Erleichterung aus. »Danke fürs Zuhören, Kate. Ich weiß das wirklich zu schätzen.«

»Dann zeig mir wie sehr, und grab mir ein bisschen Schmutz über Harry Thompson und das mysteriöse Baby aus.«

14

Jupiter im Trigon mit Saturn

Der heitere Jupiter zügelt die ernste, hart arbeitende Natur des Saturn. Sie ist eine Visionärin, aber fest verwurzelt im Machbaren. Sie ist eine geschickte Organisatorin und fühlt sich durch ihre Verantwortung selten überfordert. Sie hat die Gabe, andere dazu zu bringen, mit ihr zusammenzuarbeiten. Sie verfügt über die Selbstdisziplin, ihre Ziele ohne große Aufregung zu erreichen.

Aus: *Was in den Sternen steht* von Dorothea Dawson

Ich war früh genug aufgebrochen, um dem Schneepflug die Hauptstraße von Oldham durch Greenfield zu folgen. Glorias Zufahrt zu befahren stand nicht zur Debatte, aber die Zeitungsfritzen waren zur nächsten großen Sache abgezogen, also bestand die einzige Gefahr für Glorias Wohlbefinden darin, nasse Füße zu bekommen. Ich hätte es besser wissen sollen.

Sie erschien in kniehohen Schneestiefeln und einem scharlachroten Skianzug mit königsblauen Ärmelaufschlägen und passenden Ohrenschützern. »Hallo, Schätzchen«, begrüßte sie mich. »Ich bin noch nie in meinem Leben Ski gefahren, aber es gibt tolle Bekleidung dafür, nicht?«, sagte sie begeistert. Wie üblich fühlte ich mich *underdressed*. Jeans, Gummistiefel und meine Lieblingslederjacke schienen in Ardwick angemessen, aber auf dem Land wirkten sie irgendwie nicht.

»Und, den Kater überstanden?«

»Ich wäre Ihnen dankbar, wenn Sie daran denken würden, dass ich Migräne hatte, junge Dame.« Sie sagte das nicht im reinen Scherz. »Übrigens«, bemerkte sie beim Einsteigen ins Auto, »es gab eine Änderung im Drehplan. Irgendwer war so begeistert vom Schnee, dass wir jetzt draußen drehen statt im Studio.« Gloria erklärte dies, weil die für die Außendrehs benötigten SchauspielerInnen wegen des Wetters nicht zum NPTV-Gelände, sondern direkt in den Heaton Park am Stadtrand kommen sollten. Der Park war leichter zu erreichen als die Studios, weil er abseits des Autobahnnetzes und an einer Hauptstraße liegt. Verschiedene andere Plätze in der näheren Umgebung würden im Laufe des Tages auch genutzt werden, aber das Hauptquartier würde der große Parkplatz mit dem Cateringbus, der Maske und der Garderobe sein. Und der Schnee. Ich merkte, wie ich mir allmählich fast sehnlich wünschte, eine Anwältin zu sein, eingesponnen in einen netten warmen Gerichtssaal, mit nichts Aufreibenderem befasst als der Verteidigung einer wegen Mordes angeklagten Klientin.

Nicht in der Nähe von NPTV zu sein hatte ein Gutes, wir kamen nicht in den Genuss von Cliff Jacksons Gesellschaft. Laut Rita hatten Jackson und seine Leute das ganze Wochenende Leute vom Cast befragt, konzentrierten sich jetzt aber auf die Beschäftigten in Verwaltung und Produktion. Ebenfalls laut Rita, die sich anscheinend selbst zur Klatschverbindungsoffizierin ernannt hatte, waren sie einer Verhaftung nicht näher als am Freitagabend. Sie hatte Linda Shaw dazu gebracht zuzugeben, dass weder Gloria noch ich ernsthaft verdächtigt wurden; Gloria, weil auf ihrem blütenweißen Oberteil keine Blutspritzer gewesen waren, ich, weil Linda meinte, dass dies eine der dümmsten Ideen wäre, die sie je gehört hätte. Was mich betrifft, hatte sie wahrscheinlich die Wahrheit gesagt, aber als sie Gloria entlastete, sandte sie sicher ein Stoßgebet zum Himmel. Ich an ihrer Stelle hätte das getan.

Gloria zog mit Ted ab, damit Freddie Littlewood auf ihren Gesichtern Wunder wirken konnte. Ich ließ sie allein gehen, denn ich konnte den kleinen Spalt zwischen den beiden Wagen von meinem Platz in einer Ecke des Cast-Busses aus sehen, in dem ich mit Rita und Clive saß. Ich machte es mir bequem, bereit, alles aufzusaugen, was sie ausspucken wollten. »Wer hatte es also auf Dorothea abgesehen?«, fragte ich. Manche Leute antworten einfach nicht auf vorsichtige Anspielungen. Zum Beispiel Mitglieder der SchauspielerInnengewerkschaft.

Clive sah Rita an, die mit den Schultern zuckte. »Es hatte bestimmt nichts mit ihrem Beruf zu tun«, sagte er. »Niemand ermordet seine Astrologin, weil ihm nicht gefällt, was sie vorhersagt.«

»Aber niemand hier wusste wirklich etwas über ihr Privatleben«, warf Rita ein. »Von den Schauspielern war ich eine ihrer ersten Stammkundinnen, und ich weiß fast gar nichts über sie. Für eine Sitzung war ich sogar mal bei ihr zu Hause, aber alles, was ich dabei herausfand, war, dass es ihr ziemlich gut zu gehen schien. Ein reetgedecktes Cottage zwischen Alderley Edge und Wilmslow, bitte schön.«

»Lebte sie allein?«, fragte ich.

»Was weiß ich«, sagte Rita. »Sie erwähnte nie ein Sterbenswörtchen von einem Freund oder Ehemann. In den

Zeitungen stand, sie lebte allein, und die wissen wahrscheinlich mehr als wir, weil sie die Nachbarn ausgefragt haben.«

Clive kratzte sich am Kinn. »Sie wusste aber viel über uns. Ich weiß nicht, ob sie übersinnliche Kräfte hatte oder ob sie einfach verdammt gut darin war, jede kleinste Information aufzuschnappen. Aber wenn sie ein Buch über *Nordlichter* geschrieben hätte, wäre es Dynamit gewesen. Vielleicht ist sie bei irgendwem zu weit gegangen. Vielleicht fand sie etwas heraus, worüber sie nicht schweigen wollte.«

Ich konnte mir kaum vorstellen, dass einem *Nordlichter*-Star ein Geheimnis zu dunkel sein könnte, um es für Publicityzwecke zu nutzen. Dann fiel mir Cassie ein. Nicht nur das, was ihr passiert war, sondern auch, dass sie meinte, eine Traumrolle zu verlieren sei für manche Leute ein ausreichendes Motiv für einen Mord. »Wenn das der Fall ist, dann nimmt sie das dunkle Geheimnis wahrscheinlich mit ins Grab«, sagte ich niedergeschlagen.

»Ich fürchte ja«, sagte Clive. »Außer sie hat die Einzelheiten zusammen mit unseren Horoskopen in ihrem Computer abgespeichert.«

Ich wurde hellhörig. »Halten Sie das für möglich?«

Ritas Augen funkelten aufgeregt. »Deswegen wird auch die Polizei ihren Computer mitgenommen haben, um die Daten zu analysieren«, sagte sie. »Diese so nette Linda meinte, es arbeitete bereits jemand daran, aber sie müssen einen Experten für Astrologie hinzuziehen, weil sie mit den vielen Symbolen und Abkürzungen nichts anfangen können.«

Ein weiterer Weg war mir verstellt. Aus dem Augenwinkel sah ich Ted aus dem Maskenwagen kommen. Zeit für mich, dachte ich. Ich wollte Gloria nicht mit irgendwem von *Nordlichter* allein lassen, auch nicht mit jemand, der so harmlos wirkte wie Freddie, der Maskenbildner. Als ich eintrat, legte er gerade letzte Hand an Glorias Lippen und schminkte sie mit knallrotem Gloss, Brendas Markenzeichen. »Sagen Sie kein Wort«, warnte er Gloria. »Es dauert nur noch eine Sekunde«, fügte er hinzu und konzentrierte sich stirnrunzelnd darauf, die Lippenform richtig hinzukriegen. Ich schloss die Tür hinter mir und lehnte mich gegen die Wand. »So«, sagte er zufrieden seufzend. »Fertig.«

Gloria betrachtete sich kritisch im Spiegel und sagte: »Verdammt, Freddie, das ist das Erste, was du heute Morgen gesagt hast.«

»Wir sind heute alle ein bisschen gedämpft, Gloria«, sagte er erschöpft. »Es ist schwer, nicht an Dorothea zu denken.«

Gloria seufzte. »Ich weiß, was du meinst, Schätzchen.« Sie beugte sich vor und tätschelte seine Hand. »Das spricht für dich.«

»Es ist aber beängstigend«, sagte Freddie, drehte sich mit einem müden Lächeln weg und packte seinen Schminkkasten zusammen. »Ich meine, wahrscheinlich ist der Mörder jemand, den wir kennen. Außenstehende spazieren nicht auf dem NPTV-Gelände herum. Es ist nahezu unvorstellbar, dass einer von uns eine Frau ermordet hat, die mehr oder weniger zu uns gehörte.«

»Das Problem ist«, sagte Gloria, während sie aufstand und ihren Mantel anzog, »dass die Hälfte von uns Schauspieler sind. Wer zum Teufel ahnt schon, was in unseren Köpfen vorgeht?«

Weder Freddie noch ich wussten darauf etwas zu sagen. Ich folgte ihr nach draußen und holte sie und Ted am Ende des Parkplatzes ein. Die Regisseurin erklärte, wie sie sich aufstellen sollten, damit sie durch den unberührten Schnee der Kamera entgegengehen konnten. Es sah aus, als würden sie einige Zeit beschäftigt sein, aber ich wollte nicht zurück zum Bus und Gloria unbeschützt lassen. Ich hätte ein Attentat auf sie nicht verhindern können, aber ich hoffte, schon meine bloße Anwesenheit würde einen Angreifer einbremsen.

Ich ging hinüber zum Cateringbus, wo Ross mit einem Jungen arbeitete, den ich vorher noch nie gesehen hatte. »Eine Speckstulle ist wahrscheinlich nicht drin, was?«, fragte ich. »Ich bin zu früh von zu Hause weg, um zu frühstücken.«

Ross, der mich höchstpersönlich bediente, schichtete knusprige Speckstreifen in ein weiches bemehltes Brötchen. »Hier, bitte sehr. Kaffee?« Ich nickte, und er goss mir einen Becher ein. »Pass mal kurz auf den Laden auf, mein Sohn«, sagte er, als er aus der Seitentür ging und mir bedeutete, ihm zu folgen. »Haben Sie was für mich?«, fragte er.

Ich schüttelte mit vollem Mund den Kopf. »Ich arbeite dran«, schmatzte ich. »Eisen im Feuer.«

»Ich habe auch nachgedacht. Wissen Sie, niemand wusste so genau über die Vorgänge hinter den *Nordlichter*-Kulissen Bescheid wie Dorothea. Sie hatte Einblick in alles. Sie hätte die besten Voraussetzungen für einen Spitzel gehabt«, sagte er eifrig.

»Wie praktisch für Sie«, sagte ich zynisch. »Wie könnten Sie Ihren Kopf besser aus der Schlinge ziehen, als indem Sie eine tote Frau beschuldigen?«

Seine Mundwinkel fielen nach unten, und seine strahlend blauen Augen schauten verdutzt. »Das war ein kleines bisschen unpassend. Sie wissen, dass ich Dorothea mochte. Es ist nur so, nachdem sie dieses Wochenende in den Nachrichten war, musste ich einfach daran denken, dass sie immer persönliche Details über alle in der Hand hatte. Und sie wusste stets die Presse zu ihrem eigenen Vorteil zu nutzen. Das war alles, worauf ich hinaus wollte.«

»Tut mir Leid«, sagte ich. »Sie könnten vielleicht Recht haben. Ich sehe nur das Problem, dass Dorothea keinen Zugang zu den Scripts hatte und daher die Einzelheiten des geplanten Handlungsverlaufs nicht kennen konnte, oder?«

Ross wirkte geknickt, sein zotteliges Haar fiel ihm in die Stirn. »Wahrscheinlich«, sagte er. »Ich habe es nicht zu Ende gedacht. Meine Frau sagt, dass ich das nie tue.«

Ehe ich noch etwas sagen konnte, vibrierte mein klingelndes Handy in meiner Achselhöhle. Ich öffnete den Reißverschluss meiner Jacke und nahm es heraus. »Hallo?«

»Alles in Ordnung, KB? Wo bist du?« Es war Alexis, die für einen Montagmorgen viel zu munter klang, wo sie doch der eine Elternteil eines zahnenden Babys war.

»Warum?«

»Ich bin unterwegs und telefoniere ein bisschen rum und dachte, wir könnten uns treffen. Ich habe ein heißes Stück Information für dich, und du weißt doch, wie unsicher Funk heutzutage ist. Wahrscheinlich hört die Presse der halben Welt an deinem Ende der Leitung mit und die Bullen an meinem. Bist du bei NPTV?«, fragte sie lammfromm.

»Die Sicherheit geht dir doch am Arsch vorbei«, sagte ich. »Du willst bloß an die Mitwirkenden von *Nordlichter* rankommen, um möglichst viele Exklusivmeldungen über Dorothea aufzureißen.«

Ihr kehliges Lachen ging in ein Husten über. »Kalt erwischt. Sagen wir einfach, es war ein Missverständnis.«

Ich winkte Ross mit den Fingern. Er verstand den Hinweis und trottete wieder hinein. »Ich bin nicht direkt bei NPTV.« Ich erklärte ihr, wo ich war. »An der Haupteinfahrt haben sie notdürftige Sicherheitsvorkehrungen getroffen, aber eine trickreiche Alte wie du dürfte damit keine Schwierigkeiten haben.«

»Sie werden den roten Teppich für mich ausrollen, wart's nur ab, Mädel. Ich brauche nicht lang, ich bin um die Ecke in Salford.«

Ich ging quer über den Parkplatz, meine Füße pflügten durch den schmutzigen Matsch. Mit einunddreißig macht das genauso viel Spaß wie mit fünf. Ich ging fast bis zum Eingang, ohne jedoch Gloria aus dem Blick zu verlieren. Ich war inzwischen ziemlich sicher, dass sie nicht wirklich in Gefahr war, aber fürs Sichtbarsein wurde ich bezahlt, also würde ich sichtbar sein.

Alexis hielt, was sie versprochen hatte. Nicht mal zehn Minuten nach unserem Telefonat fuhr sie selbstsicher auf den Parkplatz. Die beiden ältlichen Sicherheitsleute gestikulierten vergeblich, dass sie anhalten solle, aber es ist schwierig, sich mit etwas so Großem wie dem Range Rover anzulegen, den sich Alexis und Chris gekauft hatten, um dem widrigen Wetter auf den Pennines zu trotzen. Niemand sonst interessierte sich für sie. Ich hatte sehr bald bemerkt, dass bei einer Fernsehproduktion alle viel zu sehr mit ihrer Arbeit beschäftigt sind, um sich durch irgendetwas ablenken zu lassen – außer vielleicht durch eine thermonukleare Explosion. Das würde Cliff Jacksons Arbeit um einiges erschweren. Bei dem Gedanken konnte ich mir einen Anflug von Schadenfreude nicht verkneifen.

Alexis sprang in den Matsch und ging ein paar Schritte auf die Sicherheitsleute zu. »Ich gehöre zu ihr«, hörte ich, als sie in meine Richtung deutete. Mit ihrer Sehkraft war alles in Ordnung. »Brannigan & Co.«, fügte sie hinzu und machte sich zu mir auf.

»Du bist ein echt verlogenes Stück«, sagte ich, als sie außerhalb ihrer Hörweite war.

»Nur sehr eng gesehen«, sagte sie. »Immerhin bin ich hier in deinem Auftrag unterwegs.«

»Bist du nicht, du bist hier ausschließlich auf Schlagzeilenfang für deine morgige Titelseite. Was ist also die bedeutsame Neuigkeit, die du mir erzählen willst?« Ich sah über meine Schulter und vergewisserte mich, dass uns niemand hören konnte.

»Sagt dir F. Littlewood irgendwas? F. Littlewood, Hartley Grove 59, Chorlton?«

Ich versuchte, mir nicht anmerken zu lassen, dass in meinem Kopf mehr Glocken läuteten und Lichter aufblitzten als bei einem durchschnittlichen Flipper. Die Adresse war mir unbekannt, es war aber nicht schwierig, den Namen zu identifizieren. Warum verriet Freddie Littlewood, der

Make-up-Künstler, seine KollegInnen auf so gemeine Weise? Was versprach er sich davon? Und wie kam er an die intimen Details aus der weit zurückliegenden Vergangenheit der Leute? Ich hatte bereits beobachtet, wie beiläufig Gloria dem charmanten Freddie Informationen zufließen ließ, aber ich konnte nicht glauben, dass ihre SchauspielkollegInnen bereitwillig all diese *Nordlichter*-Skandale preisgaben. Alexis hatte mir einen Gefallen getan, bereitete mir gleichzeitig aber Kopfschmerzen.

Ich fand Stift und Notizblock in meiner Tasche und ließ mir von Alexis Freddies Adresse aufschreiben. »Bist du sicher, dass das die undichte Stelle ist?«, fragte ich.

»Das ist die Person, die für die Story über dich als Glorias Bodyguard bezahlt wurde«, sagte sie vorsichtig. »Es ist also mit ziemlicher Wahrscheinlichkeit deine undichte Stelle. Heute Morgen bekam ich endlich das Kreditorenbuch zu sehen, und das hat mich überhaupt nicht weitergebracht. Weißt du, es ist nämlich so, dass wir manchmal unregelmäßige Zahlungen an regelmäßige Informanten leisten, die geschützt werden müssen. Dann benutzen wir Codenamen. Dass Littlewood einen Codenamen hat, bedeutet, dass er oder sie das schon mal gemacht hat.«

»Wie bist du dann vom Codenamen auf die wahre Identität gekommen?«, fragte ich. Es war zwar nicht wichtig, aber ich interessiere mich immer für anderer Leute Methoden. So eine alte Hündin bin ich nicht, dass ich nicht noch ein paar neue Tricks lernen könnte.

Alexis zwinkerte. »Da ist diese süße kleine Lesbe in der Buchhaltung. Sie glaubt, eine Reporterin zu sein, ist das Größte. Sie findet meine neue Frisur echt cool.«

Ich seufzte. Vergesst die neuen Tricks. »Und weiß sie auch, dass du glücklich verheiratet bist?«

»Lass doch dem Mädchen ihre Träume. Außerdem hat sie mir liebend gern erzählt, dass hinter *der Maske* ein F. Littlewood steckt. Wer er oder sie auch sein mag?«

Ich schüttelte den Kopf. »Es ist an mir, das zu wissen, und an dir, es selber auszubuddeln.«

»Oh, das werde ich, glaub mir. Das sind keine gewöhnlichen Nachrichten mehr. Hier geht es um Mord, und das ist meine Ressort. Wenn die Nachrichtenredaktion nichts rausrückt, dann muss ich mir selbst helfen.« Alexis hielt ihre Hände schützend um eine Zigarette und zündete sie an. Sie stieß zufrieden seufzend Rauch aus. »Gott, ich liebe die erste Zigarette des Tages. Falls du übrigens mehr Druckmittel brauchst, wir haben F. Littlewood im letzten Jahr fünfmal bezahlt. Ich habe die Referenznummern überprüft, und es waren lauter *Nordlichter*-Storys. Ich wette, das ist dieselbe Quelle, die auch die Storys an die Überregionalen verkauft, denn alles, was wir hatten, war entweder nur von regionalem Interesse oder musste schnell raus. Ausgenommen das über dich und Gloria, was interessant ist.«

Alexis' Augen glitten über den Parkplatz und hinüber zu dem fernen Buschwerk. Sie hatte ihre Pflicht erfüllt und sah sich jetzt nach ihrer Story um. »Erzählst du mir, wer Littlewood ist?«, fragte sie, ohne wirklich eine Antwort zu erwarten.

»Sei froh, dass ich dich nicht verpetzt habe. Danke, Alexis.«

»Kein Problem.« Sie machte sich schon wieder davon.

»Bleib dran, KB. Jackson macht sich wegen seiner Holden derartig ins Hemd, dass er keinen blassen Schimmer hat, wen er verhaften soll. Es gibt also reichlich Gelegenheit für Ruhmestaten.«

Ich sah ihr nach, wie sie durch den Schnee stapfte, hartnäckig wie eine Bulldogge, wenn es um eine Story ging. Dabei fiel mir ein, dass ich mit einer Frau über einen Hund reden musste. Ich sah auf die Uhr. Wahrscheinlich war Ruth im Gericht. Ich beschloss, sie auf ihrem Handy anzurufen und in ihrer Mailbox eine Nachricht zu hinterlassen. »Ruth, hier Kate«, sagte ich. »Kannst du für mich überprüfen, ob Dennis Spuren eines Zusammenstoßes mit Pit Bulls Pitbull aufweist? Oder der Pitbull Spuren eines Zusammenstoßes mit einer oder mehreren unbekannten Personen? Ich muss peinlicherweise zugeben, dass es nicht meine, sondern Debbies Idee war, aber wir sollten dem nachgehen.«

Mein zweiter Anruf galt Chefinspektorin Della Prentice vom regionalen Betrugsdezernat. Sie hätte es längst zur Polizeichefin bringen können, aber ein Coup, den ich mit ihr zusammen plante, folgte nicht unserem Drehbuch, und Della war immer noch dabei, sich den Dreck von den Schuhen zu wischen. Ich wusste, sie gab mir nicht die Schuld, aber das machte es vielleicht noch schlimmer. Bei unseren Frauenabenden schaute ich manchmal in die Runde und fragte mich, wie Alexis, Ruth, Della und noch zwei oder drei andere es verkrafteten, dass ich jede einzelne von ihnen mehr oder weniger ausgebeutet und dabei in die Scheiße geritten hatte. Muss an meinem angeborenen Charme liegen.

Ich erwischte sie im Büro einer Baugesellschaft in Blackpool. Sie klang ehrlich erfreut, mich zu hören, aber schließlich arbeitete sie sich auch gerade durch eine Bilanzaufstellung. »Ich bezweifle, dass es dir besser geht als mir«, sagte sie. »Ich entnehme den Zeitungen, dass du und Cliff Jackson euch wieder näher gekommen seid, als euch lieb ist.«

»Auf derselben Landmasse wie Jackson zu sein ist schon zu nah. Besonders zur Zeit. Hast du das über seine Frau gehört?«

»Sogar hier in Blackpool«, sagte sie trocken.

»Du solltest diese Linda Shaw aus seinen Fängen befreien. Sie hat das Zeug zu einer guten Polizistin, aber er gibt ihr immer nur die Drecksarbeit, und früher oder später wird ihr das zu blöd.«

»Mal sehen. Meinen Quellen zufolge steht demnächst meine Beförderung an«, sagte Della. Das klang nach einem Gedankensprung, aber sie wollte mir wahrscheinlich sagen, dass sie für einen gehobenen Posten bei der Polizei in Greater Manchester vorgeschlagen war. Und dass Linda vielleicht nicht mehr lange Jacksons Wasserträgerin sein würde.

»Ich kann dir gar nicht sagen, wie sehr mich das erleichtert. Bei dieser Feier gebe ich den Sekt aus.«

»Ich weiß«, sagte Della ohne Bitterkeit. »Also, welchen Gefallen kann ich dir tun?«

»Muss es denn einen Gefallen geben?«, fragte ich verletzt.

»Während der Bürozeiten, ja. Du rufst zwischen neun und fünf nie zum Klönen an.«

»Hast du das von Dennis gehört?«

»Was ist mit Dennis? Ich sitze seit Donnerstag in Blackpool fest. Ich bete, dass der Schnee schmilzt, damit ich heute Abend nach Hause kann. Was hat Dennis diesmal angestellt?«

»Zum ersten Mal hat er nichts angestellt.« Ich gab ihr eine kurze Zusammenfassung. »Ich habe da eine Idee, die so abwegig ist, dass ich sie dir gar nicht erzählen mag«, sagte ich.

»Was brauchst du?«

»Einen Blick auf die Fotos vom Tatort. Ich kenne niemand von dem Team, das den Fall bearbeitet, sonst würde ich dich nicht darum bitten. Der Oberbulle ist ein Inspektor Tucker.«

»Ich kenne Tuckers Handlanger. Er hat mit mir beim Betrug zusammengearbeitet, bevor er Sergeant wurde. Ich denke, ich kann ihm einreden, dass er mir was schuldet. Ich versuche heute Abend etwas zu arrangieren, vorausgesetzt ich kann zurück nach Manchester«, versprach sie. Ich kroch noch ein bisschen vor ihr, sie lachte sich halb tot, und wir verabschiedeten uns.

Ich sah mich auf dem Parkplatz um und entdeckte Alexis beim Proviantwagen. Sie lehnte an der Theke, eine dampfende Tasse Kaffee in der Hand, ins Gespräch vertieft mit Ross und ein paar jüngeren Mitwirkenden, die sich auf der Suche nach einer kostenlosen Speckstulle in die Kälte gewagt hatten. Ich beneidete sie nicht. Sie hatten kaum eine Chance, der Titelseite des nächsten *Chronicle* zu entrinnen.

Ich stapfte durch den aufgewühlten Matsch dorthin zurück, wo Ted und Gloria einige Büsche umrundeten und Richtung Kamera marschierten; ihre Körpersprache schrie aus Leibeskräften »Streit«. Im gleichen Moment brach hinter mir ein Tumult aus. Ich drehte mich um und sah, wie Cliff Jackson einer Produktionsassistentin lautstark erklärte, dass er Polizist, dies ein öffentlicher Parkplatz und sie nicht befugt sei, ihm vorzuschreiben, wo er parken dürfe.

Die Regisseurin drehte sich herum. »Herrgott noch mal!«, schrie sie. »Und Schnitt. Wer, zum Teufel, glauben Sie, dass Sie sind?«, fragte sie.

»Chefinspektor Jackson von der Greater Manchester Polizei. Ich komme, um Ms. Kendal zu befragen.«

»Sind Sie blind? Sie arbeitet.«

Nichts brachte Jackson leichter auf die Palme als Leute, die glaubten, das Gesetz gelte nicht für sie. »Sie denken doch nicht ernsthaft, Ihre Fernsehserie sei wichtiger als eine Morduntersuchung. Ich muss mit Ms. Kendal sprechen, wenn's recht ist, Sie brauchen also nur Ihren Drehplan abzuändern, um das zu arrangieren.«

Gloria und Ted waren inzwischen bei uns. »Was arrangieren?«, fragte sie verärgert. Sie war ganz eindeutig nicht begeistert, die Schneeszene nochmals drehen zu müssen.

»Wie ich Ihrer Regisseurin hier bereits erklärte, wäre ich Ihnen sehr dankbar, wenn Sie mich für eine weitere Befragung aufs Revier begleiten würden«, knurrte Jackson. Im Gegensatz zu Linda Shaw warf ihn die Diva nicht um.

Gloria sah mich panisch an. »Ich will nicht«, protestierte sie.

Es war an der Zeit, etwas für mein Geld zu tun. »Sie müssen nicht. Außer er verhaftet Sie. Wenn Sie wollen, dass er Sie hier verhört, dann ist das Ihr Recht.«

Jackson fuhr mich an: »Sie sind immer noch hier? Hatte

ich Ihnen nicht gesagt, Sie sollen sich aus dieser Untersuchung raushalten?«

»Sie können mir Befehle geben, wenn Sie meinen Lohn zahlen«, erwiderte ich rebellisch. »Meine Klientin wünscht nicht, Sie aufs Revier zu begleiten, was ihr gutes Recht ist. Sie ist aber bereit, hier mit Ihnen zu sprechen. Haben Sie damit ein Problem, Inspektor?«

Jackson sah sich um. »Hier kann man nirgends eine Befragung durchführen«, meinte er verächtlich.

Wie aus dem Nichts tauchte plötzlich Alexis neben ihm auf. »Das würde ich nicht sagen, Mr. Jackson. Ich habe hier überall Leute befragt. Gibt es ein Problem? Wird jemand verhaftet?«

»Was zum Teufel tut die Presse hier?«, explodierte Jackson.

»Presse?«, japste die Regisseurin. »Herrgott noch mal, wir drehen hier unter Ausschluss der Öffentlichkeit. Security!«, brüllte sie. Sie zeigte auf Alexis. »Sie, raus hier.« Dann wandte sie sich an Jackson. »Das Gleiche gilt für Sie. Hören Sie, wir haben da drüben einen Transporter. Da drin ist genug Platz. Schert euch aus meinem Blickfeld, alle, ja?«

Gloria ging auf den großen Achtsitzer zu, während zwei Sicherheitsleute eine nicht protestierende Alexis zum Wagen geleiteten. »Kommen Sie, Kate«, rief Gloria über ihre Schulter. »Ohne Sie rede ich nicht mit ihm.«

»Sie ist dazu nicht befugt«, protestierte Jackson. »Sie sind keine Anwältin, Brannigan.«

Ich zuckte die Schultern. »Sieht aus, als müssten Sie in meiner Anwesenheit mit Gloria reden oder gar nicht. Sie ist eine äußerst willensstarke Frau, kann ich Ihnen sagen.«

Ich beobachtete, wie Jacksons Blutdruck stieg. Dann drehte er sich auf dem Absatz um und stob an Gloria vorbei zum Transporter. Sie folgte etwas langsamer, und ich gesellte mich zu Linda Shaw. »Ich dachte, Gloria sei aus dem Schneider«, sagte ich leise.

Linda machte einen Schmollmund. Dann sagte sie so leise, dass ich fast glaubte, es mir nur einzubilden: »Das war, bevor wir das Motiv kannten.«

15

Pluto in der Jungfrau im fünften Haus

Sie ist sich selbst und anderen gegenüber kritisch. Sie sucht fanatisch nach Antworten auf die Probleme der Welt und setzt ihren analytischen Verstand in ihrem engagierten Kampf gegen die Ungerechtigkeit ein. Sie besitzt großen Lebenshunger, und bei sexuellen Begegnungen ist sie eine leidenschaftliche Genießerin.

Aus: *Was in den Sternen steht* von Dorothea Dawson

Ich hatte kaum den Einschlag von Linda Shaws erster Bombe verkraftet, als sie die zweite platzen ließ. »Oder die Fingerabdrücke auf der Mordwaffe«, fügte sie hinzu. Mir blieb keine Zeit, mehr herauszufinden; wir hatten den Transporter erreicht. Komisch, nie zuvor hatte ich einen Hang zum Sadismus an ihr bemerkt.

Gloria hatte bereits in der ersten Reihe der hinteren Sitze Platz genommen, Jackson erwartungsgemäß auf dem Fahrersitz. Ich wollte mich neben Gloria setzen, aber Linda legte eine Hand auf meinen Arm und lenkte mich in die hinterste Reihe, ehe sie sich neben meine Klientin schob. »Ich habe Ihnen alles erzählt, was ich weiß«, fing Gloria an, noch bevor die Türen zu waren. Schlechter Schachzug.

»Das denke ich nicht«, sagte Jackson schroff und drehte sich zu uns um. Mit Genugtuung entdeckte ich an seinem Hals einen schmerzhaften Ausschlag, der vom Rasieren herrührte. Geschah ihm recht.

»Ich habe sie nicht ermordet. Als ich wegging, lebte sie noch.«

»Sie hatten aber Grund, ihr den Tod zu wünschen.« Jacksons Worte schienen Gestalt anzunehmen und wie ein makabres Mobile in der kalten Luft zu hängen.

»Entschuldigen Sie mal, das ist nicht wahr«, protestierte Gloria, und sie straffte ihre Schultern im Zorn.

Jackson nickte Linda zu, die ihren Notizblock hervorholte und aufschlug. »Wir haben die Aussage eines Mr. Tony Satterthwaite –«

»Dieser gehässige Drecksack?«, unterbrach Gloria. »Sie wollen mir doch nicht erzählen, Sie haben Ihre Zeit damit vergeudet, diesem miesen verlogenen Schwein zuzuhören?«

»Ihr Exmann war äußerst hilfreich«, sagte Jackson aalglatt und nickte wieder Linda zu.

»Mr. Satterthwaite war erschüttert über Ms. Dawsons Tod, nicht zuletzt, weil ihm zufolge seine Affäre mit ihr zum Ende Ihrer Ehe geführt hat.«

Mir fielen die Abgeordneten auf den Hinterbänken des britischen Parlaments ein, die wie Champignons immer im Dunkeln blieben, außer jemand öffnete die Tür, um Scheiße auf sie zu schaufeln. Jetzt wusste ich, wie sie sich fühlten. Ich funkelte Gloria an. Diese starrte mit offenem Mund Linda an. Zum ersten Mal sah ich sie sprachlos.

»Er meinte, Sie hätten Ms. Dawson die Affäre nie so recht verziehen und dass Sie, ich zitiere, ›die Art hinterhältige Schlampe wären, die erst nach Jahren zurückschlägt‹. Wir sind sehr gespannt auf Ihren Kommentar, Ms. Kendal«, sagte Linda kühl.

»Sie müssen nichts sagen, Gloria«, warf ich eilig dazwischen.

»Was? Und sie in dem Glauben lassen, es sei auch nur ein Wort wahr von dem, was dieser raffgierige Trottel sagt? Mein Gott«, sagte sie zornig, »ihr seid vielleicht leichtgläubig. Ich habe Tony Satterthwaite den Laufpass gegeben, weil er ein fauler Blutsauger war. Als er einmal fand, es sei Zeit für einen Seitensprung, hat er sich nicht mal die Mühe gemacht, sich weiter umzusehen als bis zu seiner Sekretärin. Dabei sah sie aus wie Walter Matthau. Er hat Dorothea nicht mal gekannt, geschweige denn eine Affäre mit ihr gehabt. Ich habe ihn gut sechs Monate, ehe sie das erste Mal bei *Nordlichter* auftauchte, rausgeworfen.

»Warum sollte er uns dann einen Haufen Lügen auftischen?«, fragte Jackson spöttisch grinsend.

»Weil er sich keine Gelegenheit entgehen lässt, mir das Leben zur Hölle zu machen«, sagte Gloria verbittert. »Vor allem, wenn er daraus auch noch Profit schlagen kann. Sie können Ihren letzten Cent darauf verwetten, dass sein erster Anruf nach dem Gespräch mit Ihnen der *Sun* oder dem *Mirror* galt. Er hat Sie reingelegt, Sie beide. Ihnen ist nicht bewusst, dass, hätten die beiden eine Affäre gehabt, ich Dorothea eine Magnumflasche Sekt spendiert hätte für diesen hochkarätigen Grund, den Arsch abzuservieren. Fragen Sie meine Tochter. Fragen Sie irgendjemand von den Leuten, die mich damals kannten. Sie werden Ihnen das Gleiche erzählen.« Sie schnaubte. »Tony Satterthwaite und Dorothea? Dass ich nicht lache. Abgesehen davon hatte Dorothea einen viel zu guten Geschmack, um mit einem Reptil wie Tony ins Bett zu steigen.«

»Sie haben den Mann geheiratet«, bemerkte Jackson.

»Jeder hat das Recht, *einen* Fehler zu machen«, schnauzte Gloria zurück. »Er war meiner. Ich sage es Ihnen, Sie werden nicht einen Menschen finden, der seine Geschichte bestätigen kann, und das nicht ohne Grund.«

Die Blicke, die Linda und Jackson wechselten, sprachen für sich; sie wussten beide, dass sie auf einen Verlierer setzten. Ich war da nicht so sicher. Ich hatte gesehen, wie gut Gloria auch diesseits des Bildschirms spielte. Aber selbst wenn die Geschichte mit der Affäre stimmte, konnte ich mir nicht vorstellen, dass Gloria ihren Groll über so viele Jahre hegen würde. Dafür war sie zu direkt. Wenn sie mit Dorothea ein Hühnchen zu rupfen gehabt hätte, wäre das längst begraben und vergessen.

»Letztendlich müssen wir im Gerichtssaal nicht das Motiv beweisen«, erläuterte Jackson. »Die meisten Leute glauben, die Polizei müsse Mittel, Motiv und Gelegenheit nachweisen. Muss sie aber nicht. Alles, was wir brauchen, sind Beweise. Und wir haben Beweise gegen Sie in der Hand. Da sind die Umstände – Sie sind die Letzte, die sie lebend gesehen hat, und meistens ist die letzte Person, die ein Opfer noch lebend sieht, auch die erste Person, die es tot sieht.«

Ich öffnete den Mund, um etwas zu sagen, aber er winkte ab. »Sie können gleich was sagen. Lassen Sie mich erst ausreden. Aber wir haben mehr als das, Gloria. Wir haben Fingerabdrücke. Genau gesagt haben wir Ihre Fingerabdrücke auf der Mordwaffe.«

Eine lange Stille folgte. Gloria starrte ungerührt in Jacksons Gesicht und zündete sich dann eine Zigarette an, ohne dass ihre Hand zitterte. »Auf der Kristallkugel?«

Sein Lächeln war so dünn wie die Sichel des Neumondes. »Auf der Kristallkugel«, bestätigte er.

Es war offenbar die Woche der Fingerabdrücke. Jetzt fehlte nur noch, dass einer von Inspektor Tuckers fröhlichen Gesellen Glorias Abdrücke in Dennis' Laden fand, und ich konnte die Klientin gegen den Kumpel austauschen und hinter Gitter bringen. Dann fiel mir etwas auf. »Entschuldigen Sie, aber ich kann mich nicht daran erinnern, dass irgendjemand meiner Klientin Fingerabdrücke abgenommen hätte. Woher haben Sie denn die Vergleichsabdrücke?«, fragte ich angriffslustig.

Lindas Augen weiteten sich, und ich konnte sehen, wie sie ihren Körper zwang, keine Reaktion zu zeigen. Jackson runzelte die Stirn. »Das tut hier nichts zur Sache. Ich garantiere Ihnen, die Fingerabdrücke auf der Mordwaffe passen genau zu denen von Gloria.«

Ich schüttelte den Kopf. »Sie müssen schon konkreter werden.« Ich schaute auf meine Uhr. »Sonst rufe ich Ruth Hunter an und lasse die ganze Aktion hier protokollieren. Und ich muss Ihnen wohl nicht erzählen, wie sehr Ruth es hasst, beim Mittagessen gestört zu werden.« Ich wusste, Jackson wollte jetzt am allerwenigsten ein Stelldichein der Anwälte. Er verließ sich darauf, dass Gloria überzeugt war, es allein zu schaffen. Und obwohl ich Gloria unterstützte und ihm Knüppel zwischen die Beine warf, dachte er noch immer, er hätte die besseren Karten. Eigentlich hätte er es mittlerweile besser wissen müssen. »Wie kommen Sie also zu authentischen Abdrücken meiner Klientin?«, fragte ich nochmals.

»Während der ersten Befragung am Freitagabend haben

Sie ihr ein Glas Wasser gebracht«, sagte Linda. Jackson starrte sie wütend an, aber auch er musste einsehen, dass sie jetzt besser ihre Karten aufdeckten.

»Und Sie haben es sich gekrallt, als wir weg waren«, sagte ich und schüttelte den Kopf, als wäre ich betrübt ob so viel Hinterhältigkeit. »Woher wissen Sie dann, dass die Fingerabdrücke auf der Mordwaffe nicht meine sind?«

Linda gestattete sich einen Augenblick des Triumphs. »Weil Sie noch Ihre Lederhandschuhe trugen.«

Gut, das hatte ich vergessen. Ich glaubte nicht, dass Gloria mich deswegen verklagen würde. Zumindest hatte diese Diskussion die Aufmerksamkeit so lange von meiner Klientin abgelenkt, dass sie sich wieder hatte fangen können. »Natürlich sind meine Fingerabdrücke auf der Kristallkugel«, sagte sie. Wir drei drehten uns zu ihr und starrten sie an.

»Gloria«, warnte ich. Panik überkam mich, sie würde ein Geständnis ablegen.

»Schon gut, Schätzchen. Es gibt eine einfache Erklärung dafür.«

Die sind mir am liebsten.

»Ich hatte doch kurz vorher einen Termin bei Dorothea, nicht? Ich saß ihr gegenüber, mit meinen Fingerkuppen berührte ich die Kristallkugel. Das haben wir immer gemacht. Ich nehme an, sie machte es mit allen, aber sie muss die Kugel danach immer wieder poliert haben, denn der Kristall glänzte stets. Sie legte ihre Finger auf der einen Seite auf und ich meine auf der anderen. Um eine seelische Verbindung herzustellen«, fügte sie hinzu, als wäre es die normalste Sache der Welt.

Ich grinste. Wenn Jackson verarscht wurde, war bisher immer ich diejenige, die ihn verarschte, wodurch meine Freude stets durch einen leichten Anflug von Sorge getrübt war. Diesmal war das Vergnügen völlig ungetrübt. Jackson sah aus wie jemand, dessen Katze soeben seinen Lieblingskanarienvogel gefressen hatte.

»Ich wette, es waren nur die Abdrücke meiner Fingerkuppen auf der Kristallkugel, stimmt's? Nicht meiner ganzen Hand«, sagte Gloria. Sie klang, als würde sie halb neckend, halb scheltend mit einem unartigen Schuljungen sprechen. »Sie haben versucht, mich aufs Glatteis zu führen, oder? Sie haben nicht die ganze Wahrheit gesagt, damit ich ein Geständnis mache.« Sie drohte ihm mit dem Finger. »Ich mag es nicht, wenn Leute glauben, sie wären schlau genug, um mich übers Ohr zu hauen. Brenda Barrowclough würde vielleicht versuchen, durch einen Schiffskanal zu radeln, aber ich bin nicht so dämlich. Ich sage nichts mehr, Mr. Jackson, nicht ohne meine Anwältin.«

»Ich kann nicht glauben, dass Sie das versucht haben, Jackson«, sagte ich. »Warten Sie nur, wenn Ruth Hunter erst davon hört. Sie können Ihrem Glücksstern danken, dass Sie uns wegen diesem Haufen Scheiße nicht aufs Revier gebracht haben.«

Jackson wurde dunkelrot, seine Augen verengten sich, wie ich es schon zu viele Male gesehen hatte. Kurz bevor er seine Wut wie ein Geysir über uns ausspuckte, wurde die Tür hinter ihm aufgerissen, und er fiel beinahe rücklings auf den matschigen Parkplatz.

John Turpin trat einen Schritt zurück, offensichtlich

nicht bereit, Jacksons bösen Sturz abzufangen. In letzter Sekunde bekam Jackson das Lenkrad zu packen und konnte sich wieder hochziehen. »Herrgott«, rief er aus. »Ich hätte um ein Haar am Boden gelegen, Mr. Turpin.«

Turpin verzog sein breites Gesicht auf eine Art, die ziemlich genau zu den Geschichten passte, die ich über ihn gehört hatte. »Sie haben mich sehr enttäuscht«, sagte er, und seine Stimme klang so abgehackt wie das Krächzen eines Pfaus. »Ich dachte, wir hätten eine Abmachung. Wir haben uns alle Mühe gegeben, Sie und Ihr Team zu unterstützen. Wir haben Ihnen einen Raum zur Verfügung gestellt, Ihnen uneingeschränkten Zugang zu unserem Gelände und dem gesamten NPTV-Personal gewährt. Das Einzige, worum ich gebeten hatte, war, dass Sie die Dreharbeiten nicht stören.« Er schüttelte bekümmert den Kopf.

Jackson befand sich in einer ziemlich misslichen Lage, so eingeklemmt zwischen dem Autositz und dem hoch gewachsenen Turpin. »Ich ermittle in einem Mordfall«, erwiderte er scharf und glitt hinter dem Lenkrad hervor und auf den Parkplatz. Er war immer noch zehn Zentimeter kleiner als Turpin, aber das schien ihm nichts auszumachen. »Wenn Beweise auftauchen, muss ich darauf reagieren. Ich sagte, wir würden uns bemühen, Ihre Dreharbeiten nicht zu stören, aber ich für meine Person finde es besser, Ihr Filmteam steht untätig herum, als dass ein Mordverdächtiger durchs Netz schlüpft.«

Turpin schnaubte und wies mit dem Daumen auf Gloria. »Das ist Ihre Mordverdächtige?«, sagte er halb lachend. »Mein Gott, Mann, Sie klammern sich wohl an jeden Strohhalm. Das ist die Frau, die aus Angst eine Privatdetektivin engagiert hat, bloß weil sie ein paar wahnwitzige Drohbriefe bekommen hat. Selbst wenn sie die Nerven hätte, einen Mord zu begehen, würde sie es sicher nicht mit einer Aufpasserin im Schlepptau tun. Außer natürlich, Sie denken, Gloria hat Brannigan & Co. angeheuert, damit die für sie einen Mord begehen?« Ich konnte ein Lächeln nicht unterdrücken. Linda bekam einen taktisch geschickten Hustenanfall, aber Jackson konnte den Witz an der Sache nicht erkennen. Er dachte wahrscheinlich, Turpins sarkastische Bemerkung wäre ein viel versprechender Hinweis. »Sie hätten ruhig eine Drehpause abwarten können. Ich meine, es ist nicht anzunehmen, dass sie mit der Brenda-Barrowclough-Perücke auf dem Kopf wegläuft«, fuhr der Fernseh-Manager mit genialem Sarkasmus fort. »Haben Sie gedacht, sie nimmt mit Hilfe ihrer Handtasche einen Kameramann als Geisel?«

»Dies ist eine polizeiliche Ermittlung«, sagte Jackson stur. »Mein Zeitplan richtet sich nach dem Fall.«

Turpin sah Jackson nachdenklich an. Seine Worte waren ungleich schärfer als der Ton seiner Stimme: »Die Presse interessiert sich für alles, was mit *Nordlichter* zu tun hat, und wir wissen, dass dieser Verein hier wie ein Sieb ist. Sie denken vielleicht, Ihre Morduntersuchung ist die wichtigste Sache der Stadt, aber es interessieren sich viel mehr Leute dafür, dass die Montagsfolge von *Nordlichter* ausgestrahlt wird, als dafür, wer eine sterndeutende Scharlatanin ermordet hat. Denken Sie mal drüber nach, wie blöd ein sensationshungriger Journalist Sie dastehen lassen kann.« Ohne eine Antwort abzuwarten, beugte Turpin Kopf und Schultern in den Wagen und zwang Jackson mit der Unbekümmertheit der meisten kräftig gebauten Männer, eiligst auszuweichen.

»Gloria, meine Liebe«, sagte er kühl. »Zeit für dich, dein stark überhöhtes Gehalt zu verdienen. Wir sollten Helen nicht warten lassen, oder?«

Gloria straffte ihre Schultern, legte sich den Mantel um und stieg geschmeidig aus. »Tja, Linda, Schätzchen«, sagte sie und beugte sich noch mal in den Wagen. »Ohne Anwältin werde ich nicht mehr mit Ihnen reden, aber ich nehme Ihnen den hinterlistigen Trick mit dem Glas nicht übel. Sie haben nur Ihre Arbeit gemacht, und wir wissen beide, was es heißt, für komplette Arschlöcher zu arbeiten, nicht wahr?«

Turpin starrte sie überraschend böse an. »Mit was für Leuten man sich in diesem Job abgeben muss«, seufzte er und schloss uns alle in seinen viel sagenden Blick ein.

»Machen Sie sich nichts draus«, sagte ich zuckersüß. »Falls NPTV an Kabel oder Satellit verkauft wird, können Sie sich mit Ihrem Gewinn in Südfrankreich zur Ruhe setzen.«

Seine berechnenden Augen ließen den Schnee warm und einladend aussehen. »Sie sollten nicht zu viel auf Schauspielerklatsch hören«, sagte er. Er drehte sich auf dem Absatz um und ging in Richtung Cateringwagen. Ich beneidete Ross nicht, falls er nur abgestandenen Kaffee hatte.

Jackson drehte sich um, um die Tür zu schließen, sein Gesicht noch immer scharlachrot vor Zorn. Er empfand meine fortwährende Existenz auf diesem Planeten, und vor allem innerhalb seiner Sichtweite, als pure Provokation, das war klar. Anstatt darauf zu warten, dass er mich wegen so etwas wie Unruhestiftung festnahm, rutschte ich über den Sitz und auf der anderen Seite des Transporters hinaus. Manchmal ist es sinnvoll zu kneifen.

Ich machte auch einen großen Bogen um den Cateringwagen und trabte auf die Traube von Leuten um die Regisseurin zu. Gloria und Ted stapften bereits wieder auf ihre Plätze zurück, um die Schneeszene zu wiederholen. Unter diesen Umständen würde der Dreh der Szene den ganzen Tag dauern. Ich musste keine Buchhalterin sein, um mir auszurechnen, wie Turpin das anstinken würde, besonders, weil er doch gezwungen war, eventuellen Interessenten an der Sendung eine möglichst positive Bilanz vorzulegen.

Ich schaltete mein Telefon ab, um nicht einen Wutanfall der Regisseurin zu provozieren, falls es wieder während eines Takes klingelte. Als die Szene endlich im Kasten war, folgte ich Gloria zurück in den Garderobenwagen. Während sie sich umzog, hörte ich die Mailbox ab. Zu meiner Überraschung hatte sich Della bereits gemeldet. Ich fand eine ruhige und geschützte Ecke hinter dem Wagen, in dem die Maske untergebracht war, und wählte ihre Nummer.

»Gute Neuigkeiten«, sagte sie.

»Die kann ich brauchen.«

»Ich bin gerade unterwegs zurück nach Manchester. Ich habe meinen Kontaktmann erreicht, und wir treffen uns gegen drei im *La Tasca*. Wenn du gegen halb vier dort vorbeischaust, habe ich wahrscheinlich, was du brauchst.«

»Und ich kann euch beiden ein paar Tapas spendieren«, ergänzte ich resignierend.

»Nur mir«, sagte sie streng. »Ich lasse nicht zu, dass du noch mehr Polizisten bestichst.«

»Als ob ich so was täte. Bis dann.« Ich beendete das Gespräch und sah auf die Uhr. Wenn die Straßen draußen in Saddleworth noch so frei waren wie am Morgen, konnte ich Gloria nach Hause fahren und es trotzdem rechtzeitig in die Tapas-Bar schaffen.

Vierzig Minuten später übergab ich einem nervösen Donovan vor meinem Haus Glorias Autoschlüssel. »Muss ich dort übernachten?«, fragte er und sah ängstlich auf Gloria, die durch die Windschutzscheibe mit ihm flirtete.

»Sie hat heute Abend keinen öffentlichen Auftritt, aber sie will bei ihrer Tochter zu Abend essen. Ich möchte, dass du sie hinfährst und danach wieder nach Hause bringst. Ich habe ihr gesagt, dass sie meiner Meinung nach nicht in Gefahr ist und ich die Endabrechnung fertig mache, aber sie besteht hartnäckig darauf, uns zu behalten.«

»Sie will meinen Körper, das ist es wohl eher«, grummelte er.

»Davon träumst du wohl. Ich glaube, so zu tun, als wollte sie dir an die Wäsche, ist für sie annehmbarer als zuzugeben, dass sie sich vor Angst ins Hemd macht. Bloß weil sie nicht gern die Verletzbare raushängt, heißt das nicht, dass sie keine Angst hat«, erklärte ich ihm. »Es wäre also nicht schlecht, wenn du über Nacht bliebest. Es bewahrt mich außerdem davor, im Morgengrausen bei arktischen Bedingungen nach Saddleworth zu fahren; und ich an deiner Stelle wäre froh, ein paar Pluspunkte bei der Chefin zu sammeln.«

Er grinste. »Dann sagst du es meiner Mutter?«

Wieder ausgetrickst. »Ich sage es ihr. Zumindest wirst du nicht verhaftet, wenn du Gloria beschützt.«

Er sah nicht aus, als fände er das einen großen Trost. Ich winkte ihm zum Abschied, ging dann in die Upper Brook Street und nahm den Bus nach Deansgate. Selbst die öffentlichen Verkehrsmittel waren besser als zu versuchen, drei Wochen vor Weihnachten bei Schneefall einen legalen Parkplatz in der Stadt zu finden. Ich tauchte fünf Minuten zu früh in die dampfende Wärme von *La Tasca*. Ich freute mich, dass Della dieses Lokal vorgeschlagen hatte; mit seiner Holzvertäfelung, dem nikotingefärbten Anstrich und der Salsamusik wirkte es echt genug, um den Winter in Manchester vergessen zu machen.

Ich entdeckte Della sofort an einem runden Tisch im hinteren Teil des Lokals. Sie saß dort mit einem jungen asiatischen Typen, der wahrscheinlich ihr früherer Kollege und der jetzige Handlanger von Inspektor Tucker war. Ich setzte mich auf einen hohen hölzernen Barhocker und bestellte ein Corona. Ich bekam es mit der obligatorischen Limone, wodurch ich mich stets in meine Zeit als jugendliche Amateurtrinkerin zurückversetzt fühle, vierzehn und in der Kneipe mit einem halben Lager mit Limone. Heutzutage muss bei mir alles mit Schuss daherkommen.

Zehn Minuten später ging ihr Begleiter – und ich schnappte mein Bier und schlängelte mich durch den Raum. »Du siehst gut aus«, sagte ich und meinte es ernst. Ihr kupferfarbenes Haar hatte ein paar Silbersträhnen bekommen, aber irgendwie sah es dadurch voller aus. Ihre Haut war noch gebräunt von den vier Wochen Australien, die sie gerade hinter sich hatte; die alten Schatten unter den Augen waren noch nicht wiedergekehrt. Mit ihrem Cambridge-Abschluss in Wirtschaftswissenschaften hatte Della in Finanzfragen den so ziemlich verschlagensten Verstand, der mir je untergekommen war. Zu clever für das Betrugsdezernat, hatte sie für Nordengland eine eigene Nische erschlossen und war unübertroffen darin, den gemeinen Schikanen der Haie in ihren eleganten Anzügen gegenüberzutreten.

»Du siehst kaputt aus«, sagte sie. »Iss was von der *Chorizo*. Ich habe gerade noch mal Garnelen und gratinierte Aubergine bestellt.«

Mir lief das Wasser im Mund zusammen, und ich merkte, wie lange das Frühstück bereits zurücklag. Während ich aus einem Baguette und der schmelzend-deftigen Wurst plumpe Sandwiches machte, erzählte ich Della meinen Tag. Bei meiner Schilderung der Begegnung zwischen Turpin und Jackson verzog sie das Gesicht. »Heute Nachmittag möchte ich nicht in Linda Shaws Haut stecken«, sagte sie. Sie schob mir einen großen braunen Umschlag hin, während ich den Rest *Chorizo* aß. »Ein Satz Tatortfotos. Ich habe einen kurzen Blick darauf geworfen, konnte aber nichts Aufregendes erkennen. Na ja, Morde haben mich noch nie sonderlich interessiert.«

Ich öffnete den Umschlag gar nicht erst. Ich würde bestimmt bald eine bessere Gelegenheit dafür finden. Außerdem musste das Essen jeden Augenblick kommen, und ich wollte mir nicht den Appetit verderben. »Danke.«

Della lächelte. »Ich habe behauptet, es könnte mit einem langwierigen Firmenbetrug zusammenhängen, an dem ich arbeite, aber ich wolle noch nicht darüber sprechen, deshalb die inoffizielle Anfrage. Ich nehme nicht an, dass er mir das abgenommen hat, aber es war ihm ziemlich egal, glaube ich. War also kein Problem.«

»Ich schulde dir was«, sagte ich. Das meinte ich ernst; aber was ich Della schuldete, war nichts im Vergleich zu den Schulden, die Dennis bei ihr haben würde, falls meine Ahnung sich als richtig erwies. Ich konnte kaum erwarten, sein Gesicht zu sehen, wenn er erfuhr, dass er bei einer Chefinspektorin in der Kreide stand.

16

Sonne-Uranus-Konjunktion

Ihre Ansichten sind unabhängig, fortschrittlich und originell, was durch ihre starke und durchsetzungsfähige Persönlichkeit unterstützt wird. Individualität ist ihr wichtig, und wenn sie Muster sprengen kann, blüht sie auf. Sie kann wie ein frischer Windhauch, aber auch wie ein zerstörerischer Tornado sein. Im fünften Haus sind Freunde wichtig, um ihren Erfolg zu sichern.

Aus: *Was in den Sternen steht* von Dorothea Dawson

Endlich waren mir die Götter und Göttinnen wohlgesinnt, dachte ich, als ich ins Büro kam und Shelley vorübergehend nicht an ihrem Schreibtisch saß. Bevor sie vom Klo zurückkommen konnte, schlüpfte ich schnell in mein altes Büro, wo Gizmo sich über einen der Computer beugte. Ich kannte das Programm, mit dem er arbeitete, die Basisschablone für ein computergesteuertes Sicherheitssystem für ein mittelgroßes Gebäude, das in eine Mischung aus großen und kleinen Räumen aufgeteilt ist. Es sah aus wie eins dieser Schlösser in Privatbesitz, deren Eigentümer uns kontaktierten, seit uns ein spektakulärer Erfolg beim Aufdecken eines Rings von Profi-Kunstdieben gelang. An diesen Fall mochte ich aus mehreren Gründen nicht denken, daher war ich umso glücklicher, dass ich Gizmo hatte und er sich dieser Seite des Geschäfts annahm.

Ich deutete sein Grunzen als Gruß. »Ich habe nachgedacht, Giz«, sagte ich. »Ich weiß, du hältst mich wahrscheinlich für paranoid, aber wenn du dich unbedingt mit dem Cyberbabe treffen willst ...« Ich spürte seinen warnenden Blick und korrigierte mich hastig. »Ich meine Jan, entschuldige. Wenn du ein Treffen mit ihr ausmachst, sollte dir jemand den Rücken decken. Nur für den Fall, dass sie sich als Irre herausstellt. Oder dass die ganze Sache ein schrecklicher Reinfall wird.«

Er zog diese Art Schnute, die bedeuten soll, dass du vielleicht Recht haben könntest. »Wahrscheinlich«, sagte er. »Es muss jemand sein, dem ich vertrauen kann. Ich will nicht von jetzt bis nächste Weihnachten verarscht werden, falls es ein Fiasko gibt.«

»Wie wär's mit mir?«

»Das würdest du tun?«

Ich setzte mich und sah ihn bedeutungsvoll an. »Gizmo, du brauchst eine Person, die diese Frau auf hundert Meter Entfernung durchschauen kann. Deine Anorakfreunde wären so nützlich wie ein Pappgrill. Außerdem ist es in meinem eigenen Interesse. Ich kann wirklich nicht brauchen, dass das menschliche Pendant zum Pakistani Brain Virus mein Computergenie auffrisst. Sprich den Termin mit mir ab, und ich gehöre ganz dir.«

»Abgemacht«, sagte er, und seine Augen wanderten bereits wieder zurück zum Bildschirm.

»Das kostet natürlich was«, sagte ich.

Er schloss die Augen und wandte sein Gesicht zur Decke. »Du hast mich reingelegt«, sagte er

Ich leerte Dellas Umschlag aus und erklärte ihm, was ich wollte. »Das machen wir gratis«, sagte ich. »Für Dennis. Geht das?«

Er kratzte sich am Kinn. »Wird nicht einfach«, sagte er. »Ich muss es mit nach Hause nehmen. Ich habe hier die Software nicht drauf. Doch, ja, sollte machbar sein. Wann brauchst du es?«

»Je früher, desto besser. Je länger du brauchst, umso länger ist Dennis hinter Schloss und Riegel.«

Er sammelte die Fotos ein und warf auf jedes einen kurzen Blick, bevor er sie wieder in den Umschlag steckte. »Ich arbeite noch immer an der Dorothea-Recherche«, sagte er. »Ich habe einen Teil der Sache an einen Typen vergeben, der voll auf Adoptionsakten steht. Aber ein paar Spuren kann ich selbst verfolgen. Was ist wichtiger – das hier oder das Dorothea-Material?«

Darüber musste ich nachdenken. All meine Instinkte sagten, dass ich alles tun musste, um Dennis so schnell wie möglich zu helfen. Aber Dorotheas MörderIn konnte schon das nächste Opfer im Visier haben, umso besser also, dieser Sache so schnell wie möglich auf den Grund zu gehen. Außerdem wurde ich dafür bezahlt herauszufinden, wer die Astrologin ermordet hatte. Wäre es nur um mich gegangen, wäre die Antwort einfach gewesen. Aber Chefin zu sein besteht nicht nur darin, in Kanonenstiefeln einherzustolzieren, besonders dann nicht, wenn der Zahltag näher rückt. »Dorothea«, sagte ich widerwillig.

Gizmo schaute drein wie ein Kind, dem gesagt wird, es dürfe erst am ersten Weihnachtstag mit dem neuen Fahrrad spielen. »Okay«, sagte er. »Übrigens, ich glaube, Shelley wollte dir irgendwas sagen.«

Darauf konnte ich wetten. Wenn ich mich nicht aus dem Fenster abseilte, würde sie mir einiges sagen. Ich atmete tief durch und ging ins vordere Büro. Shelley saß hinter ihrem Schreibtisch. Es sah aus, als machte sie den Monatsabschluss, ein Kunststück, das ich noch entmutigender finde als einen Hochseilakt. »Tag, Shelley«, sagte ich forsch-fröhlich. »Gut, dass du zurück bist. Ich wollte dir sagen, dass Donovan über Nacht wegbleibt, du brauchst also nicht für ihn zu kochen.«

Wenn Blicke Wünsche wären, hätte die Fee an diesem Tag Überstunden machen müssen. »Ich wollte mit dir über meinen Sohn sprechen«, informierte mich Shelley.

Die Worte an sich klangen nicht bedrohlich, aber der Ton besagte: »Hat die Gefangene einen letzten Wunsch?« Seit sie ihr Haar in diesem Grace-Jones-Schnitt trug, rechnete ich ständig damit, dass sie mich verprügelte. Wenn ich allein bin, übe ich manchmal Antworten auf die verbalen Attacken, die sie mit Sicherheit für mich bereithält. Aber es nützt nichts.

Ich lächelte und sagte fröhlich: »Don macht sich wirklich gut, nicht? Du musst echt stolz auf ihn sein.«

Ihr Blick verfinsterte sich. Ich wartete auf die schwarzen Blitze. »Ich war stolz auf seine ausgezeichneten schulischen Leistungen. Ich war stolz, als er ins überregionale Schüler-Basketballteam kam. Ich war stolz, als er an der Universität von Manchester aufgenommen wurde. Aber stolz ist nicht das Wort dafür, wie ich mich fühle, wenn mein Sohn zweimal in einer Woche verhaftet wird.«

»Ach, das.« Ich versuchte, mich zu verdrücken, merkte aber rechtzeitig, dass sie den Brieföffner ergriffen hatte.

»Ja, das. Kate, ich war von Anfang an dagegen, habe aber nachgegeben, weil Donovan unbedingt von mir unabhängig sein und nicht in Schuldenbergen enden wollte wie die meisten seiner Studienkollegen. Und weil du mir versprochen hast, dass du ihn keiner Gefahr aussetzen wirst. Und was passiert? Mein Sohn, der noch nie mit der Polizei zu tun hatte, obwohl er schwarz ist, und der aussieht, als könnte er auf sich selbst aufpassen, wird zweimal verhaftet.« Sie schlug dreimal mit der Faust auf den Tisch, um ihre letzten drei Worte zu betonen. Ich habe genügend Naturdokumentationen gesehen, um die Leidenschaft einer Mutter für ihr Junges zu verstehen. Ich fragte mich, ob ich es zur Tür schaffen konnte, bevor sie mir an die Kehle sprang.

»Du kannst mich nicht für den Rassismus der Polizei verantwortlich machen«, sagte ich zu meiner Verteidigung.

»Plötzlich ist es ein Geheimnis, dass die Polizei rassistisch ist?«, meinte Shelley sarkastisch. »Ich kann dich dafür verantwortlich machen, dass du ihn in Gegenden schickst, wo er diesem Rassismus ausgesetzt ist.«

»Wir arbeiten daran, das in den Griff zu kriegen«, versuchte ich, sie zu besänftigen. »Und die Arbeit, die er heute Nacht macht, könnte risikofreier nicht sein. Er beschützt Gloria Kendal vor einer nicht existenten Bedrohung.«

Shelley schnaubte. »Und du meinst, das ist nicht gefährlich? Ich habe Gloria Kendal gesehen, erinnerst du dich?«

Zeit, meine Taktik zu ändern. »Jetzt mach mal halblang, Shelley. Andere Leute zahlen Geld für Selbsterfahrungsgruppen, um solche Erfahrungen zu machen wie Don. Er beklagt sich nicht, und er verdient gutes Geld. Du hast ihn toll hingekriegt. Er ist stark wie ein Felsen. Er hat sich im

Griff, er versteht es, Verantwortung zu übernehmen, und das alles, weil er dein Sohn ist. Du solltest an ihn glauben. Und es ist an der Zeit, dass du ihn loslässt. Er ist jetzt ein Mann. Viele Jungs in seinem Alter sind Väter. Er ist vernünftiger, und das verdankt er deiner Erziehung.«

Shelley sah höchst erstaunt aus. Auch ich konnte mich nicht erinnern, wann ich mich ihr gegenüber das letzte Mal behauptet hatte. Wir fixierten uns gute dreißig Sekunden, die mir wie Minuten vorkamen. »Sein Name ist Donovan«, sagte sie schließlich. »Nicht Don.«

Ich nickte entschuldigend. »Ich fahre jetzt nach Hause«, sagte ich. »Ich brauche ein Bad, und ich muss nachdenken. Ich habe ein paar Hintergrundrecherchen für Toronto und San Juan gemacht, ich schicke dir die Abrechnungsdetails per E-Mail.« Ich ging zur Tür. Auf halbem Weg drehte ich mich um und sagte: »Shelley – danke.«

Shelley schüttelte den Kopf und wandte sich wieder den Konten zu. Wir hatten noch keine Brücke geschlagen, aber die Pfeiler waren gerade errichtet worden.

Ich kam nach Hause und fand zwei Nachrichten auf dem Anrufbeantworter. Richard hatte angerufen, um mir mitzuteilen, dass er gegen neun mit chinesischem Essen nach Hause kommen würde. Das war mehr Vorwarnung als ich von ihm gewohnt war. Ich hatte überlegt, Freddie Littlewood aufzusuchen und ihn zu fragen, warum er der Presse so destruktive Geschichten zuspielte, aber dieses eine Mal tendierte ich dazu, das Vergnügen vor die Arbeit zu stellen. Richard und ich hatten in letzter Zeit nicht viel voneinander gehabt, und dass er sich die Mühe machte anzurufen, um mir seine Pläne mitzuteilen, hieß, dass er das genauso bedauerte wie ich. Ich beschloss, Littlewood auf den nächsten Tag zu verschieben.

Der zweite Anruf war von Cassie, die mich um Rückruf bat. Sie klang besorgt, aber nicht in Panik, also machte ich mir einen Drink und ließ mir ein heißes Bad ein, das die Luft mit den betörenden Essenzen von Ylang-Ylang und Neroliöl erfüllte. Ich war entschlossen, das Beste aus dem Abend mit Richard zu machen. Ich tauchte in das entspannende Wasser ein und griff nach dem Telefon. Cassie nahm beim zweiten Klingeln ab.

»Danke für deinen Rückruf, Kate«, sagte sie.

Ich merkte bereits, wie das Wasser mich entspannte. »Kein Problem. Was liegt an?«

»Nun ...« Sie hielt inne. »Es könnte etwas sein oder auch nicht. Nur ein Zufall. Aber ich dachte, es interessiert dich vielleicht.«

»Schieß los«, sagte ich zufrieden. »Für Zufälle interessiere ich mich immer.«

»Es war eben eine Reporterin bei mir. Eine Freiberuflerin, die viel für die Boulevardpresse macht. Sie winkte mit dem Scheckbuch und versuchte Schmutzgeschichten über Dorothea und den *Nordlichter*-Cast aus mir rauszukriegen. Ich dachte, die klammern sich wirklich an den letzten Strohhalm, aber wahrscheinlich halten alle, die noch für die Serie arbeiten, dicht. Sie wurden gewarnt und daran erinnert, dass sie laut Vertrag nicht ohne Einverständnis von NPTV mit der Presse reden dürfen. Also müssen die Zeitungsfritzen ihre Kontaktbücher durchforsten, um jemanden zu finden und zum Reden zu bringen.«

»Und weil du damals deine Geschichte verkauft hast, glauben sie, du könntest jetzt wieder gewillt sein, aus dem Nähkästchen zu plaudern.«

»Genau. Aber was ich zu sagen hatte, habe ich damals gesagt. Und das habe ich auch der Reporterin erklärt. Es ist nur, ich habe ihren Namen wieder erkannt. Tina Marshall. Ihr Name stand unter den meisten wirklich großen *Nordlichter*-Skandalgeschichten. Sie hat offensichtlich einen direkten Draht zum Singvogel.«

»Das ist gut zu wissen«, sagte ich und versuchte, interessiert zu klingen. Ich verstand nicht, warum Cassie es für nötig hielt, mich wegen etwas anzurufen, das ich selbst in Erfahrung bringen konnte. Eine Frau zu finden, die den Singvogel kannte, brachte mich nicht weiter, nicht mal, wenn diese Tina Marshall und Alexis alte Bekannte waren. Keine Journalistin, vor allem keine freiberufliche, würde einen Informanten preisgeben, der dafür sorgt, dass ihr Bankkonto nicht leer wird.

»Aber das ist nicht alles, was ich wieder erkannt habe«, fuhr Cassie fort. »Ich habe auch ihr Gesicht wieder erkannt. Vor ein paar Monaten lud mich ein Freund zum Essen ins *Normandie* ein. Kennst du es?«

Ich kannte den Namen. Alexis und Chris feierten dort immer ihren Jahrestag. Alexis behauptete, es sei eins der besten Restaurants der Gegend, aber ich würde mich davon wohl nie selbst überzeugen können, solange ich mit einem Mann zusammen war, der alles, was nicht aus einem Wok kommt, nicht als Nahrung anerkennt. »Nicht persönlich«, seufzte ich.

»Tja, es ist nicht billig, das stimmt. Jedenfalls, als ich

aufs Klo ging, bemerkte ich diese Frau. Damals wusste ich natürlich nicht, dass sie Tina Marshall war.«

Ich war skeptisch. Ein kurzer Blick in einem Restaurant vor einigen Monaten war nicht die Art Identifikation, auf die ich mich berufen würde. »Bist du sicher?«, fragte ich. Die duftende Wärme hatte eindeutig meinen Höflichkeitskreislauf angeregt.

»O ja, ich bin sicher. Weißt du, eigentlich war ihr Begleiter der Grund dafür, dass ich sie überhaupt bemerkte. Sie aß mit John Turpin.« Cassie missdeutete mein Schweigen völlig und dachte ich glaubte ihr nicht, dabei war ich verblüfft. »Bei Turpin irre ich mich nicht«, setzte sie nach. »Er ist der Arsch, der mich letztendlich abgeschossen hat. Ihn in diesem feinen Lokal, wo eher keine *Nordlichter*-Leute hingehen, mit einer Frau essen und trinken zu sehen war wie ein rotes Tuch für mich. Ich beobachtete die Frau, die bei ihm war. Als sie heute Nachmittag vor meiner Tür stand, erkannte ich sie sofort.«

»Turpin?«, sagte ich verwirrt. Der Mann hatte keinerlei Motiv, Storys über *Nordlichter* an die Presse weiterzuleiten, schon gar nicht an jene Frau, die die Revolverblätter des Landes mit einem Skandal nach dem anderen füllte. Ich setzte mich auf, um das Telefon nicht fallen zu lassen.

»Turpin. Und Tina Marshall«, bestätigte Cassie.

»Außer … er versuchte, sie dazu zu bringen, ihre Quelle zu verraten?«, überlegte ich.

»Es sah nicht nach einer Auseinandersetzung aus«, sagte Cassie. »Dafür war es zu entspannt. Es machte auch nicht den Eindruck eines Rendezvous. Eher geschäftlich. Aber freundschaftlich, vertraut.«

»Das alles weißt du nach einem kurzen Blick auf dem Weg zum Klo?«, zweifelte ich.

»O nein«, sagte Cassie schnell. »Turpin saß mit dem Rücken zu mir, aber nachdem ich ihn erkannt hatte, habe ich mit einem Auge seinen Tisch beobachtet.« Sie lachte reuig. »Sehr zum Missfallen meines Begleiters. Er war nicht sehr erfreut, dass ich mich derart für einen anderen Mann interessierte, obwohl ich ihm erzählt habe, wer Turpin war.«

»Hat Turpin dich gesehen?«, fragte ich.

»Ich glaube nicht. Er war zu sehr ins Gespräch vertieft.«

»Es überrascht mich, dass Tina Marshall dich nicht gesichtet hat. Frauen sehen sich andere Frauen an, und du musst ihr bekannt vorgekommen sein«, gab ich zu bedenken.

»Ich sehe ganz anders aus als zu meiner Zeit als Maggie Grimshaw«, sagte Cassie. »Niemand spricht mich mehr auf der Straße an. Gott sei Dank. Und wie gesagt, im Normandie rechnest du nicht mit jemand von den *Nordlichtern.* Es gehört weder einem Fußballer noch einem Rockstar«, fügte sie zynisch hinzu. »Glaubst du also, zwischen den beiden spielt sich was ab?«

Ich ächzte. »Ich weiß es nicht, Cassie. Das ergibt alles keinen Sinn.«

»Es ist aber sehr eigenartig.«

Ich wollte ihr gerade erklären, wie eigenartig ich das fand, als es an der Tür klingelte. Es war nicht das zögernde, wohlerzogene Klingeln einer Spendensammlerin, sondern das eindringliche, fordernde Dauerklingeln, das nur jemand aus dem engeren Freundeskreis oder ein Mensch, der mich nicht kennt, riskieren würde. »Ich fass es nicht«, schimpfte ich. »Cassie, ich muss Schluss machen.« Ich stand auf. Am anderen Ende der Leitung klang es wahrscheinlich, als würde ein Wal auftauchen.

»Alles in Ordnung?«, fragte sie besorgt.

»Es ist jemand an der Tür. Entschuldige. Ich ruf dich an, wenn irgendwas davon Sinn ergibt. Danke, dass du mir Bescheid gesagt hast.« Während ich sprach, klemmte das Telefon unbequem zwischen meinem tropfenden Kinn und meiner nassen Schulter. Ich wickelte mir ein Badetuch um, schaltete das Telefon aus und ging tropfend durchs Vorzimmer.

Ich riss die Tür auf, und draußen stand Gizmo. »Hallo«, sagte er, und schien nicht zu bemerken, dass ich in ein Badetuch gewickelt war und feuchtes angeklatschtes Haar hatte.

»Was hast du gegen das Telefon, Gizmo?«, fragte ich. Ziemlich gemäßigt in Anbetracht der Umstände, fand ich.

Er zuckte mit den Schultern. »Ich war gerade auf dem Weg vom Büro nach Hause. Du weißt schon, um Dennis' kleines Problem zu lösen. Und ich dachte, es würde dich interessieren, was ich über Dorotheas mysteriöse Vergangenheit herausgefunden habe.«

Ich zitterte, als ein winterlicher Windstoß an mir vorbeiwehte. Aus die Gemütlichkeit, dachte ich. »Rein«, sagte ich und ließ in eintreten. »Ich hoffe, es lohnt sich, Giz. Ich bin gerade erst ins Bad gestiegen.«

»Riecht gut«, sagte er und klang überrascht, dass er es bemerkt hatte.

»War es auch«, brachte ich hervor.

»Wie wär's mit einem Bier?« Er klang wie einer, der meinte, »gesagt« und »getan« gehörten in jedem Fall zusammen.

»Warum nicht?«, murmelte ich. Unterwegs holte ich mein eigenes Glas und füllte es mit dem polnischen Zitronen-Pfeffer-Wodka auf. Ich schnappte die erstbeste Bierflasche und weidete mich anschließend an dem angewidert schmerzlichen Ausdruck in Gizmos Gesicht, als seine Geschmacksknospen Bekanntschaft mit Chilibier machten – eiskalte Flüssigkeit mit der atemraubenden Schärfe der gemeingefährlichen Vindaloopaste, die indische Imbissbuden samstagnachts Betrunkenen servierten. »Was meintest du?«, fragte ich zuckersüß und genoss die plötzliche Röte in seinem Gesicht und die Schweißtropfen, die sich auf seiner Oberlippe bildeten.

»Jesus, Maria und Josef«, keuchte er. »Was, in Gottes Namen, ist das?«

»Ich wusste gar nicht, dass du katholisch erzogen wurdest«, sagte ich. Das sollte reichen, um ihn in Zukunft von diesen überfallartigen Besuchen abzuhalten, die zur Gewohnheit zu werden drohten. »Es ist ein Bier, du wolltest doch eins. Also, was wolltest du mir erzählen?«

Er fischte in seinem weiten Parka und zog eine Klarsichthülle heraus. Er reichte sie mir wortlos. Ich nahm die paar Blätter aus der Hülle und arbeitete mich durch. Am Ende wusste ich, wann Dorothea geboren wurde und wer ihre Eltern waren, wann sie Harry Thompson heiratete und wann sie geschieden wurden. Ich kannte das Datum von Harrys Tod und das Datum von Dorotheas Entlassung aus der Nervenheilanstalt.

Und, das Wichtigste, ich wusste, wer das mysteriöse Baby war. Und ich hatte mehr als nur den Hauch einer Ahnung, warum diese Beziehung mit Mord geendet hatte.

Ich öffnete den Mund, um Gizmo meine Idee vorzustellen. Natürlich klingelte das Telefon. »Ich fass es nicht«, explodierte ich, schnappte den Hörer und drückte auf den Knopf. »Hallo?«, bellte ich.

»Ich bin's«, sagte die vertraute Stimme. »Ich bin auf der Polizeiwache in Oldham. Ich bin verhaftet worden.«

17

Mond im Trigon mit Merkur

Am besten konzentriert sie sich bei Angelegenheiten, an denen sie emotional beteiligt ist. Sie weiß sich klar und deutlich auszudrücken, hat eine schnelle Auffassungsgabe und zieht mit Leichtigkeit die richtigen Schlüsse. Sie ist gewitzt und intuitiv, schlägt aber aus mangelndem Sinn für die richtige Richtung manchmal gleichzeitig mehrere Wege ein. Sie hat ein gutes Gedächtnis und ist von Natur aus neugierig.

Aus: *Was in den Sternen steht* von Dorothea Dawson

Der Dienst habende Sergeant auf der Polizeiwache in Oldham hatte offensichtlich einen genauso gelungenen Abend wie ich. Sein Wartezimmer war gestopft voll mit Zeitungsfritzen, die gehört hatten, Gloria Kendal sei in eine Verhaftung verwickelt. Irgendwo im Gebäude wurden die drei Fotografen und die zwei Reporter als Zeugen einvernommen. Irgendwo anders war mein Teilzeit-Vorladungszusteller und -Leibwächter wegen Ruhestörung und Körperverletzung inhaftiert. Wild gewordener Student verprügelt Journalistenbande. Na sicher.

Ich drängte mich durch die Repräsentanten der Regenbogenpresse Ihrer Majestät. Erfolglos fächelte ich mir gegen den Zigarettenrauch Luft zu und fragte mich, ob das Auftreten in Horden der einzige Grund war, weshalb ihnen, im Gegensatz zu allen anderen Leuten, gestattet wurde, die Rauchverbotsschilder zu missachten. »Sie halten einen meiner Angestellten fest«, sagte ich zu dem Sergeant und versuchte, nicht laut zu werden. »Seine Anwältin ist unterwegs. Könnte ich wohl mit dem Polizisten sprechen, der ihn festgenommen hat?«

»Und wer sind Sie?«

»Kate Brannigan.« Ich schob eine Visitenkarte über den Tisch. »Donovan Carmichael arbeitet für mich. Ich denke, das alles wird sich sehr schnell aufklären, wenn Sie mich mit dem zuständigen Polizisten reden lassen.«

Er nahm die Karte, als könnte sie eine ansteckende Krankheit übertragen. »Das glaube ich nicht«, sagte er abweisend. »Wir haben heute Abend sehr viel zu tun.«

»Ich hatte gehofft, ich könnte den Arbeitsaufwand Ihrer Kollegen verringern«, sagte ich, noch immer sehr freundlich. »Ich bin sicher, dass hier ein Missverständnis vorliegt. Ich weiß nicht, wie es Ihnen geht, Sergeant, aber ich hasse Papierkram. Und der bloße Gedanke an den Papierkram, den ein Verfahren wegen Rassismus gegen die Polizei von Greater Manchester verursachen würde, bereitet mir Kopfschmerzen. Ich möchte nur mit dem zuständigen Polizisten plaudern, ein paar Details erklären, die den Abend in einem ganz anderen Licht erscheinen lassen. Ich möchte die nächsten zwei Jahre wirklich nicht damit verbringen, Anwaltsrechnungen anzuhäufen, die Ihr Vorgesetzter letztendlich wird bezahlen müssen.« Ich fühlte, wie meine Backenzähne verfaulten, als ich mein zuckersüßes Lächeln lächelte. Aus unerklärlichen Gründen lächelte der Sergeant hinter dem Tresen nicht.

»Ich werde sehen, was ich tun kann«, sagte er.

Das bedeutete wohl, dass ich mich setzen sollte. Ich

lächelte unablässig und lehnte weiter am Tresen. »Ich warte«, sagte ich.

Er atmete laut durch die Nase und verschwand hinter einer Tür. Einer der Zeitungsfritzen schlenderte zu mir herüber und bot mir eine Zigarette an. »Ich halte nichts von Selbstmord«, sagte ich. »Weder schnell noch langsam.«

»Schlau«, sagte er und warf sich neben mir am Tresen in Pose, damit ich seine schmalen Hüften und den teuren Anzug bewundern konnte. »Was macht eine scharfe Frau wie du an so einem Ort?«

»Nur ein kleines Problem klären«, sagte ich. »Und du? Du siehst mir nicht aus wie einer aus Oldham.«

Er konnte nicht widerstehen. »Ich bin Reporter.«

»Oh«, sagte ich. »Das klingt aufregend. Für wen arbeitest du?«

Er erzählte mir seinen gesamten Lebenslauf, der bei der verrufensten Boulevardzeitung des Landes endete. Er hob die Schultern in seiner Jacke, damit ich auch bestimmt nicht übersah, wie wundervoll er war. Davon träumte er wohl.

»Wow«, sagte ich. »Beeindruckend. Und was ist heute die große Story?«

»Bist du *Nordlichter*-Fan?« Ich nickte. »Dann hast du sicher gelesen, dass Dorothea Dawson am Set ermordet wurde, oder?« Ich nickte wieder. »Nun, einige meiner Kollegen haben von dem Polizisten, der den Mord untersucht, einen Hinweis gekriegt, dass Gloria Kendals Fingerabdrücke auf der Mordwaffe waren.«

Ich konnte es nicht glauben. Ich hatte keine Zweifel, welcher Quelle das entsprang. Dieser Dreckskerl Jackson rächte sich dafür, dass er erst vor mir und Gloria und dann vor John Turpin als kompletter Idiot dagestanden hatte. »Nein!?«, keuchte ich und versuchte trotz Zorn meine Rolle durchzuziehen.

»Aber ja, das haben wir gehört. Also haben wir einen Fotografen und einen Reporter zu Gloria nach Greenfield rausgeschickt. Sie kommt im Auto raus, und unsere Jungs stehen am Eingang ihrer Zufahrt und tun nur ihre Arbeit, nämlich ein Bild oder eine Story zu kriegen. Da springt dieser schwarze Junge aus dem Wagen und geht auf unsere Jungs los. Einer der Reporter ruft die Polizei, Gloria prescht im Auto weiß Gott wohin davon, und der Rest ist Geschichte.«

»Der Bodyguard hat angefangen?« Ich konnte die Frage nicht ohne Skepsis in der Stimme stellen.

Mein neuer Freund zwinkerte. »Fünf Aussagen gegen eine. Was meinst du, wem die Cops glauben werden?«

Wenn ich hier mitmischen kann, werden sie nicht den Reportern glauben. Bevor ich ihm sagen konnte, für wie glaubwürdig ich die Presse hielt, schwang die Tür auf, und Ruth segelte herein wie eine Walküre auf dem Eis. Ihr blondes Haar, das sie ausnahmsweise offen trug, fiel wie ein Wasserfall über den silbernen Webpelz. Plötzlich verlor der Journalist das Interesse daran, mich anzumachen, und trippelte zu ihr. »Ruth«, riefen mehrere Stimmen. »Sagen Sie uns, was los ist!«

Sie fegte an ihnen vorbei wie ein Schneeleopard, der die Fliegen auseinander treibt. »Später, Jungs und Mädels, später. Lasst mich erst mit meinem Mandanten sprechen.

Kate«, begrüßte sie mich, legte einen Arm um meine Schultern und drehte mich, so dass unsere Rücken eine undurchdringliche Wand bildeten. Dann klingelte sie nach dem Dienst habenden Sergeant. »Du weißt, dass ich dich nicht mit reinnehmen kann?«, sagte sie leise, aber für mich trotzdem hörbar in dem Trubel um uns herum.

»Ich weiß. Aber ich möchte mit dem für die Verhaftung zuständigen Polizisten sprechen, bevor ihr alle mit Verhören beschäftigt seid. Er soll wissen, dass ich sofort morgen früh eine Klage wegen rassistischer Übergriffe einreiche, falls Don angeklagt wird. Ich habe dir doch von ihren Possen letzte Woche erzählt.«

»Ah ja. Ich bin sicher, wir werden mit ihnen keine Probleme haben.«

»Jackson steckt hinter der Sache.« Ich erzählte ihr kurz, was ich soeben erfahren hatte. Es blieb keine Zeit, noch weiter darüber zu diskutieren, weil der Sergeant wiederkam.

»Ich bin Ruth Hunter«, sagte sie. »Ich möchte zu meinem Mandanten Donovan Carmichael. Seine Arbeitgeberin hat dem für die Festnahme verantwortlichen Polizisten auch noch ein paar wichtige Mitteilungen zu machen, wenn Sie ihn bitte holen würden?«

Der Sergeant wies mit einem Nicken zur Tür. »Er kommt gleich.«

Die JournalistInnen löcherten uns noch immer mit Fragen, als bald darauf die Tür aufging. Es erschien ein mitgenommen und gestresst wirkender Sergeant in Uniform, dessen kurzes rotes Haar merkwürdig zu Berge stand, als hätte er es sich gerauft. Seine Sommersprossen standen in dem vor Müdigkeit blassen Gesicht hervor wie ein Ausschlag. »Ms. Brannigan?«, fragte er Ruth.

»Ich bin Ruth Hunter, Donovans Anwältin«, sagte sie. Mit leichtem Druck schob sie mich in Richtung Tür. »Das ist seine Arbeitgeberin.« Ruth setzte ihre Vorwärtsbewegung fort, dirigierte uns drei durch die Tür und schloss sie sorgfältig hinter uns. »Schenken Sie uns einen Augenblick Ihrer kostbaren Zeit, Sergeant, bevor ich mit meinem Mandanten spreche?«

Er nickte und führte uns in ein Verhörzimmer, das frisch gestrichen aussah, aber trotzdem unvermeidlich nach kaltem Rauch, Schweiß und Pommes frites roch. Ich glaube, sie kaufen das in Spraydosen. »Ich bin Sergeant Mumby«, sagte er und ließ sich auf einen Stuhl neben dem Tisch fallen. »Mir wurde gesagt, Ms. Brannigan wollte mich sprechen.«

»Genau«, sagte ich. Ich war froh, durch die Informationen des Lackaffen da draußen gerüstet zu sein. »Das soll jetzt nicht wie eine Drohung klingen, aber wenn Sie Donovan heute anklagen, wird Ms. Hunters Kanzlei gegen die Polizei von Greater Manchester eine Beschwerde wegen Diskriminierung einreichen. Er wurde letzte Woche bereits zweimal verhaftet, obwohl er nichts getan hatte. Er hielt sich lediglich als Schwarzer in der falschen Gegend auf. Jetzt muss er sich schwerwiegenden Anschuldigungen stellen, weil fünf Weiße, die die Einfahrt meiner Klientin blockierten, den Weg nicht freigaben und sich von einem schwarzen Jungen nichts sagen lassen wollten. So etwa liegt der Fall, oder?«

Er seufzte. »Ich habe fünf Zeugen, die sagen, er sei wie

ein Verrückter über sie hergefallen, habe sie gestoßen und geschubst und einem von ihnen in den Rücken geboxt. Glauben Sie mir, ich sehe das im Grunde wie Sie. Als wir hinkamen, war abgesehen von der Brüllerei das Ganze so gut wie vorbei. Aber Mr. Carmichael hat keinerlei Fluchtversuch unternommen. Und tatsächlich ist er der Einzige mit irgendwelchen sichtbaren Verletzungen.«

Ich hielt den Atem an. »Was ist passiert?«

»Nur eine aufgesprungene Lippe. Er sagt, einer der Fotografen hätte mit seiner Kamera nach ihm geschlagen; der Fotograf sagt, Mr. Carmichael hätte versucht, ihm einen Kopfstoß zu verpassen, und die Kamera sei dazwischen gekommen.«

Ich schüttelte ungläubig den Kopf. »Das ist unerhört. So ein Dreckskerl von einem Paparazzo schleudert Donovan die Kamera ins Gesicht, dreht sich dann um und sagt, er hätte angefangen? Und Don soll angeklagt werden? Was hat Gloria zu all dem zu sagen?«

Der Sergeant presste seine Lippen zu einer schmalen Linie zusammen. »Wir konnten sie bis jetzt noch nicht erreichen.«

»Ich wette, sie hat eine Menge dazu zu sagen. Auch dazu, dass das alles nur passiert ist, weil einer Ihrer Kollegen vertrauliches Beweismaterial einer Morduntersuchung an die Presse weitergeleitet hat. Beweise, die längst widerlegt wurden«, sagte ich verbittert.

Ruth beugte sich vor. »Es gibt natürlich eine Möglichkeit, das alles aus der Welt zu schaffen. Sie lassen meinen Mandanten ohne Anklage frei. Auf Kaution, wenn Sie nicht anders können. Er wird nicht weglaufen. Er studiert an der Universität von Manchester, er wohnt zu Hause bei seiner Mutter und seiner Schwester, er ist nicht vorbestraft, und er hat einen Teilzeitjob bei Ms. Brannigan. Ich bin sicher, wenn erst Ms. Kendal den wirklichen Tathergang geschildert hat, werden Sie merken, dass die einzige Anklage auf Irreführung der Behörden lauten kann – und nicht gegen meinen Mandanten. Was halten Sie davon, Sergeant? Sollen wir alle in einen frühen Feierabend gehen dürfen?«

Er rieb sich mit der Hand das Kinn und legte seinen Kopf schief. »Und wenn ich auf Ihren Vorschlag eingehe, dann steht morgen in allen Zeitungen, dass wir den schwarzen Straßenräuber haben laufen lassen.«

»Wahrscheinlich«, stimmte Ruth zu. »Aber das ist bis zum Wochenende vergessen, wohingegen sich ein Verfahren wegen Rassendiskriminierung ziemlich lange hinziehen würde. Besonders, wenn es von Gloria Kendal unterstützt wird.«

»Und vom Manchester *Evening Chronicle*«, fügte ich hinzu. »Donovans Mutter ist eine sehr gute Freundin von Alexis Lee, der Kriminalreporterin des *Chronicle.* Beim *Chronicle* stehen sie auf gute Artikelserien.«

Er lächelte, ehrliche Erleichterung in seinen Augen. »Sie haben mich überredet, meine Damen. Unter uns gesagt, ich konnte mich mit der Version der Journalisten ohnehin nicht anfreunden. Zum einen, weil ein Junge, der so gebaut ist wie Ihr Mandant, viel mehr Schaden anrichten würde, wenn er ernsthaft rangeht. Aber was soll man machen? Ich habe Zeugen, die alle das Gleiche sagen, und keine Gegenbeweise. Jetzt kann ich Mr. Carmichael wenigstens nach Hause schicken und weiß, dass ich meinem Inspektor gegenüber gute Gründe vorbringen kann.« Er stand auf. »Wenn Sie hier einen Augenblick warten, regle ich das sofort.«

Er ließ uns völlig verwirrt zurück. »Ich habe öfter gehört, dass die Polizei hier draußen ihre eigenen Gesetze hat, aber dass mir das mal nützen könnte, hätte ich nie gedacht«, sagte ich schwach.

»Du sagst es«, meinte Ruth ebenso verblüfft. »Ich muss meinen Klienten und Klientinnen nahe legen, sich in Oldham festnehmen zu lassen.«

»Ich fass das mit diesem Dreckskerl Jackson nicht«, sagte ich.

»Du wirst ihn nie dafür drankriegen. Bestimmt hat er jemanden für die Drecksarbeit. Wenn du gegen Jackson was unternimmst, wird am Ende wahrscheinlich Linda Shaw den Kopf dafür hinhalten müssen.« Ruth lehnte sich zurück und zündete eine ihrer langen schlanken Zigaretten an. »Übrigens habe ich deine Anregung aufgegriffen und wegen Pit Bull Kellys Hund nachgeforscht. Dennis hat nirgendwo auf seinem Körper irgendwelche Spuren eines Hundebisses. Und auch der Hund weist keinerlei Spuren eines Kampfes auf. Erzählst du mir, worauf du damit abzielst?«

»Gizmo arbeitet da für mich was aus. Eine Idee, die mir kam. Sie kam mir aufgrund eines Falles, über den ich im Internet gelesen habe. Ein amerikanischer Fall. Ich möchte lieber warten, bis ich dir etwas Konkretes zeigen kann, weil es so derart aus der Luft gegriffen klingt.«

Ruth sah mich durchdringend an, aber sie merkte, dass ich nicht nachgeben würde. »Wie lang?«

»Wahrscheinlich morgen. Du musst für mich ein Treffen

mit Inspektor Tucker arrangieren. Am besten in meinem Büro. Ich sag dir Bescheid, wenn ich so weit bin. Ist das okay?«

»Je früher, desto besser«, sagte Ruth. »Normalerweise steckt Dennis die Haft locker weg, aber diesmal trägt er es nicht gut. Wahrscheinlich, weil er völlig unschuldig ist«, fügte sie trocken hinzu.

Die Tür ging auf und Sergeant Mumby steckte seinen Kopf ins Zimmer. »Ihr Mandant kann jetzt gehen. Ich denke, hinten raus ist unter diesen Umständen besser.«

Donovan stieg ehrfurchtsvoll in den Bentley und Ruth versprach, ihn bei seiner Freundin abzusetzen, um zu verhindern, dass seine Mutter von seinem jüngsten Zusammenstoß mit der Polizei erfuhr. Ich sah auf die Uhr auf dem Armaturenbrett und stellte fest, dass es keinen Sinn hatte, nach Hause zu fahren. Richard hatte das chinesische Essen längst verzehrt; es bedarf schon etwas Ärgerem, als versetzt zu werden, um ihm den Appetit zu verderben. Und wie ich ihn kenne, beschloss er dann, mir zu zeigen, wie wenig er mich brauchte, nahm sich ein Taxi in die Stadt und feierte die Nacht durch. Ich konnte es ihm nicht wirklich übel nehmen.

Ich setzte mich ins Auto und wählte die Nummer von Glorias Tochter. Die Stimme am anderen Ende hatte den bekannten Tonfall, klang aber um zwanzig Jahre jünger. »Ich müsste mal Gloria sprechen. Könnten Sie ihr bitte sagen, dass Kate dran ist?«

»Bleiben Sie dran, meine Liebe, ich hole sie.«

Einen Augenblick später hörte ich das Original. »Alles in Ordnung, Schätzchen?«

»Jetzt ja«, sagte ich ernst. »Jetzt, wo ich Donovan aus dem Gefängnis geholt habe.«

Sie lachte. »Der arme Bursche macht als Ihr Angestellter eine harte Schule durch. Ich wusste, Sie würden das in null Komma nichts regeln. Wogegen, wenn ich da rumgehangen hätte, hätte es die Sache bloß kompliziert.«

»Er wurde von einem Journalisten mit der Kamera auf den Mund geschlagen«, sagte ich kühl.

Es entstand eine kurze Pause, dann sagte sie ernst: »Das tut mir wirklich Leid. Geht es dem Jungen gut?«

»Er wird es überleben. Aber die Polizei braucht eine Aussage von Ihnen, sonst müssen sie dem Haufen arschlöchriger Schmierfinken glauben, dass Donovan grundlos auf sie losgegangen ist.«

Sie schnappte nach Luft. »Behaupten sie das etwa?«

»Gloria, was erwarten Sie sonst von Paparazzi? Die Wahrheit?«, fragte ich sarkastisch. »Die haben Bosse in der Nachrichtenredaktion sitzen, die nicht erfreut sind, wenn sie ihnen erzählen, sie hätten keine Story oder Bilder, weil ihnen ein Teenager befohlen hat abzuzischen. Wenn sie keine ordentliche Story kriegen, dann denken sie sich eine aus.«

»Tja, zum Glück konnten Sie das regeln«, sagte sie und klang zur Abwechslung mal gedämpft.

»Es wird geregelt sein, wenn Sie bei Sergeant Mumby Ihre Aussage gemacht und der Hälfte seiner Kolleginnen und Kollegen ein Autogramm gegeben haben. Wie sieht's aus, bleiben Sie heute Nacht bei Ihrer Tochter?«

»Wird besser sein, denke ich. Und morgen habe ich keine Dreharbeiten, also gehe ich wahrscheinlich mit ihr einkaufen.«

»Nicht in der Stadt«, sagte ich streng.

»Wir gehen zu Harvey Nicks, Schätzchen«, sagte sie. »In Leeds. Ich rufe Sie in der Früh an, wenn wir entschieden haben, was wir tun wollen. Danke für Ihre Mühe, Kate.«

Die Verbindung wurde unterbrochen. Es geht nichts über eine dankbare Klientin. Ich fand, da mein Abend sowieso schon im Eimer war, konnte ich gleich ganz auf die Kacke hauen und nachsehen, was Dorothea Dawsons Kind zu ihrer Ermordung zu sagen hatte. Dafür wurde ich schließlich bezahlt. Ich fuhr durch die buchstäblich verlassenen Straßen von Oldham in Richtung Süden durch Ashton, Audenshaw und Denton, vorbei an kleinen Läden mit abblätterndem Anstrich, durchhängenden Ketten schmutziger Weihnachtsbeleuchtung, traurigen Schaufenstern und Schildern, die verzweifelt Kundschaft anzulocken versuchten; vorbei an den engen Einfahrten der Reihenhäuser, wo die Leute vor ihren Gasfeuern sitzen und Filme mit kalifornischem Sonnenschein ansehen, um den Winter zu ignorieren; vorbei an Stehkneipen, die für Karaoke und Quizveranstaltungen werben; vorbei an trotzig künstlichen Weihnachtsbäumen in den Wohnungen der Alten; vorbei an Kirchen, die uns etwas Besseres als das hier fürs nächste Leben versprechen als Gegenleistung dafür, dass wir das logische Denken aufgeben.

Die Autobahn war eine Erlösung, hermetisch abgeriegelt gegen die Armut der Viertel, durch die ich gefahren war. Vor seiner Wahl sagte Tony Blair eine Menge über die neue Labour Party, die dem neuen Großbritannien neue Hoffnung geben würde; merkwürdig, wie sich überhaupt nichts verändert hat, jetzt wo er an der Macht ist. Es gilt noch immer, »seid hart zu allein erziehenden Müttern, nehmt den Langzeitarbeitslosen die Unterstützung, legt die Minen still, und lasst die Studierenden für ihre Ausbildung bezahlen«.

Ich fuhr vorbei an Stockport und bewunderte die riesige Glaspyramide der Genossenschaftsbank, grelles Neongrün und Indigo als Kontrast zu den leuchtend roten Ziegeln der alten Mühlen und Fabriken dahinter. Sie hatte jahrelang leer gestanden, im Boom der Thatcher-Jahre von Spekulanten erbaut, bevor die Genossenschaftsbank sie von ihrer erniedrigenden Leere befreite. Ich wette, sie bekamen sie zu einer Supermiete; ich wünschte, ich hätte die Idee gehabt.

Ich nahm die Ausfahrt Princess Parkway und war noch so ziemlich das einzige Auto auf der Straße. Jeder halbwegs vernünftige Mensch befand sich jetzt hinter geschlossenen Türen. Entweder saßen sie zu Hause und schrieben Weihnachtskarten, oder sie feierten, bis die Kälte beim Warten aufs Taxi nicht mehr zu spüren war. Ich hingegen zog in der Nähe des riesigen Friedhofs mit den anderen armen Seelen meine Kreise. Aber nur eine von uns verwendete einen Stadtplan.

Die Straße, nach der ich suchte, war selbstverständlich im weniger zwielichtigen Teil von Chorlton. Es war eine dieser Straßen mit Dreißigerjahre-Doppelhäusern, deren nahe Grundschule vor allem wegen des hohen Anteils an Lesbenkindern berühmt ist. Um dich in Chorlton wohl zu fühlen, musst du ein soziales Gewissen haben, politisch links der Mitte stehen und eine unkonventionelle Beziehung haben. Versicherungsvertreter, die mit Wohnungsmaklerinnen verheiratet sind, zwei Kinder und einen Ford

Mondeo haben, sind hier schwerer zu finden als Hühnerzähne.

Das fragliche Haus war wunderbar gepflegt. Selbst in der toten Zeit des Winters sah der Garten hübsch aus, die Rosen waren zu symmetrischen Formen zurechtgestutzt, der Rasen hatte nicht dieses zerzauste Aussehen, das vom Verzicht auf das letzte Herbstmähen herrührt. Der Stuck am oberen Stockwerk und am Giebel schimmerte in der Straßenbeleuchtung, und das farbige Glas in den oberen Bereichen des Erkerfensters passte genau zu dem Paneel in der Tür. Sogar die Vorhänge passten dazu. Ich ging leicht widerwillig den Weg hoch, denn ich wusste nur zu gut, welches Chaos ich in diese Ordentlichkeit bringen würde.

Manchmal wünschte ich, ich könnte das einfach hinter mir lassen und hätte nicht diesen Drang, Täuschungen aufzudecken und wie ein Bohrer in anderer Leute Leben einzudringen. Dann merke ich, dass fast alle Leute, die mir wichtig sind, von dem gleichen Übel befallen sind: Richard und Alexis sind JournalistInnen, Della ist Polizistin, Ruth ist Rechtsanwältin, Gizmo ist ein Hacker, Shelley hat in all den Jahren, die ich mit ihr zusammenarbeite, noch nie irgendetwas einfach so hingenommen. Sogar Dennis überprüft seine Umgebung aufs Genaueste, bevor er eine seiner Gaunereien abzieht.

Der Wissensdurst war anscheinend zu tief in mir verwurzelt, um ihn ignorieren zu können. Manchmal schien er sogar noch stärker als mein Selbsterhaltungstrieb. Trotz meines Enthusiasmus darüber, dass ich gleich herausfinden würde, was hinter den merkwürdigen Ereignissen der letzten Tage steckte, musste ich mir vor Augen halten, dass ich vielleicht an die Tür eines Mörders klopfte. Es war kein angenehmer Gedanke.

Ich atmete tief durch und klingelte. Im Flur ging das Licht an und warf durch die Bleiverglasung grüne und rote Muster auf mich. Ich sah eine dunkle Gestalt die Treppe herunter auf mich zukommen. Die Tür ging auf, und Dorothea Dawsons genetisches Erbe stand vor mir. Ich hätte es wirklich sehen müssen. Sie sahen sich so ähnlich.

»Tag«, sagte ich. »Ich bin gekommen, um mich mit Ihnen über Ihre Mutter zu unterhalten.«

18

Uranus in Opposition zu Saturn

Wann immer sie sich etwas vornimmt oder eine bestimmte Richtung einschlägt, macht sich Uranus bemerkbar und zwingt sie, über die Stränge zu schlagen und ihre Individualität zum Ausdruck zu bringen. Irgendetwas durchkreuzt stets ihre sorgfältig ausgearbeiteten Pläne; sie muss immer neue Elemente in ihre Arrangements einfügen. Der Rest ihres Kosmogramms deutet auf Kompetenz hin; in einer konventionellen Welt erzielt sie mit unkonventionellen Mitteln Erfolge.

Aus: *Was in den Sternen steht* von Dorothea Dawson

Freddie Littlewood blinzelte hektisch, seine dunklen Augen funkelten. Er presste die dünnen Lippen zusammen. Es war schwer zu sagen, ob er wütend oder den Tränen nahe war. Wahrscheinlich überlegte er, ob er mir irgendeine Lüge erzählen oder behaupten sollte, er wisse nicht, wovon ich sprach. Immerhin konnte ich ja auch nur geraten haben. »Meine Privatangelegenheiten gehen Sie nichts an«, sagte er schließlich und hielt sich somit beide Möglichkeiten offen.

Ich seufzte. »In diesem Punkt haben Sie Unrecht, Freddie. Ihre Beziehung zu Dorothea geht mich sehr wohl etwas an. Wie sehr, hängt davon ab, ob Sie Dorothea getötet haben oder nicht. Wenn ja, dann ist meine Klientin aus dem Schneider, und das bedeutet wahrscheinlich auch, dass Gloria nicht das nächste Mordopfer ist. Wenn nein, können Sie mir wahrscheinlich Dinge erzählen, die mir helfen, sie zu beschützen. Entweder vor einer ungerechtfertigten Anklage oder vor Mord. Also geht es mich sehr wohl etwas an.«

»Ich habe Ihnen nichts zu sagen«, sagte er und machte mir die Tür vor der Nase zu. Ich hasse schlechtes Benehmen. Besonders wenn es schon spät ist und ich mit meiner Zeit wesentlich Interessanteres anzufangen wüsste. Ich nahm mein Handy heraus und klappte den Briefschlitz auf. »Die Polizei weiß nicht, dass Dorothea Ihre Mutter war.« Ich gab Zahlen ins Telefon ein und hoffte, das Piepsen war auf der anderen Seite zu hören. »Soll ich sie jetzt darüber informieren?«

Noch bevor ich die Wähltaste hätte drücken können – wenn ich es ernst gemeint hätte –, ging die Tür wieder auf. »Ich habe Dorothea nicht ermordet. Mehr brauchen Sie nicht zu wissen. Und das ist alles, was ich zu sagen habe. Es ist mir egal, ob Sie es der Polizei erzählen. Sie war meine leibliche Mutter. Es war nichts Neues für mich. Ich wusste es seit Ewigkeiten, und das kann ich beweisen. Die Polizei ist nicht so blöd, das für ein Mordmotiv zu halten.« Wahrscheinlich hatte er Recht. Die Bitterkeit in seiner Stimme klang für mich nach einem Motiv, aber Verbitterung war noch kein Grund für eine Verhaftung.

Ich lehnte mich gegen den Türknauf und lächelte. »Vielleicht. Aber wenn die Storys mit einbezogen werden, die Sie an die Zeitungen verkauft haben, ergibt das ein ganz anderes Bild. Intime Details, die die Leute Dorothea anvertrauten, gewürzt mit Einzelheiten, die Sie aufgeschnappt haben, genau das wurde in den Massenblättern verbraten. Vielleicht wollte Dorothea ja keinen Partner mehr?«

Seine Augen weiteten sich, und er schaute panisch an mir vorbei, um zu sehen, ob ich allein war. »Sie reden völligen Unsinn«, sagte er böse.

Ich lächelte. »Wie Sie meinen. Aber Sie wurden nicht in bar bezahlt. Es gibt einen schriftlichen Beleg. Und wenn die gute alte Polente eines gut kann, dann ist das, eine schriftliche Spur verfolgen. Freddie, wenn stimmt, was Sie sagen, und Sie Dorothea nicht ermordet haben, dann habe ich persönlich Interesse an der Sache. John Turpin bezahlt mich nicht dafür, die undichte Stelle bei *Nordlichter* zu finden.« Ich erwähnte nicht, dass Ross Grant es vielleicht tun würde. Es bestand kein Anlass, Dinge zu komplizieren, die schon schwierig genug waren. »Ich will bloß Gloria beschützen. Sie mögen Gloria, um Himmels willen, ich weiß es. Ich habe gesehen, wie Sie mit ihr umgehen. Können wir uns nicht setzen und darüber reden? Oder muss ich vor NPTV und vor den Bullen Ihr Leben ausbreiten?«

Ein Mundwinkel hob sich zu einem Grinsen. »Gloria meinte, Sie wären clever«, sagte er und öffnete die Tür, um mich einzulassen. Er scheuchte mich in ein kleines quadratisches Esszimmer. Dort stand ein Eichentisch mit vier passenden Stühlen, die abgebeizt und poliert im sanften Licht matter Wandleuchten standen. An einer Wand stand eine schmale Anrichte in dunklerer Eiche. Die einzige Dekoration waren die kräftigen Farben der Clarice-Cliff-Keramik auf einem Regal, das in Kopfhöhe durch den ganzen Raum lief. Falls sie echt war, könnte er vom Verkaufserlös ein Jahr leben. Freddie winkte mich zu einem Stuhl und setzte sich mit dem Rücken zur Tür.

»Wie haben Sie herausgefunden, dass sie meine leibliche Mutter war?«, fragte er.

Ich hob eine Schulter. »Es gibt nicht viel, was ein guter Hacker heutzutage nicht herausfinden könnte. Wie haben Sie es herausgefunden?«

Mit einer eigentümlichen Bewegung fuhr er sich mit dem Daumen an seinem scharfen Kinn entlang. »Eine Mischung aus Glück und harter Arbeit«, sagte er. »Als ich Mitte zwanzig meine erste ernsthafte Beziehung hatte, beschloss ich herauszufinden, woher ich komme. Davor schien es mir nicht wichtig. Aber die Vorstellung, mit jemand fest zusammen zu sein, vielleicht Kinder zu haben, machte mich neugierig. Ich sah in den Registern nach und fand heraus, dass mein Vater bereits tot war. An Herzinfarkt gestorben.« Ein bitteres Lachen ging in Husten über. »Nicht schlecht für ein herzloses Schwein. Ich suchte weiter und entdeckte, dass meine Mutter Dorothea Thompson, geborene Dawson war. Aber darüber hinaus gab es keine weitere Spur.« Er sah mich unentwegt aufmerksam an. Wahrscheinlich suchte er nach Anzeichen, ob er mir irgendetwas erzählte, das ich noch nicht wusste.

»Ich weiß von dem Zusammenbruch«, sagte ich. »Haben sich da die Spuren verloren?«

Er nickte. »Sie verließ das Krankenhaus noch unter ihrem Ehenamen und verschwand spurlos. Ich fand einen Cousin, das einzige noch lebende Familienmitglied, aber er hatte keine Ahnung, was aus ihr geworden war. Das einzig Nützliche, was ich von ihm bekam, war ein Abzug ihres

Hochzeitsfotos. Ich habe sogar einen von euch engagiert, aber er hat sie nie gefunden. Eines Tages saß ich dann in der Kantine bei NPTV, und Edna Mercer kam mit ihrer neuesten Entdeckung herein. Es war, als hätte jemand meinen Magen gepackt und fest zusammengedrückt. Ich wusste sofort, wer sie war. Ihr Name war nur noch die Bestätigung für das, was ich in dem Augenblick wusste, als ich ihr Gesicht sah. Nach all den Jahren sah sie noch immer haargenau aus wie auf ihrem Hochzeitsfoto.«

»Aber Sie sind nicht zu ihr gelaufen und haben verkündet, Sie seien ihr lang vermisster Sohn.«

Er lächelte schief. »Als ich mich auf die Suche nach meiner Vergangenheit machte, habe ich mir das Ganze nicht so richtig überlegt. Irgendwie war es fast eine Erleichterung, als ich sie nicht fand. Wissen Sie, ich machte ihr Vorwürfe. Meine Kindheit war ein Alptraum. Ich habe nie erfahren, was es heißt, im Arm gehalten zu werden. Ich wurde schikaniert, weil ich klein war. Ich wurde von einer sadistischen Pflegemutter grün und blau geschlagen, weil ich mit sieben noch ins Bett machte. Mit elf wurde ich im Kinderheim von drei älteren Jungen und einem sogenannten Pfleger gemeinsam vergewaltigt. Ich durfte mir meine Kleider oder meine Spielsachen nie selbst aussuchen. Ich musste dankbar sein für das, was ich kriegte. Ich durfte nicht mal meinen eigenen Namen behalten. Mein Vater änderte ihn mittels einer einseitigen Absichtserklärung, bevor er mich abschob.« Er hielt inne, schluckte offensichtlich den Schmerz der Erinnerung hinunter.

Mir fiel nichts ein, das nicht entsetzlich abgedroschen geklungen hätte. Meine Kindheit war atemberaubend in ihrer angenehmen und vertraulichen Normalität. Wenn ich hinfiel, war jemand da, um mich aufzuheben und ein Pflaster auf mein Knie zu kleben. Ich bin mit Gutenachtgeschichten eingeschlafen, nicht mit Alpträumen. Es gab stets Arme, um mich zu halten, und Gesichter, die voll Stolz auf mich blickten. Ich konnte mir kaum den klaffenden Abgrund vorstellen, wenn das alles gefehlt hätte, geschweige denn derart entsetzliche Grausamkeiten. »Sie müssen sie gehasst haben«, sagte ich, und war erstaunt über meine belegte Stimme.

Er rutschte auf seinem Stuhl hin und her, sein Gesicht im Schatten, das stachelige Haar wie durch einen dunklen durchbrochenen Heiligenschein hervorgehoben. In seinem schwarzen Polohemd und den schwarzen Hosen sah er aus wie ein satanischer Geist. »Ich wollte, dass auch ihr Leben zur Qual wird«, sagte er. »Ich wollte, dass sie den Schmerz und die Qualen begreift, die sie mir eingebrockt hat.«

»Ich glaube nicht, dass sie darauf einen großen Einfluss hatte.«

»Mehr als ich jedenfalls«, schoss er zurück. »Sie hätte nach mir suchen können. Es konnte nicht so schwierig sein, ein Heimkind zu finden. Aber sie beschloss, mich zu lassen, wo ich war, in welcher Hölle ich auch sein mochte.«

In der Stille, in der der Ausbruch verklang, überlegte ich, wie es für Dorothea gewesen sein musste. Sie war mit dem Stigma der Geisteskrankheit behaftet, der Ehemann hatte sie verlassen, ihr Kind war ihr entrissen worden, sie war mittellos. Sie konnte nicht nach Hause, weil sie kein Zuhause hatte. In dem Dorf, in dem sie aufgewachsen war, würde sie nie vergessen und davon loskommen können. Sie hatte keine Ausbildung, keine Berufskenntnisse, sie musste erst einen Weg finden, wie sie genug zusammenkratzen konnte, um in einer Stadt zu überleben, in der sie niemand kannte. Sie hatte sicher all ihren Mumm gebraucht, um einfach nur zu überleben. Wahrscheinlich hielt sie es für ihren Sohn am besten, ihn zu lassen, wo immer er war. »Vielleicht hat sie es versucht«, sagte ich. »Vielleicht haben die Sie ihr nicht wiedergegeben.«

»*Sie* hat auch schon versucht, mir das einzureden«, sagte er verächtlich. »Vergessen Sie's. Sie hat mich nie gesucht. Sie hat mich einfach im Stich gelassen. Und leider bin ich nicht blöd. Ich weiß, ich bin total kaputt. Und ich weiß genau wie und warum. Ich bin kaputt, weil sie mich verrotten ließ. Ich wurde missbraucht und behandelt wie der letzte Dreck, und sie hat es zugelassen. Und gerade deshalb habe ich sie nicht umgebracht. Ich hasste sie zu sehr, als dass ich ihr einen leichten Abgang verschafft hätte. Ich wollte, dass sie noch viel länger leidet. Sie hatte noch für einige Jahre zu bezahlen.«

Eigenartigerweise glaubte ich ihm. Das Gift in seiner Stimme war echt, so stark, dass die Luft zitterte. »Sie haben sich also nichts anmerken lassen, als Sie sahen, dass Edna Mercers neueste Entdeckung Ihre Mutter war?«

Er schüttelte den Kopf. »Ich sagte kein Wort. Ich beobachtete sie nur, bei jeder Gelegenheit. Ich hörte den Schauspielern zu, wenn sie über sie sprachen, während ich sie schminkte. Zuerst war ich verwirrt. Es war, als wollte ein Teil von mir sie lieben und von ihr geliebt werden. Und ein anderer Teil von mir wollte Rache. Ich habe es einfach ausgestanden, abgewartet, welche Seite gewinnen würde.«

Freddie verschränkte seine Arme über der Brust und beugte sich vor. Von oben beleuchtet, glichen seine Augen undurchdringlichen schwarzen Tümpeln in dunklen Höhlen. »Es war kein Kampf, nicht wirklich. Je mehr sie darüber redeten, wie entzückend sie war, desto mehr fühlte ich, was sie mir vorenthalten hatte. Ich wollte Rache.«

»Aber Sie sind mit ihr ins Geschäft gekommen. Haben mit ihr zusammen Geld verdient«, sagte ich und versuchte, meine Verblüffung zu verbergen. Ich nahm an, er wollte mir noch immer nur das erzählen, was ich bereits wusste.

Er sah auf und starrte mich an. Dann lachte er seltsam kläffend. »Kapieren Sie das nicht? Das war meine Rache. Eines Abends wartete ich, bis ihr letzter Kunde gegangen war, und ging in ihren Wagen. Ich sagte ihr Datum, Zeit und Ort meiner Geburt und sah zu, wie die Farbe aus ihrem Gesicht wich. Ich brauchte ihr nicht zu sagen, wer ich war. Klar hatte sie mich schon öfter gesehen, aber jetzt sah sie mich an, als würde sie mich zum ersten Mal sehen. Aber selbst da reagierte sie mit dem Kopf und nicht mit dem Herzen. So ziemlich das Erste, was sie zu mir sagte, war: »Wem hast du davon erzählt?«

Sehen Sie, wenn sie enthüllt hätte, dass ich ihr Sohn bin, wäre es bloß eine weitere glückliche Wiedervereinigungsstory in der Boulevardpresse gewesen. Sie hätte erklären müssen, warum sie mich damals verlassen hat. Sie hätte aller Welt erzählen müssen, dass sie eine Irre war. Die meisten Leute finden Geisteskrankheiten beängstigend. Sie war sicher, sie würde ihre Verträge verlieren, ihre Kunden bei *Nordlichter* und wieder dort landen, wo sie all die Jahre nach ihrer Entlassung aus der Anstalt war. Ich glaube, sie irrte sich, aber mir war es recht, dass sie das glaubte. Damit hatte ich sie in der Hand. Ich ließ mir von ihr die Geheimnisse der Leute erzählen und verkaufte sie. Sie hatte diese verlogene Ehrfurcht vor ihrer hellseherischen Gabe. Sie betonte ständig, sie wäre wie ein Priester oder ein Arzt und müsse die Geheimnisse der Leute für sich behalten.« Er äffte verächtlich ihren Tonfall nach, und es klang erschreckend ähnlich; wäre ich ein abergläubischer Mensch, hätte ich geschworen, ich hätte Dorotheas Geist vor mir gehabt.

»Warum hat sie es Ihnen dann erzählt?«

»Ich war ihr Sohn«, sagte er schlicht. »Sie wollte mir eine Freude machen. Natürlich wollte sie auch unsere Beziehung unbedingt geheim halten, dazu musste sie mich bei Laune halten.«

»Also fügten Sie zusammen, was sie ihren Klientinnen und Klienten entlockte und was die Leute in der Maske fallen ließen, und mit Hilfe dieser beiden Quellen konnten Sie all die Leute bloßstellen, die Sie wahrscheinlich für ihren Freund hielten?«, sagte ich.

»Dass ich nicht lache«, sagte er verbittert. »Für die bin ich kein Freund. Ich bin ein Diener, eine Annehmlichkeit. Ja, sicher, sie tun so, als wäre ich ihr bester Kumpel. Aber wenn ich heute sterben würde, ich weiß nicht, ob es mehr als drei von ihnen zur Beerdigung schaffen würden, und die auch nur, wenn sie wüssten, dass Fotografen da sind. Der letzte PR-Chef der Serie beging den Fehler zu glauben, sie wären seine Freunde. Er hatte einen Zusammenbruch – zu viel Stress. Einer vom Cast schickte ihm eine Genesungskarte. Eine andere schickte ihm einen Blumenstrauß. Und das war es auch schon. Fast fünf Jahre lang hat er sich den

Arsch aufgerissen und ihnen Rückendeckung gegeben, und als er krank wurde, war es, als hätte es ihn nie gegeben. Also erzählen Sie mir nichts von Ausnutzen. Die Einzige, die ich ausgenutzt habe, war meine Mutter, und das war Absicht. Und sie wusste es.«

»War es nicht ein bisschen riskant, Geheimnisse auszuplaudern, von denen die Leute wussten, dass sie sie Dorothea erzählt hatten? Hat nicht irgendjemand eins und eins zusammengezählt?«

Er schüttelte den Kopf, ein süffisantes Lächeln auf den dünnen Lippen. »Ich habe immer ein paar Monate gewartet. In der Zeit habe ich selbst ein wenig nachgehakt, habe versucht, Zusatzinformationen zu bekommen, die meine Mutter nicht hatte. Es ist erstaunlich, was man alles findet, wenn man weiß, wo man suchen muss.«

Wem sagst du das, dachte ich und fühlte seltsam Mitleid mit diesem gebrochenen Mann, der die Tricks meines Gewerbes anwandte, um Leid zu erzeugen. »Ich nehme an, die Weitergabe der geplanten Handlung half Ihnen auch, Ihre Spuren zu verwischen.«

»Geplante Handlung? Das war ich nicht. Ich weiß die Handlung nie im Voraus. Nur Brocken, die ich von den Leuten aufschnappe. Ich habe gehört, dass es jemand von der Cateringfirma ist. Turpin gibt ihnen die Kante, und die zahlen es ihm heim. Das habe ich gehört.«

Ich konnte nicht anders, ich glaubte ihm. Er war in der anderen Sache so ehrlich gewesen, und die zeigte ihn in einem wesentlich schlechteren Licht. Außerdem berührte ihn das Thema überhaupt nicht. Ich hatte angefangen zu begreifen, dass Freddie Littlewood die Dinge ernst nahm, die sein Leben unmittelbar betrafen. Alles andere war unbedeutend. »Haben Sie ihr auch etwas von dem Geld gegeben?«

»Ich versuchte es. Aber sie löste die Schecks nicht ein. Ich habe sogar einmal Geld auf ihr Konto überwiesen. In der folgenden Woche gab sie mir einen Zahlungsbeleg über eine Spende in der gleichen Höhe für einen Kinderhilfsfonds.«

Es wäre so einfach gewesen, hätte ich mich selbst davon überzeugen können, dass Freddie seine Mutter ermordet hatte. Alle Puzzleteile waren vorhanden; ein krummes Geschäft mit an die Presse verkauften Storys, das vor allem deshalb funktionierte, weil ihr Verwandtschaftsverhältnis geheim blieb; eine Auseinandersetzung unter Kumpanen, verschlimmert durch die emotionale Spannung ihrer Beziehung; ein spontaner Akt schockierender Gewalt. Das einzige Problem war, es stimmte nicht. Und wenn ich Cliff Jackson die Teile lieferte, würde er sie in die Schablone zwängen, die sein beschränktes Gehirn sich zurechtbasteln würde.

Aber wenn es Freddie nicht gewesen war, wer war es dann? Wer sonst konnte von Dorotheas Tod profitieren? Wessen Zwecken würde er dienen? »Ich nehme an, Sie wissen nicht, was in ihrem Testament steht?«, fragte ich.

»Ich weiß, dass ich nicht drinstand«, sagte er. »Als ich ihr erzählte, ich würde die Storys an die Presse verkaufen, meinte sie, ich müsste es ihr nur sagen, wenn ich Geld bräuchte. Sie sagte, dass sie ihr Testament zu meinen Gunsten ändern würde, sobald sie sich davon überzeugt hätte, dass ich ihr Sohn bin. Sie sagte, ich könnte das Geld auch jetzt schon haben, und wir könnten es zusammen ausgeben. Ich sagte, dass ich ihr Geld nicht wollte, darum ging es mir nicht. Ich habe die Storys nicht verkauft, um Reibach zu machen. Ich tat es, um ihr weh zu tun. Das Geld war nur eine Dreingabe. Sie sagte, wenn ich damit weitermachen würde, würde sie ihr Testament noch mal ändern und das ganze Geld Wohlfahrtseinrichtungen für Geisteskranke hinterlassen.«

»Ich wette, sie hat es nicht getan«, sagte ich.

Er bewegte seinen Kopf kaum wahrnehmbar von einer Seite zur anderen und rieb seinen Daumen wieder an seinem Kinn. »Sie kannten Dorothea nicht. Eine Woche nachdem die erste Story erschienen war, schickte sie mir eine Fotokopie ihres Testaments. Mit Datum, Unterschrift, beglaubigt. Bis auf ein paar kleine Hinterlassenschaften an Freunde geht alles, was sie besitzt, an die Wohlfahrt.«

»Es könnte ein Bluff gewesen sein. Sie kann genauso gut ein zweites Testament gemacht und alles Ihnen hinterlassen haben.«

Er schüttelte den Kopf. »Das glaube ich nicht. Sonst wäre die Polizei schon hier gewesen. Entweder das, oder der Notar hätte angerufen. Nein, das war ihr Ernst. Es macht mir nichts aus, wissen Sie. Ich habe nie etwas vom Leben erwartet. Auf die Weise wird man nicht enttäuscht.« Freddie schob seinen Stuhl zurück, die Beine quietschten auf dem Parkett. Er sah erschrocken hinunter, ob die polierte Oberfläche auch nicht beschädigt war.

Ich stand auf. »Es tut mir Leid«, sagte ich.

Der argwöhnische Blick war wieder da. »Warum? Sie gehörte nicht zu meinem Leben. Ich weiß nicht, welche

Freunde sie außerhalb von *Nordlichter* hatte. Ich weiß nicht mal, ob sie irgendwelche Liebhaber hatte.« Er seufzte. »In allem, worauf es ankam, waren wir Fremde, Kate.« Es war das erste Mal, dass er meinen Namen sagte.

Ich folgte ihm zur Tür. Als wir in die Diele traten, kam eine Frau in einem flauschigen Morgenmantel die Treppe herunter. Ich weiß nicht, wer erschrockener aussah, ich oder sie. Ich hatte keinerlei Geräusche gehört, die auf die Anwesenheit noch einer Person hingedeutet hätten. Sie schaute unsicher erst mich, dann Freddie an, ihre weichen Züge eher besorgt als misstrauisch. »Das ist Kate«, sagte Freddie. »Wir arbeiten zusammen. Sie hat nur reingeschaut, um mir zu sagen, dass es morgen eine Änderung im Drehplan gibt. Kate, das ist Stacey, meine Verlobte.«

Ich stieg darauf ein und grinste die Frau dümmlich an, als sie die Treppe herunterkam und mich vertrauensvoll anlächelte. Sie hatte eine irritierende Ähnlichkeit mit dem Hasen Klopfer, aber ohne seine Schläue. »Hallo und auf Wiedersehen, Stacey«, sagte ich und stellte fest, dass sie gut zehn Jahre jünger aussah als Freddie.

»Vielleicht sehen wir uns ja mal wieder?«, sagte sie und ließ mich vorbei zur Tür.

»Vielleicht«, log ich und hatte plötzlich ein klaustrophobisches Gefühl. Ich drehte den Türknauf und ließ die Nacht herein. »Bis bald, Freddie.«

»Danke, Kate.«

Ich sah mich noch einmal um, als ich durchs Tor ging. Seine schlanke Silhouette zeichnete sich im Dielenlicht ab, Stacey als weißer Fleck neben ihm. Um ihre Aufgabe beneidete ich sie nicht ein bisschen.

Mein Magen schmerzte. Nicht wegen des bohrenden Gefühls, versagt zu haben, sondern weil ich schon sehr lange nichts mehr gegessen hatte. Ich hielt an der erstbesten Frittenbude und setzte mich anschließend mit sehr fischigem Kabeljau und matschigen Pommes frites ins Auto und sah den Schneeflocken zu, wie sie sich schubweise zu einem Schneesturm zu formieren versuchten. Doch ihre Versuche brachten nicht viel, genau wie meine. Bis jetzt hatte ich keine Ahnung, wer Gloria Kendal Drohbriefe schickte und warum. Ich hatte keine Ahnung, wer Dorothea Dawson ermordet hatte und warum oder ob für Gloria oder jemand anders Gefahr bestand. Ich hatte nicht mal für meinen Beinahe-Klienten Ross Grant ein Ergebnis, weil der einzige Verräter, den ich an seiner Stelle in Turpins Schusslinie stellen konnte, sogar noch mehr zu verlieren hatte. Mein Assistent war in einer Woche öfter verhaftet worden, als ich warme Mahlzeiten gegessen hatte, mein Computerspezialist war verliebt in jemand vielleicht nicht mal Existierenden, und einer meiner besten Freunde saß im Gefängnis.

Ein Glück, dass keine der Frauenzeitschriften auf die Idee kam, mich als Beispiel für Großbritanniens zielstrebige neue Geschäftsfrauen zu präsentieren.

Ich zerknüllte die Tüten und warf sie in den Beifahrerfußraum. Hoffentlich würde ich nicht vergessen, sie zu entsorgen, wenn ich nach Hause kam, sonst würde das Auto bis zum nächsten verdeckfreien Frühlingstag nach Fisch und Essig riechen. Nach Hause zu gehen schien irgendwie auch nicht gerade appetitanregend. Die Vorstellung eines leeren Hauses und Bettes hatte für meinen Geschmack etwas zu viel von einem *film noir.*

Ich hatte eine ziemlich gute Vorstellung davon, wo Richard hingegangen sein konnte. Nachdem er einen romantischen Abend geplant hatte, hatte er bestimmt nicht vorgehabt, sich eine Liveband anzuhören. Das hieß, er wählte etwas, wo er mit einem Bier und einem Joint in der Ecke sitzen und so laut Techno hören konnte, dass seine Rückenwirbel Cha-Cha-Cha tanzten. Ich wusste, er würde sich nicht weiter als bis ins Stadtzentrum vorwagen, wenn die Straßen so tückisch waren und er niemand hatte, um ihn nach Hause zu fahren. Da blieben nur ein paar Lokale übrig.

Ich überlegte gründlich. Das *Frash* war das Wahrscheinlichste. Er fuhr voll ab auf den neuen DJ, der an Werktagen auflegte. Bei meinem Glück war er daher mit ziemlicher Sicherheit nicht im *Frash*. Es musste das *O-Pit* sein, ein saniertes Spritzgusswerk unten am Kanal, das noch immer nach Eisen und Schmiere roch. Um dem Ganzen noch die Krone aufzusetzen, stand eine Schlange davor, und ich hatte nicht mehr die Kraft, mich vorzudrängen. Ich lehnte mich gegen das bröckelnde Mauerwerk, die Schultern eingezogen, die Hände tief in die Taschen vergraben. Ich war für den Club vielleicht nicht passend angezogen, aber ich war die Einzige in der Schlange, die eine Chance hatte, nicht an Unterkühlung zu sterben. Endlich schaffte ich es nach drinnen.

Der Raum war gerammelt voll mit Kids, voll gepumpt mit Speed und Ecstasy, blasse Gesichter, schweißglänzend, die Kleidung so eng anliegend, dass es aussah wie Bodypainting. Ich erkannte die Dealer, angespannte, ruhelose Blicke, ständig von einem Knäuel Kundschaft umgeben.

Niemand beachtete sie, am wenigsten die Leute hinter der Bar, die kaum Schritt halten konnten mit der ununterbrochenen Nachfrage nach kohlensäurehaltigen Getränken.

Ich fand Richard, wo ich ihn erwartet hatte, im akustischen Zentrum des Clubs, dem Punkt, wo der Sound maximal gut und maximal laut war. Im Gegensatz zu den Tanzenden hielt er sich an die Droge, die eher verlangsamte als aufputschte. Seine Augen hatten den sanft entrückten Blick eines gutmütigen Bekifften, der mit sich und der Welt zufrieden ist. Eine Halbliterflasche tschechisches Budweiser hielt er in seiner rechten Hand, einen Joint in seiner linken. Eine Jugendliche mit kupferfarbenem Haar und einer Menge gestreiftem Lycra, jung genug, um seine Tochter zu sein, warf ihm verstohlen einladende Blicke zu. Ich hätte ihr sagen können, dass sie ihre Zeit verschwendete. Er ging ganz in der Musik auf.

Ich trat in sein Blickfeld und versuchte ein entschuldigendes Lächeln. Statt mich anzupflaumen, schenkte er mir dieses langsame, süße Lächeln, mit dem er mich damals eingewickelt hat, zog mich dann in seine Arme und küsste mich sanft auf den Kopf. »I love you, Brannigan«, schrie er.

Niemand außer mir hörte es. »Gehen wir nach Hause«, brüllte er mir ins Ohr.

Ich schüttelte den Kopf, nahm einen großen Schluck von seinem Bier und führte ihn auf die Tanzfläche. Manchmal ist Sex einfach nicht genug.

19

Neptun im Skorpion im sechsten Haus

Sie liebt es, zu forschen und zu ermitteln, besonders im Geheimen. Sie nutzt ihre Entdeckungen, um ihre Autorität am Arbeitsplatz zu behaupten. Sie ist scharfsinnig, fasziniert von Geheimnissen und deren Auflösung, und liebt es, versteckte Bosheiten zu enthüllen, besonders, wenn sie ihren Sinn für soziale Gerechtigkeit stören.

Aus: *Was in den Sternen steht* von Dorothea Dawson

Ich erinnere mich an einen Monty-Python-Sketch, wo eine Figur klagt: »Mein Gehirn tut weh. Mein Kopf steckt im Schrank fest.« Ich wusste genau, wie er sich fühlte, als die Anfangsakkorde von *Frees* »All Right Now« mir in den Kopf fuhren. Es war wie mitten in der Nacht. Es war noch dunkel draußen. Aber in Manchester im Dezember konnte das später Vormittag sein. Ich stieß Richard in die Rippen. Immerhin war es sein Haus. Er machte ein Geräusch wie ein schlafender Triceratops, drehte sich um und fing an zu schnarchen.

Ich torkelte aus dem Bett und winselte, als meine schmerzenden Füße den Boden berührten – und ich schnappte nach Luft, als ich mich aufrichtete und meine steifen Hüften spürte. Richards *Twenty Great Rock Riffs*-Klingel dröhnte nochmals, als ich mit Gummiknien den Flur durchquerte, während ich meinen Morgenmantel anzog und es beim dritten Versuch schaffte, den Gürtel zuzufummeln. Ich weiß, ich hätte diesen letzten dreifachen polnischen Jägerwodka on the rocks nicht trinken sollen. Ich riss die Tür auf und Gizmo fiel praktisch zur Tür herein, begleitet von einer halben Schneewehe.

»Ich hab's«, sagte er ohne Einleitung.

Ich bewegte meinen Kiefer in verschiedene Richtungen und versuchte, mein Mundwerk in Gang zu setzen. »O Gott«, ächzte ich schließlich mit verdorrten Lippen. Ich lehnte mich gegen die Wand und schloss die Augen, bis Fußboden und Decke zu ihrer normalen Anordnung zurückgefunden hatten.

»Du siehst echt beschissen aus«, stellte Gizmo von der Wohnzimmertür aus fest.

»Arschloch«, sagte ich und stemmte mich zaghaft von der Wand ab, um zu testen, ob ich aufrecht stehen konnte. Nichts schien nachzugeben, also setzte ich einen Fuß vor den anderen, bis ich im Wohnzimmer war. »Zu mir«, krächzte ich und ging durch den Wintergarten voraus zu den Leben erhaltenden Geräten in meiner Küche.

»So früh ist es auch wieder nicht«, verteidigte sich Gizmo. »Du sagtest, es sei wichtig.«

Die Uhr an der Mikrowelle zeigte 07:49. »Früh ist relativ«, erklärte ich, öffnete den Kühlschrank und griff nach der Milch. »Wichtig auch.« Ich goss mir mit zittriger Hand ein Glas ein und holte die Vitamine heraus. Vier Gramm Vitamin C, zwei B-Komplex-Tabletten und zwei extrastarke Paracetamol. Ich fühlte, es würde einer dieser Tage werden, an denen Ibuprofen und Paracetamol als zwei der vier Nahrungsmittel-Hauptgruppen zählten. Ich schwemmte die Tabletten mit der Milch hinunter und schüttelte mich wie ein nasser Hund. Hätte ich doch mehr Wasser getrunken, als ich kurz nach vier nach Hause kam.

»Bist du mit dem Bus gekommen?«, fragte ich. Wie die meisten Zwangsneurotiker war Gizmo ganz begeistert von den öffentlichen Verkehrsmitteln. Der Typ, der sich schriftlich bei Fernsehproduzenten beschwert, dass der Held auf dem Weg zum Treffen mit dem Mörder den falschen Bus genommen hat.

»Mit dem 192er«, sagte er.

»Tust du mir einen Gefallen? Mein Auto steht am *O-Pit.* Fahr doch mit dem Taxi hin und hol es für mich ab. Bis du wieder hier bist, bin ich fähig, dem zu folgen, was immer du mir zu sagen hast.«

Sein Mund signalisierte Missfallen. »Muss ich?«, fragte er wie ein Zehnjähriger.

»Ja«, sagte ich und zeigte zur Tür. »Ruf ein Taxi, Giz.«

Eine halbe Stunde später hatte ich meinen Kreislauf durch Wechselduschen angekurbelt. Danach aß ich vier Scheiben Toast – von einem Laib, der schon länger im Gefrierschrank herumlungerte, als ich denken mochte – mit Erdnussbutter. Mir gelang sogar ein Lächeln, als Gizmo zurückkam, meinen Autoschlüssel lässig um den Zeigefinger wirbelnd.

»Danke«, sagte ich, und wir setzten uns mit einer Kanne Kaffee in mein Arbeitszimmer. »Entschuldige, wenn ich ein bisschen daneben war. Harte Nacht, weißt du?«

»Hab ich gemerkt«, sagte er. »Du sahst aus, als bräuchtest du ein neues Motherboard und ein paar zusätzliche RAM-Chips.

»Es ist nicht nur das Gehirn, es ist das Chassis«, beklagte ich mich. »Seit einem Jahr glaube ich allmählich, dass etwas Schreckliches mit deinem Körper passiert, wenn du dreißig wirst. Ich bin sicher, meine Gelenke haben früher nach einer durchtanzten Nacht nie schlapp gemacht.«

»Es geht immer weiter bergab«, sagte er fröhlich. »Als Nächstes kommt die Arthritis. Und dann fängst du an, Hauptwörter zu verlieren.«

»Hauptwörter verlieren?«

»Ja. Du vergisst, wie die Dinge heißen. Wart's ab. Heute oder morgen fängst du an, alles ›Wieheißtesnoch‹ oder ›Dingsda‹ oder ›Wiesagtman‹ zu nennen.« Er schaute ernst drein. Ich brauchte ein paar Sekunden, um zu begreifen, dass ich soeben gehört hatte, was in seiner Welt als Witz galt. Ich schüttelte ganz langsam den Kopf, um nicht noch mehr Neuronen abzutöten, und ächzte leise.

Gizmo schaltete meinen Computer ein. »Du hast Video Translator auf diesem Rechner, oder?«

»Auf der externen Festplatte, Laufwerk E«, sagte ich.

Er nickte und fing an, Dinge auf der Tastatur und an den Peripheriegeräten zu machen, die für meine verkaterten Synapsen zu schnell gingen. Nach einigen Minuten des Bastelns und Brummelns lehnte er sich zurück und sagte: »Da. Es ist an manchen Stellen ein bisschen holprig, nicht genug Polygone in dem Programm, um es glatt zu kriegen. Die Ausführung gewinnt sicher keinen Preis. Aber es ist das, was du wolltest. Glaube ich.«

Es gelang mir, meine verschlafenen Augen auf den Bildschirm zu lenken. Irgendwie wirkten die Farben heller als auf den Originalfotos vom Tatort. Wäre ich allein gewesen, hätte ich eine Sonnenbrille aufgesetzt, aber meine Angestellten hatten sowieso schon recht wenig Respekt vor mir. Ich beugte mich vor und konzentrierte mich auf das, was Gizmo zusammengebastelt hatte.

Wir saßen beide still da und sahen zu, wie sich das Ergebnis seiner Arbeit entfaltete. Zum Schluss klopfte ich ihm auf die Schulter. »Das ist fantastisch«, begeisterte ich mich. »Du musst ewig dafür gebraucht haben.«

Er hielt den Kopf schief und zuckte mit den Schultern, ein seltsamer Rückfall ins Teenageralter. »Ich habe sofort damit angefangen, als ich nach Hause kam. Gegen zwei war ich fertig. Aber ich hatte zwischendrin eine kurze Pause gemacht und mich mit Jan unterhalten. Es war also nicht so, dass ich mir damit die ganze Nacht um die Ohren geschlagen hätte.« Er scheuerte mit den Schuhen über den Teppich. »Und schließlich ist Dennis dein Kumpel.«

»Er schuldet dir was«, sagte ich. »Er soll es nicht vergessen. Es muss doch jemand da draußen geben, den du ein bisschen einschüchtern willst.«

Gizmo sah schockiert aus. »Ich glaube nicht. Außer er findet den Schwachkopf, der mir diesen Virus geschickt hat, der all meine .dll-Dateien zerstört hat.«

Ich sagte nichts. Es war nicht der geeignete Moment, um darauf hinzuweisen, dass er Dennis' Einschüchterungstalente vielleicht früher brauchen konnte, als er dachte, falls sich die liebreizende Jan als schlechter Scherz entpuppte. »Ich werde ungefähr eine halbe Stunde telefonieren. Du kannst auf mich warten oder schon mal ins Büro vorfahren.«

»Ich hab meine Doc Marten's an. Ich geh zu Fuß«, sagte er. »Mir gefällt der Schnee. Ich finde allein raus.«

Ich nahm das Telefon und rief Ruth an. Zehn Minuten später rief sie zurück, sie hatte ein Treffen mit Inspektor Tucker am späten Vormittag in meinem Büro arrangiert. »Er ist nicht gerade scharf darauf«, warnte sie mich. »Ich glaube, dein Ruf ist dir vorausgeeilt. Er fragte, ob du die Privatdetektivin bist, die in den Fall Dorothea Dawson verwickelt ist.«

»Hast du gelogen?«

»Nein, ich habe ihm gesagt, er solle das mit Della checken. Anscheinend hatte sein Handlanger mit ihr zu tun, daher kannte er ihren Namen.«

»Ah.«

»Ist das ein Problem?«

»Nicht für mich, aber vielleicht für den Handlanger«, sagte ich. Tucker musste kein großer Kriminalist sein, um dahinter zu kommen, wie ich an die Tatortfotos gekommen war. »Meine Schuld, ich hätte dich warnen sollen.«

»Das hört sich nicht gut an«, sagte Ruth misstrauisch.

»Mach dir keine Sorgen. Bis später.«

Ich brauchte weitere zwanzig Minuten, um die Sache mit Donovan und Gloria zu regeln. Wir vereinbarten schließlich, dass er sie und ihre Tochter abholen, zur Polizei bringen und dann warten sollte, bis Gloria die Aussage gemacht hatte, die ihn aus der Klemme holen würde. Dann sollte er mit ihnen einkaufen gehen. Ich hoffte, sie würden sich an den Plan halten und sich irgendwo weitab vom Einsatzbereich der Polizeitruppen von Greater Manchester herumtreiben. Wenn sie wegen Diebstahl verhaftet wurden, wollte ich nichts damit zu tun haben.

Ich nahm eine Kanne frischen Kaffee mit in den Wintergarten. Die Sonne war aus ihrem Winterurlaub zurückgekehrt, wo immer sie ihn verbracht hatte. Das vom Schnee reflektierte Licht war tödlich. Ich holte eine Sonnenbrille aus dem Zeitungsständer und starrte in das unberührte Weiß des Gartens. Manchmal wäre ich gern eine Zen-Meisterin. Den Klang *einer* klatschenden Hand hätten meine zarten Nervenenden gerade noch ertragen, aber ich hatte noch immer einen Mord aufzuklären und keinen Kandidaten für die Rolle des Mörders. Irgendjemand hatte Dorothea ermordet, denn es war mit Sicherheit kein Selbstmord gewesen. Aber ich konnte mir noch immer nicht vorstellen, wer und warum.

Ich war der Lösung noch keinen Schritt näher, als ich zu meiner Verabredung mit Ruth und Tucker losmusste. Richard schlief noch immer, er lag flach auf dem Rücken und hielt die Arme wie ein Gekreuzigter. Ich dachte an Nägel, entschied mich dann aber für eine selbsthaftende Notiz auf seiner Brust und schlug ein Treffen zum Mittagessen vor. Wenn alles fehlschlägt, habe ich festgestellt, hilft es oft, ein zweites Gehirn hinzuzuziehen. Mangels dieser Möglichkeit würde ich mich mit Richard und seinem Kater begnügen.

Falls Shelley vom Debakel des vergangenen Abends gehört hatte, würde das Klima im Büro frostiger sein als draußen. Ich hielt am Blumenladen und kaufte den größten Weihnachtsstern, den sie hatten. Er konnte sowohl als Friedensgabe als auch als Büroschmuck dienen. Es waren noch drei Wochen bis Weihnachten, und selbst bei meiner Veranlagung zur Chlorophyll-Mörderin hatte die Pflanze gute Chancen, es bis ins neue Jahr zu schaffen.

Ich stellte den Weihnachtsstern mit einem unverbindlichen Lächeln im Gesicht auf ihren Schreibtisch. Sie blickte kurz auf, betrachtete die Pflanze und griff mich mit einer Volksweisheit über Mode an. »Grün mit rot liebt nur ein Idiot«, sagte sie. »Gizmo hatte Recht. Du siehst echt beschissen aus.«

»Dir auch fröhliche Weihnachten, Tante Dagobert«, grummelte ich.

»Ich *muss* nicht hier arbeiten«, schnauzte sie.

»Niemand sonst würde dich einstellen, jetzt wo der Krieg vorbei ist«, sagte ich zuckersüß und fegte in mein Büro. Gizmo hatte bereits alles aufgebaut. Jetzt brauchte ich nur noch einen aufgeschlossenen Bullen. Wenn es Wunder in der 34. Straße gab, warum nicht auch in der Oxford Road.

Ruth war als Erste da. »Ich hasse Überraschungen«, nörgelte sie und ließ ihren Webpelz in einer Ecke fallen. Vielleicht würde ihn Tucker für einen Timberwolf halten und dadurch eingeschüchtert sein.

»Hübsche Klamotte«, versuchte ich abzulenken.

»M-hm«, sagte sie und stellte ihren perfekt proportionierten, aber sehr großen Körper in einer maßgeschneiderten eisblauen Jacke und einer eleganten schwarzen Hose zur Schau. »Findest du nicht, dass es ein bisschen zu sehr nach Ehefrau aus Cheshire aussieht?«

»Süße, du *bist* eine Ehefrau aus Cheshire.«

Sie bleckte knurrend ihre Zähne. Hätte sie noch den Mantel angehabt, wäre ich jetzt aus dem Fenster gesprungen. »Nur geografisch gesehen«, sagte sie. »Ich dachte, du brauchst mich heute Vormittag?«

Bevor wir zu sehr ins Geplänkel abgleiten konnten,

knackte die Sprechanlage. »Ein Kriminalinspektor Tucker ist für dich da«, verkündete der menschliche Eiszapfen. Ich drückte betont die Daumen und öffnete die Tür.

Wäre der Mann neben Shelleys Schreibtisch noch ein bisschen größer gewesen, hätten wir ihn in Farbe tauchen und die Decke streichen können. Er war so dünn, dass er wahrscheinlich eine Faust machen musste, wenn er über einen Gully ging. Er hatte einen dichten Schopf meliertes Haar, aknenarbige Haut und ein Tausend-Watt-Lächeln, das die grauen Augen aufhellte, die wie Granit oder Hasenfell sein konnten. »Ich bin Kate Brannigan«, sagte ich. »Danke, dass Sie gekommen sind. Treten Sie bitte näher?«

Als ich so neben ihm stand, waren meine Augen in gleicher Höhe mit der Brusttasche seiner Jacke. Ich funkelte Ruth einen »Warum-hast-du-nichts-gesagt«-Blick zu und geleitete ihn hinein. Er und Ruth tauschten Begrüßungsrituale, dann setzte er sich in den von mir angebotenen Sessel. Ich drehte den Monitor um, so dass beide ihn sehen konnten. »Entschuldigung, dass ich so geheimnisvoll getan habe«, sagte ich. »Aber wenn ich meine Idee angekündigt hätte, hätten Sie mich ausgelacht. Sie wären bestimmt nicht vorbeigekommen, um es sich anzusehen.«

»Jetzt bin ich hier, also kommen wir zur Sache. Wir sind alle viel beschäftigte Leute«, sagte er ohne eine Spur von Feindseligkeit. Offensichtlich ging er nicht zu den gleichen Freimaurerveranstaltungen wie Cliff Jackson.

»Das wird keine lange Vorrede, versprochen. Letzte Woche fanden Sie Pit Bull Kelly tot in einem Laden, der zuvor von Dennis O'Brien besetzt worden war. Pit Bull sagte seinen Brüdern, er würde zu dem Laden gehen, um Dennis aufzumischen und den Platz selbst zu übernehmen. Am nächsten Morgen wurde Pit Bull mit einer Subarachnoidalblutung tot aufgefunden, einer ungewöhnlichen Verletzung, die schwer zuzufügen ist. Sie kamen – nicht ohne Grund, da Sie doch einiges über Dennis wissen – zu dem Schluss, dass er Pit Bull mit einem Karateschlag tötete. Aber da ich auch einiges über Dennis weiß, weiß ich, dass es so nicht gewesen sein kann.« Ich sah, dass Tucker Einspruch erheben wollte, und hob abwehrend meine Hände.

»Abgesehen von meiner Voreingenommenheit gibt es für mich einen Schlüsselbeweis, dass Dennis Pit Bull nicht getötet hat. Ich kenne Dennis schon sehr lange, und wenn er mit etwas nichts zu tun haben will, dann sind das Wachhunde. Als er noch Brüche machte, hätte er niemals ein Haus mit einem Wachhund angerührt. Wenn Pit Bull mit seinem Hund im Schlepptau aufgetaucht wäre, dann hätte Dennis nicht mal die Tür geöffnet. Aber selbst wenn er es getan hätte, dieser Hund ist ein abgerichteter Killer. Seinen Brüdern zufolge war er Pit Bull Kellys Privatarmee. Wenn Dennis nur seinen Arm erhoben hätte, wäre der Hund auf ihn losgegangen. Er wäre nie dazu gekommen, Hand an dessen Herrn zu legen, ohne dass der Hund ihm die Kehle durchgebissen hätte.«

Tucker nickte zustimmend. »Ich kenne dieses Argument bereits von Ms. Hunter. Und wenn dieses Verbrechen außerhalb des Ladens stattgefunden hätte, wäre ich vielleicht gezwungen zuzustimmen. Aber was Sie über O'Briens Aversion gegen bissige Hunde sagen, bedeutet nicht, dass er nicht Patrick Kelly ermordet hat. Ich könnte das Gegenargument vorbringen, dass die Tatsache, dass der Hund von seinem Herrn durch die Hintertür des Ladens getrennt war, die Annahme bestärkt, dass O'Brien im Ladenraum war und bereit war mit Kelly zu reden, unter der einzigen Bedingung, dass der Hund im Lieferkorridor bleibt.«

»Wenn dem so war, wie ist er dann entkommen? Es gibt keine Möglichkeit, hinten rauszukommen, ohne von Überwachungskameras gefilmt zu werden und durch ein Metallgitter auszubrechen«, erläuterte ich.

Tucker zuckte die Achseln. »O'Brien ist ein professioneller Einbrecher. Wenn er sich wirklich anstrengt, findet er sicher eine Möglichkeit, auf die wir in hundert Jahren nicht kommen.«

»Das ist kein Argument, das ohne den geringsten Gegenbeweis vor einem Schwurgericht bestehen würde«, ging Ruth trocken dazwischen. Tucker zog die Augenbrauen zusammen, und sein Blick verfinsterte sich.

»Was ich Ihnen zeigen will«, unterbrach ich, ehe sein guter Wille dahin war, »ist eine alternative Hypothese, die alle Probleme dieses Falles löst. Es sollte relativ einfach sein, die forensischen Tests durchzuführen, die demonstrieren, ob ich Recht oder Unrecht habe. Aber jetzt sollten Sie beide sich das hier einfach mal ansehen.«

Ich drückte ein paar Tasten, und der Bildschirmschoner verschwand. Der Korridor hinter Dennis' Unterschlupf erschien. Ein paar Sekunden vergingen, dann kam uns eine unbeholfene Gestalt mit Pit Bull Kellys Gesicht und Kleidern entgegen. Selbst in der kurzen Zeit und mit der notdürftigen Software, die Gizmo zur Verfügung stand, war es ihm gelungen, den Einfluss von Alkohol und Cannabis zu vermitteln. Seinen Brüdern zufolge hatte er sich davon reichlich genehmigt, bevor er den Mut hatte, Dennis gegenüberzutreten. Neben Kelly tobte ein wilder Pitbullterrier her, seine Bewegungen zuckend und nicht sehr gut koordiniert. Alle paar Schritte sprang der Hund an seinem Herrn bis zur Brust hoch, und Kelly schubste ihn runter. Gizmo hatte sogar die Tonspur eines bellenden Hundes unterlegt.

»Zwei seiner Brüder bestätigten, dass der Hund immer an Pit Bull hochsprang. Er ist noch ziemlich jung. Er ist voller Energie«, sagte ich, um Tuckers Protest vorzubeugen, wenn er sah, wohin das führte.

»Beeindruckend«, sagte er nur.

Wir beobachteten, wie Kelly und der Hund an der Tür zu Dennis' besetztem Laden ankamen. Er streckte die Hand nach dem Türknauf aus und drehte ihn tolpatschig. Da er erwartet hatte, dass die Tür versperrt war, stolperte er, als sie aufging. Als Kelly nach vorne taumelte, riss der Hund an seiner Leine, brachte Kelly aus dem Gleichgewicht und drehte ihn halb herum, so dass der empfindliche Punkt unter dem Kinn gegen den Türpfosten krachte – dank Gizmo von einem dumpfen Geräusch begleitet.

Kurz wurde der Bildschirm schwarz. Dann veränderte sich der Blickwinkel. Wir waren hinter der Tür im Ladeninneren. Wieder sahen wir Kelly gegen den Türpfosten fallen, den Hund von seinem Herrn zurückweichen. Die Leine fiel Kelly aus der Hand, und der Hund schlüpfte blitzschnell zurück in den Lieferkorridor, als Kelly seitwärts auf den Boden stürzte; das Gewicht seines fallenden Körpers drückte die Tür zu. Die Schlussszene löste sich in der Schlichtheit des Fotos vom Tatort auf, die Ausgangspunkt für den ganzen Prozess gewesen war.

Ich hörte Tucker laut ausatmen, das erste Anzeichen dafür, dass er ernst nahm, was er gesehen hatte. »Ich nehme an, ich verschwende meine Zeit, wenn ich frage, woher Sie Ihr Ausgangsmaterial haben?«

Ich nickte. »Leider ja. Ich kann nur sagen, dass es nicht gerade der naheliegendste Weg war«, fügte ich hinzu, um Dellas Quelle ein wenig zu schützen.

»Unter diesem Aspekt kann ich wohl die sofortige Freilassung meines Mandanten erwarten?«, sagte Ruth, lehnte sich theatralisch zurück und zündete sich eine Zigarette an. Noel Coward, der Drehbuchautor, hätte sie geliebt.

Tucker schüttelte den Kopf. »Eine sehr überzeugende Vorstellung, Ms. Brannigan, aber Sie wissen genauso gut wie ich, dass das nichts ändert.«

»Sollte es aber, denn es erklärt alles um einiges anschaulicher als jede Hypothese, die Sie aufstellen können«, sagte ich. »Die Tür war nicht versperrt, weil Dennis nicht verantworten wollte, dass der Vermieter Schaden anrichten musste, um in die Räumlichkeiten zu kommen. Dennis' Alibi ist wasserdicht. Es erklärt auch, warum der Hund nicht mit dem Mörder gekämpft hat, weil es nämlich keinen Mörder gab. Ich weiß, das ist schlecht für Ihre Aufklärungsrate, aber es war der reinste Unfall.«

Tucker zog die Unterlippe zwischen seinen Zähnen ein. »Sie liefern sehr überzeugende Argumente. Aber O'Briens Frau hat ihm schon früher falsche Alibis gegeben, und er hatte gute Gründe, mit dem Toten aneinander zu geraten.«

»Sie schicken doch die Spurensicherung zur genauen Überprüfung des Türpfostens, nicht wahr, Inspektor?«, sagte Ruth drohend.

»Ich bin nicht sicher, ob das gerechtfertigt ist«, sagte Tucker vorsichtig. »Außerdem wurde der Tatort freigegeben.«

»Denn wenn Sie es nicht tun«, fuhr Ruth fort, als hätte er nie gesprochen, »tu ich es. Ich schicke meinen eigenen Experten heute Nachmittag hin. Und wenn er Hautpartikel und vielleicht sogar ein bisschen Blut mit Patrick Kellys DNS auf dem Türpfosten findet, genau in der Höhe, wo dessen Kiefer gewesen sein muss, dann wird Mr. O'Brien Sie wegen Freiheitsberaubung verklagen. Wäre das nicht spaßig?«

»Ein nettes Weihnachtsgeschenk für Ihren Vorgesetzten«, setzte ich hinzu. Ich kriegte langsam den Dreh heraus, wie ich die Polizei einschüchtern konnte. Ich verstand, warum Ruths Job ihr so einen Kick verschaffte.

Tucker seufzte und kaute noch mehr auf seiner Unterlippe. »Ich schicke jemand hin, um sich die Tür anzusehen«, sagte er schließlich. »Und ich rede außerdem mit dem Pathologen.« Er stand auf und sein langer Körper faltete sich zu seiner vollen beängstigenden Größe auseinander. »Es war ein interessantes Experiment, Ms. Brannigan. Ich bin sicher, wir sehen uns wieder.«

Ruth nahm ihm das Versprechen ab, sie anzurufen, sobald er etwas wusste, und ich führte ihn hinaus.

»Wie bist du auf diesen Gedankengang gekommen?, fragte Ruth, sobald die Tür zu war.

»Ich wünschte, ich könnte sagen, es war meine geniale Intuition. War es aber nicht. Ich stehe auf der Internet Mailingliste einer gerichtsmedizinischen Newsgroup«, sagte ich ein wenig verlegen. »Meistens bin ich zu beschäftigt, um alles genau durchzulesen, aber hin und wieder bleibt mir ein bizarres Detail im Gedächtnis. Ich hatte über einen ähnlichen Fall gelesen, und ich erinnerte mich daran, weil der berichtende Pathologe ihm den Titel ›Der beste Freund und schlimmste Feind des Menschen‹ gab.«

Hätte Ruth vier Pfoten und einen Schwanz, hätte sie jetzt die Ohren aufgestellt. Stattdessen beugte sie sich mit einem durchdringenden Blick vor. »Hast du eine Kopie davon?«

Ich schüttelte den Kopf. »Ich hebe die Texte nicht auf. Aber ich könnte eine Anfrage verschicken, dass sich derjenige, der den Originalbericht eingegeben hat, mit mir in Verbindung setzen soll. Es ist mir gelungen, ein paar Referenzen aufzuspüren, und das sollte ausreichen, um wieder auf die richtige Spur zu kommen.«

Ruth stand auf und drückte ihre Zigarette in der Erde des sterbenden Weihnachtskaktus auf dem Fensterbrett aus. »Mach das«, sagte sie entschieden und nahm ihren Pelz. »Das hast du großartig gemacht«, fügte sie hinzu. »Ich sage Dennis, er verdankt seine Freiheit einzig und allein dir. Schick mir eine Rechnung, ja?«

»Ich dachte, Dennis kriegt staatliche Rechtsbeihilfe?«

»Kriegt er.«

»Aber der Rechtsbeihilfefonds wird dafür nicht aufkommen« protestierte ich.

Ruths Lächeln passte genau zu dem Timberwolfmantel. »Nein, aber Dennis. Du hast eine Firma, keine Wohlfahrtseinrichtung. Es gibt Gefallen für Freunde, und es gibt Rechnungen für professionelle Dienstleistungen. Dies ist eine, die er bezahlt.«

»Aber …«

»Kein Aber. Du bist für uns beide nutzlos, wenn deine Firma keinen Gewinn abwirft. Schick mir eine Rechnung.«

Ich hätte gestritten, aber sie ist größer als ich. Außerdem dauert es immer ewig, mit einer Anwältin zu streiten. Und ich hatte eine Verabredung zum Mittagessen.

20

Jupiter im Trigon mit Neptun

Sie ist idealistisch und schätzt Diskussionen auf theoretischer oder philosophischer Ebene. Sie kann übertrieben großzügig sein; um anderen zu helfen, ist ihr keine Anstrengung zu groß. Nicht immer kann sie ihren eigenen hohen Maßstäben entsprechen.

Aus: *Was in den Sternen steht* von Dorothea Dawson

Das *Yang Sing* war Manchesters berühmtestes Chinarestaurant, bis es abbrannte, und es hat entsprechend gelitten. Zu den Hauptgeschäftszeiten, und besonders vor Weihnachten, einen Tisch zu bekommen ist etwa so erfreulich wie auf einen Nachtbus zu warten. Was die Touris nicht wissen, gleich um die Ecke ist das *Little Yang Sing,* wo das Essen mindestens so gut ist und die Dekoration eher an den Sechzigerjahren ausgerichtet ist und sich nicht an die traditionellen Aquarien und Velourstapeten hält wie die meisten Chinarestaurants.

Als ich hinkam, war Richard bereits da. Ebenso ein paar Flaschen Tsing Tao, ein Teller Pikante Rippchen und ein hübscher kleiner Berg Wan-Tan-Garnelen. Ich ließ mich auf den Stuhl fallen und griff nach dem Bier. Wenn ich an diesem Vormittag eines gelernt hatte, dann, dass ich diesen Tag nur überstehen konnte, wenn ich den Alkoholspiegel in meinem Blut in regelmäßigen Abständen auffrischte. Zum Leiden hatte ich heute keine Zeit; ich würde meinen Kater haben, wenn ich schlafen ging, und nicht eher.

Während ich Bier schluckte, sah ich Richard an. Selbst mit vier Stunden mehr Schlaf als ich hatte er kein Recht, derart unberührt von der vorigen Nacht auszusehen. Seine haselnussfarbenen Augen schauten verschlafen hinter der neuen randlosen Brille hervor, aber eigentlich hatte er immer diesen Schlafzimmerblick. Der leichte Schatten von Bartstoppeln wirkte eher sexy als gammelig, und seine Haut spannte sich glatt über seine breiten Wangenknochen. Ich schwöre, er sieht keine Sekunde älter aus als in der Nacht vor sechs Jahren, als wir uns zum ersten Mal in die Arme liefen. Ich wünschte, ich könnte das Gleiche von mir sagen, aber ein Blick in die Spiegelwand des Restaurants zeigte mir, dass es eine Lüge wäre. Die unbarmherzige Beleuchtung schimmerte auf ein paar Strähnen, die wohl so was wie Silber in meinem rotbraunen Haar waren. Färben oder nicht färben, das war die Entscheidung, die ich eher treffen musste, als mir lieb war.

»Wie war dein Vormittag?«, fragte er, als ich gerade ein Rippchen an die Lippen führte. Typisch. Immer stellt er Fragen, wenn es darum geht, wer mehr vom Essen abbekommt.

Ich schüttelte den Kopf und nagte den Knochen ab. »Taff«, sagte ich. »Aber es sieht aus, als wäre Dennis zu Weihnachten wieder auf freiem Fuß.«

»Das ist dann also eine Sorge weniger für dich. Und Gloria? Hat sie weitere Drohbriefe gekriegt?«

»Nichts. Donovan ist mit ihr und ihrer Tochter heute zum Schaufensterbummeln. Ich warte noch auf den Anruf.«

Richard grinste. »Schalt das Telefon ab. Du brauchst beide Hände für das, was ich bestellt habe.«

Er hatte nicht übertrieben. Wir aßen uns durch ein halbes Dutzend Dim Sum und Vorspeisen, eine doppelte Portion Sauerscharf-Suppe und vier Hauptgerichte. Mein Appetit nach einer harten Nacht erstaunt mich immer wieder. Wahrscheinlich brauche ich mit vierzig eine Magentransplantation. Aber wahrscheinlich sind sie bis dahin schon so weit.

Ich nahm die letzte Garnele mit meinen Stäbchen auf, legte sie dann aber reuevoll zurück auf den Teller. »Ich kann nicht mehr«, sagte ich.

»Ich auch nicht«, offenbarte Richard. »Wie weit bist du denn nun in dieser Mordsache?«

Ich gab ihm eine kurze Einführung bis zu meinem Treffen mit Freddie Littlewood. Es schien eine Ewigkeit her zu sein, dabei war es erst am Vorabend gewesen. »Ich habe also wahrscheinlich die Quelle der meisten Boulevardstorys aufgespürt«, sagte ich. »Zumindest der persönlichen Skandalgeschichten, wenn schon nicht derjenigen über die geplante Handlung. Aber ich weiß nicht, wie ich mit diesem Wissen Ross Grant reinwaschen kann, ohne Freddie in die Scheiße zu reiten. Ich möchte das wirklich vermeiden, wenn es irgend geht, weil, ehrlich gesagt, war sein Leben auch so schon hart genug.«

»Und du bist sicher, dass er seine Mutter nicht umgebracht hat? Er hätte die Gelegenheit gehabt, und er gibt freimütig zu, sie zu hassen.«

»Ich glaube einfach nicht, dass er es getan hat. Warum sollte er? Er hat mit dem Verkauf der Storys ein nettes Einkommen gehabt und den Extrabonus, dass er sie damit wirklich bluten ließ. Eine einträgliche Rache. Nicht vielen von uns gelingt so was.«

Richard goss sich chinesischen Tee in seine Tasse und starrte nachdenklich hinein. »Vielleicht hatte sie genug«, sagte er schließlich. »Vielleicht wollte sie alles auffliegen lassen und auf die Gnade ihrer Klienten hoffen.«

Ich schnaubte. »Da hätte sie aber sicher keine großen Chancen gehabt. Und selbst wenn die Schauspielerinnen und Schauspieler bereit gewesen wären zu vergeben und zu vergessen, John Turpin hätte sie nie wieder aufs NPTV-Gelände gelassen. Wobei mir einfällt ...«, der Satz blieb in er Luft hängen, als mir einfiel, was Cassie mir erzählt hatte.

»Ich habe gefragt«, sagte Richard mit der Betonung von jemand, der sich wiederholt, »wer ist John Turpin?«

»Er ist der Koordinator für Administration und Produktion bei NPTV«, sagte ich abwesend. »Einer dieser typischen Fernseh-Manager. Du kennst die Sorte. So kreativ wie eine Meerschnecke. Sie sind großartig im Erbsenzählen und Ausgabenkürzen. Die muss es im Journalismus auch geben.«

»Redaktionsmanager«, sagte er niedergeschlagen.

»Und er ist davon besessen, den Spitzel aufzudecken, der die *Nordlichter*-Episoden weiterleitet. Er droht sogar, den Vertrag der Cateringfirma zu beenden, weil er einen von ihnen verdächtigt.«

»Sympathischer Typ. Was ist also mit diesem Turpin, dass du eben ganz weggetreten warst?«, fragte Richard.

»Mir fiel gerade eine Unterhaltung ein, die ich gestern mit Cassie Cliff hatte.«

»War sie Maggie Grimshaw?«

»So ist es.«

Richard lächelte in Erinnerungen versunken. »Ich habe Maggie Grimshaw geliebt. Die Frau, die das Weibliche in *Nordlichter* einbrachte. Die Sexgöttin der Seifenoper.« Sein Lächeln erlosch. »Bis die Wahrheit ans Licht kam. Was hat also Cassie über John Turpin gesagt?«

Ich erzählte ihm die Geschichte über Turpin und Tina Marshall im *Normandie.* »Für mich ergibt das überhaupt keinen Sinn«, sagte ich.

»Vielleicht hat er sie zu Speis und Trank eingeladen, weil er hoffte, sie würde etwas über ihre Quelle verraten.«

Ich verzog das Gesicht. »Ich glaube nicht, dass er so einfältig ist.«

»Er könnte so eingebildet sein«, erläuterte Richard. »Unterschätze niemals die Meinung eines Managers mittleren Alters von sich selbst.«

Ich seufzte. »Nun, wenn er darauf aus war, hatte er offensichtlich keinen Erfolg, weil er noch immer einen Wahnsinnsakt daraus macht, den Spitzel zu enttarnen.«

»Besitzt er Aktien von NPTV?«, fragte Richard.

»Ich denke schon. *Nordlichter* startet demnächst Vertragsneuverhandlungen. Einer der Schauspieler sprach davon, wie viel Geld Turpin machen würde, wenn NPTV wegen *Nordlichter* in einen Preiskampf zwischen Satellitenanbietern und Kabelgesellschaften gerät. Also nehme ich an, dass er Aktien hat.«

Richard lehnte sich in seinem Stuhl zurück und wirkte

zufrieden mit sich. »Das ist die Antwort. Deshalb hat Turpin sich bei Tina Marshall eingeschmeichelt. John Turpin ist der *Nordlichter*-Singvogel.« Er signalisierte einem vorübergehenden Kellner, dass er die Rechnung wollte.

Manchmal frage ich mich, wie jemand, der nie zuhört, so gut von seiner Arbeit als Journalist leben kann. »Richard, hör mir zu. Ich sagte dir bereits, wer der Singvogel ist. Freddie Littlewood benutzte Dorothea, um Schmutzgeschichten auszugraben, und dann verhökerte er sie.«

»Ich *habe* dir zugehört«, sagte er geduldig. »Freddie hat Leichen aus dem Keller geholt, dank Dorotheas privilegiertem Zugang zu Informationen. Du hast mir aber nicht erzählt, wer die Handlung verscherbelt. Nach allem, was du sagst, muss Turpin Zugang dazu haben.«

»Aber warum? Was hätte er davon?«

Richard schüttelte verwundert den Kopf. »Das gibt's nicht, dass dir das nicht einleuchtet, Brannigan«, sagte er. »Du bist sonst so schlau, wenn's ums Geld geht. Es ist wegen der Zuschauerquoten, nicht wahr? Wenn *Nordlichter* in aller Munde ist, schalten umso mehr Leute ein. Je mehr Leute einschalten, desto höher der Wert der Sendung, wenn es zum Aushandeln des Deals mit irgendwelchen Satelliten- oder Kabelgesellschaften kommt, weil die Leute lieber hunderte Pfund für Satellitenschüsseln und Kabeldecoder und Gebühren ausgeben werden, als auf den regelmäßigen Genuss von *Nordlichter* zu verzichten.«

»Das weiß ich«, beteuerte ich. »Aber bei der durchsickernden Handlung ist das anders. Die Leute schalten ab, wenn sie schon vorher wissen, was passiert.«

Der Kellner legte die Rechnung auf den Tisch. Automatisch griffen wir beide nach unseren Geldbörsen. »Sagt wer?«, fragte Richard, als er sein Plastikgeld zu meinem auf den Teller legte.

»Sagen die Schauspielerinnen und Schauspieler. Wenn die Fans wissen, wie es weitergeht, macht es ihnen nichts aus, mal eine Folge zu verpassen. Und sie finden an etwas anderem Gefallen und verzichten ganz darauf.«

Der Kellner nahm die Rechnung und die Kreditkarten. »Zwei Belege, bitte«, sagten wir im Chor. Er nickte. Er hatte uns schon oft genug bedient, um die Gewohnheiten zweier Selbständiger zu kennen, die gerne miteinander essen gingen. »Das ist Quatsch, weißt du«, sagte Richard. »Das ist vielleicht das, was Turpin ihnen einredet, aber es ist absoluter Quatsch. Wenn man die Handlung noch nicht gesendeter Folgen durchsickern lässt, löst man damit ein Fieber aus. Erst bringt die eine Zeitung die Story, dann ziehen die anderen nach, dann nehmen die Fernsehzeitschriften sich der Geschichte an, und ehe du dich versiehst, sind alle im Fieber. Erinnerst du dich nicht mehr an die ganze Sache mit ›Wer erschoss JR?‹ damals in den Achtzigerjahren? Oder der Skandal wegen Deirdre Barlows und Mike Baldwins Affäre in *Coronation Street?* Das ganze Land hatte eingeschaltet. Ich wette, Turpin kam auf die Idee, als Freddies Exklusivberichte in die Schlagzeilen kamen und gleichzeitig die Zuschauerzahlen in die Höhe schnellten.«

»Das würde er nicht wagen«, keuchte ich.

»Warum? Wo ist das Risiko? Er ist beauftragt, die Quelle der *Nordlichter*-Storys ausfindig zu machen. Turpin weiß, es gibt außer ihm noch einen anderen Singvogel, wenn er also irgendetwas herausfindet, kann er die ganze Schuld auf den anderen abwälzen. Tina Marshall würde ihn nie verraten, immerhin ist er das Huhn, das die goldenen Eier legt. Wahrscheinlich zahlt sie ihm nicht mal viel.«

Ich beugte mich über den Tisch, fuhr mit der Hand durch sein karamelfarbenes Haar und zog seinen Kopf näher zu mir. Meine Lippen öffneten sich, und ich drückte ihm einen liebevollen Kuss auf den Mund. Ich schmeckte noch die Zitrone und den Ingwer und den Knoblauch, als ich mit meiner Zunge an seinen Zähnen entlangfuhr. Ich setzte ab, um Luft zu holen und sagte sanft: »Jetzt fällt mir wieder ein, warum ich mich mit dir abgebe.«

Der Kellner räusperte sich. Ich ließ Richards Kopf los, und wir unterschrieben verlegen unsere Kreditkartenbelege. Richard legte seine Hand auf meine. »Wir haben noch was von gestern Nacht zu erledigen«, sagte er mit rauer Stimme.

Ich fuhr mit dem Daumennagel über seine Hand und genoss den Schauer, der ihn überlief. »Zu dir oder zu mir?«

Bevor wir unter meine Decke schlüpften, rief ich kurz bei Gizmo an. Ich bat ihn, Hintergrundinformationen über Turpins finanzielle Beteiligung an NPTV zu beschaffen. Dann schaltete ich das Telefon ab.

Irgendwann später, als ich im Halbschlaf dahindämmerte, mein Gesicht in die Wärme seiner nach Moschus duftenden Brust vergraben, wirbelte Richards Stimme wie eine Schneewehe durch meinen Kopf. »Ich sag dir eins,

Brannigan. Wenn eine pikante Story die Quoten erhöht, was meinst du, was Mord erst ausgelöst haben muss.«

Mit einem Schlag war ich hellwach.

Sandra McGovern, geborene Satterthwaite, hatte den Hang ihrer Mutter zu Pomp geerbt. Das Haus, in dem sie mit ihrem Ehemann Keith und ihrer Tochter Joanna wohnte, zeugte eindeutig von Größenwahn. In einer Seitenstraße der Bury New Road, im schöneren Teil von Prestwich, wirkte es wie die eine Person, der gesagt worden war, die Party wäre ein Kostümfest. Die übrige Straße bestand aus einfachen, aber massiven Backsteinhäusern aus den Sechzigerjahren. Das Château McGovern sah aus wie ein umgebauter griechischer Tempel. Der Vorbau wurde von einem halben Dutzend ionischer Säulen gestützt und war mit Statuen von Göttinnen in unterschiedlichen Stadien der Unbekleidetheit verziert. Flachreliefs waren in regelmäßigen Abständen auf das Mauerwerk aufgebracht, und ein Stuckzierstreifen mit einem griechischen Muster verlief auf der Vorderseite unter den Fenstern des ersten Stockwerks.

An einem sonnigen Sommertag wäre das gerade noch zu ertragen gewesen. Aber die McGoverns nahmen Weihnachten sehr ernst. Das gesamte Haus war mit bunten Lichtern geschmückt, die mit migräneträchtiger Intensität blinkten. Zwischen den griechischen Göttinnen saß der Weihnachtsmann auf einem Schlitten hinter vier tollenden Rentieren, alle in Lebensgröße und aus aufblasbarem Plastik. Ein Weihnachtsbaum war der Länge nach in der Mitte durchgesägt und zu beiden Seiten der Eingangstür befestigt worden, beide Hälften trieften von Lametta und waren mit blinkenden Lichterketten behängt. Ein mächtiger Kranz aus Stechpalmenzweigen schmückte die Tür. Ich betätigte die Klingel, und die weihnachtlichen Klänge von »O du fröhliche« kamen über mich. Manchmal denke ich, Onkel Dagobert hatte Recht.

Eine lange Stille folgte. Ich wappnete mich für ein erneutes Klingeln, als ich durch das vereiste Glas eine Gestalt näher kommen sah. Dann öffnete Donovan die Tür. Aber es war Donovan, wie ich ihn nie zuvor gesehen hatte, eingehüllt in einen pflaumenblauen Seidenkimono, der bis zu den Knien reichte. Mit seinem schweißglänzenden Gesicht sah er äußerst beschämt aus. »Ach, du Schande«, murmelte ich. Er schien verblüfft, aber was war anderes zu erwarten von einem Technikstudenten?

»Hallo, Kate«, sagte er.

Ich deutete auf seine Aufmachung. »Ich hoffe, es ist alles ganz anders, als es aussieht«, sagte ich trocken.

Er verdrehte die Augen. »Du bist wie meine Mutter. Wofür hältst du mich? Komm rein, ich möchte die Tür zumachen. Wir sind hinten«, fügte er hinzu und führte mich durch den Flur. »Wenn du das da draußen übertrieben findest, dann warte, bis du *das* siehst.«

Ich watete durch einen Teppich hinter ihm her, der tief genug war, um mehrere Pfadfindergruppen darin zu verstecken. Ich versuchte, mir die impressionistischen Blumengemälde an der Wand nicht zu genau anzusehen. Am Ende des Korridors war eine massive Holztür. Donovan öffnete sie und trat dann zurück, um mich vorbeizulassen.

Ich trat vom Winter in einen tropischen Sommer. Heiß,

grün und feucht wie ein Regenwald in Hollywood, musste der dreifachverglaste Anbau die gleiche Grundfläche haben wie das Haus. Farne und Palmen pressten sich gegen das Glas und hingen in Kaskaden über Backsteinwege. Wachstumslampen verbreiteten überall Licht und Wärme. Die Luft roch nach einer merkwürdigen Mischung aus Humus und Chlor. Schweiß breitete sich auf meinem Gesicht aus wie Ausschlag, als ich dem Pfad durch das dichte Gestrüpp folgte. Nach einer Biegung fand ich mich an einem riesigen Swimmingpool in der Form eines Naturteiches wieder.

»Hallo, Schätzchen«, kreischte Gloria rau wie ein Amazonas-Papagei.

Nur mit einem Badeanzug bekleidet, lag sie ausgestreckt auf einer gepolsterten Sonnenliege aus Holz. Daneben stützte sich eine jüngere Ausgabe von Gloria auf einen Ellbogen wie eine speisende Römerin, ein Champagnerglas mit Kondenstropfen locker in der Hand. Gloria winkte mich hinüber und klopfte auf das Ruhebett an ihrer Seite. »Legen Sie ab«, wies sie mich an. Ich setzte mich und zog meine Lederjacke und den Baumwollsweater aus. Selbst in Jeans und Baumwoll-T-Shirt war mir noch zu warm. »Don, Süßer, bring uns noch eine Sonnenliege, sei ein Schatz«, rief Gloria. »Das ist unsere Sandra«, fuhr sie fort. »Sandra, das ist Kate Brannigan, die beste Privatdetektivin von Manchester.«

Wir nickten uns zu, und ich erzählte ein paar Lügen über das Haus und den Swimmingpool. Sandra wirkte erfreut und Gloria stolz, was Zweck der Übung gewesen war. Donovan kehrte mit einer vierten Liege zurück, die er etwas abseits unserer Gruppe aufstellte. Befangen entledigte er sich des Hausmantels und hockte sich in weiten blauen Shorts auf den Rand der Liege, sein Körper schimmernd wie eine Bronzestatue von Rodin. »Keine Probleme heute?«

Gloria streckte sich hingebungsvoll. Für eine Frau, die mit Meilenschritten auf die sechzig zuging, hatte sie eine bemerkenswerte Figur. Das war erstaunlich angesichts des Lebenswandels, den ich an ihr beobachtet hatte. »Kein einziges, Schätzchen. Nix als Annehmlichkeiten heute. Wir waren bei der Polizei in Oldham, und ich habe mit einem sehr netten jungen Inspektor gesprochen, der nicht verstehen konnte, was der ganze Aufstand gestern überhaupt sollte. Der junge Donovan ist jedenfalls von allen Vorwürfen rein gewaschen, darüber brauchen wir uns also keine Sorgen zu machen. Dann haben wir für Joanna Weihnachtsgeschenke gekauft. Wir mussten einen Hausmantel und Shorts und alles für Don kaufen, denn unser Keith ist ein Zwerg im Vergleich zu ihm. Wir haben den ganzen Tag keinen Journalisten gesehen, und niemand ist darüber glücklicher als ich. Wie sieht's bei Ihnen aus. Irgendwas Neues?«

»Ich wollte Sie etwas fragen«, sagte ich ausweichend. »Erinnern Sie sich an den Abend, als Dorothea ermordet wurde? Ich holte Sie vor ihrem Campingbus ab. Na ja, ich hantierte mit dem Schirm herum und passte auf, dass sich auch ja niemand auf uns stürzte, daher achtete ich nicht wirklich auf einzelne Personen. Außerdem kenne ich ja auch niemand bei NPTV, also selbst wenn ich die Umstehenden bemerkt hätte, würde ich nicht wissen, wer sie waren. Aber Sie ...«

»Ich soll also überlegen, wen ich am Parkplatz gesehen habe?«

»Es könnte wichtig sein.«

Gloria lehnte sich zurück, schloss die Augen und massierte sich die Schläfen. »Mal sehen …«, sagte sie langsam. »Ein paar Parklücken von Dorothea entfernt stiegen zwei Frauen in ein Auto. Ich weiß nicht, wie sie heißen, aber ich habe sie in der Buchhaltung gesehen … Valerie Brown kam aus dem Verwaltungsgebäude und rannte rüber zur Produktion … Ich sah diesen rothaarigen Cutter mit Maurice Warner und Maurice' Sekretärin. Sie liefen zu Maurice' Auto … John Turpin stand am Eingang zum Verwaltungsgebäude, als könnte er sich nicht entscheiden, ob er losrennen soll oder nicht … Freddie und Diane und Sharon von der Maske stiegen in Sharons Auto, die drei gehen freitags immer in die Stadt einen trinken … Tamsin von der Pressestelle, sie kam aus dem Verwaltungsgebäude und ging rüber zum Wachhäuschen, sie rannte aber nicht wegen der blöden Schuhe, die sie immer trägt.« Sie öffnete die Augen und setzte sich auf. »Da waren noch ein, zwei andere Leute, die waren aber entweder zu eingemummt oder ich kannte sie wirklich nicht. Hilft Ihnen irgendwas davon weiter?«

Ich griff nach meinem Sweater. »Mehr als Sie sich vorstellen können, Gloria. Viel mehr als Sie sich vorstellen können.«

»Was ist denn los?«, fragte sie. »Wissen Sie, wer Dorothea getötet hat?«

»Ich habe eine Ahnung«, sagte ich. »Ich möchte jetzt noch nicht so viel sagen. Ich muss einiges überprüfen. Aber wenn Donovan Sie morgen früh gleich in mein Büro bringt, kann ich Ihnen wahrscheinlich etwas für Ihr Geld bieten.«

Donovan sah mich resignierend an. »Willst du, dass ich bei Gloria bleibe?«

»O ja, ich denke schon«, sagte ich. »Ihr seid so ein hübsches Paar.«

21

Saturn in den Fischen im elften Haus

Sie ist gern für sich und arbeitet am besten allein. Ihre Freunde schätzt sie sowohl ihrer Erfahrung als auch ihrer persönlichen Qualitäten wegen. Sie konzentriert sich beharrlich auf ein Ziel, ist aber flexibel und verständnisvoll. Sie verfügt über Intuition und Vorstellungskraft. Sie kann launisch sein.

Aus: *Was in den Sternen steht* von Dorothea Dawson

Als Freddie Littlewood von der Arbeit nach Hause kam, wartete ich schon auf ihn. Stacey mit den großen Augen und der vertrauensvollen Seele war fünfzehn Minuten vor ihm da und ließ mich, ohne einen Augenblick zu zögern, hinein. Sie führte mich wieder ins Esszimmer, wahrscheinlich weil Freddie und ich dort schon einmal miteinander gesprochen hatten. Nach nicht mal fünf Minuten war sie zurück und trug ein Tablett mit Teekanne, Milch, Zucker und einer Porzellantasse mit Kätzchen.

»Die letzten paar Tage waren sicher nicht einfach für Freddie«, sagte ich mitfühlend.

Sie sah mich seltsam an. »Nicht schlimmer als sonst«, sagte sie. »Warum sollte es schwierig sein?«

Bis zu dem Augenblick war es mir nicht in den Sinn gekommen, Freddie könnte Stacey gegenüber den Tod seiner Mutter nicht erwähnt haben. Ich werde hin und wieder kühl genannt, aber ich glaube nicht, dass ich den Rest meines Lebens mit einer Person verbringen könnte, der ich so wenig vertraue. »Ich meine, mit der Polizei überall«, improvisierte ich schleunigst, denn ich arbeitete ja angeblich auch bei NPTV. »Es ist wirklich störend. Sie laufen herum, als gehörte alles ihnen, stellen alle möglichen Fragen. Und dabei hat Dorothea Dawson nicht mal für NPTV gearbeitet.«

Anscheinend zufrieden, entfernte sich Stacey mit der Erklärung, sie müsse sich umziehen und das Essen vorbereiten, wenn es mir nichts ausmache. Ich konnte mir auch nicht vorstellen, eine Person zu heiraten, die so überhaupt nicht neugierig ist, warum eine fremde Frau binnen so kurzer Zeit zweimal bei ihrem Verlobten auftaucht. Ich trank meinen Tee und wünschte mir einen großen Zitronenwodka hinein. Auf das Geräusch der sich öffnenden und wieder schließenden Haustür folgten unmittelbar Staceys Schritte im Vorzimmer und leises Gemurmel.

Freddie kam zur Tür herein, er sah graugesichtig und erschöpft aus. »Was ist so wichtig, dass es nicht bis morgen bei der Arbeit hätte warten können?«, fragte er schroff. Eher wegen Stacey als meinetwegen, nahm ich an.

»Ich brauche die Antwort auf eine Frage«, sagte ich. »Ich bin morgen nicht so früh bei NPTV, deshalb dachte ich, es würde Ihnen nichts ausmachen, wenn ich Sie zu Hause aufsuche.«

Er schloss die Tür hinter sich und lehnte sich dagegen. »Noch nie was von Telefon gehört?«, fragte er mit verzweifelter Stimme.

»Es ist viel schwieriger zu erkennen, ob jemand lügt«, sagte ich mild. »Die Wahrheit herauszufinden ist so schon schwierig genug.«

Freddie überkreuzte die Arme auf seiner Brust und starrte vor sich hin. »Da Sie nun schon mal hier sind, beantworte ich Ihre Frage. Aber wenn Sie in Zukunft mit mir reden wollen, suchen Sie mich bei der Arbeit auf oder rufen Sie mich an. Ich will Stacey damit nicht aufregen, okay?«

»Wie ritterlich von Ihnen«, sagte ich. »Es gibt nicht viele Männer, die so um das Wohlbefinden ihrer zukünftigen Ehefrau besorgt sind, dass sie ihr nicht mal erzählen, dass ihre Schwiegermutter in spe ermordet wurde.«

»Das mit Stacey und mir geht Sie überhaupt nichts an. Sie wollten mich etwas fragen?«

»Sie sagten, dass nicht Sie die geplante Handlung an die Presse weitergeleitet haben, und ich glaube Ihnen«, sagte ich. »Aber irgendwer tat es. Ich frage mich, ob Dorothea jemals angedeutet hat, den Singvogel zu kennen?«

Er sah mich lange prüfend an und ließ dabei seinen Daumen mit der bereits bekannten unbewussten Geste an seinem Kinn entlanggleiten. »Sie meinte einmal, es sei nicht schwer herauszufinden, wer der Spitzel ist, wenn man sich die Horoskope ansieht. Sie sagte, es gäbe nicht viele Leute, die mit *Nordlichter* zu tun und die richtige Kombination von Eigenschaften in ihrem Horoskop hätten. Wenn man die Leute ausschlösse, die wirklich keinen Zugang zur geplanten Handlung haben, sagte sie, würde der Kreis sehr eng.«

»Hat sie irgendeinen Namen genannt?«

Er schüttelte den Kopf. »Nicht gleich. Sie sagte, sie hätte anscheinend keine andere Wahl, als mir die Geheimnisse der Leute zu verraten, aber sie würde nicht jemanden ruinieren, wenn sie außer ihrem Instinkt keinen Beweis hätte. Aber dann …« Seine Stimme wurde leiser.

»Was passierte, Freddie?«, fragte ich eindringlich.

»Turpin war in der Maske, und jemand sagte etwas über die Storys in der Zeitung und ob es stimme, dass er die Cateringfirma rausschmeißen wolle, weil sie die Spitzel seien. Turpin sagte, er wäre nicht überzeugt, dass das Problem damit gelöst wäre. Ich drehte mich um, und er starrte mich an. Ich dachte, dass er mich möglicherweise verdächtigte. Also ging ich zu Dorothea und erzählte es ihr. Ich sagte, dass sie bestimmt froh sein würde, wenn Turpin uns auf die Spur kam, weil sie dann ihre Ruhe hätte und nicht mehr das Vertrauen ihrer Klienten missbrauchen müsste.«

»War sie aber nicht, oder?«, sagte ich freundlich.

Er schüttelte den Kopf und räusperte sich. »Nein. Sie sagte, sie würde es nicht zulassen, dass Turpin meine Karriere zerstört. Sie sagte, sie wäre so sicher, wie sie nur sein konnte, dass er derjenige ist, der die Handlung verrät, und dass sie ihn zur Rede stellen würde.«

»Sie wollte ihn entlarven?« Ich konnte nicht fassen, dass Freddie mir das erst jetzt erzählte.

»Nein, so war sie nicht. Ich sagte Ihnen doch, sie war besessen davon, ihr Bestes für mich zu geben, wahrscheinlich als Wiedergutmachung für all die schlimmen Jahre. Nein, sie sagte, sie würde Turpin einen Deal vorschlagen. Wenn er aufhörte, den Spitzel zu jagen, behielte sie ihren Verdacht für sich.«

»Aber sie hatte keinen Beweis, nur das astrologische Kosmogramm«, protestierte ich.

»Sie meinte, wenn sie Recht hatte, dann müsste es auch

Beweise geben. Man müsse nur am richtigen Ort suchen, und Turpin würde merken, dass er in Schwierigkeiten gerät, wenn sie mit dem Finger auf ihn zeigt. Also müsse er sich zurückziehen und mich in Ruhe lassen. Natürlich wollte sie nicht hingehen und sagen, dass ich es war, nicht so wortreich. Sie wollte ihm sagen, dass sie im Auftrag des Spitzels agiert.«

»Wann war das?«, fragte ich und versuchte, beiläufig zu klingen.

Freddie zuckte mit den Schultern. »Vor ein paar, vielleicht drei Wochen? Sie erzählte mir danach, dass er dem Deal zugestimmt hatte. Dass ihr Vorschlag für ihn vernünftig geklungen hätte. Sie glauben doch nicht, dass er etwas mit ihrer Ermordung zu tun hat, oder?«

»Sie nicht?«, fragte ich ungläubig.

»Ich sagte doch, das war vor Wochen.«

Ich konnte seine Naivität nicht fassen. Dann merkte ich, er war weniger naiv als einfach nur völlig selbstbezogen. »Es steht eine Menge auf dem Spiel«, erklärte ich. »Sie wissen selbst, Sie würden beim Fernsehen nie wieder einen Job kriegen, wenn ich NPTV von Ihren Machenschaften erzähle. Und es gibt eine Reihe von Leuten bei *Nordlichter*, die weit mehr zu verlieren haben als Sie. Wenn jemand dachte, Dorothea wäre eine Bedrohung ...«

Freddie schaute zu Boden. »Sie hat ihn ja nicht erpresst. Dafür war sie zu geradlinig.«

»Sie ließ sich von Ihnen erpressen«, verwies ich.

»Das war etwas anderes. Das waren Schuldgefühle.«

»Sieht aus, als hätten die sie umgebracht, Freddie.«

Ich stand auf und legte meine Hand auf seinen Arm. Er

zog ihn weg. »Fassen Sie mich nicht an! Tun Sie doch nicht so. Sie haben meine Mutter gar nicht gekannt.«

Es gab nichts mehr zu sagen. Ich hatte die Information bekommen, wegen der ich gekommen war, und Freddie Littlewood war überzeugt, keine Beileidsbezeugungen zum Tod seiner Mutter, die er kaum kennen gelernt hatte, zu benötigen. Ich ging zurück zum Auto und war froh, nicht in seiner Haut zu stecken.

Ich hatte gerade die Tür zugemacht, als mein Handy klingelte. »Hallo?«

»Hallo, Kate, ich bin draußen!« Dennis' Stimme klang begeistert.

»Frei und reingewaschen von jedem Verdacht?« Ich konnte es kaum glauben.

»Auf Kaution, bis die Laborergebnisse da sind. Ruth sagt, du hast blind geraten. Wo bist du? Kann ich dich auf einen Schampus einladen?«

Wenn irgendjemand Champagner verdiente, dann war das die lang leidende Debbie. Aber weibliche Solidarität hat ihre Grenzen, und ich brauchte Dennis dringender als sie. Ich war froh, dass ich Ruths Rat nicht gefolgt war und eine Rechnung geschrieben hatte, denn jetzt brauchte ich Bezahlung in Naturalien. »Vergiss den Schampus«, sagte ich. »Ich brauche einen Gefallen. Wo bist du?«

»Ich bin in der Lobby-Bar im Ramada«, verkündete er. »Und die Flasche steht bereits vor mir.«

»Mach langsam. Ich bin in einer halben Stunde da.« Ich musste den Umweg über ein Telefonbuch machen. Ich startete und manövrierte mich vom Randstein weg. Die Straßen waren inzwischen vereist. Es würde wieder eine tückische Nacht werden. Und ich hatte vor, mein Scherflein dazu beizutragen.

Vom Strangeways-Gefängnis in Richtung Stadt ist das Ramada-Hotel wahrscheinlich der erste zivilisierte Ort, wo man einen Drink nehmen kann. Und bestimmt der erste, wo es guten Champagner gibt. Nach der Bombe der IRA erinnerte mich die Fassade an eine dieser mechanischen Bingokarten, die es bei Jahrmarktständen am Meer gibt, wo Schlagläden über die beleuchteten Nummern gezogen werden, nachdem sie aufgerufen wurden. So viele der Fenster des Ramada waren mit Brettern vernagelt, dass es aussah, als hätten sie das Teeservice aus feinstem Porzellan gewonnen. Dennis saß auf einem Barhocker, eine Flasche Dom Perignon vor sich. Ich überlegte, wie viele »Unter-ein-Pfund«-KundInnen nötig gewesen waren, um sie zu bezahlen.

Er sprang vom Hocker, als er mich sah, umarmte mich mit der einen Hand und überreichte mir mit der anderen ein Glas Champagner. »Meine Lieblingsfrau!«, jauchzte er und prostete mir mit seinem Glas zu, das er sich vom Tresen holte.

»Eine Schande, dass wir beide schon versprochen sind«, sagte ich und stieß klirrend mit ihm an.

»Danke, dass du das aufgeklärt hast.«

»Ich wusste, dass du es nicht warst.«

»Danke. Dieser Gefallen ... sollen wir das irgendwo ungestört bereden?«

Ich deutete zu einem freien Tisch in der Ecke. »Das da geht schon.« Ich ging voraus, und Dennis folgte mir. Sein muskulöser Arm hielt den Sektkübel mit dem Champagner.

Als wie beide saßen, unterrichtete ich ihn über meinen Plan.

»Wissen wir, wo er wohnt?«, fragte Dennis.

»Es steht nur einer im Telefonbuch. Ganz draußen in Bolton. Lostock.«

Er nickte. »Klingt nach der passenden Gegend.«

»Warum? Wie ist es da?«

»Da ziehen die Leute aus Bolton hin, wenn sie es ihrer Meinung nach geschafft haben. Mehr Geld als Vorstellungsvermögen.«

»Das ergibt Sinn. Ich habe im Stadtplan nachgesehen. Nur auf einer Seite der Straße sind Häuser. Auf der anderen Seite ist ein Golfplatz.«

»Denkst du, dass er zu Hause ist?«

Ich trank meinen Champagner aus. »Es gibt nur eine Möglichkeit, das herauszufinden.« Ich deutete auf sein Handy.

»Dafür ist es zu früh«, lehnte Dennis ab. Dann schilderte er mir seinen Plan.

Eine Stunde später lag ich auf dem Bauch in einer Schneewehe. Ich wusste gar nicht, dass Füße so kalt sein und immer noch funktionieren konnten. Dass meine Nase lief, merkte ich nur, wenn die Tropfen vor mir in den Schnee fielen. Obwohl ich alles Warme und Wasserfeste trug, das ich besaß, war ich kalt genug, um die *Titanic* zu versenken. Dies war unser zweiter Beobachtungsposten. Die Vorderseite hatte sich für Dennis' Zwecke als ungeeignet herausgestellt, und jetzt lagen wir hinter dem Zaun eines Altenheims und starrten hinunter in den schwarzen Garten unserer Zielperson. »Ist es schon so weit?«, wimmerte ich pathetisch.

Dennis lag quer über der Schneewehe, ein leichtes schwarzes Fernglas an die Augen gepresst. »Sieht aus, als hätten wir Glück«, sagte er.

»Inwiefern?«

»Er zieht die Vorhänge in der Küche nicht zu. Ich schaue direkt auf das Tastenfeld der Alarmanlage. Wenn er sie aktiviert, bevor er geht, kann ich sehen, welche Nummer er eingibt.«

»Heißt das, dass wir es jetzt machen?«, sagte ich leidend.

»Du gehst zurück zur Vorderseite. Ich gebe dir fünf Minuten, dann rufe ich an. Sobald er weg ist, rennst du die Einfahrt rauf und befasst dich mit dem Schloss an der Haustür. Ich komme nach, so schnell ich kann.« Er drehte sich um und scheuchte mich mit einem Wink davon. »Zisch ab, los. Und denk dran, wir sind für die Dunkelheit angezogen, nicht für den Schnee. Bleib im Schatten.«

Das ist das Problem, wenn du in einem Klima lebst, wo es nur an zehn Tagen im Jahr Schnee gibt. Nicht mal richtige Ganoven investieren in eine weiße Verkleidung. Weder Dennis' Depot noch mein Kleiderschrank hatten viel anderes zu bieten als eine gute Tarnung für dunkle Gassen. Ich schlich mich um die Büsche herum und die Einfahrt des Altenheims hinunter. Ich rannte über die Straße und auf den Golfplatz, wo ich durch knietiefen Schnee watete, bis ich vor dem Wohnobjekt unseres Interesses stand. Ein Licht brannte im Windfang, und das Licht im Flur warf blasse rechteckige Schatten an die Decke der oberen Zimmer. In den Räumen zu beiden Seiten der Haustür waren schwere Vorhänge zugezogen.

Ich sah auf die Uhr. Vor einigen Minuten hatte Dennis im Haus angerufen und erklärt, in der Hauptverwaltung von NPTV sei eingebrochen worden und dass die Polizei umgehend vor Ort mit Mr. Turpin das Ausmaß des Schadens besprechen wolle. Ein kurzer Anruf bei Gloria hatte bereits ergeben, dass er geschieden und ihres Wissens ungebunden war. Wir gingen einfach davon aus, dass Turpin allein war. Ich sah, wie die Haustür aufging und er erschien; über Anzughosen und einem dicken Strickpullover trug er einen schweren Ledermantel. In der Stille der Nacht vernahm ich ein hohes Pfeifen, als sich die Alarmanlage einschaltete. Er ließ die Tür hinter sich ins Schloss fallen, sperrte sie aber nicht zusätzlich ab, und ging eilig zu seinem Auto. Eine Sicherheitsbeleuchtung schaltete sich ein und tauchte die Zufahrt in einen extremen Kontrast von Licht und Schatten.

Ich hörte die Zündung, Scheinwerfer schwenkten aus dem Garagentor, Rückscheinwerfer, dann knirschte der große Lexus die eisige Zufahrt hinunter und bog auf die Straße. Ich sah den Rückleuchten bis zur Kreuzung hinterher, rannte dann über den Randstreifen, über die Straße, Turpins Zufahrt hinauf, und wich blitzschnell vor dem blendenden Licht in den Schatten aus. Der Windfang war heller beleuchtet als meine Küche. Nie zuvor hatte ich bei einem Einbruch so direkt im Licht gestanden. Ich fummelte unter meiner Jacke und dem Fleecepullover herum, bis meine in Latex steckenden Eisfinger den Geldgurt mit den Dietrichen erreichten. Zumindest würde ich sehen, was ich tat.

Merkwürdig, aber das beschleunigte den Prozess nicht wirklich. Ein Schloss zu knacken hing zur Gänze vom Tastsinn ab, nicht von der Sicht, und meine Finger waren immer noch steif von der Kälte. Als ich endlich die richtige Kombination von Metallfühlern gefunden hatte, flankierte mich Dennis bereits ungeduldig und murmelte in einer weißen Atemwolke: »Mach schon, Kate.«

Die Tür ging auf, und er rannte an mir vorbei, den Flur hinunter zum Bedienungsfeld der Alarmanlage und gab den Code ein, um den Warnton abzustellen. Der schrille Alarm würde uns taub machen und in dieser Gegend binnen zehn Minuten die Polizei auf den Plan rufen. Ich ließ ihn weitermachen und sah mir die Räumlichkeiten im Erdgeschoss an. Wohnzimmer auf der einen Seite der Diele, Esszimmer auf der anderen. Hinten die Küche. Ich lief die Treppe hoch. Vier Türen, davon drei nur angelehnt. Hinter der ersten war Turpins Schlafzimmer, davon abgehend ein Badezimmer. Hinter der zweiten, geschlossenen war das Gästebad. Als Drittes war da ein charakterloses Gästezimmer. Natürlich war das letzte dasjenige, das ich suchte. Als ich eintrat, verstummte der Alarm, die Stille wurde fast greifbar.

Zum Glück ging Turpins Arbeitszimmer auf den dunklen Garten hinaus, daher wagte ich die Schreibtischlampe anzuknipsen. Ich sah mich schnell um. Da war eine Bücherwand, hauptsächlich Militärgeschichte und Managementtexte. An der gegenüberliegenden Wand waren Regale mit Aktenordnern, Stapel gebundener Berichte und dicke Mappen für verschiedene Handelszeitschriften. Ein PC thronte auf dem Schreibtisch, und ich schaltete ihn ein. Während er hochfuhr, nahm ich mir die Schubladen vor. Keine davon war verschlossen. Entweder fühlte sich Turpin hier unbesiegbar, oder wir brachen beim Falschen ein.

Plötzlich stand Dennis neben mir. »Soll ich mir die Schubladen vornehmen, während du den Computer durchforstest?«, fragte er.

»Mir wäre lieber, du hättest ein Auge auf die Zufahrt«, sagte ich. »Ich weiß, Turpin braucht sicher eine Stunde, um zu NPTV und zurück zu kommen, aber Vorsicht ist die Mutter der Porzellankiste.«

»Du hast wahrscheinlich Recht«, sagte Dennis. Er ging ebenso leise wie er gekommen war. Wenigstens musste ich nicht fürchten, auf frischer Tat ertappt zu werden. Ich überprüfte den Computer. Es sah aus, als benutzte Turpin Word für alle seine Dokumente, was mir sehr gelegen kam. Ich nahm eine CD-ROM aus meinem Geldgürtel und tauschte sie gegen das Lexikon, das sich im Laufwerk befand. Es hatte mich meine ganze Überzeugungskraft gekostet, Gizmo dazu zu bringen, mir diese CD zu leihen, und ich hoffte, dass sie es wert war. Es war ein kleines, schlaues Stück Software, das alle Word-Dateien nach bestimmten Wortkombinationen durchsuchte. Ich tippte »Doreen Satterthwaite« und startete das Programm.

In der Zwischenzeit widmete ich mich dem Schreibtisch. Keineswegs zu meiner Überraschung war Turpin ein ordentlicher Mann. Ich überflog Aktenmappen mit Stromrechnungen, Gasrechnungen, Kommunalabgaben, bis ich die Telefonrechnungen fand, die ich suchte. Festnetz und Mobiltelefon waren im selben Ordner. Ein kurzer Rundumblick ergab, dass ich sie nicht stehlen musste. Turpin hatte einen dieser Alleskönnerdrucker, die auch als Scanner und Kopierer dienten. Ich nahm die aufgeschlüsselten Rechnungen der letzten sechs Monate und steckte sie in den Kopierer.

Als das Telefon klingelte, sprang ich auf. Nach dreimaligem Klingeln schaltete sich der Anrufbeantworter ein. Eine Frauenstimme schwebte unheimlich aus der Diele herauf. »Hallo, Johnny. Hier spricht Deirdre. Völlig unerwartet habe ich heute Abend nichts vor. Wenn du diese Nachricht zu einer akzeptablen Zeit hörst, komm doch auf einen Schlummertrunk vorbei. Und wenn ich allein nicht reiche, um dich in Versuchung zu führen, solltest du wissen, dass ich Würstchen von Clitheroe fürs Frühstück habe. Ruf mich an.« Piep.

Ich schaute auf den Bildschirm und stellte fest, dass es zwei Dateien mit »Doreen Satterthwaite« gab. Ich wollte sie gerade öffnen, als Dennis' Schrei meinen Herzschlag aussetzen ließ. »Scheiße!«, rief er. »Wir sind angeschmiert, Brannigan!«

22

Mars im Löwen im vierten Haus

Sie verfügt über Kampfgeist, und ihre ambitionierten Pläne setzt sie in die Tat um. Sie ist grundanständig und übernimmt die Verantwortung für ihr Handeln. Sie ist aufbrausend, handelt kühn und neigt dazu, in gewalttätige Auseinandersetzungen zu geraten. Sie hat einen starken Hang zu Dramatik und kann mitunter melodramatisch sein. Da sie selbst großzügig ist, hasst sie Kleingeister.

Aus: *Was in den Sternen steht* von Dorothea Dawson

Ich hatte einen Adrenalinausstoß, als wäre ich in den Stromkreis geraten. Dennis brüllte beinahe. »Schalt aus. Gästezimmer. Schnell!« Keine Zeit, um richtig aus Windows auszusteigen. Ich hieb mit dem Finger auf den Power-Knopf ein. Ich schnappte die Kopien und stopfte die Originale zurück in die Mappe und warf sie in die Schublade, ohne darauf zu achten, ob sie am richtigen Platz waren. Ich sprang auf die Füße und machte die Schreibtischlampe aus.

Nach drei Schritten hörte ich das Pfeifen der Alarmanlage, die Dennis wieder aktivierte. Ich setzte über den Gang und ins Gästezimmer, das vom Licht der Sicherheitsbeleuchtung draußen erhellt wurde. Ich glitt hinter die Tür und drückte mich an die Wand. Ein paar Sekunden später hörte ich Dennis die Treppe heraufstampfen. Dann stand er neben mir, seine Brust bebte unter der Anstrengung, leise zu atmen. »Da in der Ecke ist ein Sensor«, sagte er. »Unters Bett. Schnell!«

Ich warf mich zu Boden und rollte mich darunter, er hinterher. Als ich am Nachttisch ankam, war die Alarmanlage bereit, und es herrschte wieder Stille. Ich hörte, wie eine Autotür zugeschlagen wurde. Die Eingangstür wurde geöffnet, und die Alarmanlage ging wieder los. Zu diesem Zeitpunkt war bereits jeder Nerv in meinem Körper angespannt, und Dennis ging es wahrscheinlich nicht besser. Ich war sicher, ich würde noch monatelang schweißgebadet aus Alpträumen mit diesem Alarm aufwachen. »Wie zur Hölle kommen wir hier raus?«, zischte ich.

»Wenn alle Stricke reißen, warten wir, bis er schlafen geht. Entspann dich. Aber nicht zu sehr. Ich will nicht, dass du schnarchst«, murmelte Dennis und drückte tröstend fest meine Hand. Unsere Ohren waren ein paar weitere Sekunden der Hölle ausgesetzt, dann herrschte gesegnete Ruhe, abgesehen von zwei pochenden Herzen unter John Turpins Gästebett. Hätte er Parkett statt Teppichen gehabt, hätten wir keine Chance gehabt. Dann ein Klick, ein Piep und dumpf erklang die Aufzeichnung von Deirdres Versuch einer schwülen Verführung. Ich hörte das Knacken eines Hörers, der abgenommen, und das elektronische Stottern einer Nummer, die gewählt wird. Erstaunlich, wie bestimmte Geräusche sich übertragen und andere nicht. Zuerst konnte ich von Turpins Stimme nur ein leises Grollen hören. Dann, als er die Stufen erklomm und ins Schlafzimmer ging, verstand ich jedes Wort.

»... auf halbem Weg zur Autobahn, als es mir dämmerte. Als ich diesen angeblichen Wachmann fragte, ob er

Peter Beckman angerufen hätte, meinte er, Peter sei bereits unterwegs. Aber Peter hat diese Woche ein paar Tage frei genommen, um mit seiner Frau zu irgend so einem blöden Weihnachtsmarkt nach Deutschland zu fahren. Also rief ich ihn auf seinem Handy an, und er saß gerade beim Abendessen in einem Schiffsrestaurant auf dem verdammten Rhein.« Ich hörte, wie Schuhe ausgezogen wurden.

»Ja, ich weiß«, fuhr er nach einer kurzen Pause fort. »Also rief ich die Studio-Security an, und die wussten nichts von einem Einbruch oder einem Anruf bei mir ... Nein, glaube ich nicht. Es wird irgend so eine blöde Technikerweihnachtsfeier sein, irgendjemand fand das wohl witzig, versauen wir doch Turpin den Abend ...« Wieder eine Pause. »Ja, gut, ich sehe nach, aber der Alarm war an ... Ja ich ziehe mich nur um, dann komme ich zu dir. Du weißt, was ich über Clitheroe-Würstchen zum Frühstück denke«, fügte er anzüglich hinzu. Ich war sicher, ich würde in nächster Zeit ein ziemlich gespanntes Verhältnis zu Würstchen haben.

Ich spitzte die Ohren und vernahm das Öffnen und Schließen von Schiebetüren, dann entfernte Geräusche, als täte jemand genau das, was Turpin angekündigt hatte. Ich hörte, wie die Tür zum Badezimmer geöffnet wurde, ein Geräusch, als würde eine Lampenschnur betätigt, einmal, zweimal, dann wurde die Tür geschlossen. Eine Tür schabte über den Teppich, ein Lichtschalter klickte zweimal. Das Arbeitszimmer. Er sah nach, genau wie er Deirdre versprochen hatte. Meine Kehle war zugeschnürt, meine Muskeln angespannt. Gizmos CD-ROM war noch in Turpins Laufwerk. Wo hatte ich die CD hingelegt, die ich herausgenommen hatte? Dennis' Hand umklammerte meine noch fester. Um das Bett herum war plötzlich alles hell erleuchtet, aber nur für einen Augenblick. Dann kehrte das Halbdunkel wieder.

Ich fühlte, wie sich mein angespannter Körper langsam entkrampfte. Wir waren noch mal davongekommen. Turpin ging wieder. Die furchtbare Ironie war, dass wir mit Dennis' Anruf nur eine Viertelstunde länger hätten warten müssen, und Deirdre hätte uns den Ärger erspart, und ich hätte nicht fünf Jahre meiner Lebenserwartung eingebüßt. Dennis ließ meine Hand los. Ich tätschelte dankbar seinen Arm.

Schließlich war der Alarm wieder aktiviert, und das tiefe Brummen von Turpins Automotor verklang in der Ferne. »Was jetzt?«, fragte ich.

»Er ist die ganze Nacht weg. Du hast stundenlang Zeit«, sagte Dennis fröhlich.

»Der Alarm ist aktiviert. Sobald wir unterm Bett vorkommen, ruft ganz Lostock die Kavallerie. Und wie wir wissen, sind die Würstchen von Clitheroe nur ein paar hundert Meter entfernt.«

Dennis schmunzelte. »Kate, dein Problem ist, dass du dir zu viele Sorgen machst. Während mein Vorteil ist, dass ich die Ausbildung einer Sondereinheit genossen habe. Cool in jeder Situation.«

Ich boxte ihn kurz in die Rippen und genoss es, als ihm der Atem pfeifend entwich. »Es ist schwer, heutzutage geeignetes Personal zu bekommen«, sagte ich zuckersüß. »Ich bleibe einfach hier und meditiere, bis du das geregelt hast.« Das nennt sich Ablenkungsmanöver.

Im düsteren Schein des Treppenlichts robbte Dennis auf dem Bauch über den Fußboden, unterstützt durch seine Zehen, Knie, Ellbogen und Finger. So dicht am Boden war es eher ein langsames Kriechen, aber es funktionierte. Das kleine rote Licht des passiven Infrarotdetektors in der Zimmerecke blieb unbeleuchtet. Er verschwand hinter der Türkante, und mein Magen begann sich zu verkrampfen. Ich musste dringendst aufs Klo.

Die Zeit zog sich immer mehr in die Länge. Ich fragte mich, ob Dennis sich mit dem Kopf oder den Füßen voran die Treppe hinunterbewegte. Ich fragte mich, ob das Bedienungsfeld der Alarmanlage auch mit einem Infrarotdetektor versehen war. Ich fragte mich, ob es möglich war, Detektoren zu installieren, denen es nicht anzusehen war, dass sie aktiviert sind. Ich fragte mich sogar, ob Turpin paranoid genug war, eine dieser lautlosen Alarmanlagen zu installieren, die per Fernsteuerung in einer Kontrollzentrale ausgelöst wurden, wo kampflustige Sicherheitswächter warteten. Ich stellte mir in dieser Nacht so viele Fragen über Alarmanlagen, dass ich anfing, eine neue Einkommensquelle für Brannigan & Co. in Erwägung zu ziehen.

Plötzlich heulte kurz der Hauptalarm auf. Vor Schreck stieß ich mir den Kopf an der Bettkante, als ich verzweifelt versuchte, darunter hervorzukriechen. »Alles okay«, rief Dennis. »Er ist aus.«

Er fand mich auf dem Teppich des Treppenabsatzes, als ich gerade vorsichtig die Beule auf meiner Stirn betastete. »Mach das nie wieder mit mir«, stöhnte ich. »Himmel, Dennis, wenn ich eine Katze wäre, müsste ich nach heute Nacht ein Leben borgen.«

»Hör auf zu jammern, mach fertig und wir können verschwinden«, sagte er. »Ich will die Nacht mit meiner Frau verbringen.«

»Ich wusste gar nicht, dass du so lange eingebuchtet warst«, sagte ich schnippisch, stand auf und ging zurück in Turpins Arbeitszimmer, diesmal nahm ich den Umweg übers Klo. Ich war verwundert, dass wir davongekommen waren; schon von der Tür aus sah ich die CD, die auf Turpins Schreibtisch wie Feuer leuchtete.

Seine Geheimnisse zu durchwühlen brauchte weniger lang, als ich gedacht hatte. Weniger lang, als ich verdiente angesichts meines überstrapazierten Glücks in dieser Nacht. Kurz nach Mitternacht verschwanden wir durch die Vordertür. Eine halbe Stunde später setzte ich Dennis vor seiner Tür ab und fuhr auf frisch gestreuten Straßen nach Hause. Diesmal war Richard sogar allein zu Hause, wach und willig. Leider fühlte ich mich älter als Gott und etwa so sexy wie eine Barbiepuppe, also machte er mir Kakao und sagte kein Wort, als ich allein in mein eigenes Bett abzog. Es muss Liebe sein.

Glaube ich.

Ich bastelte gerade an einer Brandschutzmauer zwischen mir und den Beweismitteln, als Gizmo am nächsten Morgen seinen Kopf zur Bürotür hereinsteckte. »Was liegt an?«, fragte er.

»Ich versuche gerade, dieses Zeug so hinzubiegen, dass es aussieht, als wäre es im Briefkasten gewesen«, sagte ich und winkte mit dem Material, das ich in John Turpins Büro zusammengetragen hatte. »Es ist alles geritzt, außer das mit den Dateien. Ich muss quasi eine Diskette beilegen, mit einer gedruckten Notiz, wo die Originale auf Turpins Festplatte zu finden sind. Aber das ist nicht schlüssig.«

Gizmo schlich ins Zimmer und sah dabei in einem von mir ausgewählten Anzug besonders gut aus. Er war sogar beim Friseur gewesen. Ich fragte mich, ob heute der große Tag war. Ich nahm an, das würde ich noch früh genug erfahren. Er legte mir einige Blätter Papier auf den Schreibtisch und sagte: »Ich denke, dafür dürfte das hier schlüssig sein.«

Das oberste Blatt legte neben Turpins gegenwärtigen Anteilen an NPTV auch Details über seine zukünftigen potenziellen Aktienoptionen offen. Ich pfiff leise. Selbst ein Kursanstieg um nur wenige Pence konnte Turpins Wohlstand beträchtlich vermehren. Als Nächstes kamen Firmengeheimnisse wie Details über die laufenden Verhandlungen von NPTV mit einem Kabelkanal. Ich wollte gar nicht wissen, woher dieses Zeug stammte. Was aus den Vertragsbedingungen eindeutig hervorging, war, dass bei Erreichen einer bestimmten Einschaltquote innerhalb von zwölf Monaten das gehobene Management von NPTV – darunter John Turpin – um einiges reicher sein würde als jetzt.

Das letzte Blatt war der Knaller. Irgendwie war Gizmo an die Daten einer Transaktion herangekommen, die John Turpins Börsenmakler in dessen Namen durchgeführt hatte. Es ging um die Order einer Tranche NPTV-Aktien am Tag von Dorotheas Ermordung. Laut der Computerzeitangabe auf der Order beauftragte Turpin seinen Makler in jener kurzen Zeitspanne zwischen dem Moment, als

Gloria und ich den Campingbus verließen, und dem, als die Polizei nach meinem Anruf eintraf.

Ich sah zu Gizmo auf. »Er dachte wohl, er würde später zu beschäftigt sein, um seine Order loszuwerden. Und dann hätte er den Wissensvorsprung verschenkt, den er durch Dorotheas Ermordung hatte.«

»Du meinst, er hat sie nur ermordet, um die Einschaltquoten zu erhöhen und sich zu bereichern?«, sagte Gizmo sichtlich geschockt.

»Ich glaube, das war nur ein Extrabonus. Er tötete sie, weil sie dahinterkam, dass er der Singvogel ist, der der Presse die geplante Handlung zuspielt. Ironischerweise hatte sie ziemlich gute Gründe, das für sich zu behalten, aber er glaubte ihr nicht. Er dachte, sie wollte ihn erpressen oder entlarven, und er wollte dieses Risiko nicht eingehen. Er hat einfach abgewartet, bis sich die passende Gelegenheit ergab.«

Gizmo schüttelte den Kopf. »Es hört nicht auf, mich zu erstaunen, was die Leute für Geld alles tun. Die sagen immer solchen Mist wie, es sichert dir ein Privatleben, oder du kannst damit das Leben leben, das du dir wünschst. Aber ich weiß nicht. Ich habe genug Privatleben, und ich bin meistens pleite. Aber ich lebe das Leben, das ich mir wünsche. Ich glaube, die meisten Leute jagen dem Geld hinterher, weil sie nicht wirklich wissen, was sie wollen.«

Philosophie zum Frühstück. Immer noch besser als Würstchen von Clitheroe, dachte ich bitter lächelnd. Ich hoffte für Turpin, dass er das Beste daraus machte. Er würde einige Jahre älter sein, bevor er wieder etwas anderes als Gefängniskost schmecken würde. Seufzend griff ich zum Telefon und konnte die Polizeizentrale überreden, mich mit Linda Shaw zu verbinden. »Tag, Sergeant«, sagte ich. »Hier spricht Kate Brannigan.«

»Ach, hallo«, sagte sie zurückhaltend.

»Ich habe etwas im Büro, das sie vielleicht interessiert«, erzählte ich ihr.

»Ach ja? Und was wäre das?« Sie klang neutral. Ich tippte, dass Jackson in Hörweite war.

»Das müssen Sie gesehen haben. Ich kann Ihnen versprechen, dass es zu Ihrer Aufklärungsrate beiträgt.«

»Ich hörte, dass Sie diese Woche bereits dazu beigetragen haben«, sagte sie schnippisch. »Ich kann nicht behaupten, dass ich auch diese Erfahrung machen möchte.«

»Dies ist etwas anderes«, beharrte ich. »Bitte, Linda. Ich versuche, uns beiden einen Gefallen zu tun. Wir beide wissen genau, wenn ich damit zu Jackson gehe, wird er sofort vom Tisch fegen, was ich hier habe. Und das könnte bedeuten, dass ein Mörder weiter frei rumläuft. Sie wollen das genauso wenig wie ich. Kommen Sie also vorbei?«

»Geben Sie mir eine Stunde«, sagte sie. Ihre Stimme verriet, dass sie überhaupt nicht begeistert war.

Es konnte gar nicht besser laufen. Eine Stunde reichte gerade aus, um noch etwas zu erledigen.

Angesichts des Kummers, den Shelley mir wegen ihres Mustersohnes bereitet hatte, erwartete ich, dass sie Gloria die Haut abziehen und in einer Papiertüte mit nach Hause geben würde. Stattdessen bekam sie die Sonderbehandlung für Stars. Nach Shelleys Ansicht konnte ihr Junge, wenn er mit Gloria zusammen war, anscheinend nicht in die Art

Schwierigkeiten geraten, die ich jeden Tag extra für ihn arrangiere. Aber als Mutter verstand Gloria Shelleys Sorgen. Gloria tätschelte Shelleys Hand, sprach ihr Mitgefühl aus und sagte ihr, wie stolz die Mutter auf ihren Mustersohn sein konnte. Donovan trat von einem Fuß auf den anderen, etwas peinlich berührt, aber erleichtert, dass er nicht wieder Ziel einer mütterlichen Schimpftirade wurde. Entschuldigt mal, wollte ich schreien. Wer hat hier wegen dieses Falls Frostbeulen und eine Herzkrankheit und ziemlichen Schlafmangel und eine Beule am Kopf in der Größe von Rochdale?

Schließlich gelang es mir, Gloria in mein Büro zu scheuchen. Sie musste zweimal hingucken, als sie Freddie unbehaglich auf der Sofakante sitzen sah. Ich hatte ihm versprochen, niemand zu verraten, dass er Dorotheas Sohn und der Hauptspitzel war, aber seiner Körpersprache zufolge glaubte er mir nicht. Als Gloria eintrat, zuckte in Panik sein Gesicht. »Gloria«, stammelte er, sprang auf die Füße und machte einen unfreiwilligen Seitwärtsschritt weg von ihr.

»Hallo, Schätzchen«, sagte sie herzlich und ließ sich aufs Sofa fallen. »Du bist also auch einer von Kates mysteriösen Zeugen, was?«

»Äh ... ja. Aber sie hat nicht erwähnt, dass du auch kommst ...« Er warf mir einen Blick zu, der besagte, er würde nie wieder einer Privatdetektivin trauen. Es hätte mir nicht so viel ausgemacht, wenn ich ihn angelogen hätte, hatte ich aber nicht. Nicht bewusst.

Linda ließ nicht lange auf sich warten. »Wenn das hier nichts taugt ...«, warnte sie, noch ehe sie über die Schwelle war. Ich winkte sie zu einem Stuhl und lehnte mich gegen meinen Schreibtisch.

»Da Sie alle so begeistert sind, hier zu sein, mache ich es so kurz wie möglich. Es gibt einen Spitzel bei NPTV, der mit dem Verkauf von Skandalgeschichten und des für die Zukunft geplanten Handlungsverlaufs an die Presse ein kleines Vermögen macht. Dorothea Dawson meinte, seine Identität anhand der Horoskope erkannt zu haben, und verglich das Ergebnis mit den Namen der Leute, die Zugang zur geplanten Handlung haben und in der Lage sind, etwas über die dunkle Vergangenheit der Mitwirkenden herauszufinden.« Ich nickte Freddie zu.

»Sie erinnern sich wahrscheinlich an Freddie. Er arbeitet bei *Nordlichter* in der Maske. Freddie war Zeuge einer Begegnung zwischen Dorothea und jemand aus dem gehobenen Management von NPTV. Freddie, können Sie Sergeant Shaw erzählen, was Sie mir gestern Abend erzählt haben?«

Er war derart erleichtert, dass ich wirklich keines seiner Geheimnisse verraten hatte, dass er die Geschichte, auf die wir uns geeinigt hatten, mit Begeisterung und frei heraus, ohne seine merkwürdigen Angewohnheiten erzählte, die Linda sonst auf die Idee hätten bringen können, etwas daran sei faul. »Dorothea kam rüber in die Maske, weil sie einen der Schauspieler suchte, um mit ihm einen neuen Termin auszumachen, aber sie hatte ihn gerade verpasst. Jedenfalls kam Turpin herein, als sie eben gehen wollte. Sie fragte ihn, ob er noch immer seine Zeit mit der Jagd nach dem Spitzel vergeudete. Dann sagte sie, sie hätte eine ziemlich genaue Vorstellung, wer der Spitzel sei, und sie würde es ihm sagen, wenn der Preis stimme.«

»Was sagte Turpin?«, fragte ich.

»Er wurde knallrot. Er sagte, wenn er das Geld der Firma aus dem Fenster werfen wollte, gäbe es dafür genügend gute Wohlfahrtseinrichtungen. Dann stürmte er hinaus, ohne das zu erledigen, weswegen er gekommen war.«

»Turpin könnte Dorotheas Bemerkung gut als indirekten Erpressungsversuch gedeutet haben«, erklärte ich.

Linda hatte mit schief gelegtem Kopf seinen Worten kritisch gelauscht. Dann nickte sie leicht. Ich wollte noch etwas sagen, als sie einen Finger hob und sich Notizen auf ihrem Block machte. »Interessant«, sagte sie.

»Es kommt noch mehr.«

»Davon bin ich überzeugt«, sagte sie.

»Sie haben bereits Glorias Aussage über die Ereignisse des Mordabends. Ich weiß nicht, ob Sie sich erinnern, aber sie hatte weit bessere Gelegenheit als ich, die Anwesenden auf dem Parkplatz zu registrieren. Unter den Leuten dort sah sie eben diesen NPTV-Manager, John Turpin. Würden Sie uns dies vielleicht bestätigen, Gloria?«

Meine Klientin nickte leidenschaftlich. »Das ist richtig, Schätzchen«, sagte sie eifrig. Sie genoss jede Minute dieser Vorstellung, genau wie ich erwartet hatte. Sie war hier wirklich nicht vonnöten, aber sie zahlte die Rechnung, und ich dachte, ein bisschen Rampenlicht war ihr vielleicht einen Weihnachtsbonus wert. »Ich sah John Turpin in der Tür des Verwaltungsgebäudes stehen. Er sah aus, als überlegte er, ob er es wirklich riskieren sollte, seinen teuren Anzug im Schneeregen nass zu machen.«

»Danke für Ihre Bestätigung, Ms. Kendal. Aber das

wusste ich bereits, Kate«, hob Linda hervor und machte sich diesmal nicht die Mühe, etwas zu notieren.

»Ich skizziere nur den Hintergrund, Linda«, sagte ich entschuldigend. »Ich wurde in diesen Fall verwickelt, weil Gloria Drohbriefe bekam. Sie engagierte mich zu ihrem Schutz.«

»Den Sie und Ihre Mitarbeiter hervorragend gewährleisteten«, schaltete sich die Unbezähmbare ein.

»Danke, Gloria. Diese Aussage könnte ich früher oder später einmal brauchen«, sagte ich. »Als ich heute Morgen das Büro aufsperrte, steckte ein gepolsterter Umschlag im Briefkasten.« Ich holte den Umschlag aus dem Schreibtisch hinter mir.

»Darin waren Papiere und eine Diskette. Auf der Diskette sind meiner Ansicht nach die Dateien mit den Briefen, die meine Klientin bekommen hat. Eine Notiz auf der Diskette besagt, dass die Dateien auf der Festplatte von John Turpins Privatcomputer sind. Ich dachte, das könnte ein Grund für einen Durchsuchungsbefehl sein.«

Linda grunzte nichts sagend und betrachtete stirnrunzelnd die Diskette und die Notiz, die ich ihr reichte. »Warum würde er gerade Sie zur Zielscheibe wählen, Gloria?«, fragte sie.

»Ich habe keine Ahnung, Schätzchen«, sagte sie. »Das Einzige, was mir einfällt, ist, dass ich die Einzige von den großen Namen bin, die allein lebt, vielleicht hat er gedacht, ich wäre am leichtesten zu verängstigen. Allerdings hat er mir auch nie verziehen, dass unsere Sandra ihn vor Jahren abserviert hat.«

»Was?«, fragten Linda und ich gleichzeitig.

»Vor Jahren ist er ein paar Wochen mit unserer Sandra gegangen. Bevor sie Keith kennen lernte. Auf jeden Fall fand sie, dass er nicht der Richtige war, und hat mit ihm Schluß gemacht. Er war nicht gerade erfreut. Er hat seither kein höfliches Wort mehr mit mir gesprochen.«

Ich konnte einfach nur dastehen und den Kopf schütteln. Ich liebe Klientinnen, die keine Mühe scheuen, um mir den Job leichter zu machen. Nur habe ich solche selten. Ich atmete tief durch, während Linda sich wieder Notizen machte.

»Auch das hier war in dem Umschlag.« Ich legte ihr weitere Papiere hin. »Kopien von Turpins Telefonrechnungen, für seinen Apparat zu Hause und für sein Handy. Eine Kopie von etwas, das wie eine Karteikarte aussieht, mit der Nummer von Tina Marshall. Sie ist eine freiberufliche Journalistin, die eine beträchtliche Anzahl von *Nordlichter*-Storys in die Presse gebracht hat. Überprüfen Sie die Anzahl der Anrufe bei dieser Nummer. Es wird sich sicher herausstellen, dass die meisten ein paar Tage vor einer großen *Nordlichter*-Story gemacht wurden.«

Linda saß jetzt kerzengerade, ganz auf die Papiere konzentriert. Ihre Finger flogen hin und her. Dann sah sie mir tief in die Augen. »Und das lag in Ihrem Briefkasten«, sagte sie ausdruckslos.

»Richtig. Ich hielt es für meine Pflicht als Staatsbürgerin, das alles an Sie weiterzuleiten, Sergeant.« Ich kramte in dem Umschlag. »Da ist noch mehr.« Ich übergab ihr das Material, das Gizmo in seinen elektronischen Quellen zusammengetragen hatte. Eher Gloria und Freddie denn Linda zuliebe ging ich den Inhalt durch.

»Und zu dem Zeitpunkt, als er diese NPTV-Anteile orderte«, schloss ich, »konnte nur der Mörder gewusst haben, dass die Einschaltquoten als Folge von Dorothea Dawsons Ermordung in Schwindel erregende Höhen steigen würden.«

»Teufel, Kate, Sie haben Wunder vollbracht«, sagte meine dankbare Klientin. »Jetzt kann ich nachts wieder ruhig schlafen.«

»Das freut mich«, sagte ich. Nicht zuletzt, weil ich Donovan wieder für die Arbeit einsetzen konnte, die er eigentlich machen sollte. Ich wandte mich wieder an Linda. »Alles zusammengenommen lässt sich letztlich nur ein Schluss ziehen.«

»Für meinen Boss wäre das leichter zu schlucken, wenn die Informationen von woanders kämen«, sagte sie resignierend.

»Und wenn dem so wäre?«, fragte ich. »Gizmo braucht keine fünf Minuten, um in die Bootle Street runterzulaufen und alles in einem Umschlag mit Ihrem Namen am Schalter aufzugeben. Sie können Jackson erzählen, Sie wären bei Freddie gewesen, um seine Aussage über Dorotheas Unterhaltung mit Turpin aufzunehmen, und als Sie ins Büro zurückkamen, Simsalabim! Da war da plötzlich dieser Umschlag. Sie können mich aus allem raushalten.«

»Sind Sie sicher?«, sagte sie. Ich konnte förmlich spüren, wie sie überlegte, was meine Großzügigkeit sie in Zukunft kosten würde.

Ich zuckte mit den Achseln. »Mein Gesicht muss nicht unbedingt wieder im *Chronicle* erscheinen. Außerdem gibt es da etwas, das Sie für mich tun könnten.« Ihr Gesicht wurde verschlossen wie eine zugeknallte Tür. »Ich wusste doch, dass das zu schön ist, um wahr zu sein.«

Ich hob beschwichtigend die Hände. »Es ist keine große Sache. Nur ein paar Worte mit Ihren Kolleginnen und Kollegen in Uniform. Donovan wird mindestens die nächsten achtzehn Monate für mich Vorladungen zustellen. Ich wäre Ihnen wirklich sehr dankbar, wenn Sie dafür sorgen könnten, dass alle erfahren, dass der große schwarze Typ mit dem Fahrrad einer von den Guten ist.«

Linda grinste. »Ich denke, das lässt sich machen.« Sie stand auf und holte ein paar zusammengefaltete A4-Blätter aus ihrer Schultertasche. »Wie es der Zufall will, habe ich auch etwas für Sie. Ich finde selbst hinaus.«

Neugierig faltete ich die Blätter auseinander. In einer Ecke klebte eine Haftnotiz mit Lindas Handschrift. »Ausdruck von Dorotheas Festplatte. Wir haben alle sehr gelacht.« Ich zog die Notiz ab und begann zu lesen:

Was in den Sternen steht für Kate Brannigan,
Privatdetektivin.

Geboren in Oxford, Großbritannien, 4. September 1966
Sonne in der Jungfrau im fünften Haus
Mond im Stier im zwölften Haus
Merkur in der Jungfrau im fünften Haus
Mars im Löwen im vierten Haus
Jupiter im Krebs im dritten Haus
Saturn rückläufig in den Fischen im elften Haus
Uranus in der Jungfrau im fünften Haus
Neptun im Skorpion im sechsten Haus

Pluto in der Jungfrau im fünften Haus
Chiron in den Fischen im elften Haus
Aszendent: Zwillinge

Sonne in der Jungfrau im fünften Haus: Positive Eigenschaften: erfinderisch, wortgewandt, diplomatisch, ordentlich, methodisch, urteilskräftig und pflichtbewusst. Negative Eigenschaften: pingelig, überkritisch, detailversessen und mangelndes Selbstbewusstsein, oft durch Arroganz kaschiert. Das fünfte Haus deutet auf eine Spielernatur hin ...
Aus: *Was in den Sternen steht* von Dorothea Dawson

»Was ist das, Schätzchen? Sie sehen aus, als hätten Sie einen Geist gesehen«, sagte Gloria besorgt.

Ich schüttelte den Kopf und packte die Zettel weg. »Es ist nichts, Gloria. Nur die verdrehte Auffassung einer Bullin von einem Scherz.«

Epilog

Saturn im Trigon mit Neptun

Durch ihr forschendes, tief greifendes und eindringliches Interesse an anderen vergisst sie ihre eigenen Ängste. Sie hat ein gutes Gespür dafür, wie ihr Leben ablaufen sollte, und bringt damit oft Ordnung ins Chaos. Sie folgt ihren Gefühlen und spürt, was hinter den Aussagen und dem Verhalten anderer steckt. Sie versteht es, das Irrationale zu nutzen und es in ihre Entscheidungen einzubeziehen.

Aus: *Was in den Sternen steht* von Dorothea Dawson

Hätte ich nicht gewusst, was für gründliche Nachforschungen Dorothea Dawson über ihre Klientinnen und Klienten anzustellen pflegte, wäre ich wahrscheinlich von ihrer astrologischen Analyse meines Charakters beeindruckt gewesen. Ich wette, Dorothea hat in der Minute, da Gloria erwähnte, mich engagiert zu haben, angefangen zu stöbern. Ich war nicht gerade ein unbeschriebenes Blatt. Zum Beispiel erschien ich in Alexis' Storys im *Chronicle* öfter, als mir lieb war. Also war es für Dorothea nicht allzu schwierig gewesen, ein paar Bruchstücke zu nehmen und in ein Standardprofil einzubauen.

Was sie völlig vergessen hatte, war mein Sinn für Humor. Ich meine, wenn ich nicht einen Weltklassehumor hätte, würde ich dann jetzt im Vorgarten des *Costa Coffee* am Piccadilly-Bahnhof sitzen, einen kleinen Cappuccino trinken und mein Horoskop lesen, statt zu Hause zu sein, eingekuschelt wie eine Wanze im Telefon, und bewaffnet mit einem Wodka mit rosa Grapefruitsaft zu versuchen, mein neuestes Computerspiel zu knacken?

Der Grund, warum ich mich unter die armen Seelen mischte, die dazu verdammt waren, mit Virgin Trains zu reisen, trat in einigen Metern Entfernung von einem Fuß auf den anderen wie ein kleines Kind, das auf die Toilette muss, aber nicht irgendeine entscheidende Entwicklung in seiner Lieblingsfernsehsendung verpassen will. Gizmo war es nicht leicht gefallen, sich zwischen Klasse und Bequemlichkeit zu entscheiden. Letztendlich wählte er einen der Anzüge, die ich für ihn ausgewählt hatte. Das Problem war, der einzige Mantel, der dazu passte, war sein Regenmantel, der gegen die niedrigsten Dezembertemperaturen seit Menschengedenken nicht viel ausrichtete. Genau wie die dünn besohlten italienischen Schuhe. Manchmal frage ich mich, was echte Italiener im Winter tragen.

Während Gizmo so von einem Bein aufs andere hüpfte, umklammerte er Iain M. Banks' Kult-Science-Fiction-Roman *Förchtbar Maschien,* das vereinbarte Erkennungszeichen. Er wollte Jan am Zug treffen, der um halb neun aus London ankam, und schon seit Viertel nach acht führte er jetzt diesen kuriosen Tanz auf. Als würde ein Zug jemals zu früh ankommen. Ich saß bequem mit meinem Kaffee da und überflog Dorotheas Kurzfassung meiner Persönlichkeit.

Eine unverständliche Ansage kam aus dem Lautsprecher, und Gizmo hörte auf zu tanzen. Er lehnte sich leicht zu den Bahnsteigen vor wie ein Setter, der eine Fährte aufnimmt. Ich folgte seinem Blick und sah den dunkelroten

Zug aus London rumpelnd und ächzend auf Bahnsteig sechs einfahren. Ich konnte nicht umhin, die Daumen zu drücken. Wenn das hier schiefging, würde er wochenlang keine vernünftige Arbeit zustande bringen.

Die Türen gingen auf, und Leute strömten auf den Bahnsteig. Die Ersten, die an uns vorbeikamen, waren die RaucherInnen. Nach zweieinhalb Stunden im abgestandenen Tabakqualm haftete ihnen der Todeshauch eines überquellenden Aschenbechers an. Dann folgte die typische Freitagabendmischung aus EinkaufstouristInnen, Studierenden, die auf ein cooles Wochenende nach Manchester kamen, älteren Leuten, die nach einer Woche mit ihren Enkelkindern erschöpft waren, Vertretern und Ausbildungsberatern in billigen, von der Reise zerknitterten Anzügen, und zum Schluss den Erste-Klasse-Reisenden in gepflegten maßgeschneiderten Klamotten mit ihren identischen Kleidersäcken und Aktentaschen – Männer und Frauen gleich.

Gizmo tänzelte wie ein Ball in der Flut der vorbeiströmenden Menschen, seine Blicke schossen hin und her. Die Menge schwoll an, blieb eine Zeit lang gleich, bis schließlich nur noch vereinzelte NachzüglerInnen kamen. Sein Kopf schien zwischen seinen Schultern zu verschwinden wie bei einer Schildkröte, und ich sah ihn seufzen.

Als Letzter stieg ein blonder Hüne aus dem Zug. Über seine breiten Schultern spannte sich eine schwarze Lederjacke, nach unten hin enger geschnitten bis zu den schmalen Hüften, die in engen Blue Jeans steckten. Hier blieb nur wenig der Fantasie überlassen, besonders bei seinem lockeren Hüftschwung. Als er das Ende des Bahnsteiges erreichte, drehte er seinen Kopf nach rechts, dann nach links, wobei die dichte blonde Mähne auf seinen Kragen fiel. Er sah aus wie ein Wikinger im Bug eines Wikingerbootes, der überlegte, in welcher Richtung Amerika lag.

Er entschied sich für links und kam in unsere Richtung. Als er näher kam, konnte ich sehen, dass er mit der einen kräftigen Hand eine Reisetasche, mit der anderen das Buch umklammert hielt. Ich schloss kurz die Augen. Selbst Dennis würde vielleicht Probleme haben, den einzuschüchtern. Gizmo stand auf verlorenem Posten.

Als ich die Augen wieder öffnete, stand Jan riesenhaft neben Gizmo. »Du bist Gizmo«, sagte er mit dröhnender Stimme. Ich konnte den Akzent nicht recht zuordnen.

Gizmo wandte sich in Richtung Café, Panik im Blick. »Ich habe nicht ... sie hat nie jemand andern erwähnt«, stammelte er verzweifelt.

Typisch, dachte ich. Großartig bei Silikon, unfähig bei Lebensformen auf Kohlenstoffbasis. Darauf ist er nicht programmiert.

Jan runzelte die Stirn. »Was meinst du damit?« Er war wohl nicht sicher, ob Gizmo ihn völlig missverstanden hatte oder ob es ein Sprachproblem gab.

Gizmo sprang einen Schritt zurück. »Hören Sie, ich wollte keinen Ärger machen, ich wusste nichts von Ihnen. Was immer sie gesagt hat, zwischen uns ist nichts. Das hier wäre unser erstes Treffen geworden«, brabbelte er.

Jan sah noch verwirrter aus. Er winkte Gizmo mit dem Buch. »Ich habe das Buch gekauft. Damit wir uns erkennen«, sagte er auf die pedantische Art, die Deutsche und Skandinavier an den Tag legen, wenn sie nicht sicher sind, ob ihr einwandfreies Englisch verstanden wird.

Gizmo steuerte auf mich zu. »Sag es ihm, Kate. Sag ihm, dass alles ein Missverständnis ist. Sie erwähnte nie, dass sie einen Kerl hat. Ich dachte, sie wäre ungebunden.«

Seufzend stand ich auf. »Sie sind Jan, richtig?«, sagte ich, und sprach den Namen deutsch aus, nicht englisch. Gizmo blieb der Mund offen stehen, und der Iain M. Banks fiel zu Boden. Dann drehte er sich plötzlich um und rannte zu dem Aufzug, der zu den Straßenbahnen führte. Jan machte Anstalten, an mir vorbei und hinter ihm her zu laufen, aber ich hielt ihn zurück. »Vergessen Sie's«, sagte ich. »Er ist nicht der Richtige, Jan.«

Er legte die Stirn in Falten. »Wer sind Sie? Was ist hier los?« Er schielte an mir vorbei gebannt zu den Liften, als erwartete er, dass Gizmo zurückkäme. Keine Chance.

»Ich bin Kate. Gizmo und ich arbeiten zusammen.«

»Warum ist er weggerannt? Wir hatten uns verabredet«, sagte Jan verwirrt. »Wir schreiben uns seit Monaten E-Mails. Um uns kennen zu lernen. Wir fanden beide, es wäre Zeit, sich zu treffen.« Er machte diese Anführungszeichen in der Luft, die Dummköpfe machen, um anzuzeigen, dass sie zitieren. ›Zeit, einen Schritt weiter zu gehen‹, hat Gizmo gesagt.«

»Meinen Sie nicht, es wäre sinnvoll gewesen zu erwähnen, dass Sie ein Kerl sind?«, sagte ich und konnte den Sarkasmus in meiner Stimme nicht unterdrücken. »Er dachte, Sie wären eine Frau. Jan mit ›Dsch‹, nicht Jan mit Jot.«

Jans helle Haut wurde scharlachrot. »Was macht das? Ich bin trotzdem dieselbe Person. Weil ich ein Mann bin, ist es plötzlich anders?«

»Natürlich ist es anders«, widersprach ich. Seine Unaufrichtigkeit brachte mich wirklich auf die Palme. »Er ist nicht schwul, zum einen. Ich kann's nicht fassen, dass Sie ihn nicht darüber aufgeklärt haben, dass Sie ein Mann sind. Es kann nicht das erste Mal gewesen sein, dass jemand dieser Irrtum unterlaufen ist.«

Er starrte mich an. »Warum sollte ich? Ich bin nicht verantwortlich für anderer Leute Annahmen. Ihr Briten habt solche Angst vor allem, was anders ist, vor allem, wenn es eure traurigen, kleinen Konventionen in Frage stellt.«

Mittlerweile wartete das ganze Café gespannt auf meine Antwort. »So ein Scheiß«, sagte ich verächtlich. »Erzählen Sie das Julian Clary. Versuchen Sie mir nicht einzureden, Gizmo zu täuschen wäre ein heroischer Akt der sexuellen Befreiung gewesen. Es war Feigheit, sonst nichts. Sie hatten Angst, Gizmo würde Ihre Cyberfreundschaft beenden, wenn Sie zugeben, dass Sie ein Mann sind.«

»Und ich hatte Recht«, schrie er.

»Nein, Sie hatten Unrecht«, sagte ich ruhig. »Er hätte Sie als Lover abgelehnt, aber er wäre noch immer Ihr Freund. Und ich weiß genau, wie viel das bedeutet.« Drei Frauen an einem der Tische im Café applaudierten mir.

Jan lachte bitter. »Im Cyberspace brauchte er keine Frau, um seine Schlachten zu schlagen.« Dann drehte er sich auf dem Absatz um und stolzierte in Richtung Taxistand davon.

Ich verbeugte mich grinsend vor den Frauen und spazierte hinaus in einen heftigen Nieselregen. Unter dem Vordach spielte die Heilsarmee »In the Bleak Midwinter«. Ein Bettler, der einen Hund an einer Schnur hatte, versuchte die Obdachlosenzeitung *Big Issue* an Leute zu verkaufen, die zum Zug mussten. Eine Politesse schrieb einen Strafzettel, um ihn irgendeiner armen Socke an die Windschutzscheibe zu heften.

Ich nahm nicht an, dass Gizmo am Montagmorgen zur Arbeit erscheinen würde, als wäre nichts geschehen. Es sah ganz so aus, als hätte Brannigan & Co. gerade ihren Computerexperten verloren. Und als ich zu meinem Auto kam, musste ich feststellen, dass nicht nur ich ziemlich platt war, sondern auch mein Hinterreifen.

Wenn das in den Sternen stand, dann sollte wer immer das Drehbuch schrieb sich besser vorsehen.

Judy Mercer

Erinnerung kann tödlich sein

Hochspannung von der Autorin
des Bestsellers *Die Fremde im Spiegel.*

Als die Fernsehjournalistin Ariel ihren Großvater in Charleston besucht, begeht ein Nachbar in seiner Garage Selbstmord. Hier hatte sich bereits sein Vater das Leben genommen. Ariel wittert einen Fall für ihre Sendung »Die offene Akte« und kommt einem außergewöhnlichen Verbrechen auf die Spur ...

Judy Mercer

Die Fremde im Spiegel

»Selbst ein Krimivielfresser kommt hier lange nicht dahinter, wie der Hase läuft ... kaum als Einschlafhilfe geeignet.«
taz

Sie wachen auf – in einem fremden, durchwühlten Zimmer, in einem fremden Bett. Neben ihnen liegt ein Revolver und ein blutverschmiertes Sweatshirt. Sie können sich an nichts erinnern, und als sie in Panik zum Spiegel taumeln, sehen sie das Gesicht einer Fremden ...

»Wow! Ich kann kaum glauben, dass das ein Erstlingsroman ist.«
Susan Isaacs

Knaur

John Nance

Das Medusa-Projekt

Roman

Scott McKay hat eine tödliche Fracht an Bord seiner Boeing 727: eine thermonukleare Bombe, die ein weltweites Chaos auslösen wird. Als der Alarm ertönt, bleiben 3 Stunden und 30 Minuten bis zur Detonation ...

Der zweite gnadenlos spannende Flugzeugthriller vom Autor des Bestsellers *Gegen die Uhr*.

»Wenn Sie dieses Buch im Flugzeug lesen,
haben Sie bessere Nerven als ich.«
Harvey Keitel